Das Buch

»Eigentlich«, scherzt sie in der Hochzeitsnacht, »hätte ich viel besser zu deinem Großvater, dem Korporal, gepaßt. Der hatte auch Grübchen in den Backen ...!« Und sie lacht sich halb tot über diese Ähnlichkeit. – »Woher weißt du das?« fragt Wilhelm erstaunt ... – Er und seine Theresia sorgen dafür, daß die Rotwengels nicht aussterben. »Gudrun Pausewang ist mit ›Rotwengel-Saga‹ ein überaus lesenswerter Roman gelungen. Zum einen überzeugt ihre bewegende (weitgehend biographische) Familien-Geschichte durch die kenntnisreiche und höchst sensible Aufarbeitung sudetendeutscher Schicksale; zum anderen sind die 100 bewegten Rotwengel-Jahre voll von heiter-traurigen Begebenheiten, knorrigen und wunderlichen Typen, die beim Lesen unweigerlich ans Herz wachsen ... Ein spannendes Buch zum Lachen und Weinen, ein Buch voller Wahrheit und ein wunder-volles Buch.« (Neue Ruhr Zeitung)

Die Autorin

Gudrun Pausewang wurde am 3. März 1928 in Wichstadtl in Böhmen geboren. Sie wurde Lehrerin, unterrichtete an deutschen Schulen in Chile, Venezuela und Kolumbien und war seit ihrer Rückkehr aus Lateinamerika im Jahre 1972 bis 1989 als Lehrerin in der Nähe von Fulda tätig. Werke u. a.: ›Der Weg nach Tongay‹ (1965), ›Plaza Fortuna‹ (1966), ›Guadalupe‹ (1970), ›Aufstieg und Untergang der Insel Delfina‹ (1973), die ›Rosinkawiese‹-Bücher (1980, 1989, 1990), ›Die Freiheit des Ramon Acosta‹ (1981), ›Die letzten Kinder von Schewenborn‹ (1983), ›Kinderbesuch‹ (1984), ›Pepe Amado‹ (1986), ›Die Wolke‹ (1987), ›Der Glückbringer‹ (1995).

Gudrun Pausewang:
Rotwengel-Saga

Deutscher
Taschenbuch
Verlag

dtv

Von Gudrun Pausewang
sind im Deutschen Taschenbuch Verlag erschienen:
Die Freiheit des Ramon Acosta (10122)
Kinderbesuch (10676)
Aufstieg und Untergang der Insel Delfina (11218)
Rosinkawiese (11489)
Fern von der Rosinkawiese (11636)
Plaza Fortuna (11690)
Geliebte Rosinkawiese (11718)
Bolivianische Hochzeit (11798)
Guadalupe (11879)

Ungekürzte Ausgabe
März 1996
Deutscher Taschenbuch Verlag GmbH & Co. KG,
München

Umschlaggestaltung: Dieter Brumshagen
Umschlagbild: ›Böhmische Landschaft mit dem Milleschauer‹
(um 1810) von Caspar David Friedrich (© Archiv für
Kunst und Geschichte, Berlin)
Gesetzt aus der Stempel Garamond 10/11˙
Gedruckt auf säurefreiem Papier, das ohne Verwendung
von Chlorbleiche hergestellt wurde.
Satz: KCS GmbH, Buchholz/Hamburg
Druck und Bindung: Presse-Druck- und Verlags-GmbH,
Augsburg
Printed in Germany · ISBN 3-423-12140-8

Nicht alle Episoden dieses Romans schöpfte ich aus meiner Phantasie. Mehrere habe ich selbst erlebt, denn ich stamme aus dem Adlergebirge. Manche entnahm ich meiner Familiengeschichte, zu anderen hat mich die Lektüre des Heimatkalenders ›Trostbärnla‹ angeregt, der von ehemaligen Adlergebirglern seit den fünfziger Jahren herausgegeben wird. Und nicht zuletzt verdanke ich einige Perspektiven, die ich in meinen Roman einwebte, Rudolf Mokry, einem zeitweiligen Gefährten meiner Kindheit.

Gudrun Pausewang

1. Kapitel

In dem Wilhelm Rotwengel unrühmlich aus der Armee entlassen wird, in eine Kirche pinkelt, die keine Kirche ist, auf dem Fußmarsch heim nach Böhmen eine gute Partie ausschlägt und den Radetzky-Marsch als Walzer flötet

Da hat es also einen Rotwengel anno 1851 nach Frankfurt am Main verschlagen, samt seinem österreichischen Bataillon, in dem er schon das dritte Jahr seinem Vaterland dient. Der kleine drahtige Patrollführer Wilhelm Rotwengel aus Eichstädtl in Ostböhmen, sechsundzwanzig Jahre alt, Seifensieder von Beruf, hat den Feldzug in Norditalien mitgemacht, hat – genau an seinem Namenstag, dem 28. Mai – in der Schlacht von Novara seinen Mann gestanden. Er behält die Ruhe, wenn's brenzlig wird. Radetzky persönlich hat Wilhelms Kompanie am Abend nach der Schlacht lobend erwähnt. Der kleine Patrollführer erhielt eine Dekoration. Auch ohne sie weiß Wilhelm, was er wert ist. In seiner Kompanie ist er beliebt.

Aber nach Meinung seiner Vorgesetzten macht er sich zu viele Gedanken um Angelegenheiten, die er ihnen überlassen sollte. Eigene Gedanken können einen Untertan und Befehlsempfänger in recht unangenehme Lagen bringen. Und so kommt's in Frankfurt dazu, daß sich Wilhelm gegen ein Ansinnen seines Hauptmanns auflehnt, das fast einem Befehl gleicht: Nämlich er, der Augenzeuge Rotwengel, soll im Stadtwald nicht das gesehen haben, was er wirklich gesehen hat, sondern das, was der Offiziersehre nicht schadet.

Es läuft ein Verfahren gegen einen Leutnant des Regiments. Er soll sich in der Dämmerstunde im Stadtwald über eine blutjunge Dienstmagd hergemacht haben, gegen ihren Willen. Dem Hauptmann geht die Ehre des Regiments über alles. Auch Wilhelm, der zufällig zur gleichen Zeit, während eines Ausgangs, den Stadtwald durchstreifte, die verzweifelten Schreie hörte und ihnen nachging, hält die Ehre für wichtig. Aber die Gerechtigkeit ist ihm *noch* wichtiger, ihr gibt er absoluten Vorrang.

In einem hitzigen Gespräch unter vier Augen, in dem der Hauptmann den Patrollführer unter Druck zu setzen versucht, beharrt Wilhelm auf der Frage: »Und die Ehre des Mädels?« Keineswegs kann er bezeugen, die Magd habe deutliches Vergnügen am Wälzen im Farnkraut gezeigt und habe sich freiwillig ihrer Kleider entledigt. Zum Entsetzen des Hauptmannes, ja des gesamten Offizierskorps der österreichischen Garnison, besteht er auf seiner Aussage, die er protokollieren läßt und unterschreibt.

Der Vorfall im Stadtwald hat Folgen: Die Österreicher müssen sich bei dem Frankfurter Bürgermeister entschuldigen. Während ihres Ausgangs dürfen nun die österreichischen Soldaten die Innenstadt nicht mehr verlassen. Der Leutnant wird degradiert und in einen Winkel Galiziens versetzt, wo es sogar in den Kirchen nach Knoblauch riecht. Dort geht niemand freiwillig hin. Und Wilhelm Rotwengel weiß: Was ihn betrifft, lauern die Herren Offiziere auf eine Gelegenheit zur Rache.

Rotwengels Kameraden dagegen, die einfachen Soldaten, sind vom Mut ihres Patrollführers in dieser Angelegenheit ungemein beeindruckt. Dekorieren sollte man ihn dafür. Mit einem Orden auszeichnen! So lassen sie ihn hochleben und tragen ihn im Schlafsaal, einem mit Stroh ausgelegten Gewölbe, mit Gebrüll herum. Jemand reimt ROTWENGEL auf SCHUTZENGEL, ein junger Dorfschulmeister hält eine Rede, in der David und Goliath vorkommen, und alle sind wie trunken, obwohl kein Tropfen Alkohol fließt. Jawohl, sich nicht mehr alles gefallen lassen! Gleich sein unter Gleichen! – Endlich weg mit den Großkopfeten! »Leutnant, Hauptmann, General – an den Pfahl, an den Pfahl!«

Wilhelm will beruhigen, aber niemand hört auf ihn, seine Stimme geht im Lärm unter. Er will wieder herunter von den Schultern, aber eiserne Fäuste halten ihn fest. Er wird durch die anderen Säle getragen, durch die Gänge. Ein paar Scheiben gehen zu Bruch, das Getöse schwillt an, ein Korporal, der eingreifen will, kriegt eine so Scharfe gewischt, daß ihm der Unterkiefer aus dem Gelenk springt. Erst als der Hauptmann erscheint, greift Ernüchterung um sich. Die Kleinen werden wieder klein, lassen Wilhelm herunter und verkriechen sich ins Stroh.

Große Untersuchung, Verhöre. Der Aufruhr wird Wilhelm in die Schuhe geschoben. Er verliert seine Charge und wird aus der ruhmreichen österreichischen Armee entlassen.

Eine beschissene Lage. Aber Wilhelm hat ja eine Heimat: Seit Jahrhunderten leben die Rotwengels drüben im Böhmischen, im Adlergebirge, im Dreiländereck Böhmen, Mähren, Schlesien – dort, wo die Wasserscheide dreier Meere sich befindet. Eine gottverlassene Gegend, und doch für die Rotwengels der Nabel der Welt. Der Marktflecken Eichstädtl ist ihr Zuhause. »Staadtla« nennen sie ihn zärtlich, wie alle, die dort daheim sind. In diesem Kaff tauchten sie im dreizehnten Jahrhundert auf, paarten sich, vermehrten sich, lebten und starben.

Und so gerät Wilhelm nicht in Verlegenheit, wenn ihm seine Kameraden – schuldbewußt und geduckt wie geprügelte Hunde – die Frage stellen, was er nun zu tun gedenke.

Heimkehren wird er. Was sonst?

Aber vorher will er sich noch in aller Ruhe die Stadt anschauen, damit er sie daheim auch beschreiben kann. Denn die Eichstädtler sind begierig darauf, zu hören, was weitgereiste Heimkehrer zu erzählen haben: Die große weite Welt aus zweiter Hand.

Frankfurt läßt Wilhelm ziemlich kalt. Diese Stadt erscheint ihm ausländischer als alle Städte, die er bisher kennengelernt hat. Der Hauptstadt Österreichs kann sie nicht das Wasser reichen: Der Main ist schmaler als die Donau, keine Kirche Frankfurts kann sich mit dem Stephansdom messen, und einen Prater gibt's hier auch nicht. Die Gegend ist langweilig. Keine Alpen, keine Seen in der Nähe. Nur ganz in der Ferne sieht man verschwommen ein paar Hügel, sofern sich eine Häuserlücke auftut.

Aber es wird auch schon dunkel, da verschwimmt die Ferne sowieso. Wilhelm spuckt von der Mole aus in den Main, schlendert am Römer vorbei, staunt über die geringen Maße des Platzes davor. Neustadt an der Mettau im oberen Adlergebirge hat einen doppelt so großen Marktplatz. Sogar der Grulicher Ringplatz ist kaum kleiner!

Er geht weiter und knöpft sich die Joppe zu, die er billig erstanden hat. Er denkt an seine Kameraden. Die sitzen jetzt im warmen Mief des Quartiers und knöpfen sich die Uniformjacken auf. Er spürt plötzlich das Bedürfnis, einen ruhigen Ort aufzusuchen, nämlich eine Kirche, weil er seine Gedanken ordnen möchte. Auf der Straße findet er keine Ruhe dazu, da klappern die Hufe der Droschkenpferde, da rattern die Kutschenräder. Und wenn's auch eine lutherische wäre! Er sieht das nicht so eng.

Und schon entdeckt er ganz in der Nähe einen Turm mit rundem Kuppeldach auf Säulchen, strebt darauf zu, stellt fest, daß diese Kirche rund wie ein Käse ist. Kurz bevor er sie erreicht hat, nähert sich ihr ein anderer Mann, zückt einen Schlüsselbund, schließt die Tür auf, verschwindet im Gebäude, läßt die Tür angelehnt. Wilhelm erkennt, daß es sich um keine katholische Kirche handeln kann, sonst wäre sie offen für alle. Er überlegt: Darf er jetzt hineingehen?

Er ist so frei. Irgendwo im Hintergrund flackert Licht, bewegt sich ein Schatten. Der große Saal liegt schon in tiefer Dämmerung. Wilhelm zieht Luft durch die Nase und stellt fest: Es riecht hier nicht nach Kirche. Jedenfalls nicht nach katholischer. Vielleicht riechen die lutherischen so?

Aber er hat sich auf dem Marsch von Vorarlberg nach Kurhessen mehrere lutherische Kirchen von außen und innen angeschaut. Keine roch wie diese.

Von dem Zierrat an den Wänden, den Kandelabern, den Bildern kann er nicht mehr viel erkennen. Ist das dort drüben eine Art Rednerpult? Das Licht im Hintergrund erlischt, irgendwo verhallen Schritte, eine Tür schlägt zu, ein Schlüssel knirscht.

Wilhelm ist beklommen zumute. Er tastet sich durch einen Tunnel leiser Echos bis zur Tür, hört draußen die Geräusche der Straße, findet die große Klinke, die er auch vorhin in der Hand gehabt hatte. Aber jetzt gibt sie nicht nach. Er rüttelt, er ruft. Niemand antwortet.

Er begreift, daß er sich mit diesem Nachtquartier irgendwie arrangieren muß. So vornehm hat er noch nie logiert: ein solches Gebäude ganz für ihn allein! Er streicht ein Schwefelholz an, schaut sich rasch um, die Gegebenheiten sondierend, wieder ganz Patrollführer: Noch bevor das Licht verlöscht ist, hat er die Säule erreicht, hinter der er zu pinkeln gedenkt. Er tut's mit Skrupeln – aber es hilft nichts, er befindet sich in einer akuten Notlage. Dann streckt er sich auf einer der Sitzbänke aus und friert sich tapfer durch die Nacht.

Am nächsten Morgen weckt ihn der Mann vom Vorabend, der mit dem Schlüsselbund, und fragt ihn barsch, was er hier suche. Wilhelm erzählt sein Mißgeschick, worauf der Mann nicht recht weiß, ob er schelten soll oder den Mund halten. Offensichtlich befürchtet er einen Rüffel seiner Dienstherren, falls diese Sache herauskommt. Wäre die Tür abgeschlossen gewesen, hätte Wilhelm nicht ins Innere der Kirche eindringen können. So geleitet der Hauswart Wilhelm stumm und ohne Vorwurf zum Portal, obwohl der ihn auf die Pfütze hinter der Säule hingewiesen hat. Er winkt großzügig ab: Wenn's weiter nichts ist …! Die Pisse eines braven Mannes werde der Paulskirche nicht ihre Weihe nehmen.

Nun weiß Wilhelm, wo er die Nacht verbracht hat. Mit

dem Namen dieser Kirche kann er etwas anfangen. Vor zwei, drei Jahren war sie ja in aller Munde gewesen, hatte man von ihr in der Zeitung lesen können. In gehobener Stimmung, wenn auch hungrig, verabschiedet er sich von dem Mann und wandert in Richtung Osten davon, um eine Erkenntnis klüger. Jetzt weiß er, wonach es in seinem Nachtasyl gerochen hat: nach Freiheit.

Wilhelm ist ein Rotwengel. Die meisten Rotwengels sind Nomaden. Diesen jungen Mann hat es schon früh aus dem Tal der Stillen Adler hinausgetrieben. Er gehört zu den privilegierten Eichstädtlern, die nicht nur Böhmens Hauptstadt Prag, sondern sogar Wien, die Hauptstadt aller Hauptstädte, aus eigener Erfahrung kennen. Schon als Kind hatte er an Fernweh gelitten. Und so hat ihn sein Vater, der Lohnweber und ehemalige Regimentsmusiker Siegmund Rotwengel – auch ein Mann, der die Welt gesehen hat – das Seifensiederhandwerk in Prag lernen lassen.

»Was nimmt er sich heraus?« hatten sich damals die Eichstädtler entrüstet. »Seifensiederei kann man auch hier im Ort oder in Grulich lernen!«

Aber dieser Posaunenbläser hat sich als kluger und verständnisvoller Vater erwiesen, der die Sehnsüchte seiner eigenen Jugend in Erinnerung behalten und danach gehandelt hat. Als Lohnweber konnte er sich keine weiten Reisen leisten. Solchen Luxus – allerdings mit erheblichem Risiko für Leib und Leben – bot das Militär. Und so diente Siegmund Rotwengel zwölf Jahre lang bei der Musik des Infanterieregiments Nr. 18, die größte Zeit davon in Venetien. Ja, Wilhelms Vater Siegmund kennt das Meer – und *was* für eins!

Seinem einzigen Sohn wollte er das Reisen ohne den lästigen Umweg über das Militär ermöglichen. In die große weite Welt ziehen und mit einem fertigen Beruf zurückkehren: Das erschien ihm als sinnvolle Verschmelzung von Traum und Wirklichkeit. Und sein Sohn hat ihm diese Entscheidung gedankt.

Von Prag ist der junge Wilhelm einmal nach Wien gewandert, zu Fuß hin und zurück, keine siebzehn Jahre alt und gegen den Willen seines tschechischen Meisters. Aber Wien hat ihn so mächtig angezogen, daß er nicht hat widerstehen können. Und es hat sich gelohnt, weiß Gott! Dieser wache Junge, mager, mit blondem Stoppelhaar, hat nicht nur Kaiser Ferdinand den Ersten leibhaftig aus vier Schritt Entfernung vor dem Hintergrund des Palais Kinsky in einem Sechsspänner vorüberfahren sehen. Und er hat nicht nur die aufgeschichteten Menschenknochen in den Katakomben des Stephansdoms und die Sarkophage in der Kapuzinergruft bestaunt. Er hat vor allem die dicke alte Mirl kennengelernt, die ihm, als er ohne Geld für eine Herberge auf einer überdachten Kellerstiege in der Walfischgasse hockte, um den Rest der Nacht dort zu verbringen, als rettender Engel erschien, ihn mit zu sich heim nahm und ihm, dem Durchfrorenen, ein großes Glas mit heißer Honigmilch – »gegen den Schnupfen, Buberl, den du dir wahrscheinlich dort auf der kalten Stiege geholt hast!« – und einen Teller voll dampfenden Kaiserschmarrns vorsetzte. Und sobald er aufgetaut war, hat sie ihn kundig, aber behutsam, trotz ihrer Abgebrühtheit angerührt von seiner knabenhaften Unschuld, in das Geschlechtsleben der Erwachsenen eingeführt – so warmherzig, daß nur zärtliche Erinnerungen zurückgeblieben sind, obwohl sie so alt gewesen ist wie seine Großmutter.

Diese Reise nach Wien hat Wilhelms Fernweh erst richtig geweckt. Kaum war die Gesellenprüfung bestanden, ging er auf Wanderschaft: durch die fruchtbaren Hügel der Hanna über die Beskiden hinüber nach Krakau, nach Mielec, kreuz und quer durch Galizien, durch Polen. In Tarnow ist er gewesen, die Ziegenböcke am Rathaus von Poznán hat er gesehen, an den Ufern des Dunajec ist er entlanggewandert, über den Duklapaß hat es ihn getrieben, dann quer durch die Slowakei bis Preßburg, von dort nach Budapest. Eine Weile arbeitete er in Graz, eine Weile auch in Triest, wo sein Vater jahrelang im Dienst der österreichisch-ungarischen Monarchie Posaune geblasen hatte, und kam schließlich heimwehkrank über Wien zurück.

Also noch einmal Wien. Vergeblich suchte er nach Mirl. Er hatte sich den Namen ihrer Gasse nicht gemerkt. In einem Beisel hörte er mit offenem Mund einer Gruppe junger Hitzköpfe zu, Maturanten und Studenten, die wild gestikulierend, Speichelbläschen verspritzend und ihre Blicke auf ferne Visionen richtend, aufeinander einredeten. Er ahnte nicht, daß zwei von ihnen knapp drei Jahre später, in den Tagen der Achtundvierziger Revolution, zu der Gruppe der Aufständischen gehören würden, die dem österreichischen Kriegsminister, Graf Latour, unter tosendem Applaus der Menge die Hosen auszogen und ihn im Hemd an einer Laterne aufhängten. Menschen wie Wilhelm, wie du und ich.

Schon einen Monat nach seiner Heimkehr mußte er zu den Soldaten. Zum Ersten Jägerbataillon in Komotau, Nordböhmen. Seine Eltern hatten nicht das Geld, um ihn vom Militärdienst freizukaufen. Aber sie erreichten, daß er, als einziger Sohn, vorzeitig vom Dienst beurlaubt wurde. Er kehrte also heim und stellte für die Eichstädtler und die Dörfler in der Umgebung Kernseife her. Seife braucht man immer, und Seife ist auch nicht teuer. Ein krisensicheres Gewerbe.

Aber bald zog es ihn wieder nach Prag, zu seinem Meister Michalek, der ihn wie einen Sohn hielt. Hier lernte er tschechisch so gut wie deutsch sprechen, hier verdiente er gut, hier roch es nach der großen weiten Welt. Aber im März achtundvierzig mußte er mit Radetzky nach Italien ziehen. Er rechnete mit einem halben Jahr, höchstens einem ganzen.

Daraus sind drei Jahre geworden.

Inzwischen ist er ein gestandener Mann und hat die schuldige Pflicht gegenüber dem Vaterland reichlich erfüllt. In der Lombardei hat er die Armee der aufrührerischen Italiener laufen sehen. Dort hat's der Feldmarschall Radetzky dem König Karl von Sardinien gezeigt!

Ordnung muß sein, und jedermann sei Untertan der Obrigkeit. So hat's Wilhelm in der Eichstädtler Schule und beim Militär gelernt. Untertan, aber kein Hund, der kuscht und seinem Herrn die Stiefel leckt, mit denen der ihn getreten hat. Auch Gerechtigkeit muß sein. Und zwar auch für die Kleinen. Und Vernunft muß walten. Und auch der Kleine muß seinen Mund aufmachen dürfen, wenn's an Gerechtigkeit oder Vernunft fehlt.

Das hat Wilhelm getan. Es hat ihn seine Charge gekostet. Jetzt, auf der Straße nach Hanau, beschleichen ihn Zweifel, ob nicht die, auf die er in Italien hat schießen müssen, die vernünftigeren Gründe auf ihrer Seite hatten.

Ruhm hin, Vaterlandsliebe her: Er hat die Nase voll vom Krieg, vom blutigen Gemetzel. Nie wird er den Bauch vergessen, aus dem er die Därme quellen sah. Diesen Bauch hatte er, Wilhelm, aufgeschlitzt mit seinem Bajonett, und der junge Lombarde, dem er gehörte, hatte mit aufgerissenen Augen und schmerzverzerrtem Gesicht versucht, sich sein Gedärm selbst wieder hineinzustopfen. Da hatte ihn Wilhelm mit seinem Terzerol erschossen, diesen Feind, der fast noch ein Kind gewesen war. Aus Barmherzigkeit.

Aber den Blick des Jungen, den Blick vor dem Schuß, den wird er nicht los. Der junge Lombarde erscheint, wann er will, manchmal am hellichten Tag, manchmal in den Träumen, verblaßt, wann er will, läßt sich nicht in Ordnungen zwingen. Ein stummer, aber verläßlicher Begleiter auf dem Weg nach Hause.

Wilhelm war ein guter Schüler in der Eichstädtler Schule, er kennt sich in der Geographie aus. Ostwärts muß er wandern, ostwärts liegt Prag, die goldene Hauptstadt Böhmens an den Ufern der Moldau. Wenn er erst in Prag ist, findet er auch ins Staadtla, denn diesen Weg hat er schon mehrmals zurückgelegt.

Eine todsichere Sache, dem Main zu folgen, denn der kommt aus Osten. Aber Wilhelm weiß, daß sich dieser

Fluß windet wie eine wütende Kreuzotter. Da muß man gewitzt sein: In Aschaffenburg biegt er links ab, trabt über die Hügel, übernachtet in Heuschuppen, sieht den Main in Lohr wieder, überquert ihn, trifft einen Bierkutscher, der ihn auf seinem Wagen mitnimmt, weil er sich nicht immer nur mit seinen Rössern unterhalten will. Aber der ist Wilhelm zu langsam. Er steigt wieder ab und geht zu Fuß weiter.

Da platzt ihm der rechte Stiefel. Die beiden Schuster in Gemünden schütteln die Köpfe: Hoffnungsloser Fall. Nicht mehr zu reparieren.

Wilhelm arbeitet einen Monat lang bei einem alten Seifensieder, um sich Geld für ein Paar Stiefel zu verdienen. Während dieser Tage verliebt sich die Tochter des Hauses in ihn, eine junge Witwe. Ihr Mann, der Jung-Meister, ist an Blutvergiftung gestorben. Ihr Vater wird es nicht mehr lange machen, das ist so gewiß wie das Amen in der Kirche. Was soll dann aus ihrer Seifensiederei werden? Sie ist hübsch und feurig, die Luise, und noch keine fünfundzwanzig Jahre alt. Und fruchtbar ist sie auch. Ein Kind kräht in der Wiege, geboren nach dem Tod des Mannes.

Sie gefällt Wilhelm auch, o ja, und er schläft mit ihr. Sie will es so. Es sind Nächte, in denen die Funken sprühen. Luise ist nicht dumm, und sie hat Herz. Zwar kocht sie für seinen böhmischen Geschmack zu viel Gemüse, aber sie müht sich, ihm zu Gefallen auch Semmelknödel auf den Tisch zu bringen. Mit den Semmelknödeln von daheim haben diese Gebilde allerdings wenig zu tun. Aber daran ist wohl er selbst schuld, er hat ihr die Zutaten nicht richtig zu beschreiben gewußt.

Sie läßt ihn erzählen von seinem Staadtla, seinen Eltern, seinem Lehrer, den Wallfahrern zum Muttergottesberg; von Knölls Scheune auf den sauren Kressenwiesen, wo fliegenfressende Blumen wachsen; vom Galgenberg, auf dem früher die in Eichstädtl Gerichteten am Strang vom Leben zum Tode gebracht worden waren. Sie fragt ihn aus, lacht manchmal schallend, aber nicht von oben herab, über seine Aussprache, seine Bräuche. Glücklich schaut sie zu, wie er das Kind auf den Schoß nimmt, es auf seinen Knien reiten läßt und wie ein geübter Vater mit ihm spricht.

Alles paßt so gut. Mit einem Schlag wäre er ein gemachter Mann, Besitzer einer gutgehenden Seifensiederei. Und auch dem alten Meister wäre er schon recht. Die Lehrlinge und Gesellen mögen ihn.

Aber dann wäre Wilhelm in der Fremde festgenagelt, könnte nicht zurück in sein Staadtla, höchstens auf Besuch. Unvorstellbar. Nichts gegen die Fremde, es läßt sich überall leben, und die Leute in Gemünden sind freundlich. Aber hierbleiben für immer? Nein. Die Welt ist groß, und Eichstädtl ist ihr Mittelpunkt.

Die junge Frau bricht in Tränen aus: »Du liebst mich nicht genug, Wilhelm!«

Doch, doch, er liebt sie. Ehrlich. »Komm mit ins Staadtla«, schlägt er ihr vor.

Aber das will sie nicht. Mit dem Kind in die Fremde, die niemand kennt außer Wilhelm? Adlergebirge. Wer hat davon jemals schon etwas gehört? Eine finstere Gegend weit hinten im Böhmischen, wo die Leute so anders reden. Wo die Zigeuner herkommen. Und wo es vielleicht noch Wölfe gibt! Und dann die ganze Seifensiederei – man kann sie nicht auf den Buckel laden und mitnehmen. Die bleibt in der Gemündener Gemarkung kleben, so sehr die Herzen auch wallen. Und dem alten Vater bräche das Herz, wenn die Tochter mit dem Enkel davonzöge.

»Sieh das doch ein, Wilhelm«, beschwört sie ihn.

Er schweigt.

»Du tust ja gerade, als wär' Jesus in Knölls Scheune zur Welt gekommen und auf eurem Galgenberg gekreuzigt worden!« schreit sie ihm zornig ins Gesicht. »Es gibt Millionen von Staadtlas auf der Welt!«

Da hat sie schon recht. Aber er kann nun mal nirgends anders daheim sein als in Eichstädtl, oder er geht zugrunde. Außerdem – vielleicht spürt er's im Unbewußten – hat ihn die Vorsehung dazu bestimmt, Karls Vater zu werden. Karl aber wird eine andere Mutter haben, nicht die Gemündener Seifensiedertochter, und wird in Eichstädtl zur Welt kommen. Was da geschehen soll, ist längst vollendet.

Und so kauft er sich noch an diesem Tag die Stiefel, die er für die Heimkehr braucht, und verläßt Gemünden. Aber nicht, ohne der jungen Witwe seine Heimatanschrift zu übergeben. Es könnte ja sein, daß er sie geschwängert hat. Für das Kind soll gesorgt sein. Er will sich nicht drücken.

Sie spuckt ihm nach, rasend vor Zorn und Enttäuschung. Und das Kind, das sie knapp neun Monate später von ihm bekommt, zieht sie allein groß. Sie pfeift auf seine Hilfe.

Diesmal hält er sich ans Tal der Fränkischen Saale. Er kommt durch Hammelburg, wo mehr als hundert Jahre später sein Enkel Wilhelm Rotwengel, nach ihm benannt, und seine Enkelin Laura, eine geborene Rotwengel, begraben liegen werden, weit von zu Hause, gestorben an Heimweh.

Von Hammelburg nimmt er die Landstraße nach Schweinfurt und ist nun wieder am Main, aber jetzt dort, wo sich der Fluß nicht mehr so schlängelt, sondern einigermaßen zügig aus Ostsüdost kommt. Wilhelm wandert gegen die Strömung, der Wind bläst ihm ins Gesicht. Es wird Herbst, er muß sich beeilen. Vor dem Winter muß er daheim sein, denn im Tiefwinter ist das Adlergebirge eine uneinnehmbare Festung. Wie der berüchtigte Spielberg in Brünn.

Trotzdem nimmt sich Wilhelm die Zeit, unterwegs ein Tagebuch zu schreiben. Er hat eine schöne Schrift, eine schräge, lange, spitzkantige, die seine jüngeren Urenkel nicht mehr werden lesen können, weil sie eine andere Schrift gelernt haben. Seine Sätze sind gut gebaut. Er weiß, wie man Sätze zu formen hat, denn er hat schon viele Bücher gelesen. In der Schule ist er einer der Besten gewesen. Später will er seinen Kindern, die er in die Welt zu setzen gedenkt, diese lange Wanderung genau schildern können.

Auch auf dem Feldzug in die Lombardei hat er ein Tagebuch geführt. Aber das ist ihm in der Schlacht von Novara abhanden gekommen. Am Abend nach dem Gemetzel hat er noch auf den Feldern zwischen den Toten und den Pferdekadavern nach ihm gesucht. Denn es hat so viel Arbeit und Erinnerung in diesem Heft gesteckt. Der ganze Tornister – wie vom Erdboden verschluckt. Fast wäre er noch der Leichenfledderei verdächtigt worden. Der Tornister hat sich dann doch noch gefunden, aber er war leer. Vielleicht hat einer das Heft eingesteckt, Freund oder Feind. Nun denn, möge er Freude daran haben.

In Bamberg gerät er in eine Schlägerei zwischen Handwerksburschen und betrunkenen Rekruten und wird von der Polizei festgenommen. Aber er kann glaubhaft versichern, daß er ohne Schuld in diesen Händel hineingeraten ist. Er hat auch Zeugen, die zu Protokoll geben, daß er in die Zwangslage gebracht wurde, sich verteidigen zu müssen.

Mit einem blauen Auge und einem eingerissenen Ohr überquert er die sanften Hügel der Fränkischen Schweiz und läßt sich – gegen ein kleines Trinkgeld – von Bauernkindern in eine Höhle führen, von der man ihm unterwegs Wunderdinge erzählt hat. Das tut er nicht nur, um seine eigene Neugier zu befriedigen, sondern auch zum Besten seiner zukünftigen Kinder: Ein Vater, der viel von den Merkwürdigkeiten der Welt gesehen hat, kann seiner Nachkommenschaft nützlicher sein und genießt mehr Respekt als einer, der immer nur daheim war.

Dort, tief im Berg, aus dem Dunkel zwischen zwei Stalaktiten, schaut ihn wieder einmal der Lombarde an, und als die Kinder, Echo fordernd, »Huhu« ins hohe Gewölbe krähen, hallt dreimal, immer leiser werdend, der näselnde Ruf »Wilhelm!« zurück. Und erst ein Schwenk mit der Stallaterne vertreibt den Spuk.

Der Lombarde hat Wilhelm den Tag verdorben. In der nächsten Nacht kann der Wanderer nicht gut schlafen. Wenn's wenigstens ein alter, knorriger Kerl gewesen wäre, ein Haudegen, der selber schon ein paar Dutzend Österreicher auf dem Gewissen gehabt hätte. Dieser Junge aber verhielt sich so zögernd und ungeschickt, daß kein Zweifel bleibt: In der Schlacht von Novara hat er zum ersten Mal einem Feind gegenübergestanden. Ausgerechnet dieser Feind ist Wilhelm gewesen, der in Friedenszeiten nicht im Traum daran dächte, einem Menschen den Bauch aufzuschlitzen.

»Scheißkrieg, vermaledeiter!« flucht er und grollt seinem Vaterland, das ihn mit den Augen des Lombarden allein läßt.

Bei Bindlach hilft er einem Bauern, die Garben vor dem drohenden Gewitter trocken in die Scheune zu schaffen, wird zum Dank großzügig verköstigt und darf beim Knecht im Dachstübel schlafen. Dort traut sich der Lombarde nicht hin, denn der Knecht schnarcht so laut.

Über die Hänge des Fichtelgebirges und den Nordkamm des Böhmerwaldes wandert er mit einem Bärenführer samt einem ausgewachsenen Bären. Der Bärenführer ist in großer Not, denn ihm ist sein Kompagnon, ein Flötist, an Lungenschwindsucht weggestorben, nachts in einem Pferdestall, und jetzt hat er niemanden, der dem Bären aufspielt, wenn er tanzen soll. Die Flöte trägt der Bärenführer auf dem Rücken, ein Vermächtnis des Toten, sorgsam verpackt in allerlei Lappen und Lumpen, damit sie, um Gottes willen, nicht naß wird.

Wilhelm hat von seinem Vater, der sich nicht nur auf die Posaune versteht, Flöte spielen gelernt. Vom Blatt, aber auch aus dem Kopf. Er hat viele Melodien im Kopf, sie gehen ihm nie aus, wenn er dem Bärenführer aus Gefälligkeit Musik macht – mitten in den Dörfern, sobald genug Leute zusammengeströmt sind. Es scheint, als ob der Bär seine Beine am liebsten nach der Weise ›Wer will mit nach Italien ziehn? Radetzky kommandiert ...‹ hebt und seinen

Hintern schwingt. Allerdings transponiert Wilhelm diesen Marsch in einen Walzer, denn der Bär soll ja nicht marschieren, sondern tanzen. Die Melodie klingt als Walzer fast noch besser, sie ist kaum wiederzuerkennen! Die Leute amüsieren sich über Lied und Bär. Und der Bärenführer ist nicht geizig, er weiß, was er an Wilhelm hat, und gibt ihm aus dem Hut, mit dem er nach jeder Vorstellung die Runde macht, einen anständigen Teil ab. So viel, daß sich Wilhelm außer Speck und Brot auch ab und zu ein Bier leisten kann.

Aber sie kommen zu langsam voran, halten sich überall auf. Wilhelm muß sich vom Bärenführer trennen. Zum Glück findet sich im letzten Augenblick ein Vagabund, der eine Geige bei sich hat und darauf spielen kann, ein Sproß aus guter Bayreuther Familie, durch den Suff verkommen. Da fällt der Abschied leichter. Der Bärenführer verspricht Wilhelm, ihm nach Eichstädtl nachzukommen, vorausgesetzt, daß man auch im Böhmischen gern Bären tanzen sehe. Das beteuert Wilhelm und beschreibt ihm den Weg: immer nach Osten, quer durch Böhmen, bis er das Elbufer erreicht. Flußaufwärts weiter nach Königgrätz, wo die Adler in die Elbe mündet. An der Adler entlang, bis sie sich in die Wilde und die Stille Adler teilt. An die Stille Adler solle sich der Bärenführer halten, immer flußaufwärts. Dann könne er Eichstädtl nicht verfehlen.

»Du kannst ein paar Tage bei uns wohnen«, sagt er. »Und der Bär kommt in den Holzschuppen.«

Ein Bär in Eichstädtl. Die werden Augen machen! In den Kindertagen seines Vaters, also zu Napoleons Zeiten, soll es im oberen Adlergebirge noch Bären gegeben haben. Sogar im Jahr 1831 wurde bei Gießhübel noch einer erlegt, ein uralter, abgeschabter, der sich aus dem Riesengebirge herüber verirrt hatte. Im Adlergebirge ist *alles* möglich, bis auf den heutigen Tag.

2. Kapitel

In dem Wilhelm Rotwengel vor dem Altstädter Rathaus in Prag eine Erscheinung hat und in der Nähe des alten Schlachtfelds von Kolin zusammen mit einem galizischen Juden ein Kuheuter leert

Sobald Wilhelm die deutsch-böhmische Grenzschranke hinter sich hat, kommt er schneller vorwärts. Im Röslautal hat er sich noch die Füße wundgelaufen. Aber hier bleibt den neuen Stiefeln nichts anderes übrig, als sich endlich seinen Füßen anzupassen. Eger, Elbogen, Karlsbad – schöne, gepflegte Städte, in deren Gastwirtschaften er Powidltatschkerln bestellen kann, ohne entgeistert angestarrt zu werden. Auch was in den Zeitungen steht, wird hier anschaulicher – sogar, wenn's von den Fortyninern handelt, die im kalifornischen Sacramento-River Gold waschen. Jemand hat dort einen Goldklumpen von fast zwei Kilo Gewicht gefunden. Nicht zu glauben. Jedenfalls schreiben österreichisch-böhmische Zeitungsleute anders als preußische. Eben vertrauter.

Und nun geht's ins Böhmische hinein, auf Prag zu. Die Straße führt gerade und breit auf den Horizont zu, Kutschen rattern vorüber, Planwagen ziehen ihren Weg, Fuhrleute knallen mit den Peitschen und feuern ihre verschwitzten Pferde mit einem aufmunternden »Tschihie!« an. Handwerksburschen, zu Fuß in beiden Richtungen unterwegs, winken einander zu, fragen hinüber und herüber nach Woher und Wohin. Es ist ein trockener September, jeder Wagen wirbelt Staub auf. Die Fußwanderer atmen ihn ein und husten ihn wieder aus. Wilhelms schön gezwirbelter Schnurrbart verstaubt. Seine Enden lassen sich kaum mehr drehen, so struppig ist er geworden.

Es riecht nach verbranntem Erdäpfelkraut. Die Tschechen auf den Feldern sind freundlich, sie winken den Heimkehrer auf ihren Wiesenrain hinüber, lassen ihn an ihrer Jause teilnehmen. Als Gegengabe hilft er ihnen eine Stunde oder zwei, und wenn es sich ergibt, auch länger: für ein Nachtlager im Pferdestall oder auf dem Heuboden, vielleicht sogar in einer leeren Knechtekammer.

Buchau, Lubenz, Řevničov. Stundenlang schnurgerade Straße zwischen fruchtbaren Feldern. Wenn es solche Äcker im Staadtla gäbe, schwarz und fett und voller Regenwürmer! Erde, in der Weizen, Hopfen und Zuckerrüben gedeihen! Dann wäre das Leben eine einzige Hochzeit.

Kurz nach Řevničov gesellt sich ihm ein Stettiner Schreinergeselle zu. Auch er heißt Wilhelm, auch er ist Nomade, süchtig nach der Fremde. Und doch: Während des gemeinsamen Marsches nach Prag – er schreitet zügig aus – erzählt er fast nur von Stettin. Wie dort die Frauen sind, was es dort zu essen gibt, wie die Oder riecht. Und er seufzt dabei.

Am Spätnachmittag des dritten gemeinsamen Tages, nach einer unruhigen Nacht in der Sattelkammer eines Gutshofes, ziehen sie in die Stadt Prag ein. Als sich die Türme des Sankt-Veits-Domes im Dunst abzuzeichnen beginnen, schallt der übermütige Ruf über die Moldau: »Freu dich, Prag, der Rotwengel Wilhelm kommt – und ein anderer Wilhelm noch dazu!«

»Aus meiner Ankunft«, meint der Stettiner, »wird sich Prag kaum etwas machen. Ich bin doch Preuße ...«

Aber Prag ist eine großzügige Stadt, auch gegenüber Preußen. Eine Stadt, in der Tschechen, Deutsche und Juden friedlich nebeneinander leben. Wilhelm aus Eichstädtl wird in der Seifensiederei des Ferdinand Michalek, wo er sein Handwerk gelernt hat, mit herzlichen Wangenküssen empfangen und muß vom Italienfeldzug berichten. Auch Wilhelm aus Stettin darf im Michalek'schen Haus übernachten, man rückt eben zusammen. Und es gibt einen wunderbaren Mohnstrudel – so viel, daß man fast platzt. Mohn, ein Stück Heimat. Daß nachts ein paar Wanzen zwicken, was macht's schon aus? Es sind ja böhmische Wanzen.

Den Heimkehrer hält es nicht lange in Prag. Er nimmt sich gerade noch Zeit, dem Stettiner die grauen Heiligenfiguren auf der Karlsbrücke und die Uhr des Rathauses am Altstädter Ring zu zeigen. Das sind die beiden Sehenswürdigkeiten in Prag, die ihn immer am meisten angezogen haben. Wie oft hat er in seiner Lehrlingszeit von der Brücke in die Moldau gestarrt! Dort unten in den gelbschmutzigen Wellen ist der heilige Nepomuk ertrunken, gefesselt, mit Steinen beschwert. Eine miese Hinrichtung. Mörder: König Wenzel. Mordopfer: der Beichtvater der Königin, der dem eifersüchtigen Ehemann nicht verraten will, was ihm die Königin gebeichtet hat. So jedenfalls hat Wilhelm die Geschichte erzählt bekommen.

»Dummkopf«, sagt der Stettiner trocken. »Für sowas sich ersäufen lassen wie eine lästige Katze!«

»Wenigstens *einer*, der's gewagt hat, dem König die Stirn zu bieten«, wendet Wilhelm ein. »Und Beichtgeheimnis ist eben Beichtgeheimnis, egal, ob's die Königin ist oder eine Bauernmagd.«

»Sowas kann, Gott sei Dank, nur bei den Katholiken passieren«, meint der Stettiner.

Vor dem Rathaus müssen sie eine Weile warten, denn die Stunde ist noch nicht voll. Wilhelm Rotwengel erklärt dem Stettiner die Astronomische Uhr. An ihr ist viel zu sehen: der Lauf durch das Jahr mit Monaten, Tagen und Stunden; der Auf- und Niedergang der Sterne; die Aequinoctia-Tierkreiszeichen; die Länge des Tages und der Nacht; die Zeiten des Neu- und Vollmonds samt den Vierteln; ja sogar die Feste durch das Jahr.

Und schon ist es zwölf Uhr. Das Uhrwerk zeigt sein Programm. Der Knochenmann neben dem Zifferblatt zieht am Seil der Sterbeglocke und hebt mit der anderen Hand eine Sanduhr hoch. Gleichzeitig öffnen sich die beiden Fenster über der Uhr: Jesus erscheint, gefolgt von seinen zwölf Jüngern, und zieht langsam erst hinter dem einen, dann hinter dem anderen Fenster vorbei. Ist der letzte verschwunden, schließen sich die Fenster. Über ihnen in der Nische flattert ein Hahn. Dann schlägt die volle Stunde. Aber nicht genug damit: Neben der Uhr schüttelt ein Türke den Kopf, stiert ein Geizkragen auf sein Säckel, betrachtet sich ein Geck im Spiegel.

Überwältigt starrt der Stettiner mit offenem Mund hinauf. Nein, so etwas hat Stettin denn doch nicht zu bieten.

Aber für Wilhelm Rotwengel ist die Vorstellung, zu seinem Schrecken, noch nicht zu Ende: Sobald die zwölf Schläge verhallt sind, geht – nur für ihn allein sichtbar – über der Uhr noch einmal ein Fenster auf. Der Lombarde erscheint, diesmal von Kopf bis Fuß. Aus seinem aufgeschlitzten Bauch quillt wieder das Gedärm, wälzt sich heraus, hängt in langen Schlingen über Zifferblatt und Kalendarium herab, verheddert sich in den Uhrzeigern. Der Lombarde versucht es wieder einzuholen, es zu bändigen, aber es ist schlüpfrig, es entgleitet ihm, er bekommt es nicht in den Griff. Vier bis fünf Meter Darm hat der Mensch im Bauch, das hat Wilhelm in der Eichstädtler Schule gelernt. Aber der Darm des Lombarden hängt jetzt vom hohen Fenster des Rathausturmes bis hinunter auf das Pflaster, ringelt sich dort sogar noch in ein paar Schleifen. Der Lombarde gibt auf, rührt sich nicht mehr, steht da mit hängenden Armen und hohlem Bauch. Seinen Kopf hält er ein wenig geneigt, sonst könnte er Wilhelm, der unten auf dem Platz steht, ja nicht anlächeln.

»Alle Achtung«, sagt der Stettiner. »Eine schöne Stadt, wirklich. Nur so viele Juden. In jeder Gasse wieseln sie herum. Wie die Wanzen. Ihr müßtet euer Prag mal gründlich ausräuchern. – He, Wilhelm, was ist? Träumst du?«

Der Rotwengel wischt den Lombarden mit einer Handbewegung weg und kommt zu sich. Die beiden Wilhelme nehmen voneinander Abschied, und der aus Eichstädtl macht sich wieder auf den Weg ostwärts, in Richtung Königgrätz. Er soll sich beeilen, verdammtnochmal!

Denn er soll ja Vater des armen Karl werden, dem eine unbekannte Instanz das Bewußtsein ins Universum katapultieren wird.

Auch auf dieser etwas gleichförmigen Strecke ist er nicht allein. Ein Jude mittleren Alters heftet sich an seine Fersen, einer mit Hut und Schläfenlöckchen, der nur aus Haut und Knochen zu bestehen scheint. Wilhelm dreht sich um und fragt ruhig: »*Muß* das sein?«

Das Jidlein bleibt erschrocken stehen und sagt schüchtern: »Es ist nur, weil ich jetzt nicht allein sein möcht'. Wenn ich nur, mit Verlaub, so lange in Eurer Nähe bleiben dürft', bis ich einen anderen gefunden hab, der in diese Richtung wandert ...«

Das Jidlein ist im galizischen Tarnow daheim. Den ganzen Weg von dort nach Prag ist der Mann zu Fuß gelaufen, einen Monat lang, weil er kein Geld für eine Postkutsche hatte. Zu einem berühmten Rabbi ist er gewandert, um sein krankes Kind heilen zu lassen. Ein wahrer Wunderheiler soll dieser Rabbi sein, streicht dem Kranken nur ein paarmal über den Körper, schaut ihm in die Augen – und das Fieber, das jahrelange, ist weg, der Schorf fällt ab, die Krämpfe lösen sich, die Bandwürmer krepieren, die zerfressene Lunge füllt sich wieder auf und pumpt sich voll Luft, der Taube hält sich die Ohren zu, der Blinde blinzelt geblendet.

»Aber wie sollte das gehen in deinem Fall«, fragt Wilhelm. »Der Heiler in Prag und das Kind in Galizien?«

»Ich hatte es doch mitgebracht«, antwortet das Jidlein. »Auf dem Rücken hab ich's getragen. Es hat ja fast nichts mehr gewogen.«

»Und?« fragt Wilhelm gespannt. Denn jetzt hat das Jidlein kein Kind mehr auf dem Rücken.

»Einen Tag vor Prag ist mir's gestorben.«

Wilhelm schweigt betroffen. Einen Tag vor Prag.

»Ich bin trotzdem hinein nach Prag«, sagt das Jidlein. »Ich hab's dem Rabbi gezeigt. Ich hab gedacht, vielleicht macht er mir's lebendig. Aber das hat er nicht gekonnt. Das nicht. Er hat mir nur gesagt, ich sollt' zufrieden sein, daß es tot ist. Denn so würde seinen Kindern und Enkeln erspart, auf die Welt zu kommen für den Feuerofen.«

»Was hat er damit gemeint?« fragt Wilhelm düster.

Das Jidlein hebt die Schultern. »Was weiß ich? Wie könnte denn unsereiner auch die Worte eines Weisen verstehen? Gut war er jedenfalls zu mir, er hat sich drum gekümmert, daß ich meinen Samuel in Prag begraben konnt', auf dem jüdischen Friedhof. Das ist ein guter Platz, da ist er nicht allein, da hat er Kinder um sich. Vier Jahre ist er alt geworden ...«

Er weint. Er hat kein Schnupftuch. Die Tränen sickern ihm in den schwarzen Bart, den Rotz wischt er an den Ärmel.

»In der Maislgasse hat mich der Rabbi untergebracht. Gute Frauen waren da, alte Frauen, die trösten konnten. Ich kann jetzt wieder schlafen. Nur: Wie sag' ich's Samuels Mutter? Sie hofft, sie wartet, sie betet noch immer. Sie weiß ja noch nichts. Es war unser einziges Kind. Manchmal möcht' ich gar nicht heimkehren, möcht' ich irgendwo bleiben, für immer. Damit sie die Hoffnung behalten kann ...«

Am Abend wird es für Wilhelm schwierig, ein Nachtquartier zu finden. Er allein? Gewiß doch! Aber nicht zusammen mit diesem Juden. Die Krummnasen sind verlaust und schmutzig, legen Feuer, verführen junge Mädchen, schnüffeln und stehlen. Und auch wenn sie das alles eventuell nicht tun, dann tragen sie doch Unglück ins Haus.

Aber Wilhelm bringt es nicht fertig, dieses Häufchen Unglück im Stich zu lassen, und so schlafen sie nebeneinander im Stroh einer einsamen Scheune und melken sich am nächsten Morgen Milch aus einem Kuheuter. Denn von irgend etwas muß der Mensch ja leben, und das Kuheuter ist wie eine Quelle, es füllt sich von selbst wieder auf. Nichts als Mundraub in einem Stall an der Landstraße.

Aber sie machen doch, daß sie davonkommen, als die Stalltür in den Angeln quietscht. Fort durch die Hintertür.

Sie kommen am Schlachtfeld von Kolin vorbei. Hier hat die große Habsburgerin Maria Theresia, das üppige Prachtweib, Gott hab sie selig, den Preußenkönig besiegt, diesen verdammten alten Fritzen, und hat ihn aus Böhmen hinausgejagt. Fast hundert Jahre sind es jetzt her. Und doch hat dieser Schubiak Schlesien nicht mehr herausgegeben, das doch den Habsburgern gehört hat. Wilhelm schießt einen Stein mit der Stiefelspitze von der Straße weit ins Feld hinüber. Hätte die Kaiserin damals den Radetzky als Feldmarschall gehabt, dann wäre sicher die ganze Gegend hinter dem Steinscholzen bis nach Glatz hinüber jetzt noch österreichisch – so weit man an klaren Tagen vom Steinscholzen aus sehen kann. Und rund um Eichstädtl gäbe es weit und breit keine Grenze.

Wilhelm kratzt sich am Kopf. Er hat sich doch Läuse geholt vom Galizier. Nun ja, er hat sich schon oft welche geholt – in Galizien, in Wien, in Budapest und in der Lombardei. Und er ist sie auch wieder losgeworden.

Das Jidlein kann schnell gehen, Wilhelm hat seine Mühe, mitzukommen. Es ist fast, als wehte der Oktobersturm die schwarze Gestalt vor sich her. Ein paarmal rollt der Hut davon. Gemeinsam fangen sie ihn wieder ein. Wilhelm seufzt ab und zu. Es ist schon eine Plage mit diesem Weggefährten. Er redet ununterbrochen. Vielleicht, um nicht an seinen Samuel zu denken. Er erzählt von Galizien und Polen. Von den Ziegenböcken, die Punkt zwölf Uhr am Rathaus in Poznán erscheinen. Die hat Wilhelm seinerzeit auch gesehen. Aber mit Jesus und seinen zwölf Aposteln, mit dem Türken, dem Gecken, dem Geizkragen und dem Tod am Altstädter Rathaus in Prag können sie sich nicht messen. Was sind schon Ziegenböcke, und was ist schon Poznán?

Aber solche Flöße wie auf dem Dunajec hinter der Hohen Tatra, die hat das Jidlein auf der Moldau nirgends gesehen. Seine Stimme schnappt vor Eifer und Zorn ins

Falsett über. Und Tarnow – die schönste Stadt der Welt! Wo gibt es eine zweite solche Stadt, he?

Wilhelm schweigt. Das Jidlein ist ja noch wund an der Seele, man muß zart mit ihm umgehen. Wenn *er* an Tarnow denkt, kommt ihm nichts in den Sinn als schlammige Straßen, verwanzte Herbergen und Scharen von Juden mit breitkrempigen Hüten und Schläfenlocken. Aber gute Seife weiß man dort zu machen, alles, was recht ist. Das sagt er dem Jidlein, und es strahlt. Wilhelm erzählt ihm dann von einer polnischen Hochzeit, zu der er geladen war, einer Goralenhochzeit in den Beskiden. Zu essen gab's vom Besten. Aber sie haben ihn so besoffen gemacht, daß er noch am übernächsten Tag kotzen mußte.

Galizien. Wilhelm verstummt und sinnt. Vielen guten Menschen ist er dort begegnet, neben der guten Seife. Aber es herrscht dort doch eine fremde Welt. Nur die Briefmarken sind gleich. Und die Fahnen.

Am Elbufer entlang wandern sie bis nach Pardubitz, von dort nach Königgrätz, wo sie die Elbe verlassen und an der Adler flußaufwärts weiterziehen. Jetzt schreitet Wilhelm schneller aus, denn hier riecht es schon heimatlich. Hohenbruck, Tinischt, Kosteletz: lauter schöne Städtchen, um übergroße viereckige Marktplätze geschart. Die Adler hat sich jetzt geteilt, sie wandern am Ufer der Stillen Adler weiter. Hier kennt sich Wilhelm aus, hier ist er ja schon öfter durchgezogen. Freilich, hier sprechen die meisten Leute nicht deutsch, sondern tschechisch, aber auch hier riecht es wie im Staadtla: nach Kübelsauer und Buchteln, nach Kren und Majoran. Aus manchen Häusern duftet es so heftig nach Heimat, daß Wilhelm im Gespräch über diese atemberaubenden neuen Dampflokomotiven, die eine ganze Kette von Wagen ziehen können und für die jetzt schon in vielen Ländern der Welt eiserne Gleitschienen gebaut werden, den Faden verliert.

»Eine armselige Gegend hier«, sagt das Jidlein und macht eine geringschätzige Handbewegung. »Man braucht sich nur die Märkte anzuschauen. Ein bißchen Kukuruz, ein bißchen Sauerkraut, ein paar Mausefallen, ein paar Bürsten. Das ist alles. Und wo sieht man hier unsereinen?«

Wilhelm schluckt. Das tut weh. Aber er braust nicht auf. Heimat ist eben Heimat, darüber läßt sich nicht streiten, weil sich's dabei um ein Gefühl handelt, ähnlich wie die Liebe.

In Wamberg verabschiedet sich der Galizier von ihm, denn er will hinauf ins Adlergebirge, nach Rokitnitz an der Rokitenka, wo Verwandte von ihm leben, gleich neben der Synagoge. Dort hat er sich schon auf der Herreise ein paar Tage aufgehalten. Seine Cousine hat ihm das Kind, das schon im Sterben lag, wieder aufgepäppelt. Jetzt will er ein paar Tage dort schlafen, sich satt essen, beten und in Ruhe weinen. Und dann übers Altvatergebirge weiterziehen.

Oder auch nicht.

Wilhelm winkt ihm nach, dem Aaron Dubski. Er hat sich an ihn gewöhnt – trotz der Läuse. Wie ein Schatten flattert das Jidlein davon.

Bleib nicht stehen, Wilhelm! Beeil dich, denn du sollst Karl zeugen – und noch ein paar Kinder davor …

Kaum trabt Wilhelm wieder allein, will sich ihm ein Kinderwerber anschließen, ein kleiner, dicker Tscheche, dem der linke Arm fehlt. Zuerst versucht er Wilhelms Interesse mit einer Beurteilung des brasilianisch-argentinischen Krieges zu wecken. Dann spricht er in fließendem Wiener Dialekt über die Weltausstellung in London. Er will wohl zeigen, daß er es sich leisten kann, täglich die Zeitung zu lesen. Wilhelm bleibt einsilbig, bis er erfährt, daß der linke Arm des Tschechen auf dem Schlachtfeld von Novara geblieben ist. Da wird er hellwach, und der Tscheche spricht plötzlich tschechisch.

»Pech gehabt«, sagt er und wedelt mit seinem Stumpf, »den hat mir der König von Sardinien mit seiner Kanone abgeschossen. Ein Präsent fürs Vaterland, mit Sehnen,

Knochen, Fettem und Magerem, eingepackt in den Uniformärmel. Aber deswegen aufgeben? Ich nicht, mein Herr, ich nicht! Das Leben hat man nur einmal, damit muß man sparsam umgehen. Vorher war ich Fleischer. Damit ist es aus. Ich kann ja kein Schwein mehr heben, nicht einmal ein halbes. Außerdem hab ich dort unten im Gemetzel genug rohes Fleisch gesehen. Das reicht mir fürs Leben. Ich hab meine Fleischerei verpachtet. Jetzt geh' ich Kinder werben. Früher hat das mein Onkel gemacht. Er hat eine feste Stammkundschaft gehabt, hüben wie drüben. Jetzt ist er zu alt dazu. In den letzten drei, vier Jahren ist er fast auf allen vieren über die Berge gekrochen. Ich hab sein Geschäft übernommen. Man wird nicht reich davon und ist viel aushäusig. Aber es ernährt seinen Mann.«

Wilhelm nickt. Die Kinderwerber. Jedes Frühjahr stellen sie sich ein, pünktlich wie die Schwalben.

Er unterhält sich eine Weile mit dem Veteranen über den Italienfeldzug. In der Schlacht von Novara war dieser Tscheche auf dem linken Flügel gewesen. Was für ein Staub damals! Der ganze Staub der Lombardei ist in dieser Schlacht aufgewirbelt worden. Kämpfen und husten zugleich, das ist kaum zu schaffen. Und so viele Felder wurden zertrampelt. So viel vergebliche Mühe der Bauern, denen sie gehörten! Aber danach gab's dort sicher eine doppelt so gute Ernte wie vorher – wo doch so viel Blut in die Äcker geflossen ist. Das ist auch eine Art von Gerechtigkeit für die Unbeteiligten, die geschädigt wurden.

Ein interessantes Gespräch, zumal es sich jetzt um Gerechtigkeit dreht. Dazu ließe sich viel sagen. Aber der dicke Tscheche geht Wilhelm zu langsam. Er scheint sein Tempo kaum mehr steigern zu können, denn er keucht schon zwischen jedem Satz. Also verabschiedet sich Wilhelm freundlich von ihm, dem Josef Netoušil aus Jaroslav.

»Wenn du mal Kinder hast, Kamerad, dann laß sie von keinem anderen werben, sondern von mir, hörst du?«

»Wenn du ins Staadtla kommst, schau herein. Der Seifensieder. Korporal Siegmunds Wilhelm!«

Der Tscheche fragt nicht, wo dieses Staadtla liegt. Also muß er sich im Adlergebirge auskennen, muß diesem zärtlichen Namen von Eichstädtl längst begegnet sein. Und nun legt Wilhelm einen Schritt, zwei Schritte, drei Schritte zu.

»Mein bester Freund war ein Deutscher!« ruft ihm der Tscheche nach, »ein gewisser Karger Josef aus Schediwie!« Und dann, schon halb verhallt: »Den hat's bei Novara zerrissen. Ich hab nur noch seine Hand gefunden. An den Narben hab ich sie erkannt, und am Ehering. Ich hab sie begraben ...«

Ein geschwätziger Mann. Aber wahrscheinlich auch einer, dem's in den Träumen immer wieder hochkommt – das, was sich nicht immer niederhalten läßt. Einer, der alles wiederkäut.

Schediwie? Ein Nest in den Wäldern des oberen Adlergebirges, kaum zu finden. Eine Hand aus Schediwie liegt in Italien begraben. Abgerissen für ein bißchen Macht. Macht für den Kaiser, nicht für den Karger Josef oder seine Kinder.

Wilhelm schläft die letzte Nacht vor der Heimkehr unter der Burgruine Pottenstein. Er nimmt sich nicht mehr die Mühe, einen überdachten Schlafplatz zu finden, obwohl hier oben der Oktober schon kalt ist. Er legt sich zwischen Schierlings- und Pestwurzstauden auf einen flachen Felsen am Adlerufer. Der Schierling riecht so vertraut nach Mäusepisse. Und die Pestwurzblätter, fast so groß wie Schirme, erinnern ihn an seine Kindheit. Da rissen er und seine Spielgefährten diese Blätter ab, wenn es zu regnen begann, und legten sie sich mit dem Stiel nach oben auf ihre Köpfe. So kamen sie trocken heim, unter grünen Schirmen. War der Heimweg weit, suchten sie sich unterwegs ein neues Blatt. Denn welke Blätter taugen nicht als Regenschutz.

Er schläft unruhig. Gegen Morgen träumt er von seiner

Mutter, der schönen Marianne Veith, Tochter des Gemeindeschreibers von Nieder-Ullersdorf, die den Militärmusiker Siegmund Rotwengel heiratete, weil er von allen jungen Männern der Umgebung, die für sie als Bräutigam in Frage kamen, zwei aus ihrer Sicht unübertreffliche Vorzüge besaß: Er konnte Posaune blasen. Und er hatte fast zwölf Jahre seines Lebens in Venetien verbracht.

Als dieser Rotwengel, ein mittelgroßer, breitschultriger Mann, um sie freite, kam er in Uniform und mit seiner Posaune. Denn für ihn haben damals Posaune und Uniform zusammengehört. Statt der nötigen Worte setzte er die Posaune an die Lippen, blies die Backen auf, lief rot an und spielte: ›Zu Mantua in Banden Andreas Hofer war ...‹

Marianne hörte ihm tief beeindruckt zu, ohne zu merken, daß der ungeheure Schalldruck die Veithschen Katzen veranlaßte, das Haus fluchtartig zu verlassen, das Eulenpärchen auf dem Dachboden betäubte und den Kanarienvogel an Herzschlag sterben ließ. Als Siegmund, schwitzend, die Posaune absetzte, die die Kammer fast füllte und ein Herzjesubild von der Eckkonsole wischte, errötete sie und sagte leise: »Man erzählt sich, daß du Venedig gesehen haben sollst ...«

Daraufhin nickte er, kreidebleich vor Aufregung.

»Also dann«, sagte sie laut, »dann ist es recht.« Und sie fügte leiser hinzu: »Du mußt mir alles erzählen, wenn wir zusammen sein werden.«

Jetzt ist sie längst verblüht, seine Mutter, und er ist ihr einziges Kind geblieben. Und auch der Vater ist kein Musiker des 18. Infanterieregiments mehr, sondern Lohnweber im Staadtla. Aber noch immer bläst er die Posaune. Deshalb ist er bei jeder anständigen Hochzeit, jeder Kirmes, jedem Begräbnis dabei. Ohne ihn geht's nicht.

Was träumt Wilhelm zwischen Schierling und Pestwurz von seiner Mutter? Jung wie in seiner Kinderzeit, mit dunklem, gescheiteltem Haar und Dutt, hat sie Malzkaffee mit Zichorie gekocht und Krautbuchteln gebacken, ein ganzes Blech voll. Die niedrige Stube duftet nach ihnen. Und rund um den Tisch, ihm gegenüber und neben ihm sitzen Leute, die ihm allesamt vertraut sind: der rundköpfige Vater mit dem mächtigen, vom Puderzucker der Buchteln überstäubten Militärschnurrbart, neben ihm Luise, die blonde Seifensiedertochter aus Gemünden, mit dem Kind auf dem Schoß. Ihre Wangen glühen vor Gesundheit, und sie lacht schallend über einen Witz, den der Bärenführer neben ihr erzählt, der große, kräftige Mann mit dem Vollbart. Wilhelm spürt heiße Freude: Ist sie ihm nun doch nachgekommen, die Luise? Mit ihr zusammen, das wird kräftige, gesunde Kinder geben! Und die Mutter, diese zarte Frau, wird endlich ausruhen können.

Aber es sitzen noch mehr um den Tisch: der Lombarde, diesmal unversehrt und munter. Eine Locke hängt ihm kindlich-verwegen in die Stirn. Auch das Jidlein, in der Ecke unter dem Hausaltar, mit seinem Söhnchen Samuel. Und unter dem Tisch räkelt sich der Bär.

Die Mutter trägt auf und nötigt, gießt Kaffee nach und siebt immer wieder Puderzucker über die Buchteln. Zwischendurch streicht sie abwechselnd ihm und dem Lombarden zärtlich über den Kopf. Dem kleinen Samuel zerschneidet sie Buchteln in kleine Stücke, damit er sie leichter essen kann. Mit beiden Händen stopft sich das bleiche Knäblein die Stücke in den Mund und trinkt so gierig, daß ihm die Milch vom Kinn tropft. Das Kind ist so durchsichtig, daß Wilhelm den Schädel und die Fingerknöchelchen durch die Haut schimmern sieht. Und das Jidlein schaut verklärt zu, wie sein Sohn kaut.

»Er hat viel nachzuholen«, erklärt es und bittet um Entschuldigung wegen Samuels Gier. Und zu Samuel gewendet, treibt er ihn noch an: »Iß, iß! Was du im Bauch hast, kann dir keiner mehr nehmen. Und wer weiß, wann wir das nächste Mal zu Tisch geladen werden ...«

Auf einmal preßt der Lombarde mit entsetztem Blick seine Hände auf den Bauch. Gleichzeitig sinkt Samuel vornüber mit dem Gesicht in die überzuckerten Buchteln.

Und Wilhelm erwacht schweißgebadet am Ufer der Adler zwischen Schierling und Pestwurz.

Es ist schon hell. Der Morgen ist trüb und warm. Neben ihm schlängelt sich eine Ringelnatter zum Wasser. Er schaut ihr ruhig zu. Ein prachtvolles, majestätisch-fettes Exemplar, über zwei Schritt lang. Weithin leuchten die gelben Backen. Dieser Schlangenkörper erinnert ihn an den Lombarden. Da springt er auf, und die Ringelnatter gleitet blitzschnell ins Wasser.

Heim, heim! Er hastet voran, verläßt die Stille Adler, wählt eine Abkürzung über das Gebirge: Senftenberg, Nekoř, Pastvin, Wielsdorf. Noch gute fünf Stunden, wenn man gleichmäßig ausschreitet. Aber Wilhelm wird immer schneller, und ab Pastvin, wo die alte Steinbrücke die Wilde Adler überquert, geht's im Laufschritt. Hinauf auf den Berg, über dem, von daheim aus gesehen, immer die Sonne untergeht, vorbei an den weitgestreuten Höfen und Katen von Wielsdorf, zwischen den alten Ahornbäumen entlang, die den Schotterweg beschatten. Er kann es kaum erwarten, den Kamm zu erreichen, die Höhe, von der der Weg wieder abwärts führt. Schon wird im Osten, ganz in der Ferne, der Muttergottesberg über Grulich sichtbar, dann der Grenzwald, der Bierweg, die Kressenwiesen. Vom Fernen zum Nahen. Neben ihm wölbt sich der Galgenberg, gegenüber zieht sich der Mühlberg zum Hohen Stein empor, und über den Kressenwiesen erhebt sich der Grenzberg, der nur bis zum Kamm zur österreichisch-ungarischen Monarchie gehört.

Das Nahe, das Wichtigste liegt tief im Tal vor ihm – wie in einem Nest. Er stolpert, hastet. Und dann kann er's endlich in seiner ganzen Herrlichkeit sehen: das Staadtla. Höfe, Häuser und Katen, die Kirche umscharend wie die Küken die Glucke. Hier ist er ins Leben hineingeglitten, und von hier aus ist er in die Welt hinausgezogen.

Rauchsäulen steigen aus den Schornsteinen. Ein friedliches Bild. Herbstlich leuchtet das Laub der großen alten Linden rings um die Kirche. Es ist höchste Zeit, heimzukehren. Er rennt. Es geht ja bergab. Es fängt an zu regnen.

In der Ferne kommt ihm eine Frau entgegen. Sie geht langsam. Für sie geht's ja bergauf. Sie hat ihr Kopftuch tief in die Stirn gezogen. Er streift sie mit einem flüchtigen Blick. Seine Gedanken sind schon daheim. Was werden sie für Augen machen! Drei Jahre ist er fortgewesen. In all der Zeit hat er nur viermal Post von daheim bekommen. Und er weiß auch nicht, ob die Briefe angekommen sind, die er den Eltern aus Italien geschickt hat. Manche hat er der Post anvertraut, andere hat er verwundeten Kameraden mitgegeben, die heimkehren durften.

Ob Vater und Mutter noch leben? Angst überfällt ihn.

Da hört er jemanden seinen Namen rufen. Es ist die Frau, die ihm entgegenkommt. Jetzt fällt's ihm wie Schuppen von den Augen: Das ist ja die Mutter! Er stürmt ihr entgegen, umarmt sie, hebt sie hoch, trägt sie, außer sich vor Freude.

»Ach laß doch, laß doch«, wehrt sie sich schluchzend, »du wirst dir noch einen Bruch holen, Junge!«

»Wie hast du's denn wissen können, Mutterla, daß ich komm?«

»Ich hab's gespürt«, seufzt sie selig. »Es hat mich den Weg nach Wielsdorf hinaufgezogen, du glaubst nicht, wie.«

Nein, es hätte gar nicht des Hinweises der alten Faltussen bedurft, die am vergangenen Freitag Wilhelms unmittelbar bevorstehende Heimkehr aus dem Kaffeesatz wahrgesagt hatte. Und auch der kosmische Aufwand – ein wahres Feuerwerk von Sternschnuppen während der letzten Nächte – wäre nicht nötig gewesen, sie auf das große Ereignis vorzubereiten. Sie hatte es einfach gespürt. In der linken Brust.

Ja, der Vater ist wohlauf. Und daß sie ihrem Wilhelm die Charge aberkannt haben – was tut's? »Wenn du nur daheim bist, und gesund, mein Junge!«

Aber da ist doch noch etwas, das die Mutter beunruhigt. Sie bittet den Sohn, sie wieder von seinen Armen herunterzulassen. Sobald sie vor ihm steht, schaut sie ihm in die Augen und fragt: »Sei ehrlich, Wilhelm: Hast du jemanden umgebracht?«

Wilhelm hält ihrem Blick stand und sagt: »Vielleicht mehrere. Von einem aber weiß ich's ganz sicher.«

»Heilige Maria«, sagt die Mutter, »also hast du deine Unschuld verloren.« Sie bekreuzigt sich und fügt bitter hinzu: »Diese vermaledeiten Kaiser und Könige und Generäle! Gehen mit Menschen um, als wären es Erdäpfel!«

Sie legt ihre Arme um den Sohn und lehnt ihren Kopf an seine Brust, als wolle sie horchen, was in seinem Inneren vorgeht.

»Läßt er dich in Ruhe, Wilhelm?« flüstert sie.

»Nein, Mutterla«, flüstert er zurück, und dann bricht er in Tränen aus, der junge Mann, der ehemalige Patrollführer.

»Wie soll man ihn begreifen, diesen allmächtigen Gott?« sagt die Mutter, während sie ihm die Wangen streichelt. »Er zwingt euch unter die Soldaten, aber wenn ihr tötet, nimmt er euch die innere Ruhe!«

»Ist schon gut, Mutterla«, sagt Wilhelm und wischt sich mit dem Ärmel die Tränen weg.

»Hast du kein Sacktuch?« fragt sie, leisen Tadel in der Stimme und steckt ihm ihr eigenes zu.

Er will erklären, daß er es nach der Schlacht in Streifen gerissen hat, um jemanden zu verbinden. Aber sie hat schon ihr eigenes Sacktuch herausgezogen und ihm zugesteckt. Und während sie ihn sanft hangabwärts mit sich zieht, sagt sie: »Die arme Mutter, die andere. Gott sei ihr gnädig.«

O Mutterla. Er weiß, sie hat jede Nacht vor dem Einschlafen für ihn gebetet, die ganze lange Zeit, die er fort war. Sie hat ihre feste Betordnung: Erst kommt immer Sir Francis Drake dran – das hat ihr ihre Mutter, nach den Erfahrungen des Hungerwinters siebzehnhundertsiebzig-einundsiebzig, mit großem Nachdruck ans Herz gelegt. Ihm gebührt Dank. Denn nach dieser Hungersnot ließ Kaiser Josef Erdäpfel anbauen, und weil sie auch mit dem elendesten Boden zufrieden sind, gab es seit damals keine Hungersnöte mehr im Adlergebirge. Aber vorher mußte jemand die Erdäpfel aus Amerika, wo sie daheim waren, herüberbringen. Das tat Franz Drake, wie ihn die Mutter nennt. Sie spricht ihn so aus, wie er sich schreibt. Daß er ein Seeräuber war, will sie nicht glauben.

Nach dem Franz-Drake-Dankgebet hat sie ihre Pflicht erfüllt und kann nun für den Sohn beten und ihre Gedanken zärtlich um ihn kreisen lassen. Er weiß: Sie wird auch weiterhin für Drake und ihn beten. Und ab und zu, je nach Bedarf, auch noch für andere. Die Nacht ist lang genug für viele Gebete.

Die Leute im Dorf, denen die beiden begegnen, freuen sich mit über die Heimkehr. Sie fragen und erzählen, laufen auseinander und verkünden überall die frohe Botschaft: »Korporal Siegmunds Wilhelm ist wieder da!«

Jemand ist schon vorausgelaufen, hat's Vater Siegmund atemlos erzählt: »Der Wilhelm ist heimgekehrt! Er ist schon im Staadtla!«

Der Alte gerät in Aufregung. Also hat seine Marianne doch recht gehabt. Wie ging das zu? Er greift zur Posaune und schreitet dem Sohn feierlich entgegen, durch Hühnerkacke und Hundekot, durch Pfützen und Pferdeäpfel, in diesem Augenblick blind für alles Irdische. Noch bevor er den Heimkehrer sehen kann, fängt er an zu blasen, daß es nur so durch das Staadtla dröhnt: ›Wer will mit nach Italien ziehn? Radetzky kommandiert ...‹ Wilhelm soll hören, daß die Eichstädtler Blaskapelle, was das politische Zeitgeschehen betrifft, auf dem laufenden ist. Dieses Lied ist seit dem Italienfeldzug in aller Munde, von Ungarn bis Böhmen, von Tirol bis Serbien. Und Siegmund persönlich hat's für die Besetzung der Eichstädtler Blaskapelle eingerichtet. Hat tagelang Noten geschrieben, und jetzt klappt's. Man kann sich hören lassen.

Aber als der Sohn dann leibhaftig vor ihm steht, mit Augen, die in Tränen schwimmen, und schiefgedrücktem Schnurrbart, da geht dem Alten doch die Puste aus, da muß er doch weinen, und Wilhelm umarmt ihn samt der Posaune.

Daheim in der niedrigen Stube setzt er sich nicht auf den Platz am Tisch, wo er früher, vor dem Feldzug, immer gesessen hatte. Denn den hat im Traum der Lombarde eingenommen. Er läßt sich nieder auf dem Platz des Jidleins und seines Söhnchens. Und kaum sitzt er, überkommt ihn auch schon eine mächtige, eine übermächtige Müdigkeit. Er schläft ein, noch bevor ihm die Mutter Kaffee und frische Buchteln vorsetzen kann. Ihr bleibt nichts zu tun übrig, als den Schlaftrunkenen zur Ofenbank zu führen und ihm, der umsinkt wie ein gefällter Baum, ein Kissen unter den Kopf zu schieben.

Er schläft den Rest des Tages und die ganze Nacht. Die Eltern lassen ihn schlafen und betrachten ihn nur ab und zu liebevoll und nachdenklich. Auch all den Verwandten und Nachbarn erlauben sie – mit dem Finger auf dem Mund – einen Blick auf ihn zu werfen. Und bevor die Mutter zu Bett geht, schlägt sie ein Kreuz über ihm.

In der Nacht fällt der erste Schnee dieses Winters.

3. Kapitel

In dem Theresias enorme Fruchtbarkeit, ein Bär in Wilhelms Holzschuppen sowie siebzehn Dutzend betrunkene Zecken eine Rolle spielen und das Geheimnis der Kinder von Hameln gelüftet wird

Wilhelm Rotwengel ist jetzt satt, was die weite Welt betrifft. Das war auch bei seinem Vater so: Nach zwölf stürmischen Jahren in der Fremde verfliegt es plötzlich, das Fernweh, und der Mensch bleibt im Staadtla. Auch sein Großvater Emanuel hat es nicht anders gehalten: Den hatte das Vaterland während der Napoleonischen Kriege vom Webstuhl weggeholt. In einer Schlacht hatte ihm dann eine Kugel beide Gesäßbacken so kunstvoll-raffiniert durchbohrt, daß Steiß wie Darm unbeschadet davonkamen. Doch hatte dieser Korporal Emanuel Rotwengel zwei Wochen lang nur stehen oder auf dem Bauch liegen können. Mit durchschossenem Hintern ist nicht gut kämpfen, deshalb war es den Franzosen gelungen, ihn gefangenzunehmen und nach Frankreich zu schaffen. Frankreich – fast am anderen Ende der Welt! Aber nach ein paar Jahren hatte er doch wieder heimgefunden, der Korporal, mit geheiltem Hintern. Nur zwei Narben waren geblieben, auf jeder Backe eine, die wie Grübchen aussahen. In der Hochzeitsnacht soll er sie seiner Braut Veronika Krista aus Lonsdorf sehr genau gezeigt und ausführlich erklärt haben. Danach war er für den Rest seines Lebens als Korporal der Grenzsoldaten im Staadtla geblieben.

Wilhelm lebt nicht planlos. Jetzt wird es Zeit für ihn, sich fortzupflanzen. Er siedet Seife und verkauft sie, schickt sogar zwei Helfer mit Kiepen voller Seife auf die Jahrmärkte bis weit nach Böhmen hinein. Er kann also eine Familie erhalten.

Und so heiratet er die pausbäckige, hübsche, wohlgerundete Theresia Stenitschka aus Zöllnei, die ihn ein wenig an die Gemündener Luise erinnert, nur, daß sie brünett ist und Grübchen in den Wangen hat. Und wie sie lachen kann! Das schallt durchs ganze Dorf.

»Eigentlich«, scherzt sie in der Hochzeitsnacht, »hätte ich viel besser zu deinem Großvater, dem Korporal, gepaßt. Der hatte auch Grübchen in den Backen ...!« Und sie lacht sich halb tot über diese Ähnlichkeit.

»Woher weißt du das?« fragt Wilhelm erstaunt.

»Weil er sie meiner Großmutter auch einmal gezeigt hat«, antwortet sie und muß noch mehr lachen.

Diese Vorführung kostete Theresias Großmutter zwar ihre Jungfernschaft. Ansonsten blieb sie ohne Folgen. Die Großmutter hatte einfach Glück gehabt – mehr Glück als dazumalen jene Maria Anna Rotwengel, die ohne den Segen der Kirche den Liebesschwüren eines Mannes nachgegeben hatte. In der Sonntagsgottesdienstpredigt hatte der Pfarrer sie angeprangert, und ihre eigenen Eltern hatten sie genötigt, das Staadtla zu verlassen, weil sie den guten Namen der Rotwengels beschmutzt habe. Hochschwanger war sie über den Steinscholzen ins Schlesische hinübergewandert. Noch dazu im Spätherbst, als es schon schneite. Von Ort zu Ort schleppte sie sich dahin, die Heimat im Rücken, brachte im Armenhospital von Glatz ihren Sohn zur Welt, wanderte mit ihm weiter, verhärmt und zahnlückig und von Tür zu Tür um ein Stück Brot, einen Becher Milch bettelnd, bis sie schließlich in einem niederschlesischen Kaff von einer mitleidigen Bäuerin als Magd in Kost und Lohn aufgenommen wurde.

Theresia und Wilhelm versuchen in ihrer Hochzeitsnacht herauszufinden, in welchem Verwandtschaftsverhältnis sie zueinander stünden, falls sein Großvater ihre Großmutter nun doch geschwängert hätte. Unter enormen Heiterkeitsausbrüchen stellen sie fest, daß sie dann Stiefgeschwisterkinder wären. Halbcousin und Halbcousine. Zu weit auseinander, um Dorftrottel oder Wunderkinder ins Leben zu setzen. Sieh mal an, diese Großeltern! Stille Wasser sind tief ...

Wilhelm und Theresia kommen großartig miteinander klar und machen gleich in der Hochzeitsnacht Nägel mit Köpfen. Wilhelm stört es nicht, daß Theresia ein paar Zoll größer ist als er. Ihr Körper ist warm und fest und trocken und riecht nach Sonne und Heu. Als er ihren erschrockenen Quietscher erwartet, überrascht sie ihn mit einem Glücksschrei – ein Weib wie ein Apfel!

Theresia ist ganz aufs praktische Leben ausgerichtet. Und sie kann zupacken, kann arbeiten. Manches an Wilhelm ist ihr ganz und gar fremd. Zum Beispiel ist es ihr unbegreiflich, wie es einen in die Welt hinausziehen kann. Ihre Art ist es, alle Nachrichten, alle Neuigkeiten der Welt gierig in sich einzusaugen, ohne das Staadtla zu verlassen. In Olmütz ist angeblich ein gesunder Junge mit einem Vollbart geboren worden, und in der Nähe von Neapel soll's an einem Sonntagmorgen Rosinen geregnet haben. Man stelle sich das vor! In Komotau hat ein lutherischer Musiklehrer seinen siebenjährigen Schüler mit der Geige erschlagen, und in den Karpaten haben sie eine scheintote junge Frau begraben. Als die Trauergäste schon gegangen waren und der Totengräber das Grab zugeschaufelt hat, ist auf einmal ein Klopfen im Sarg zu hören gewesen. In aller Eile wurde der Sarg wieder freigeschaufelt und mit einem Spaten aufgestemmt. Man fand die Frau mit zerrauftem Haar und verzerrtem Gesicht, diesmal aber wirklich tot – erstickt!

Was für eine Welt. Es gibt nichts, was es nicht gäbe ...

Jetzt kommt eine große Ruhe über Wilhelms Mutter, die stille Marianne, geborene Veith. Es ist alles gerichtet, Mann und Sohn sind versorgt. Und so liegt sie eines Morgens tot im Bett, mit dem friedlichsten Gesicht der Welt, fast durchsichtig – und schon fast so leicht wie eine Katze. Wilhelm ist sicher, daß sie's vorher gewußt hat. Aber sie hat die anderen nicht ins Vertrauen gezogen. Sie hat das allein abgemacht.

Einen Tag geht der Witwer mit nassem Schnurrbart herum, findet die Tür nicht, stößt an die Möbel. Aber dann muß er sich zusammenreißen, es geht ja jetzt ums Begräbnis, genauer gesagt, um die Begräbnismusik, da ist er gefordert, ist derjenige, der die Kapelle anführt. Ein schier unlösbares Problem tut sich vor ihm auf: Wie kann er als trauernder Witwer hinter dem Sarg hergehen und gleichzeitig die Posaune blasen? Ohne Posaune klingt die Blaskapelle wie Froschgequake auf den Kressenwiesen, also unwürdig dieser Toten! Und so entschließt er sich, nach reiflicher Überlegung, Sohn und Schwiegertochter allein dem Sarg folgen zu lassen und selbst vorn bei der Kapelle zu sein. Und er entlockt seiner Posaune ein solch unnachahmliches Tremolo, daß der ganze Leichenzug tief ergriffen ist.

Aber das Leben geht weiter, noch befinden sich die Rotwengels ja tief im neunzehnten Jahrhundert, und da ist es doch selbstverständlich, daß es weitergeht, wie es immer weiterging – irgendwie. Noch ist oben der Himmel mit dem Allmächtigen und unten die Hölle mit dem Gottseibeiuns, der Mensch ist die Krone der Schöpfung, und die Weißen sind die Herren über die Wilden.

Theresia ist schwanger, eine fruchtbare Frau, sieben Kindern wird sie das Leben schenken: der Lina, dem Wilhelm, dem Julian, dem Karl, dem Theodor, der Anna, und ganz zuletzt, sehr viel später, dem Franz. Aber der wird, notgetauft, noch am Tag seiner Geburt sterben.

Auch Vater Siegmund ist überzeugt, daß Wilhelm mit dieser Theresia einen glücklichen Griff getan hat. Sie tut ihm gut, das spürt er – auch wenn sie ihm manchmal nicht nur zu laut, sondern auch zu feurig ist.

Und sie hält Wilhelm den Lombarden vom Leib. Aber von dem weiß Vater Siegmund nichts. Und Theresia auch nicht.

Dem Wilhelm bleibt auch gar keine Zeit mehr zu spintisieren, wie Theresia das nennt. Er muß sich abmühen, die junge Familie zu erhalten. Er ist guten Mutes, denn, wie gesagt, Seife verkauft sich, Seife braucht jeder, die Seifensiederei läßt sich gut an, aus zwei Kellerräumen dampft und riecht es, und Kerzen zieht er auch.

Aber von Jahr zu Jahr gehen die Gewinne zurück. Diese verdammten Seifenfabriken, die sich so unverschämt vermehren, sind schuld daran. Nicht genug damit, daß es sie in Prag, Brünn und Mährisch-Ostrau gibt. Jetzt entstehen sie sogar schon in gefährlicher Nähe, nämlich in Trübau und Wildenschwert! Die arbeiten mit Kesseln, die er, Wilhelm, sich nie leisten könnte, und lassen mechanische Rührlöffel von doppelter Mannshöhe darin kreisen. Er hat sich so eine Fabrik in Prag einmal angeschaut und ist danach wie benommen gewesen. Nur vier Leute haben den ganzen Spuk in Schach gehalten! Und nicht genug damit: Fuhrleute fahren Wagen voller Fabrikseife aufs Land hinaus, bis in die fernsten Krämerläden, so billig, wie Wilhelm sie nie verkaufen könnte. Das macht die Menge. Wer dem Wilhelm seine Seife noch abnimmt, tut das, weil er Korporal Siegmunds Sohn, einem Mann mit gutem Leumund, einen Gefallen erweisen will. Zumal er bereits drei kleine Kinder zu versorgen hat. Da kann man ihn doch nicht hängen lassen!

Aber das erträgt Wilhelm nicht. Er entläßt die beiden Verkäufer, weil sie inzwischen weniger einbringen als sie kosten, und arbeitet verbissen allein weiter.

Es gibt einen handfesten Ehekrach, als ein Bärenführer mit Bär und Geiger ins Staadtla kommt, kurz vor dem zweiten Namenstag des kleinen Julian. In respektvollem Abstand eskortiert von der Eichstädtler Jugend, fragt sich der bärtige Fremde durch bis zu Wilhelm Rotwengels Haus, klopft an die Tür, wünscht den Hausherrn zu sprechen. Der Bär schüttelt sich, Staub wirbelt auf und bildet tanzende Galaxien in der Sonne. Angstvoll hört man im

Keller die Ziegen meckern, die Hühner gackern. Der Geiger grinst.

Theresia will diesen Spuk fortscheuchen: Nein, nein, sie bräuchten keinen Bären, der würde nur die anderen Tiere scheu machen. Gott sei Dank, daß sie nicht schon wieder schwanger ist, denn der Anblick dieses Riesenviehes hätte eine Verunstaltung der Leibesfrucht bewirken können. War nicht erst vor kurzem eine Schwangere in Budweis so sehr über eine züngelnde Kreuzotter erschrocken, daß sie ein Kind mit gespaltener Zunge zur Welt brachte?

Aber da kommt schon ihr Wilhelm aus dem Kellergewölbe gelaufen, die seifige Schürze vor der Brust, und umarmt diesen Fremden! Und er läßt den Bären im Holzschuppen schlafen, daß die Hühner die ganze Nacht gackern und die Ziegen, deren Stall doch ein gutes Stück vom Holzschuppen entfernt liegt, am nächsten Morgen keinen Tropfen Milch geben. Er überläßt dem Bärenführer samt dem Geiger die Dachkammer.

Freilich, die Kinder sind ganz närrisch hinter dem Bärenführer und vor allem hinter dem Geiger her, der Geige spielen und gleichzeitig mit einem Schnürchen rund ums Fußgelenk das Becken auf seinem Rücken, je nach Takt, in Bewegung setzen kann, während am anderen Fußgelenk Schellen klingen.

Theresia muß zugeben, daß die beiden Fremden manierlich essen, weder rülpsen noch furzen und auch kaum schmatzen. Ja, sie gähnen sogar mit vorgehaltener Hand, kratzen sich die schlammüberkrusteten Schuhe vor der Haustür ab und bedanken sich nach jeder Mahlzeit. Allerdings haben sie einen gewaltigen Appetit. Es ist, als wollten sie sich schon Vorrat für die nächsten Wochen hineinschaufeln. Und sie sind und bleiben halt Fremde, wer weiß, was sie schon alles auf dem Kerbholz haben, sie sprechen so anders und rollen das R nicht mit der Zunge, wie das normale Menschen tun, sondern kratzen es tief im Hals. Und seinen Schnurrbart zwirbelt der Geiger so ganz anders, als man ihn im Adlergebirge zwirbelt. Kann man solchen Leuten trauen?

Wilhelm beruhigt Theresia. Er kenne den Bärenführer, der sei ein kreuzbraver Mann. Aber Theresia bleibt zugeknöpft. Wilhelm ist ihr nicht mißtrauisch genug. Der Geiger hat schwarzes, krauses Haar, wer weiß, ob's kein Zigeuner ist. Sie läßt ihre Kinder nicht aus den Augen. Man weiß ja, daß Zigeuner Kinder entführen, mit Vorliebe blonde, und anderswo verkaufen!

Aber Wilhelm läßt es sich nicht nehmen, die drei Fremden ohne Wenn und Aber durchzufüttern. Der Bär frißt noch am wenigsten und ist mit allem zufrieden, auch mit Erdäpfeln und Kübelsauer, ein paar Kutteln, die die Kinder bei den Dorffleischern zusammengebettelt haben, und den Brotkrusten, die der Großvater nicht mehr kauen kann. Er ist ja auch schon alt und kommt kaum mehr mit den Vorderpfoten hoch. Und der Pelz ist an vielen Stellen schon ganz abgeschabt. Ein Bärengreis.

Aber die beiden anderen futtern umso mehr. Als ob sie jahrelang gehungert hätten. Gott sei Dank fällt wenigstens das Mittagessen weg, denn sie wandern morgens nach Grulich und kommen erst abends wieder zurück. So ziehen sie auch hinauf nach Böhmisch-Ottersdorf, nach Lonsdorf und Studinej, nach Klösterle. Abends stellen sie sich pünktlich zum Essen wieder ein. Soll das ewig so weitergehen? Theresia schreit Wilhelm ihre Wut ins Gesicht, aber er bleibt hart: Der Bärenführer und sein Geiger dürfen bleiben, so lange sie wollen. Und alle Kinder aus dem Staadtla danken ihm diese Großzügigkeit, indem sie Knochen, Suppenreste und Wurstbrühe für den Bären an der Tür abgeben.

Der Bärenführer selbst ist es, der sich zum Aufbruch entschließt. Ja, Wilhelm habe recht gehabt, im Adlergebirge sei nichts zu holen. Nach jedem Auftritt finde er nur ein paar Heller im Hut. Kein Wunder: Der Weizen stehe anderswo, zum Beispiel unten im Böhmischen, doppelt so hoch. Aber er verlasse diesen Arsch der Welt doch mit guten Erinnerungen. An ihn, Wilhelm, und sein gastfreundliches Haus.

Wilhelm begleitet ihn noch bis zur Brücke in Pastvin. Wehmütig verabschiedet er sich von ihm und dem Bayreuther Geiger. Das Fernweh beutelt ihn noch einmal. Jetzt mitziehen können! Aber dazu ist es zu spät: Er hat Frau und Kinder und einen alten Vater. Traurig kehrt er um, nimmt einen Feldweg über den Galgenberg und gönnt sich zwei Pilsner im »Goldenen Stern«. Das tut er selten. Aber nach so einem Abschied, was kann man da anders tun als die Sehnsucht im Bier ersäufen?

Der Galgenberg ist voller Zecken. Den ganzen Abend hat Theresia zu fummeln, bis sie ihren Wilhelm von siebzehn Dutzend Zecken befreit hat. Fast alle haben sich schon mit seinem Blut vollgepumpt und verraten sich durch ihre angeschwollenen schwarzen Hinterleiber. Mit Genugtuung, ja Genuß zerquetscht sie Theresia zwischen ihren Daumennägeln, daß Wilhelms Blut nur so spritzt. Das macht nüchtern. Die Zecken aber sind sternhagelvoll. Das macht ihnen das Sterben leicht.

In dieser Nacht versöhnen sie sich wieder, die Eheleute Rotwengel – er durch den Aderlaß etwas geschwächt, sie noch mit Spuren seines Blutes unter den Daumennägeln. Und in einem Feuerwerk der Liebe zeugen sie Karl.

Noch einen anderen Besuch bekommt Wilhelm, und zwar nicht nur einmal, sondern jedes Frühjahr, pünktlich mit dem Einzug der Schwalben: Josef Netoušil aus Jaroslav. Dieser Mann ist Theresia sehr viel geheuerer als der Bärenführer und sein Schatten, der Geiger. Der da ist ja ein Tscheche, also sozusagen ein Nachbar, noch dazu ein Kinderwerber, also einer, dem man Vertrauen entgegenbringt. Ihn bewirtet sie gern und führt ihm auch Kundschaft zu, an der es nicht mangelt. Nur wenige sind es, die ihre Kinder so um das zehnte Lebensjahr herum nicht ein Jahr hinübergeben wollen ins Böhmische, wo sie böhmisch, also tschechisch reden lernen sollen. Tschechisch zu können ist allemal nützlich, denn schon hinter Lonsdorf, dem übernächsten Ort nach Süden, fängt die Gegend an, wo tschechisch gesprochen wird.

Die Kinderwerber haben lange Listen mit tschechischen Namen bei sich: lauter Familien, die auch etwa zehnjährige Kinder haben und sie ein Jahr lang zum Deutschlernen ins Deutsche schicken wollen. Die einfachste Methode der Welt: Kind gegen Kind tauschen. Da kostet es nichts. Nur die Schuhe und die Kleider muß man mitgeben. Und man kann sicher sein, daß es die Lina dort in Člupek bei den Navratils gut hat, denn man hat ja, sozusagen als Geisel, den Jan Navratil bei sich. Würden die Navratils der Lina nicht genug zu essen geben, würde das der Jan zu spüren bekommen. Aber freilich soll's der Jan bei uns gut haben. Er ist ja ein lieber Junge und soll den Rotwengels verbunden bleiben. Vielleicht möchte man auch mal in Člupek bei den Navratils hineinschauen, wenn man gerade vorbeikommt und einem die Füße weh tun.

Natürlich stehen in Josef Netoušils Liste nur anständige, saubere Familien, ohne Läuse, ohne Wanzen. Nur kann er nicht dafür garantieren, daß es keine Flöhe gibt. Die gehen ja auf jeden und haben vor nichts Respekt. Nicht jedes Gastkind bekommt ein eigenes Bett. Wie denn auch? Das eigene Kind schläft ja auch mit Bruder oder Schwester zusammen. Aber ein Federbett wird zugesichert. Und mindestens Fleisch an Sonn- und Feiertagen.

Im nächsten Jahr kommt der kleine Wilhelm dran. Josef bereitet ihn schon vor: »Ein ganzes Jahr fort von daheim – Junge, kannst du dir das vorstellen? Aber zu Weihnachten und zum Namenstag darfst du auf drei Tage heimkommen. Damit's für dich und deine Mutter nicht gar zu lange wird.«

Der Josef Netoušil bringt Theresia immer ein Gläschen Honig mit, wenn er kommt, Honig von tschechischen Bienen, tschechischen Lindenblüten. Und was der alles zu erzählen weiß! Er ist nicht eigennützig: Was er erfährt, behält er nicht für sich, sondern trägt es anderen zu, damit auch sie sich vorstellen können, was so alles in der Welt geschieht und wozu der Mensch fähig ist. Nämlich zu allem. Nicht wahr? Es wird nicht besser. In Mailand soll eine Mutter ihren Säugling auf Makkaroni gebraten haben. Und die Amerikaner schlagen sich gegenseitig die Köpfe ein. Dabei geht's um die Negersklaven. Die Griechen haben ihren Otto abgesetzt und sich einen dänischen Prinzen genommen. Als ob man Könige wie Socken wechseln könnte. Und übrigens: Erzherzog Maximilian ist Kaiser von Mexiko geworden! Wenn das nur gutgeht. Die sind so anders dort drüben, so reizbar!

Der Josef darf kommen, wann er will. Von ihm erfahren die Rotwengels, erfährt das ganze Staadtla, daß Österreich den Krieg gegen Frankreich und Sardinien verloren hat und die Lombardei an die Sieger abtreten muß. Wilhelm ist tief betroffen. Die Lombardei! Er muß an den Lombarden denken. Gedankenverloren sitzt er da und hört nicht, was der Josef sonst noch zu vermelden hat: Es soll was dran sein an der Theorie, daß der Mensch vom Affen abstamme. Nicht zu fassen! Ausgerechnet vom Affen!

Später, als Wilhelm seine Seife rührt, hört er den Lombarden lachen. Stundenlang.

Theresia, die Praktische, bringt Wilhelm dazu, eine Greislerei aufzumachen, also einen Kaufladen. Aber Wilhelm ist kein Geschäftsmann, so klug er auch ist, er nimmt oft seine Vorteile nicht wahr und läßt sich Gelegenheiten entgehen, unbedarfte Kunden übers Ohr zu hauen. Wenn die alte Zeh Rosa in seinen Laden kommt, die krank ist und nichts besitzt als eine Ziege und eine elende Kate, in die es hineinregnet, dann bringt er es nicht über sich, ihr die Kreuzer aus ihrem Sparstrumpf für ein Tütchen Mehl abzunehmen. Da ist Theresia schon resoluter, wenn auch nicht herzlos. Aber ihr sind ihre Kinder am nächsten. Und sie steht selten im Laden. Sie hat genug zu tun mit den

Kindern, und den Großvater muß sie auch noch mitversorgen. Der ist allerdings noch rüstig und hilft mit, so gut er kann, die Familie zu erhalten. Er webt nicht nur, sondern gibt auch Musikunterricht und ist Mitglied der Musikkapelle und verschiedener Tanzkapellen. Oft kommt er spät heim, und meistens nicht mehr ganz nüchtern. Aber am nächsten Morgen legt er ganz gewiß ein paar Kreuzer auf den Küchentisch.

Noch ist das Haus groß genug für alle: Es hat eine niedrige, aber große Wohnstube mit wuchtigen Deckenbalken, die den Oberboden und das breite, spitzgiebelige Dach tragen. Unterm Dach schlafen die älteren Kinder in einer Kammer. Der übrige Dachboden ist vollgestopft mit Heu und Stroh. In der Wohnstube schlafen Wilhelm und Theresia mit den jüngsten Kindern, und der Großvater verbringt die Nacht auf dem Kanapee in der Sommerküche. Er hat seine Kammer abgegeben. In ihr ist jetzt die Greislerei. Um drei Seiten des Hauses läuft die Pawlatsche, die hölzerne Galerie, die durch senkrechte Säulenbalken mit dem Dachvorsprung verbunden ist. Am Ende der Pawlatsche ist das Scheißhäusl oder, vornehm ausgedrückt, der Abort, erreichbar durch die Sommerküche. Was fällt, fällt tief hinunter in die Senkgrube. In der Sommerküche ist auch die Falltür zu der Steintreppe in den Keller, der hangabwärts aus dem Boden ragt. Er gehört den Ziegen, Hühnern und Karnickeln. Und dann ist da noch, neben der Sommerküche, die große Speisekammer, in der es, je nach Jahreszeit, verschieden köstlich riecht. Alles ist unter einem Dach, Mensch und Tier und Vorrat an Futter für beide, und unterm Giebelfirst ist noch der Taubenschlag.

Theresia hat einige Trümpfe in der Hand, falls es mal sehr knapp zugehen sollte: Der Garten ist groß, und es gibt noch ein Pachtfeld zwischen Wüstem Schloß und Kressenwiesen und eine Pachtwiese bei den Oberfichten. Um das Haus stehen Obstbäume: ein alter, unermüdlich tragender Haferbirnbaum, ein Baum mit Butterbirnen, der die Rotwengels ebenfalls in jedem Herbst mit Früchten überschüttet, ein Jungfernapfelbaum, ein Gravensteiner, dazu Kirschen und Pflaumen.

Trotzdem wird alles knapp. Denn zu Karl gesellt sich Theodor, und Theresias Fruchtbarkeit läßt weiteren Zuwachs erwarten. Es gibt mehrere Greislereien im Staadtla, die Kundschaft reicht nicht für alle. Und während des Winters geht den Eichstädtlern regelmäßig das Geld aus.

Da trifft den Gemeindeschreiber der Schlag. Großvater Siegmund muß wieder einmal Posaune blasen. Wer wird jetzt die Schreiberei für die Gemeindeverwaltung erledigen?

Wilhelm bekommt wieder Besuch: Diesmal ist es sein ehemaliger Lehrer Peregrin Pietsch, der ihm nahelegt, sich um das Amt des Gemeindeschreibers zu bewerben.

»Du bist dafür längst hell genug«, sagt er, als er – neben dem Pfarrer die angesehenste Persönlichkeit des Dorfes – in Wilhelms Wohnstube sitzt, »und du kannst schnell und flüssig schreiben, weißt Sätze zu bilden, die man verstehen kann, und hast eine akkurate Schrift. Ich werde das meinige dazutun, daß sie dich wählen.«

So wird Wilhelm Gemeindesekretär und bleibt es sechsundvierzig Jahre lang. Er gibt die Greislerei auf und richtet sich im ehemaligen Laden eine Kanzlei ein. Denn bald ist er nicht nur als Gemeindeschreiber tätig. Viele Leute aus dem Staadtla und den umliegenden Dörfern lassen sich von ihm Briefe schreiben, amtliche Eingaben und Testamente aufsetzen und in allen Lebenslagen beraten. Wenn sie kein Bargeld haben, läßt er sich seine Dienste mit Naturalien bezahlen. Oder auch gar nicht. Das kann er sich jetzt leisten. Und Theresia muß es dulden. Das Heft läßt er sich nicht aus der Hand nehmen.

Ach ja, die gute alte Zeit, die nie eine gewesen ist! Heutigentags hätte der Regimentsmusiker seinen intelligenten Sohn aufs Gymnasium geschickt. Wilhelm, versessen auf

Gerechtigkeit, hätte wahrscheinlich Jura studiert und wäre Richter geworden. Aber auch ohne Studium kennt sich der neue Gemeindekanzlist bald in den Paragraphen aus, die den Ort angehen, kennt sich besser aus als die Bürgermeister, denen er nacheinander zur Seite steht. Keiner von ihnen kann ohne diesen fähigen Sekretär auskommen, der das Geschick des Staadtlas behutsam aus dem Hintergrund lenkt und der eigentliche Bürgermeister von Eichstädtl ist.

Eichstädtl: ein Marktflecken, der in der Mitte des neunzehnten Jahrhunderts reichliche tausend Einwohner zählt, gegründet von den Kindern von Hameln, die hinter dem Rattenfänger hergelaufen und mit ihm im Berg verschwunden waren, nicht mehr einholbar von ihren jammernden Eltern.

Hier im südlichen Adlergebirge, einem dichten, bergigen, gottverlassenen Grenzwald zwischen dem Königreich Böhmen und der Wojwodschaft Breslau, waren die jungen Hamelner wieder zum Vorschein gekommen, begrüßt vom Bischof von Olmütz, der, zufrieden mit seinen Werbern, die in Franken und Niedersachsen gute Arbeit geleistet hatten, mit großzügiger Geste auf das Urwalddickicht zeigte und den Neusiedlern zurief: »Seid fruchtbar und mehret euch und machet euch dieses Gebirge untertan!«

Die jungen Leute schlugen sich durch die Wälder, in denen Bären und Wölfe hausten, quälten sich die Täler hinauf und rodeten. Manche von ihnen hielten sich als Köhler über Wasser, andere als Müller, die meisten aber als Kleinbauern auf gerodeten Fluren. Viele gingen zugrunde oder wanderten wieder ab, hinein in die böhmischen Niederungen, wo die Äcker fruchtbar waren und blühende Dörfer und Städte lockten.

Die Rotwengels blieben. Sie ließen sich in einer Lichtung im Tal der Stillen Adler nieder, dort, wo sich der Fluß ein Bett durch das Gebirge nach Süden gegraben hatte und mit diesem Tal das obere vom unteren Adlergebirge trennte. Hier lief auch ein uralter Saumpfad aus dem Böhmischen hinüber in den Glatzer Kessel, einer riesigen Mulde zwischen Eulen-, Heuscheuer- und Schneegebirge. Dieser Pfad ließ sich leicht mit gefällten Bäumen oder Dornengestrüpp sperren, wenn Feinde nahten. Später erhoben im Nachbardorf, in Zöllnei, die Vertreter der böhmischen Krone Zollgebühren.

Hier am Saumpfad, der von Jahrhundert zu Jahrhundert breiter wurde, war man nicht ganz aus der Welt. Kaufleute, Wanderer, Soldaten zogen in beiden Richtungen vorbei. Die Schweden hatten hier geplündert und gebrandschatzt, General Tillys Scharen nicht minder. Maria Theresias und Friedrichs Regimenter waren im Verlauf der Schlesischen Kriege und des Siebenjährigen Krieges hier hin- und hergezogen, hatten Quartier genommen und waren mit den Adlergebirglern nicht zimperlich umgegangen. Ob Freund oder Feind – Soldaten hatten immer Unglück über den Ort gebracht. Und sie hatten mitgefüttert werden müssen, obwohl es im Adlergebirge schon ohne sie knapp genug zugegangen war.

»Die Herren plänkeln miteinander, und wir müssen es ausbaden«, das ist die Meinung der Adlergebirgler seit Jahrhunderten. Als ob sie nicht schon genug damit zu tun hätten, mit dem Wald, dem rauhen Klima und dem unfruchtbaren Boden fertigzuwerden. Wenn man nur ein paar Jährchen lang nicht aufpaßt, kriecht der Wald wieder auf die Dörfer zu, wuchert in die Wege hinein, macht sich breit auf der Allmende. Ganze Rudel von Wildschweinen zerwühlen die Felder, Habichte und Bussarde machen sich über die Hühner her, Füchse über die Gänse. Wölfe holen sich Ziegen und Schafe aus den Grasgärten, überfallen sogar kleine Kinder, die sich verirrt haben, und springen betrunkenen Bauern auf einsamen Waldpfaden an die Kehle. Man muß auf der Hut sein vor der Wildnis, muß sie in Schach halten! Mühe über Mühe. Die macht alt.

Ist es da zu verwundern, daß immer wieder junge Leute

fortwandern und nicht wiederkommen? Töchter heiraten ins Böhmische, Söhne suchen sich in Prag, in Brünn, in Königgrätz und Olmütz Arbeit. Hier in Eichstädtl, im ganzen Adlergebirge kann man, wenn nicht Bauer, nur Weber sein, kann den Flachs verweben, der in jedem Frühling mit seinen blauen Blüten felderweit für zwei oder drei Wochen die ganze Landschaft verzaubert.

Aber reich wird davon niemand. In den braunen Holzhäusern, deren spitzgiebelige Dächer fast bis auf den Boden reichen, wüten Hunger und Krankheiten. Viele Wöchnerinnen sterben im Kindbett am Fieber, und viele Säuglinge werden kein Jahr, ja keinen Tag alt. Eine harte Auslese herrscht hier. Seit Jahrhunderten. Wer überlebt, hat so viel mit so wenig für so lange Zeit getan, daß er sozusagen befähigt ist, zu leben von nichts.

Das alles weiß dieser Gemeindekanzlist Wilhelm Rotwengel. Gleich zu Anfang bemüht er sich, einen Arzt ins Staadtla zu locken. Er läßt Annoncen in Prager und Brünner Zeitungen setzen, bekommt aber keine einzige Antwort. Welcher Arzt will sich schon in diesem Nest in der tiefsten Provinz niederlassen und da sein einziges, kostbares Leben verdämmern?

In der Not leistet Theresia Hebammendienste. Sie hat ja jetzt Erfahrung. Immer öfter wird sie zu Wöchnerinnen gerufen, und allein schon ihr Gelächter macht, daß die Wehen nachlassen und die geschundenen Leiber sich entkrampfen. Aber von Desinfektion hat sie nie etwas gehört. Das Wasser, das sie auf den Herden der Wöchnerinnen erhitzt, stammt aus der nächsten Quelle oder aus dem Bach, und die Frauen entbinden in den Wohnstuben. Da wirbelt Staub, da wird gehustet und gespuckt, da springt der Hund aufs Bett und will gestreichelt sein.

Ja, es wird fleißig gestorben im Staadtla – an Tuberkulose, an Kindbettfieber, an Hunger. Und nicht genug damit: Kaum haben die Österreicher mit den Preußen irgendwo im nebligen Norden die Dänen oder wer sie auch gewesen sein mögen, aus irgendwas hinausgeworfen, wetterleuchtet es wieder, diesmal ganz in der Nähe. Bruderkrieg droht! Eben war man mit den Preußen verbündet, jetzt sollen sie auf einmal Feinde sein. Dabei hat man doch die Tochter gleich hinter der Grenze wohnen, verheiratet mit dem Glatzer, der, obwohl Preuße, ein ganz normaler Mensch ist wie jeder andere auch, kein Blutsauger oder Kinderfresser! Und dem Heinsch Josef sein Sohn ist Tischlerlehrling in Mittelwalde, also im Preußischen!

Die Truppen werden diesseits und jenseits der Grenze zusammengezogen, es ist der Juni des Jahres sechsundsechzig. Viele Eichstädtler geraten in Panik, vergraben ihre Ersparnisse, verstecken ihr Eingemachtes, ihre Federbetten, erwägen zu fliehen, mindestens aber ihr Vieh in den Wald zu treiben. Denn wo werden die Preußen nach Böhmen einfallen, wenn nicht hier, wo das Glatzer Ländchen so tief ins Österreichische hereinragt? Schon hat sich, so erfährt man, das 14. Linien-Infanterie-Regiment aus Linz im unteren Friesetal einquartiert, um die Preußen, falls sie diesen Weg zu nehmen gedenken, energisch aufzuhalten. Die Friesetaler hätten, so heißt es, ihre liebe Not, die Soldaten von den Mädchen fernzuhalten. Wenn schon die eigenen Leute so lüstern sind, wie werden erst die Preußen sein?

Alle jungen Burschen müssen einrücken, man hört von ausgetauschten Kriegserklärungen. Benedek, so steht in einer Landskroner Zeitung, die sich nach Eichstädtl verirrt, Benedek sei oberster Befehlshaber des österreichischen Heeres. Benedek? Dann kann nichts schiefgehen. Er hat sich auf den Kriegszügen in Italien Lorbeeren verdient, hat die Schlacht von Solferino zu Österreichs Gunsten entschieden. Die österreichischen Soldaten vergöttern ihn.

Gerüchte überschlagen sich. Irgendwo hinter dem Adlergebirge soll es schon Scharmützel gegeben haben. Düstere Weissagungen machen die Runde. In Brüx soll einem Pferdefleischer die weinende Muttergottes erschienen sein. Dragonerschwärme galoppieren durch die Dörfer – so schnell, daß man nicht gewahr wird, ob es sich um Freunde oder Feinde handelt. Laut gackernd flattern die Hühner davon, flüchten die Hunde mit eingezogenem Schwanz. Einem kleinen Jungen zertrampeln die Pferdehufe seinen Schubkarren, den ihm sein Großvater gebastelt hat. Den Großvater, der auch seinen Enkel unter den Hufen der Kavallerieabteilung wähnt, trifft der Schlag. Und auf der Anschlagtafel der Gemeindekanzlei hängt Kaiser Franz Josephs Manifest ›An meine Völker‹. Viele alte Eichstädtler können es nicht lesen. Sie haben nie die Schule besucht.

Und dann geschieht das Unfaßbare: Kaum mehr als zwei gute Tagesmärsche entfernt, prallen bei Königgrätz die Österreicher und die Preußen aufeinander – an einem hellen Julimorgen. Erst gegen Abend des nächsten Tages erreicht die Nachricht von der vernichtenden Niederlage der Österreicher die Orte des unteren Adlergebirges. Mütter laufen schreiend von Haus zu Haus, weinen um die Söhne, die vielleicht, wahrscheinlich, ganz sicher nicht mehr am Leben sind. Heilige Maria, Mutter Gottes, bitte für uns! Ein paar Frauen wollen aufbrechen, wollen selber nach Königgrätz laufen, auf dem Schlachtfeld suchen nach dem Kind, ach Gott, er ist doch erst neunzehn und hat noch kein Mädchen gehabt ... Da streiten sich die Kaiser und Könige um Nichtigkeiten, und unsere Kinder müssen's ausbaden!

Der Gemeindekanzlist beruhigt, schickt und empfängt Boten, gibt Weisungen aus. Ein Bollwerk in der Brandung, dieser kleine Mann! Er sorgt für die Verwundeten, die, Freunde wie Feinde, durch den Ort gekarrt werden. Er läßt die erschöpften Soldaten, die schmutzig und abgerissen über den Galgenberg heranziehen, verköstigen und stellt Nachtquartiere bereit. Er kümmert sich um trauernde Eltern, die einen Sohn verloren haben. Den Stephan Ignaz aus dem Staadtla und den Krump Pepp aus Wielsdorf hat's erwischt. Er fragt die Heimkehrer aus und begreift: Dies war ein Krieg der preußischen Zündnadelgewehre gegen die österreichischen Vorderlader gewesen. Sechs Schuß pro Minute gegen einen einzigen Schuß pro Minute. Und er ahnt: In zukünftigen Kriegen wird es immer weniger auf persönlichen Mut ankommen, sondern auf die Technik. Die wird außer Rand und Band geraten wie der Besen des Zauberlehrlings.

4. Kapitel

In dem Karl seinem Lehrer unheimlich wird und die Rede ist von Diebereien, tückischen Wassermännern und einer Kopulation bei Posaunenschall im Golf von Triest

An seinen Kindern hat Wilhelm Freude: Lina, die Älteste, ist dunkel und mollig, ganz ihre Mutter im Äußerlichen, nur kleiner. Aber sie ist eine Sanfte, Stille. Auch Wilhelm, der nächste, ist dunkelhaarig. Man sieht ihm schon jetzt an, daß er breiter werden wird als sein Vater. Er kommt auf den Großvater Stenitschka heraus, den Vater seiner Mutter. Julian ist dagegen blond und schon als Kind hochgeschossen und mager. Karl, ebenfalls blond – so strohblond, wie die Rotwengels nur zu sein imstande sind –, hat Großvater Siegmunds Rundkopf und wirkt klein und zart für sein Alter. Theodor, rotschopfig und sommersprossig und schon von klein auf ein Tunichtgut, sieht weder Vater noch Mutter noch den Großeltern ähnlich. Irgend ein Vorfahr, so meint Großvater Siegmund nachdenklich, hat in ihm seine späten Spuren hinterlassen. Vielleicht ein Schwede oder ein Hussit.

Und da ist nun auch noch Anna. Sie wird – außer einem einzigen Tag – die Jüngste von Korporal Siegmunds Wilhelm bleiben. Sie ist blond, groß, kräftig gebaut, so wie ihre Mutter, und strotzt mit ihren roten Wangen vor Gesundheit. Und doch ist sie schon dafür ausersehen, jahrelang dahinzusiechen und, in ohnmächtiger Wut gegen dieses Schicksal, jung zu sterben.

In der Schule machen sich die Rotwengel-Kinder gut. Wilhelm will nicht an ihnen sparen. Jetzt, da er den krisensicheren Kanzlistenposten innehat, kann er es sich leisten, ein zwölfbändiges Lexikon, in Leder gebunden, für sich und seine Familie anzuschaffen. Etwas für die Ewigkeit! Alle dürfen darin blättern und schmökern, auch schon die Jüngsten. Und natürlich auch Theresia.

Aber die will nicht. Lesende Frauen? Im Adlergebirge unüblich. Läse sie, würde währenddessen dringend zu erledigende Arbeit liegenbleiben. Das ist nicht zu verantworten. Sie will sich nicht nachsagen lassen, daß sie faulenze. Außerdem ist Lesen so mühsam und geht über die Augen. Es genügt ja, wenn ihr Mann Bescheid weiß über all das, was es auf der Welt gibt. Über das Ferne. Sie ist fürs Nahe. Von ihr lernen die Töchter schon von kleinauf, wie man kocht und spinnt und wozu welche Kräuter gut sind und wo man sie findet; was man gegen Halsschmerzen tun muß und wie man Warzen loswird; wie man Strümpfe strickt, Schürzen näht, Deckchen klöppelt und Männerhemden bügelt; wie man Strohsäcke für die Betten stopft und Federn spleißt, wie man Flachs rauft und Ziegen melkt, Gänse stopft, schlachtet, rupft und ausnimmt; daß man sonntags und zu allen Kirchenfesten in die Messe geht und wie man sich dazu kleidet; und daß man, wenn sich besondere Nöte einstellen, eine Wallfahrt auf den Muttergottesberg macht.

Auch den Söhnen bringt sie eine Menge bei: Wie man Holz hackt und Späne schneidet; wie man alljährlich die Wände der Stuben mit Kalkbrühe weißt; wie man die Ritzen zwischen den Balken mit Werg zustopft, das die Eichstädtler Zulle nennen; wie man mäht und mit der Pumpe Wasser aus dem Brunnen pumpt. Mit allen ihren Kindern, Jungen wie Mädchen, wandert sie in die Wälder und zeigt ihnen nicht nur die ergiebigsten Heidelbeer- und Pilzstellen, sondern lehrt sie auch, die eßbaren Pilze von den giftigen zu unterscheiden. Sie macht es ihnen allen zur Selbstverständlichkeit, im Sommer vorzusorgen für den Winter. Und vieles lernen die Kinder auch ganz allein, noch bevor sie alt genug sind, um oben in der Dachkammer zu schlafen. Zum Beispiel, wie die kleinen Kinder in die Mutter hinein- und neun Monate später wieder aus ihr herauskommen. Immer, wenn sie den Vater schnaufen und die Mutter juchzen hören, mit den kurzen Trillern dazwischen, wissen sie, was da im Dunkeln im Elternbett abläuft. Und manchmal wird's auch schon hell, und die Kinder beobachten fasziniert, wie sich das Federbett über den Eltern hebt und senkt.

Als der kleine Theo, der Schlingel, der ein bißchen langsamer im Denken ist als die Geschwister, einmal die Mutter mit der Ziege zu Höppes Ziegenbock begleitet und dort gebannt dem Geschehen zuschaut, fragt er geradeheraus, was denn der Ziegenbock mit der Ziege da treibe.

»Das gleiche wie dein Vater und ich im Bett«, antwortet Theresia mit der größten Selbstverständlichkeit der Welt, »damit es neue Zickeln gibt.«

Theo verliert bei diesem Vergleich die Übersicht. Er reißt die Augen auf und ist verblüfft: »Macht ihr auch Zickeln, der Vater und du?«

»Dummkopf«, sagt die Mutter, während sie die Kreuzer fürs Decken aus der Schürzentasche zieht und bezahlt, »wir machen nur Rotwengeln, und einer davon bist du.«

Karl, nur zwei Jahre älter als Theo, stellt lediglich Fragen, wenn er mit dem Denken nicht mehr weiterkommt. Alle übrigen Rätsel der Welt, in die er hineinwächst, löst und ordnet er durch logische Schlußfolgerungen: Die Ziege ist ein Tier. Sie säugt ihre Zickel. Die Mutter säugt die kleine Anna. Also ist die Mutter ein Säugetier. Als er der Mutter diesen logischen Schluß mitteilt, haut sie ihm eins hinter die Ohren. Nein, diese Kinder! Sie bekommt Bedenken, ob sie und Wilhelm ihren Nachwuchs nicht doch zu frei erzogen haben. Vielleicht liegt's daran, daß sie sich von ihren Kindern mit »du« anreden lassen, für die Eichstädtler Eltern, die ihren Sprößlingen seit Generationen, vielleicht sogar schon seit Adam und Eva das »Ihr« anerziehen, etwas unerhört Neumodisches! Wo bleibt da der Respekt? Dieses »du« der jungen Generation gefährdet jede Ordnung, kann Unruhe, ja Aufruhr auslösen! Theresia ist es bei solchem kühnen Experiment auch nicht ganz wohl. Sie verschanzt sich, wenn die Rede darauf kommt, hinter ihren Mann: »Er will es so.«

Dann nicken die Frauen und schweigen. Wenn er es so will, kann sie, Theresia, nichts daran ändern. Und die Männer sagen dazu: »Der Wilhelm, der weiß, was er tut. Es muß was dran sein, wenn er's so für richtig hält.« Schließlich ist er ja der Kanzlist.

Ja, er gibt sich viel ab mit seinen Kindern. Nicht nur, daß er ihnen von seinem Italienfeldzug erzählt. Er liest ihnen auch aus seinem zweiten Tagebuch vor, von seinem Weg von Frankfurt nach Hause. Noch mehr: Er führt sie in die Geheimnisse einer alten Schwarte ein, die vergilbt und von Mäusen angenagt ihren Platz auf dem Dachboden hat: auch ein Tagebuch, mehr noch eine Art Chronik, geschrieben von einem Christoph Rotwengel, fortgesetzt von dessen Sohn Salomon, beendet von dessen Sohn Ignaz, der Großvater Siegmunds Großvater war. Siegmund Rotwengel hat ihn nicht mehr selbst kennengelernt. Ignaz starb vor seiner Geburt. Aber er hat viel über ihn erzählt bekommen: ein strenger Mann, der seine jüngste Tochter verstieß, weil sie sich von einem verheirateten Mann hatte schwängern lassen. Sie sei ins Schlesische hinübergegangen und dort verschollen.

Wilhelm hält den Inhalt dieser Chronik für sehr lehrreich. Aus ihr kann man erkennen, wie die Menschheit vorankommt. Er greift willkürlich mal hier, mal dort einzelne Abschnitte heraus und liest sie seinen staunenden Kindern, unter denen auch ein tschechisches sitzt, feierlich vor: zum Beispiel, daß am 6. Dezember 1685 in Mährisch-Schönberg sechs Hexen verbrannt wurden.

Die Kerze flackert, weil sich Theresia, die im Hintergrund zuhört, sehr heftig bekreuzigt. Was für ein Glück, daß sie nicht in jenen finsteren Zeiten gelebt hat. Denn sie trägt ein großes Muttermal genau im Genick!

Wilhelm blättert und liest weiter: »Im Winter liegt Reiterei hier im Quartier, welche der Türk zurückgeschlagen ...« 1686 haben fünf Fähnlein Sachsen hier genächtigt, der junge Fürst aus Sachsen war in Rothwasser über Nacht. Im Mai 1687 haben Zigeuner bei dem Matis Schier eingebrochen und »haben ihn und sie sehr geschlagen«. Im Jahr 1701 war Krieg zwischen dem Kaiser und den Franzosen. »Unsere haben viktorisiert.« Am 2. Oktober 1708 »abends um sieben Uhr ist die Stadt Grulich abgebrennt. Sein 69 Bürgerhäuser, die Kirche, Schule und Bräuhaus, alles verbrennt, in einer Kürzen, daß niemand gar viel herausgebracht ...«

»Seht euch vor mit der Kerze!« ruft Theresia aus dem Hintergrund. Ja, die Kerze flackert wieder, weil Theresias Haare sich sträuben. »Im Sommer 1709 ist der Schwed vom Moskowiter geschlagen worden. Sagen gar tot.« – 1710 im Frühjahr »haben die Unsern, Prinz Eugenius und Malbruh mit fünfzehntausend Mann den Franzosen aus der Linie geschlagen und in Frankreich Kontributionen eingetrieben ...« – Im Jahr 1716 war besonders viel los: »Dem Kaiser Karl wurde ein Sohn geboren, welcher Erzherzog von Österreich, Prinz von Asturien genannt wird, mit Namen: Leopoldus, Johannes, Josef, Antonius, Franziskus de Paula, Hermengild, Rudolf, Ignaz, Balthasaris. Gott gebe ihm Gesundheit, langes Leben, gute Regierung, Überwindung aller seiner Feinde und dann die ewige Freude und Gottseligkeit, Amen.« Und ganz klein daneben steht der Vermerk mit andersfarbener Tinte: »Ist aber nur 6 Monat und zwanzig Tag alt geworden.« – In diesem selben Winter ist der Zwilchweber Tobias Dimt aus dem Schierischen Häusl mit dem Handschlitten in den Zipfelbusch um Holz gefahren. Der beladene Schlitten kam ins Gleiten, und das Ziehseil erwürgte den Mann. Und im Weißwasserer Gericht haben sich zwei Soldaten »auf die Degen geschmissen«. Ein Alter, namens Michel, hat den Neuen, welcher der Sohn des seligen Lenzer Richters war, herausgefordert. Michel bekam einen Hieb »von dem linken Ohr bis zum Maul herunter, daß drei Zähne herausgehauen. Gottfried aber ein wenig auf die linke Hand ...« Und das Garn hat in diesem Jahr »golten der Strähn 7 Kreuzer«.

Die Kinder lauschen mit offenen Mündern. Und das ist alles heilig wahr, wirklich und wahrhaftig geschehen!

Schon blakt die Kerze, die Mutter mahnt zum Schlafengehen. Aber Lina besteht darauf, daß der Vater noch die Brandgeschichte vorliest, die atemberaubendste Episode aus dem ganzen Tagebuch, als Großvater Siegmunds Ururgroßvater Christoph mit seinem Sohn Salomon am 27. September 1705 eine Wallfahrt nach Olmütz auf den Heiligen Berg gemacht und danach in der Stadt übernachtet hat. Die Kinder kennen diese Geschichte schon halb auswendig: Wie in dem Wirtshaus, in dem die beiden Männer und auch Salomons Schwager Dittrich mit seiner Frau nächtigten, durch die Schuld eines Knechtes Feuer ausgebrochen war. Der hatte eine »Kerze mit der Gabel« in der Strohkammer steckenlassen und war hinausgegangen, um Bierfässer abzuladen.

Theresia protestiert: »Das ist keine Geschichte, die man Kindern vor dem Schlafengehen vorliest: Sie werden schreiend aus dem Bett fahren!« Aber der Vater meint, so sei halt das Leben, man müsse sie beizeiten an solche Eventualitäten gewöhnen. Und schon liest er Salomons skurrile Sätze vor, oft kaum zu entziffern: »So sein auf hundert Leut elendiglich verbrunnen und umkommen, viel sich zu Tod gefallen. Es ist auch mein Schwager Dittrich samt ihr in einem Zimmer gewest, hat sich endlich durch Eingebung Gottes auch zu einem Fenster hinuntersalviert, aber ein Bein brochen. Sie ist in einer Weil erst hintnachgesprungen und keinen Schaden genommen.«

Christoph und Salomon waren gleich aus dem Haus gestürzt und hatten nun Gelegenheit, das ganze Elend zu betrachten: »… wie die verbrannten Leiber gelegen, teils gar bis auf das Geripp und die Eingeweide verbrunnen, teils erstickt, teils auch noch lebend, und auf den Stiegen sein sie alle zusammengelaufen, übereinandergefallen und verbrennt. Sein sehr vornehme Leut darunter gewest.«

Jetzt kommt der Luftzug nicht von Theresia allein, sondern auch von den Kindern. So viele Gänsehäute, das spürt die Kerze. Aber die Häute der Rotwengels glätten sich wieder, denn hier brennt's ja nicht. Alle gehen zufrieden zu Bett.

Theresia ist zornig. »Im Leben gibt's Angst und Schrecken genug! Muß man da noch die Schrecken von früher auskramen?«

»Und was machst du, wenn du den Kindern von dem Reiter ohne Kopf und den Prophezeiungen des Tomascha Jörche erzählst?« antwortet Wilhelm ruhig. »Vor Feuer kann man sich schützen. Vor dem Reiter ohne Kopf und den Prophezeiungen nicht.«

Erst im Bett versöhnen sie sich wieder. Wie immer.

Ab und zu geht der Kanzlist zu seinem Lehrer, der nun auch der Lehrer seiner Kinder ist, und fragt ihn, wie er mit seinem Nachwuchs zufrieden sei.

»Alle sind gut«, antwortet Oberlehrer Pietsch, der ja schon an Vater Wilhelm seine Freude gehabt hat. »Aber Karl ist der Beste. Sowas hab ich noch nicht erlebt. Manchmal wird er mir richtig unheimlich.«

Wirklich, Karl fällt aus dem Rahmen. Nicht nur, daß er schon lesen und schreiben kann, bevor er in die Schule kommt. Das ist bei den Rotwengels nichts Ungewöhnliches. Das hat auch schon Vater Wilhelm gekonnt, und Lina, Wilhelm und Julian können es auch. Aber mit dem Erstkläßler-Kleinkram wie Zwei-und-zwei-ist-vier und Auf-ab-auf-I-Punkt-drauf, dem Vaterunser und dem Gegrüßet-seist-du-Maria gibt er sich nicht zufrieden. Er schreibt, was er als Erstkläßler zu schreiben hat, in Rekordgeschwindigkeit ab, legt dann den Federhalter hin und lauscht mit offenem Mund dem Oberlehrer, der währenddessen den Großen des dritten Schuljahres in den hinteren Bankreihen das Malnehmen und Teilen zweistelliger Zahlen beibringt oder ihnen mit Schautafeln die Metamorphose des Schmetterlings erklärt.

Manchmal meldet sich Karl. Der Oberlehrer ist nicht kleinlich, er nimmt ihn dran und lobt ihn, wenn er eine richtige Antwort gibt, die keinem der Großen eingefallen ist. Aber sobald sich der Oberlehrer der Wandtafel zuwendet, schneiden die Großen dem Kleinen gern eine häßliche Grimasse. Was fällt dem ein, klüger als sie zu sein?

Bald genießt er auch ganz besondere Privilegien, die den Unmut der anderen noch anfachen: An klaren Abenden bestellt ihn der Oberlehrer zu sich und zeigt ihm das, was ihn selbst sein Leben lang fasziniert hat: den Sternenhimmel. Karl prägt sich die Sternbilder der verschiedenen Jahreszeiten ein und lernt, daß die Milchstraße aus Millionen von Himmelskörpern besteht, von denen viele viel größer als der Planet Erde sind.

Nun muß dieser blonde, rundköpfige, großäugige Junge aber doch eine Menge Fragen stellen. Er fragt voller Respekt, aber beharrlich, er bohrt und bohrt. Was denn hinter der Sonne sei und warum man nicht von der Erde, dieser Kugel, herunterfalle. Er fragt so viel und so tiefsinnig, daß dem Oberlehrer, der doch bisher geglaubt hat, er wisse einigermaßen Bescheid über die Dinge, die zwischen Himmel und Erde existieren, ganz neue Räume in seinem Weltbild aufgehen: zum Beispiel, daß der Mensch nicht nur in einem Universum lebt, sondern selbst ein Universum *ist* – ein Raum mit unendlich vielen Sonnensystemen, die für das bloße menschliche Auge in ihrer Winzigkeit nicht mehr erfaßbar sind, aus der Sicht eines denkbaren allerkleinsten Menschenteiles aber unermeßlich groß erscheinen müssen.

Der an den Schläfen schon ergraute Oberlehrer muß mit den Schultern zucken, als Karl ihn fragt, warum sich die Menschen als Meisterwerk aller Schöpfung Gottes betrachten, obwohl sie einander immer wieder, entgegen jeder anderen Tiergattung, zu Tausenden aufs grausamste umbringen. Er weiß auch keine Antwort auf die Frage, warum das Gebot DU SOLLST NICHT TÖTEN im Krieg nicht gilt. Und wie denn die Mutter Gottes leibhaftig in den Himmel aufgefahren sein kann, wenn doch dort oben die

Luft immer dünner wird und dann ganz aufhört dazusein. Und wie und wo dieser ganze Himmel mit Gottvater, Gottsohn und Heiligem Geist wie auch den himmlischen Heerscharen und den Heiligen und den frommen Seelen überhaupt zwischen unzähligen Himmelskörpern Platz habe.

In seiner Bedrängnis schickt der Oberlehrer das Kind mit seiner schriftlichen Empfehlung zum Pfarrer.

Der strenge Mann, in der Hierarchie des Ortes noch über dem Oberlehrer, hört sich Karls Fragen stirnrunzelnd an und erklärt ihm dann knapp und kühl, solche Fragen seien gottlos, seien vom Bösen eingeblasen. Und vor allem stünden sie ihm, dem Achtjährigen, nicht zu. Wolle er sein Wissen mehren, solle er fleißig den Katechismus studieren! Darin sei alles, was ihm und seinesgleichen zu wissen zustehe, erschöpfend erklärt.

Aber Karl hat längst den Katechismus studiert. Den seiner Mutter. Der Katechismus ist in jedem Eichstädtler Haushalt zu finden, meist schon arg zerlesen und zerfleddert, vom Urahn auf den Enkel weitergegeben. Aber das ist das einzige Buch, mit dem Karl nicht klargekommen ist. Da stimmt nichts, da wird immer nur behauptet, nichts bewiesen. Damit gibt sich Karl nicht zufrieden. Und das sagt er Hochwürden, dieser zahnlückige Junge in den geflickten Kniehosen, der noch längst nicht alle Milchzähne verloren hat.

Der Pfarrer fängt an zu diskutieren, hält plötzlich inne, wird sich der Unebenbürtigkeit seines Gesprächspartners bewußt, scheucht ihn aus seiner Studierstube, aus der Pfarrei. So einen Sohn hat der Gemeindekanzlist? Dann muß man ein Auge auf beide haben, auf Sohn wie Vater!

Karl kehrt enttäuscht und verwirrt zu seinem Lehrer zurück. Und da vertraut der ihm ein ganz großes Geheimnis an, das er aber niemandem, auch nicht seinen Eltern und Geschwistern, verraten dürfe: Er, der Oberlehrer, glaube auch nicht an die leibliche Auferstehung Mariä, genausowenig wie an die Heilige Dreifaltigkeit und die katechetische Ordnung von Himmel, Hölle und Fegefeuer.

Da atmet Karl auf und verspricht dem Oberlehrer mit Handschlag, daß er dieses Geheimnis nie, nie jemandem verraten werde. Von nun an werfen sie sich manchmal, auch mitten im Unterricht, Blicke zu, wie sie zwischen Tätern und Hehlern oder zwischen Verschwörern gewechselt werden. Und der Oberlehrer setzt durch, daß Karl einen Jahrgang überspringen darf. Er rückt vom zweiten in den vierten auf.

Der junge Lehrer der zweiten Klasse, ein sanfter Mensch, der über eine schier unermeßliche Geduld mit Dummen und Verstockten verfügt, fühlt sich von diesem Neunjährigen überfordert. Karl ist imstande, mitten in der Rechenstunde, während sich der Lehrer voller Eifer der Einführung in die Bruchrechnung widmet, laut zu fragen, ohne sich zu melden: »Wenn alle Menschen ausgestorben sein werden – wird es dann noch Musik geben?«

Der Lehrer ist so verblüfft, daß er den Faden verliert. Aber er gehört nicht zu den Schulmeistern, die in so einem Fall den Frager anschnauzen: »Was hat denn das mit der Bruchrechnung zu tun? Bleib beim Thema!« Karls Satz elektrisiert ihn, ja erschreckt ihn. Dieser Karl Rotwengel rührt an Tabus, wagt sich hinaus in Räume, die einem guten Katholiken zu betreten verboten sind. Die nicht einmal einem Freigeist anstehen!

»Wie kommst du auf den Gedanken, Karl, daß die Menschen jemals aussterben könnten?« fragt er mit hektisch geröteten Wangen zurück. »Menschen wird es immer geben, bis zum Jüngsten Tag!« Und er fügt hinzu: »Damit ist natürlich nicht unbedingt gesagt, daß es bis dahin *Deutsche* geben wird.«

Jetzt horchen die anderen Schüler, die während dieses Intermezzos dösten, plötzlich interessiert auf. Wie soll man sich eine Welt ohne Deutsche vorstellen?

Der junge Lehrer bekommt heiße Ohren. Hat er sich mit dieser Infragestellung der ewigen Deutschen dem

Vaterland gegenüber schuldig gemacht? Die verdammten Luder plaudern ja alles und jedes aus, was in der Schule geschieht, kaum daß sie daheim ankommen! Sogar, wenn ihm – natürlich unbeabsichtigt – mal ein Furz entweicht!

»Allerdings ist das stark anzunehmen«, schiebt er schnell nach. »Der deutsche Mensch ist gesund und zäh und kann arbeiten. Er hat Pest und Cholera überstanden und den Dreißigjährigen Krieg. Etwas Schlimmeres gibt es nicht, außer vielleicht der Sintflut. Aber die haben wir ja, Gott sei Dank, schon hinter uns.«

»Und danach?« fragt Karl mit weit offenen Augen. »Nach dem Jüngsten Tag?«

Jetzt reißt auch der Lehrer die Augen auf. »Danach, danach«, ruft er erregt. »Was fällt dir ein, hinter den Jüngsten Tag zu denken, Rotwengel Karl? Das ist ungehörig! Das ist gotteslästerlich!«

Die anderen ducken sich. So kennen sie ihren Lehrer nicht. Und sie erfassen auch nicht, wovon eigentlich die Rede ist. Nur Karls Bruder Julian wäre vielleicht im Denken mitgekommen, aber der ist ja im Tschechischen.

Karl beschließt, sich an den Oberlehrer zu halten, und verbringt nun fast jeden Nachmittag bei ihm. Später wird auch Julian mitkommen, obwohl die Erlaubnis, sich nachmittags im Schulhaus aufzuhalten, eigentlich nur für Karl gilt. Der Oberlehrer wird Julian einmal mit in sein Bienenhaus nehmen. Von da ab wird es Julian nur noch dorthin ziehen. Er wird dem Oberlehrer geschickt zur Hand gehen, wird sich für die Imkerei begeistern.

Karl aber verkriecht sich ins Kabinett. Das ist der kleine, fast fensterlose, muffig riechende Raum, in dem die Lehrmittel aufbewahrt werden. Riesige Wachstuch-Landkarten lehnen zusammengerollt im Winkel, Modelle für den Heimat- und Erdkundeunterricht, von Generationen von Lehrern mühsam-liebevoll hergestellt, reihen sich auf Wandborden aneinander, türmen sich auf. Ausgestopfte Vögel, Eichhörnchen, Frettchen und Hamster, ja sogar ein Fuchs und ein ausgewachsener Dachs starren Karl mit toten Glasaugen an. In der Ecke steht der volle Bücherschrank.

Krönung aller Kleinodien in dieser Schatzkammer aber ist für Karl das Sonnensystem, das ein alter Oberlehrer, längst gestorben, einst für seine Schüler gebastelt hat, im Bemühen, das, was sich durch seine Größe dem menschlichen Vorstellungsvermögen entzieht, anschaulich zu machen: Wenn man kurbelt, dreht sich die Erde um sich selbst und wandert gleichzeitig, während sich der Mond um sie dreht, um die Sonne.

Karl geht behutsam mit all diesen wundersamen Dingen um, das weiß der Oberlehrer. Er hat den Kollegen davon unterrichtet, daß er dem Unterstufenschüler Karl Rotwengel besondere Privilegien zukommen läßt. Denn so eine überragende Begabung muß man fördern.

Und so darf sich Karl, wann immer er will, in diesem Kabinett frei bewegen und, wenn ihm danach ist, die Erde sich um die Sonne drehen lassen. Er darf im Weltatlas die Kontinente studieren, darf sich Gedanken machen um die weißen Flecke in Afrika und Südamerika, diese geheimnisvollen, letzten unerforschten Gebiete der Erde, darf sich in welchem Buch auch immer festlesen – und wenn der Oberlehrer mit aufgekrempelten Hemdsärmeln im Garten arbeitet, darf er auch Fragen stellen.

Um die Frau des Oberlehrers, eine ältere, rundliche, gutmütige Frau mit weißen Häkelkragen, macht Karl, wenn irgend möglich, einen Bogen. Er empfindet sie als störendes Etwas zwischen sich und dem Oberlehrer. Flüchtig grüßend, huscht er an ihr vorbei. Und die Tochter des Lehrerehepaares, ein zierliches, brünettes Kind, ein Jahr jünger als er selbst, behandelt er, als sei sie Luft. Sie aber wagt nicht, ihn anzusprechen. Ihr Vater hat ihr nämlich eingeschärft, dem Wunderkind nicht lästig zu sein. Da hält sie sich an Julian.

Karl liest sich durch den Bücherschrank. Der Oberlehrer schüttelt den Kopf: Das Buch ›Physik für die gymnasiale Oberstufe‹ verschlingt der Junge in zwei Tagen, vertieft sich dann in die ›Einführung in die Astronomie‹ und in das ›Handbuch der Philosophie‹. Drei Mathematikbücher und einen Band ›Himmelsmechanik‹ schmökert er durch, bleibt dann an einer Newton-Biographie hängen. Abends muß ihm der Oberlehrer die Bücher aus der Hand nehmen, muß ihm befehlen, heimzugehen. Der Junge stolpert mit einem Blick davon, der in Fernen gerichtet ist, und fragt: »Hat das All mal angefangen oder war's schon immer da?«

Daheim schimpft ihn die Mutter aus. Hätte er nicht mithelfen können, den Hühnerstall auszumisten? Und Vaters Stiefeletten sind auch noch nicht geputzt. So ein großer Junge, und zu nichts nütze!

Der Oberlehrer erfährt von Theresias Schelte. Er spricht mit Vater Wilhelm.

»Ich glaube nicht, daß du auch nur annähernd ahnst, was für einen Sohn du in die Welt gesetzt hast, Wilhelm«, sagt er, verstummt und verfällt in Gedanken, dieser kleine dicke Schulmeister mit den Hängebäckchen und dem Spitzbart. Und dann fügt er hinzu: »So eine Begabung verheizt man nicht im Hühnerstall oder am Hauklotz. Übrigens – der andere, der Julian, lernt bei mir Imkerei. Hast du was dagegen, daß ich mich um deine Söhne ein bißchen kümmere?«

Nein, Vater Wilhelm hat durchaus nichts dagegen. Er hat selber seine Mühe, Karls kniffligen Fragen Rede und Antwort zu stehen. Außerdem hatte das Lehrmittelkabinett auch schon ihn in seiner Schulzeit magisch angezogen. Und Julians Interesse an Bienen – warum nicht? Ein Steckenpferd, das er später vielleicht zu einem nützlichen Nebenerwerb erweitern kann.

Er spricht mit Theresia, gibt zu bedenken, daß sie ja noch Lina, die Tüchtige, und den kräftigen Wilhelm zur Hand habe. Im übrigen werde er selbst das Holzhacken übernehmen.

Theresia fügt sich, wenn auch nicht überzeugt. Als ob sich das Leben allein mit Bücherwissen meistern ließe!

Wenn man das Holz nicht hackt, bleibt der Ofen kalt, erfriert der Mensch. Was hat er dann davon, daß er weiß, wieviel Türken es in der Türkei gibt und wieviel Sterne am Himmel hängen?

Sie weiß schließlich auch eine Menge, haha! – aber nicht aus Büchern. Andere Eichstädtlerinnen haben es ihr erzählt, auch Zöllneierinnen, Wielsdorferinnen, Ottersdorferinnen. Und sie erzählt es weiter. Sie kommt ja herum in den Dörfern, und oft sind die Stunden der Wehen lang, da muß man was zum Erzählen haben, damit die jungen Frauen abgelenkt werden von den Schmerzen und der Angst. Geschichten mitten aus dem Leben. Und ihre Kinder betteln sie auch aus ihr heraus und hören mit offenen Mündern zu. Auch Karl. Denn es gibt nichts, was es nicht gäbe.

Und schon packt sie das Allerneueste aus: Oben in Deschnei hat ein Dieb abends mit seiner Frau in die Speisekammer eines Gasthofs einsteigen wollen. Das Paar hatte seinen Säugling bei sich. Da hat die Frau das schlafende Kind hinter einem Strauch neben dem Gasthof niedergelegt, weil es beim Einsteigen ja doch hinderlich gewesen wäre. Aber in der Gaststube haben sich noch ein paar späte Gäste aufgehalten. Skatspieler. Und gerade, als der Dieb in der Speisekammer damit beschäftigt gewesen ist, alles Erreichbare in seinen Sack zu stopfen und seine Frau vor dem Fenster Schmiere stand, ist einer von den Gästen herausgekommen, um zu pinkeln. Es ist stockdunkel gewesen, er hat die Frau nicht sehen können. Die hätte sich auch ganz gewiß nicht gemuckst, wenn sich der Pinkler nicht ausgerechnet den Strauch ausgesucht hätte, hinter dem das Kind schlief.

»Und jetzt kommt's!« ruft Theresia frohlockend, und alle lauschen erwartungsvoll, sogar Großvater Siegmund. »Das Kind fängt unter dem warmen Regen an zu schreien. Der Gast knöpft sich erschrocken die Hose zu, hebt es auf und ruft die Wirtsleute heraus. Die herzen und küssen es und sehen es als Himmelsgeschenk an, weil sie selbst keine Kinder haben können. Da ist der Diebin nichts anderes übrig geblieben, als aus dem Dunkel hervorzukriechen und das Kleine wieder an sich zu nehmen. Damit ist natürlich die ganze Dieberei herausgekommen.«

»Nein sowas ...« Die Kinder – darunter auch die Božena aus Studinej – staunen mit offenen Mündern. Und Tante Thekla, Theresias unverheiratete, fünf Jahre ältere Schwester, die gerade auf Besuch ist, empört sich über die Dieberei.

Aber Theresia ergreift leidenschaftlich die Partei der Diebin. Man könne von ihr denken, was man wolle, eine gute Mutter sei sie jedenfalls gewesen. Hoffentlich habe man ihr im Gerichtsurteil mildernde Umstände zugebilligt. Ja, Theresia weiß Bescheid darüber, wie es auf den Gerichten zugeht, Wilhelm hat ihr oft davon erzählt. Denn er ist Schöffe. Und er ist einer, der für die Gerechtigkeit mit dem Kopf durch die Wand geht.

Tante Thekla weiß auch mit neuesten Nachrichten aufzuwarten: Oben bei Rokitnitz in der Suchei, dem großen Waldgebiet, in dem es noch Luchse gibt, gehe angeblich ein galizischer Jude um, der sich vor ein paar Jahren dort aufgehängt haben soll. Am liebsten erscheine er schwangeren Frauen, die Reisig sammeln. Er tue nichts anderes als weinen und sich die Tränen mit seinen Schläfenlöckchen abwischen. Aber ein Schreck ist es doch, mitten im Wald so ein weinender Jud, und schon zwei Frauen, denen er erschienen sei, hätten Fehlgeburten gehabt ...

Den Kindern läuft es kalt über den Rücken.

»Sagt nur nichts dem Vater«, schärft ihnen Theresia ein, sobald Tante Thekla gegangen ist. »Der will von sowas nichts hören. Der glaubt nur, was er sieht.«

Der Vater ist am Nachmittag nach Böhmisch-Ottersdorf hinaufgewandert. Wer weiß, wann er zurückkommt. Deshalb bittet der Theo noch schnell um seine Lieblingsgeschichten, die er nicht oft genug hören kann. Die von den Wassermännern. Da gibt es die in der kleinen Freit und die in der großen Freit und die in der Au zwischen

Zöllnei und Lonsdorf. Auch in Wielsdorf hat man sie gesehen. Aber den, der im Lonsdorfer Wasserfall gelebt hat, gibt's nicht mehr. Der hat mit einem fremden Wassermann um seine Frau gekämpft, und da haben es die Lonsdorfer auf einmal unter dem Wasserfall blutrot aufwallen sehen. Ihr Wassermann hatte verloren, und der fremde Wassermann ist mit der untreuen Frau auf und davon, angeblich über die March und die Donau ins Schwarze Meer, wo sie beide elend umgekommen sind, weil sie das Salzwasser nicht vertrugen.

Manchmal machen sich die Wassermänner in der Zöllneier Au ganz klein, setzen sich auf einen Stein und warten auf badende Kinder, die sie ins Wasser ziehen. Manche verstehen auch Spaß. Da gibt es einen bei Rokitnitz, der stiehlt den Anglern die Forellen aus ihren Eimern und setzt sich selbst hinein. Und wenn die Angler ihn entdecken, springt er mit einem Platsch aus dem Eimer und verschwindet, Purzelbäume schlagend, in der Rokitenka.

Die in Wielsdorf aber, die verschenken Gold an arme Mädchen, die keine Aussteuer haben. Nur, das Gold sieht aus wie Kehricht und Mäusedreck. Erst wenn die Mädchen heimkommen, fängt es an zu glänzen. Wer so dumm war, es vorher wegzuwerfen, hat sein Glück verspielt.

Am schwarzen Sonntag fahren die Wassermänner mit Schubkarren über die Brücken. Wenn sie Kindern begegnen, sagen sie mit schmeichelnder Stimme: »Setz dich rein, ich fahr' dich heim.« Aber das weiß jedes Kind im ganzen Adlergebirge: Am schwarzen Sonntag darf man sich in keine Schubkarre setzen, sonst wird man geradewegs ins Wasser gefahren.

Die Wassermänner in der Freit versuchen auf andere Weise, an die Kinder heranzukommen: Sie lassen bunte Bänder im Wasser wallen und hoffen, daß sich ein Kind bemüht, sie herauszufischen. Dann packen sie zu.

»Brot muß man im Magen haben, dann können einem die Wassermänner nichts antun«, erklärt Theresia. »Ihr gehört zu den satten Kindern. Ihr habt fast immer Brot im Magen. Also könnt ihr jetzt ruhig schlafen gehen.«

Aber wo man gerade bei den Wasserleuten ist, muß der Großvater, der unter dem Talglicht in der Ecke an seinem Webstuhl sitzt, noch einmal, vielleicht zum hundertsten Mal, von den Meerleuten im Golf von Triest erzählen.

»Wie war das, Großvater?«

Der Großvater dreht sich zu den Kindern herum, das Tschilicketschilacke des Webstuhls verstummt. Und er erzählt mit sichtlichem Vergnügen, daß er einmal in einer Septembervollmondnacht, die fast so hell war wie der Tag, an einem einsamen Strand zwischen Triest und Venedig, wo er, um niemanden zu stören, auf der Posaune geübt habe, einen Meermann und eine Nixe aus dem Meer habe auftauchen sehen.

»Aneinandergelehnt haben sie mir zugehört«, berichtet er versonnen. »Und als ich vor Schreck zu blasen aufgehört hab, haben sie mir Zeichen gemacht, ich soll doch weiterblasen. Was sollte ich da machen? Ich hab halt weitergeblasen – alles, was ich damals gekonnt hab. ›Es liegt ein Schloß in Österreich‹ und ›Es waren zwei Königskinder‹ und ›Prinz Eugen, der edle Ritter‹ und den Marsch von unserem Regiment. Aber am besten hat ihnen offenbar ›Zu Mantua in Banden Andreas Hofer war‹ gefallen. Das geht jedem ans Herz. Ihr glaubt nicht, wie die beiden geglitzert haben!«

»So, jetzt wißt ihr alles«, sagt Theresia. »Jetzt ab in die Heia.«

Zum Glück wissen die Kinder nicht, daß das wichtigste Stück dieser Geschichte fehlt. Nicht einmal Theresia kennt es. Korporal Siegmund hat es seinem Sohn Wilhelm einmal erzählt, als der kein Kind mehr gewesen war und die Wiener Erfahrung schon hinter sich gehabt hatte. In Abwesenheit der Mutter hat es der Vater seinem Jungen anvertraut wie eine Kostbarkeit: »Bei ›Zu Mantua in Banden‹ haben sie miteinander kopuliert ...«

»Im Wasser?« hatte Wilhelm entgeistert gefragt.

»In der Brandung«, hatte der Vater genickt. »Die ist dort im Golf sehr sanft. Nur zwanzig, dreißig Schritt waren sie von mir entfernt. Du glaubst nicht, wie sie dabei geächzt und gestöhnt haben. Und gewälzt haben sie sich, mit weggedrehten Pupillen. Es hat nur so gespritzt!«

Korporal Siegmund ist ein nüchterner Mann. Wilhelm hatte keinen Grund gesehen, ihm nicht zu glauben.

»Mit deiner Mutter«, hatte der Vater noch traurig hinzugefügt, »hab ich nie so gekonnt wie die.«

»Vielleicht«, hatte Wilhelm nachdenklich gemeint, »liegt's an der Posaune.«

Der Vater hatte genickt. »Dieser Gedanke ist mir auch schon manchmal gekommen. Aber wie könnte ich selber dazu Posaune blasen? Das, Junge, ist zuviel verlangt. Und einen anderen Posaunenbläser ließe ich nicht so nahe herankommen, wie sich dieses Meervolk mir genähert hat. Die kennen ja keine Scham, die sind wie Kinder. Die haben mir gezeigt, wie schön das sein *könnte.*«

Wilhelm hatte sich, von tiefem Mitleid erfüllt, sofort angeboten, das Posauneblasen zu erlernen. Aber der Vater hatte abgewinkt.

»Wenn du es überhaupt jemals auf der Posaune so weit brächtest wie ich, so, daß sie dir sozusagen hörig ist«, hatte er dann wehmütig gesagt, »käm' es für deine Mutter und mich doch zu spät ...«

5. Kapitel

In dem eine unbekannte Instanz ein Kind zutiefst verstört

An einem heißen Augusttag des Jahres 1871, zweiundzwanzig Jahre nach dem Sieg Radetzkys in der Schlacht von Novara, wandert Theresia mit Karl, der nun neuneinhalb Jahre alt ist, auf dem uralten Weg vom Staadtla an der Adler entlang nach Dichtenau, dem nächsten Dorf in östlicher Richtung. Sie haben noch Tante Theklas Warnungen vor Kreuzottern im Ohr, die sich auf diesem steinigen Weg besonders gern sonnen sollen.

In Dichtenau gibt es einen Schmied, der auch im Zähneziehen kunstfertig ist. Er soll Karl von zwei Milchzähnen befreien, die keine Absicht erkennen lassen, sich zu lockern. Weder Theresia noch Wilhelm haben sie herausgekriegt, diese glatten kleinen Dinger. Jetzt drohen die neuen Zähne sich seitwärts einen Weg zu suchen. Der Gaumen hat sich schon herausgewölbt. Karl soll sich später nicht mit schiefen Zähnen plagen müssen. Und der Schmied ist ein guter Bekannter von Wilhelm.

Hinter ihnen, über dem Galgenberg, zieht ein Gewitter auf. Das macht diesen Weg durch das dichtbewaldete, enge Tal noch finsterer. Als sie an dem Felsen vorüberkommen, der sich aus dem Steilhang emportürmt und den Fahrweg schräg überragt, fallen die ersten Tropfen. Da sich der Weg nur mühsam zwischen Bergwald und Fluß hindurchzwängt, bleibt den beiden, wenn sie sich vor dem drohenden Platzregen schützen wollen, nichts anderes übrig, als sich unter den Felsen zu stellen.

Der trägt in der ganzen Umgebung den Namen Das Wüste Schloss. Tatsächlich lassen sich hoch oben auf der Felskuppe Mauerreste aus dem Moos scharren. In alten Zeiten sollen hier Raubritter gehaust haben. Es heißt, die

Kaufleute, die gezwungen gewesen waren, ihre Planwagen durch dieses Nadelöhr zu lenken, um ins Mährische oder Schlesische zu gelangen, seien hier oft arg geschröpft worden. Auch noch, als man die Raubritter längst vertrieben und ihre Burg gründlich zerstört hatte, blieb die Furcht vor diesem Weg lebendig. Die Eichstädtler und Dichtenauer mieden ihn, wann immer sie konnten. Denn allerlei unheilige Geister schienen sich hier eingenistet zu haben, boshaftes Gelichter, das sich einem unsichtbar auf die Schultern hockte und sich, schwer wie Blei, ein Wegstück weit tragen ließ – oder im Dunkeln glühende Augen rollte und zuweilen hämisch-meckernd lachte.

Wer nicht umhin konnte, diesen Weg zu nehmen, trug einen geweihten Rosenkranz oder eine mit Weihwasser besprengte Kreide bei sich. Rührte sich etwas Verdächtiges, mußte der Wanderer »Alle guten Geister loben den Herrn!« rufen und den Rosenkranz gegen die Felsen werfen oder mit der Kreide ein Kreuz zeichnen – auf was auch immer: auf den Felsen, auf den Weg, auf einen Baumstamm.

Tief im Berg, so heißt es, seien große Hallen mit einem geheimen Gang bis nach Mittelwalde im Preußischen. Allerdings hat noch nie jemand einen Eingang in den Berg entdecken können, so eifrig kecke Burschen und aufgeklärte Schulmeister, die vor nichts Respekt haben, schon nach ihm suchten.

Bereits als Theresia noch ein Zöllneier Schulkind war, ist der junge Lehrer, der dort unterrichtete und später an Schwindsucht starb, mit der ganzen Klasse, den Großen wie den Kleinen, aus Anlaß eines Schulausflugs ans Wüste Schloß gewandert, hat an den Felsen geklopft und laut gerufen: »Wenn hier drin ein Geist haust, soll er herauskommen und sich zeigen!« Aber es hatte sich nichts und niemand gezeigt, und der Lehrer hatte zu seinen Schülern »Na seht ihr. Erzählt es daheim!« gesagt.

Theresia hat sich als Kind vor den Wassermännern in der Au gefürchtet – wie alle Zöllneier Kinder. Und noch jetzt bekommt sie eine Gänsehaut, wenn sie Geschichten wie die vom galizischen Juden in der Suchei hört. Aber sie ist die Frau des Gemeindekanzlisten von Eichstädtl, der weit gereist ist und die Welt kennt. Eine Welt, in der Unerklärbares wegschmilzt wie die weißen Flecken in den Landkarten der Erdteile. Sie kann es sich nicht leisten, etwas auf die Geschichten zu geben, die aus früheren finsteren Zeiten stammen. Jetzt, in den atemberaubend modernen Zeiten von Dampflokomotive und Zündnadelgewehr, haben sich die Geister verzogen, und niemand braucht mehr geweihte Kreide bei sich zu tragen, wenn er vom Staadtla nach Dichtenau wandert. Außerdem hat der Pfarrer vor ein paar Jahren neben dem Felsen eine kleine Mariensäule aufstellen lassen, »als Schutz gegen alle Eventualitäten«, wie er das nannte.

Kurz, Theresia – siebenunddreißig Jahre alt, Mutter von sechs Kindern und schwanger mit dem siebten, also eine gestandene Frau – unterdrückt ihre unguten Gefühle, ungeduldig das Ende des Regens erwartend. Karl dagegen findet die Unterbrechung des Fußmarsches unter diesen Umständen überaus interessant. Er lauscht dem Krachen des Donners, beobachtet die Blitze, schaut dem Regen zu, der ringsherum von der Felsnase herabtrieft und einen Halbkreis von Pfützen bildet. Längs des Weges schäumt die Stille Adler über Steingeröll.

Ein kühler Lufthauch veranlaßt den Jungen, sich umzudrehen. Da entdeckt er einen breiten Eingang in den Berg. Einen Gang. Eine Art Tunnel. Er packt die Mutter an der Hand und zeigt ihr das, was vorher ganz bestimmt nicht dagewesen ist.

Ihr wird plötzlich kalt. Sie möchte schnell fort von hier, fort mit dem Kind. Aber noch gießt es wie aus Kannen. Und schon zieht sie der Junge neugierig in den Gang hinein. Er ist kein kleines Kind mehr, er hat Kräfte! Und soll sie ihm etwa verraten, daß sie sich fürchtet?

Der Gang ist von innen erhellt. Auch in ihr regt sich Neugier. Sie und Karl sind offenbar die ersten hier. Da gibt's was zu erzählen! Das muß sie sofort ihrem Wilhelm berichten, er schreibt ja die Ortschronik, und überhaupt: Als Kanzlist muß er immer auf dem laufenden sein. Es werden doch jetzt so viele Eisenbahnlinien gebaut, von Ort zu Ort. Auch hier wird demnächst, heißt es, eine Bahn fahren. Vielleicht hat dieser Tunnel damit zu tun, und die Eichstädtler wissen es nur noch nicht? Oder weiß Wilhelm längst von diesem unterirdischen Gang und hat es ihr nur nicht erzählt?

Karl läßt die Mutter los, sie ist ihm zu langsam. Er läuft voraus. Aber sie sind noch nicht mehr als zwanzig Schritte in den Berg eingedrungen, als sie plötzlich im Dunkeln stehen. Die unsichtbare Lichtquelle, die den Gang erhellt hatte, ist erloschen. Gleichzeitig ist die Finsternis erfüllt von einem unheimlichen Rauschen und einem fernen Grollen, das aus der Tiefe des Berges kommt.

Eine maßlose Angst ergreift Theresia.

»Karl!« schreit sie. »Komm heraus – schnell –!«

»Ja, Mutter«, hört sie Karl rufen, »ich komm' schon!«

Sie hört ihn sich nähern. Sie dreht sich um und hastet zum Eingang zurück. Hinter sich hört sie Karls flinke Schritte. Aufatmend taumelt sie ins grüne Tageslicht, in den Halbkreis der Pfützen.

Gott sei Dank – sie sind gerettet.

Sie dreht sich nach Karl um, schon bereit zu einem Lachen über ihre lächerliche Angst.

Aber Karl ist nicht da. Auch der Eingang in den Felsen ist nicht mehr da. Sie steht vor der bemoosten Wand. In Panik schaut sie sich um, ruft das Kind, spürt ihre Knie weich werden.

Es hat aufgehört zu tropfen, die Sonne kommt heraus, die Grillen zirpen wieder, in der Ferne verhallt der Donner. Sie hämmert mit den Fäusten gegen den Felsen und schreit: »Gebt mir das Kind heraus!« Dann stürzt sie zum gegenüberliegenden Wegrand, von wo aus sie ein Stück des Weges in beiden Richtungen übersehen kann. Kommt denn niemand?

»Hilfe!« schreit sie. Und dann haspelt sie ein »Gegrüßet seist du, Maria« herunter, mit den Händen vor dem Gesicht, zu Füßen der Mariensäule.

Eine Minute kann lang sein. Eine Minute, nachdem sie aus dem Berg gekommen ist, wendet sie sich wieder dem Felsen zu, diesem stummen Koloß, der sich über den Weg neigt.

Und da steht er, der Karl, mitten im Halbkreis der Pfützen, an den Felsen gelehnt, mit einem so seltsam fernen Lächeln. Sie stürzt auf ihn zu, gibt ihm eine schallende Ohrfeige und preßt ihn in wütender Liebe an sich. Dann reißt sie ihn fort vom Wüsten Schloß, zerrt ihn mit sich auf das Staadtla zu, bis dorthin, wo sich das Wiesenufer zur Adler hin abflacht. Dort setzt sie sich mit ihm ins Gras, nimmt sein Gesicht in ihre Hände und küßt seine Stirn, seine Augen, seine Wangen. Der Fluß rauscht. Langsam fällt die Angst von ihr ab.

»Das darfst du nie wieder tun, Karl«, sagt sie und wischt sich die Tränen mit dem Rockzipfel ab.

»*Was* darf ich nicht mehr tun?« fragt der Junge verwundert.

»Was schon?« ruft Theresia ungehalten. »Dich verstecken! Gib's zu: Du hast mir einen Schrecken einjagen wollen.«

Das Kind versteht nicht, was sie meint.

»Ich hab dich nicht mehr gesehen«, sagt Theresia. »Wo warst du?«

»Im Berg«, antwortet Karl.

»Unsinn«, braust Theresia auf. »Sowas gibt's nicht. Hörst du? Sowas, daß plötzlich ein Gang in den Berg da ist, und gleich danach ist er nicht mehr da, das gibt's nur in Sagen. Wir aber leben *jetzt.* Von jetzt gibt's keine Sagen. Frag den Vater, wenn du mir's nicht glaubst.«

»Aber ich war im Berg«, sagt Karl ruhig.

Theresia steht auf, streicht sich den Rock glatt und zieht den Jungen aus dem Gras. Wie kurz seine Hosenbeine sind – und die Ärmel seiner Joppe –! Hat sie denn keine Augen im Kopf gehabt, daß sie so mit ihm nach Dichtenau hat gehen wollen? Kopfschüttelnd betrachtet sie ihn. Nie ist ihr bisher aufgefallen, was für staksige Beine er hat. In den letzten Wochen muß er sich gestreckt haben. Und das Gesicht. Es ist nicht mehr so kindlich-rund wie noch vor kurzem. Und sie hat nichts davon gemerkt!

Aber das ist ja auch kein Wunder. Vier ihrer Kinder haben – Gott sei Dank während der Schulferien – gerade den Mumps hinter sich gebracht, auch Karl. Ihn hatte die Krankheit am schlimmsten erwischt. Die Röteln hatte er als einziger noch dazu. Zwei Wochen lag er auf der Ofenbank mit hohem Fieber und einem Hals wie ein Truthahn, wenn er kollert. In diesen zwei Wochen muß er im Liegen gewachsen sein. Theresia ist mit all den Kranken kaum zum Schlafen gekommen. Und die übrige Arbeit noch dazu. Wie hätte sie da noch ein Auge auf Karls Länge haben sollen?

»Manchmal bildet man sich was ein«, sagt sie betont munter. »Ich könnt' schwören, daß ich vorhin in den Felsen hineingegangen bin. Dabei kann das gar nicht gewesen sein. Weil sich nicht plötzlich Gänge auftun können, die vorher nicht dagewesen sind.«

»Hat der Vater geweint?« fragt Karl.

Die Mutter schaut ihn erstaunt an: »Geweint? Warum?«

Karl antwortet nicht. Er ist mit seinen Gedanken woanders.

»Das kann nur ein Sonnenstich gewesen sein«, sagt die Mutter und legt besorgt die Hände auf ihren Leib.

»Jetzt werden die anderen schon im fünften sein, und ich bin mit dem vierten noch nicht zu Ende«, sagt Karl traurig.

»Wovon sprichst du?« fragt die Mutter bang.

Er spricht von der Schule, von den Kindern seines Schuljahres. Die Mutter begreift allmählich, daß er überzeugt ist, ein ganzes Jahr im Berg gewesen zu sein.

»Sei still!« schreit sie ihn an. »Ich werd' noch verrückt!«

Als er merkt, daß ihre Hände zittern, legt er seinen mageren Kinderarm um sie und sagt leise: »Es war ja schön dort. Ganz warm und still. Ich hab nicht weinen müssen.«

Kinder träumen mit offenen Augen, denkt sie. Das kennt man ja.

»Komm«, sagt sie, »wir haben uns schon verspätet.« In Gedanken nennt sie sich ein dummes Huhn. Warum ist sie in Richtung Staadtla gerannt, wo sie doch nach Dichtenau will? Sie nimmt Karl an der Hand und kehrt mit ihm auf den Weg zurück. Die Pfützen dampfen, der Felsen dampft, ein Eichelhäher kreischt, und das Laub glitzert in der Sonne.

Karl läßt die Mutter los, bleibt stehen, die Zunge in der Backe. »Die Beule ist weg, Mutter«, sagt er.

Die Mutter schaut ihm in den Mund. Tatsächlich, der Gaumen ist nicht mehr ausgebeult, und die beiden Backenzähne sind keine Milchzähne mehr. Auch die Lücke in der oberen Zahnreihe hat sich geschlossen: Der Eckzahn ist neu! Sie ist sich sicher, daß er noch heute morgen nicht dagewesen ist. Heilige Muttergottes! Sie bekreuzigt sich.

Es gibt also keinen Anlaß mehr, nach Dichtenau zu gehen. Sie kehren um, kurz bevor sie den Felsen erreicht haben.

»Wir wollen das Ganze vergessen, hörst du, Karl?« sagt Theresia. »Weil man's nicht erzählen kann.«

»Und was soll ich sagen«, fragt Karl, »wenn sie wissen wollen, wo ich das ganze Jahr gewesen bin?«

»Du *bist* kein Jahr weggewesen!« schreit Theresia und schüttelt den Jungen. »Da müßt' ich ja jetzt im siebzehnten Monat schwanger sein! Du warst nicht länger als eine Minute von mir weg!«

»Die Zeit geht drin anders als draußen«, meint Karl versonnen.

»Was sagst du da?« ruft Theresia empört. »Die Zeit ist überall gleich. Eine Minute ist eine Minute, und ein Jahr ist ein Jahr.«

Karl schüttelt den Kopf, nachsichtig lächelnd wie ein Greis, der sich das unwissende Geschwätz eines Kindes anhört.

»Zeit«, sagt er, »kann sich dehnen und zusammenziehen.«

»Jetzt reicht's«, sagt die Mutter gereizt. »Du redest daher, daß man meinen könnt', du wärst noch nie zur Schule gegangen. Hat euch der Vater nicht ans Herz gelegt, daß ihr mich schonen sollt, wenn was unterwegs ist?«

Da schweigt Karl. Stumm gehen sie nebeneinander her. Theresia betet drei Vaterunser als Dank dafür, daß ja eigentlich nichts passiert ist: Die Sonne scheint, die Grillen zirpen, das Gewitter verzieht sich in Richtung Dichtenau. Vor ihnen liegt das Staadtla, und der Junge geht neben ihr. Nicht ein Fingernagel fehlt ihm. Im Gegenteil – er hat einen Zahn mehr als vorher.

Er greift nach ihrem Arm, hält sich an ihm fest. Seine Hand ist heiß. Kein Zweifel, er hat Fieber. Darum stolpert er wohl auch so oft. Also doch ein Sonnenstich. Auch das noch.

»*Mußt* du über jeden Stein stolpern?« fragt sie ärgerlich.

»Es verschwimmt mir alles vor den Augen, was auf dem Weg liegt«, klagt er.

Aber kaum taucht der Kirchturm hinter dem Berghang auf, hebt er den Kopf und liest die Uhrzeit ab, obwohl sie der Kirche noch so fern sind, daß Theresia kaum die Umrisse des Zifferblatts erkennen kann.

»Kein Wort daheim von der ganzen Sache!« schärft sie dem Jungen ein, als sie ins Dorf kommen. »Sonst werden wir noch zum Gespött der Leute.«

Vater Wilhelm wundert sich: Diese beiden Backenzähne müssen in Rekordgeschwindigkeit aus dem Kiefer gewachsen sein. Und wo sind die beiden Milchzähne? Karl muß sie doch im Mund gespürt haben, zwei lose Backenzähne, kruzitürken nochmal!

»Wilhelm«, sagt Tante Thekla, die jetzt ganz zu den Rotwengels gezogen ist, um der geplagten Theresia zur Hand zu gehen, »versündige dich nicht!«

So jedenfalls wird Theresia die Vorkommnisse dieses Tages in Erinnerung behalten. Und sie wird dieses Geheimnis niemandem anvertrauen, nicht einmal ihrer Schwester Thekla.

Karls Fieber steigt bis zum Abend noch stark an.

»Das ist ein Rückfall«, jammert Tante Thekla bekümmert. »Entweder vom Mumps oder von den Röteln. Rückfälle haben's in sich.«

In seinen Delirien redet Karl unzusammenhängendes Zeug von Löchern im Himmel, die Sterne einsaugen, und explodierenden Sonnen. Abwechselnd machen ihm Theresia und Tante Thekla nasse Wadenwickel, um ihm die Hitze aus dem mageren Körper zu ziehen. Die Geschwister wagen nur noch zu flüstern. Nicht nur Vater Wilhelm beugt sich immer wieder über ihn und kommt sogar zwischendurch aus den Dörfern heim, um nach ihm zu sehen. Auch der Großvater läßt den Webstuhl stillstehen und setzt sich neben das Kind auf die Ofenbank. Als es einmal wach ist, erzählt er ihm vom Vollmond. Der leuchte deshalb so weiß, weil seine gewaltigen Gebirge, seine Ebenen und Täler sommers wie winters von hohem Schnee bedeckt seien. Und nirgends sei der Vollmond so groß wie über Triest. Das habe er selbst genau beobachtet. Wohl deshalb lasse sich dort das Meervolk sehen. Man wisse ja, daß der Mond mondsüchtig mache und allerlei anziehe, so auch das Meer, woraus sich dann das Phänomen von Ebbe und Flut ergebe.

Der Junge hat die Augen weit offen. Aber hört er dem Großvater auch wirklich zu?

Ab und zu schaut eine Nachbarin herein, die Heinsch

Seffen, die Scholz Anna, die Wenzel Trude. Nein sowas, ausgerechnet jetzt, wo die Theresia wieder schwanger ist! Reg dich nur nicht auf, Theresia, sonst verlierst du noch das Kind!

Karls Gesicht erscheint mit jedem Tag länger und älter. Die, die nahe um ihn sind, erkennt er nicht. Theresia bricht an seinem Bett in Tränen aus, aber das sieht er nicht. Sie ist ihm zu nahe.

Einmal, als Wilhelm in der Morgendämmerung schlaflos liegt, hört er Theresia, die neben Karl wacht, leise fragen: »Was war im Berg, Karl?«

»Alles ist kleiner geworden«, flüstert er, »nur die Sterne sind gewachsen.« – Und dann: »Mich hat's davongezogen.«

Theresia kann diesem wirren Gefasel keinen Sinn entnehmen. Nur eins begreift sie und sagt es ihm: »Dort hast du dein Fieber her.«

Als Wilhelm seine Frau später nach diesem nächtlichen Gespräch fragt, winkt sie hastig ab: »Karl hat halt phantasiert, und ich hab wohl auch schon nimmer gewußt, was ich rede ...«

Sogar Josef, der Kinderwerber, kommt am Sonntag. Bis nach Studinej, wo er gerade um Kunden wirbt, hat es sich herumgesprochen, daß Rotwengel Wilhelms Karl, der hoffnungsvollste Rotwengelsohn, im Sterben liegt. Und auch Peregrin Pietsch, der Oberlehrer, schaut nach seinem Wunderkind. Aber Karl erkennt weder den einen noch den anderen. Nur seine Mutter.

Nach einer Woche sinkt das Fieber. Kaum steht fest, daß Karl über den Berg ist, kaum wagt man sich zu freuen, hat Theresia eine Fehlgeburt. Ein Junge wäre es geworden, das läßt sich schon erkennen. Theresia weint ein bißchen, aber etwas Erleichterung ist auch im Spiel. Anna ist ja gerade erst drei Jahre alt – und so ein Wildfang! Da tut eine Pause gut. Gewiß, der Tod dieses Kindes ist schlimm, aber es war ein Unbekanntes, niemand kann wissen, was einmal aus ihm geworden wäre. Vielleicht ein Tunichtgut. Ein Heiratsschwindler oder Straßenräuber, so wie der berüchtigte Schimak. An Karl dagegen, da weiß man, was man hat. So ein begabtes Kind, das seinem Staadtla sicher noch einmal viel Ehre machen wird. Sein Tod hätte viele Hoffnungen ausgelöscht. Wenn sein Leben nur zu erhalten war durch den Tod seines angehenden Bruders – nun denn, der Wille des Herrn geschehe.

Als das neue Schuljahr beginnt, ist Karl noch nicht fähig, die Schule zu besuchen. Sobald er aufsteht, taumelt er, und oft sieht es so aus, als wisse er nicht, wo er ist. Meistens liegt er auf der Ofenbank und starrt ins Leere. Stumm. Wenn man ihn etwas fragt, antwortet er entweder gar nicht, oder er sagt etwas, aus dem man nicht schlau wird. Wilhelm und Theresia werden nervös: Er soll doch im Dezember die Aufnahmeprüfung in Prag machen! Sie füttern ihn mit Honig, reiben ihn mit Franzbranntwein ein, geben ihm Fleischbrühe und setzen ihn an schönen Tagen unter den Haferbirnbaum.

Als er dann endlich wieder in die Schule geht, merkt der Lehrer sofort: Mit dem Jungen stimmt etwas nicht. Er ist wie umgewandelt, ist in sich gekehrt, fernab mit seinen Gedanken, wie losgelöst aus dem Hier und Jetzt. Der Aufforderung, Heft und Lesebuch aufzuschlagen und alle starken Verben aus dem Lesestück Seite siebenunddreißig in die Grundform zu übertragen, kommt er nicht nach, sondern verharrt unbeweglich, den Blick ins Nichts gerichtet. Aber mitten in der Rechenstunde sagt er plötzlich laut: »Doch. Es *gibt* Musik auch ohne Menschen.«

Auch seine Schrift hat sich verändert. Im ersten und zweiten Schuljahr wirkte sie fast wie gedruckt. Jetzt ist sie ungleich, schwankend geworden, hält die Zeilen nicht mehr ein, wird mal groß, mal klein, so, als ob sie schrumpft und sich wieder aufbläst. Sogar Kleckse passieren ihm jetzt!

Er klagt darüber, daß ihm alles vor den Augen verschwimmt. Vater Wilhelm wandert mit ihm nach Grulich zum Optiker auf dem Ringplatz unter den Lauben. Aber der meint nach der Untersuchung, Karls Augen seien so gesund, wie Augen nur sein können. Und auch der Augenarzt in Landskron kann keine Einschränkung der Sehkraft entdecken. Eine Tageswanderung mit dem Vater hin, einen Tag dort, eine Tagesreise in der Kutsche eines Bekannten zurück – alles vergeblich. Aber das kann Theresia nicht davon abbringen, allen, die sich beunruhigt nach Karls Befinden erkundigen, zu erklären, daß sich ihm das Fieber auf die Augen geschlagen habe. Er sei jetzt halt so weitsichtig, daß er im Nahen stolpere. Aber das sei nur vorübergehend. Er erhole sich rasch.

So viele meinen es gut mit Karl, ziehen ihn an sich, umarmen ihn. Aber diese Zärtlichkeiten nehmen sie nur zum Anlaß, ihn auszufragen. Und wenn er sagt, daß er weit weg sei, schütteln sie die Köpfe und meinen, er mache sich über sie lustig. »Jetzt mal ehrlich, Karl«, sagen sie dann, oder »Spaß beiseite«. Und wenn sie ihn fragen: »Was siehst du, Karl, wenn du so nachdenkst?«, und er antwortet ehrlich: »Kugeln, die sich drehen, und Sterne«, dann schauen sie ihn an, als rede er Chinesisch.

Er mag's, wenn ihn jemand umarmt. Denn seit der Sache am Wüsten Schloß friert er viel. Umarmungen sind warm. Aber weil dann fast immer die Ausfragerei losgeht, läßt er sich bald nicht mehr umarmen, weicht Händen aus, die sich nach ihm ausstrecken.

Nur nicht denen von Tante Thekla. Die will nichts aus ihm herausbohren, was sie doch nicht versteht. Tante Thekla, die alte Jungfer, verteilt all die Zärtlichkeit, die sich bei ihr aufgestaut hat, an Theresias Kinder. Sie ist kleiner als Theresia, hat aber breite Schultern und Hüften, und doch ist sie merkwürdig flach, hat keinen so prachtvollen Hintern wie ihre Schwester. Wie unter eine Walze geraten sieht sie aus – und dazu noch die O-Beine! Aber die Gesichter der Schwestern sehen sich sehr ähnlich, nur ist Thekla fünf Jahre älter. Und sie ist viel nachgiebiger als

Theresia, sie wieselt sich halt überall durch – wenn nötig, auch mit Geschwindel. »Als ob du von Nische zu Nische huschst«, sagt Theresia einmal zu ihr. »Das hast du nicht nötig.«

Als junges Mädchen hat sie gelernt, die Augen vor den Blicken eines Mannes niederzuschlagen. Sie schlägt sie noch jetzt nieder. Statt dessen redet und redet sie. Und die Pilze kennt sie besser als Theresia. Nur: Sie sammelt sie nicht, denn sie fürchtet sich schrecklich vor Kreuzottern. Von denen gibt es viele rund um Eichstädtl.

Tante Thekla schickt Karl an den schulfreien Nachmittagen hinauf auf die Hänge zu den Ziegenhirten und auf die Koppeln, wo die Kühe den Sommer über weiden. »Am Vieh ist schon manche kranke Seele genesen«, sagt sie und bezieht sich auf einen Roman, den sie, oft in Tränen ausbrechend, vor ein paar Jahren gelesen hat. Den hat ihr die Frau des Oberlehrers in Lonsdorf geborgt.

Aber Karl kommt schweigsam zurück, wenn die Ziegen und Kühe abends heimgetrieben werden, und kann sich nur undeutlich an die Tiere erinnern, wenn man ihn danach fragt. Von anderen Kindern erfährt Tante Thekla, daß ihn die Hirten, zwei Halbwüchsige, gepiesackt haben.

Sie empfiehlt Wilhelm, mit ihm zum alten Jaikl nach Gießhübel hinaufzugehen. Der verstehe sich doch auf alles, kenne sich mit dem Höllenzwang aus und habe schon viele Doktoren in Erstaunen versetzt. Aber Wilhelm lehnt entrüstet ab. Der Jaikl ist ein Quacksalber, der die Medizin nicht studiert hat. Wie soll *der* helfen können? Im übrigen werde sich Karl ganz von selbst zusammenreißen und wieder seine alte Leistung zeigen, wenn er erst merkt, daß es ums Ganze geht. Vor allem in Prag.

Da hat ihn Tante Thekla auf ein Thema gebracht, das ihn gereizt antworten läßt. Denn noch immer bemüht sich der Gemeindesekretär, einen Arzt nach Eichstädtl zu holen, gibt Anzeigen auf, läßt ein freundliches Schreiben der Gemeindeverwaltung Eichstädtl an die Anschlagtafeln der medizinischen Fakultäten in Prag und Wien heften: Gesucht wird junger Arzt für aufstrebenden Marktflecken im Adlergebirge und umliegende Ortschaften! Wohnung vorhanden.

Antwort bekommt er nie.

Teufel nochmal, da bemüht sich eine Gemeinde um Fortschritt in der medizinischen Versorgung – vergeblich! Was bleibt da den Leuten anderes übrig, als auf die Quacksalber zurückzugreifen?

Und Wilhelm verschanzt sich vor Tante Thekla und den uneinsichtigen Medizinern hinter einer Mährisch-Schönberger Zeitung, die von Hand zu Hand, von Ort zu Ort gewandert, endlich in Eichstädtl ankam, und richtet sich an einer ausführlichen Berichterstattung über die Schlacht bei Sedan wieder auf. Die Preußen, das sind doch Kerle, man mag zu ihnen stehen, wie man will. Schließlich ist man mit ihnen – trotz Königgrätz – irgendwie verwandt, und man gönnt ihnen den Sieg eher als den Franzosen.

Aber dann winden sich seine Gedanken wie schleimige Schlingen um ihn, denn der Lombarde mischt sich ein, läßt sein Gedärm heraus. Da legt Wilhelm die Zeitung weg und verlangt nach einem Kaffee, obwohl's kein Sonntag ist. Und danach hackt er eine Stunde Holz, daß die Scheite nur so fliegen und die Hühner in alle Richtungen flattern.

In letzter Zeit schläft Wilhelm schlecht. Ihn bedrückt nicht nur Karls Veränderung, sondern auch die Sache mit der neuen Bahnlinie. Von Wildenschwert im Böhmischen nach Hannsdorf im Mährischen soll sie führen, und nun sind schon die Vermessungsingenieure dagewesen, und es hat große Aufregung gegeben, weil die Linie am Mühlberghang entlang und dann auf einer Brücke über den Bach und weiter auf einem Damm in Richtung Dichtenau laufen soll, immer an der Adler entlang. Drei Häuser des Staadtlas stehen im Weg, die müssen weg und woanders wieder hin, und der Weg nach Dichtenau wird unter der

Brücke durchgehen, über die die Züge brausen, man stelle sich das vor! Die Ingenieure haben, begafft von den Eichstädtlern, rotweiße Stangen in die Landschaft gesteckt, und es gab einen Riesenärger, weil der Peiker Seff, als Handlanger von den Ingenieuren angeheuert, in guter Absicht abends alle Stangen wieder aus der Erde gezogen und sie in seinem Holzschuppen eingeschlossen hat, damit über Nacht keine von ihnen gestohlen werde.

Auch daß das halbe Wüste Schloß weggesprengt werden soll, weil es in dem engen Tal der Bahnlinie im Weg ist, hat die Gemüter im Staadtla erregt. Vor allem die Alten haben gewarnt: Hände weg von diesem Ort! Man soll schlafende Hunde nicht wecken. Böse Geister sind rachsüchtig. Aber wie soll Wilhelm den Ingenieuren solche Argumente begreiflich machen?

Zu seinem Erstaunen ist Theresia geradezu begeistert von diesem Vorhaben – sie, die doch sonst eher bremst, wenn etwas atemberaubend Neues am Horizont auftaucht!

Und nun sind sie mit der Linie schon bis Gabel, bis Lonsdorf, bis Zöllnei, und viele Tschechen und Italiener arbeiten mit. Je mehr sich der Bahndamm dem Staadtla nähert, umso öfter tauchen sie in den Eichstädtler Gasthöfen auf, trinken, singen und tanzen und sind hinter den Mädchen her. Aber die Eichstädtler Burschen passen auf. Tschechen – nun ja, die kennt man. Mit den tschechischen Flüchen ist man vertraut. Aber Italiener!

Wilhelm hat in dieser kritischen Zeit wohl seine Gedanken zu oft bei Karl. Jedenfalls versäumt er, den Bürgermeister energisch genug dazu anzuhalten, auf einem Bahnhof für die Staadtla zu bestehen. Und so müssen sich die Eichstädtler damit begnügen, daß auf dem Bahnhof in Dichtenau ein Schild mit der Aufschrift EICHSTÄDTL-DICHTENAU hängen wird. Reichliche zwei Kilometer wird der Bahnhof von der Eichstädtler Kirche entfernt sein, und wer ihn erreichen will, muß am Wüsten Schloß vorbei!

Theresia hat Karl bei sich, als sie, wie viele andere Eichstädtler auch, der Sprengung vom gegenüberliegenden Mühlberghang aus zuschaut. Sie hat gute Augen, es entgeht ihr nichts. Es knallt und kracht, daß die Ohren dröhnen. Alle bekreuzigen sich. Der ganze hohe vordere Teil des Felsens mit seiner über den Weg hängenden Partie stürzt in sich zusammen.

Als sich die Wolke, die den Wald eingestaubt hat, langsam verzieht, späht Theresia mit klopfendem Herzen hinüber. Aber sie entdeckt keine Spur irgendeines Ganges oder Gewölbes. Und Karl schaut gleichgültig in eine andere Richtung.

Später entdeckt man, daß seit der Sprengung eine Quelle neben dem Felsen sprudelt. Hinter ihr findet die Mariensäule einen neuen Platz.

Am Wüsten Schloß geht Theresia nie wieder vorbei. Wenn sie nach Dichtenau will, nimmt sie den Umweg über die Kressenwiesen.

6. Kapitel

In dem ein Schutzengel mit Karl nach Prag fährt, aber nicht wieder mit ihm zurückkommt, eine Wallfahrt nichts hilft – und Karl mit der Posaune Tote aufweckt

In den Schulpausen – die Schüler verbringen sie sommers wie winters auf dem Korridor zwischen Klassenraum und Abort – lehnt Karl jetzt meistens an der fleckigen Wand und starrt ins Leere. Der Wanschura Ton, der Katzer Franz, der Jentschke Pepp, früher seine besten Freunde, beginnen ihn zu meiden. Mit ihm geht nichts mehr. Er ist mit den Gedanken immer woanders.

Der Oberlehrer bestellt ihn einmal nachmittags zu sich und geht mit ihm ins Kabinett, wo keiner mithören kann. Er bemüht sich um Behutsamkeit. »Dir liegt was auf der Seele, Karl«, sagt er. »Möchtest du's mir nicht sagen?«

Er spürt, daß Karl nach Worten sucht, aber offenbar keine Worte dafür findet. Der Junge läßt schließlich den Kopf sinken. Der Oberlehrer streicht ihm übers Haar und erinnert ihn sanft daran, daß ihm jetzt bald die Prüfung bevorstehe, die all sein Können herausfordere. Da dürfe er sich nicht hängen lassen. Karl nickt resigniert. Es steht ja schon seit langem fest: Er soll auf die Kadettenschule nach Prag. So will es Vater Wilhelm. Karl ist schon angemeldet, der Prüfungstag steht bereits fest.

Der Oberlehrer hat vergeblich versucht, dem Kanzlisten diesen Plan auszureden. Was soll ein Soldat mit so einem Kopf, wie Karl ihn hat? Viel zu viel Gehirn für einen Militär! Wo doch der Junge das Zeug zu einem Gelehrten hätte, zu einem Universitätsprofessor!

Aber damit beißt er bei Vater Wilhelm auf Granit, soviel dieser sonst auch auf seine Ratschläge hört. Der Kanzlist träumt von einem General oder Feldmarschall, der die Armee erneuert, alte Zöpfe abschneidet, für Gerechtigkeit sorgt und den Herren Offizieren eine neue Vorstellung von Ehre beibringt. Wilhelm, der Älteste, kommt für diese Laufbahn nicht in Frage. Er wäre nicht gut genug für die Kadettenanstalt. Die nehmen nur die Besten, das heißt, von zweihundertfünfzig Anwärtern nur achtzig oder neunzig. Und Julian? Nicht einmal er hätte Chancen bei dieser Prüfung, obwohl auch er in der Eichstädtler Schule ein strahlender Schüler ist. Außerdem hat Julian nur eins im Kopf: Lehrer will er werden, Oberlehrer im Staadtla!

Auch nicht schlecht, meint Vater Wilhelm. Aber Offizier mit einer Karriere bis hinauf in die Höhenluft der breitesten Epauletten, wo Gehirn wieder gefragt ist – das ist eine echte Chance auch für kleine Leute wie die Rotwengels in Eichstädtl. Diese Chance soll Karl wahrnehmen!

Armer Karl, denkt der Oberlehrer, dort in der Kadettenanstalt werden sie dir das Denken abgewöhnen.

Aber so weit kommt es nicht. Wohl reist Karl, wie geplant, im Dezember mit seinem Vater in einem Postschlitten nach Prag, begleitet von allen guten Wünschen nicht nur der Familie, sondern auch der vielen Eichstädtler, die sich vor der Post versammelt haben. Wohl bläst Großvater Siegmund auf dem Ringplatz mit der Melodie von ›Wer will mit nach Italien ziehn?‹ alle Hoffnungen, die er in diesen Enkel setzt, in den Eichstädtler Winterhimmel, während das Schneewasser in seine Schuhe dringt. Aber das düstere Gewölk verheißt nichts Gutes. Dennoch winkt man dem Schellengeläut mit demonstrativer Fröhlichkeit nach.

Und nun warten alle in größter Spannung. Theresia schöpft Hoffnung aus dem Wissen, daß Kinder in der Schule zeitweilig nachlassen, weil sie gerade alle Kraft fürs Wachsen brauchen. Wo doch Karl seit dem Sommer so in die Höhe geschossen ist! Kein Wunder, daß seine Leistungen so absackten. Aber in Prag wird er aufwachen, mitmachen, ganz der alte sein, zeigen, was er kann!

Am Prüfungstag betet sie einen Rosenkranz nach dem anderen für ihn und verdrängt alle bangen Ahnungen, auch das Wissen um das, was die alte Faltussen aus dem Kaffeesatz gelesen hat: Karls Scheitern. Tante Thekla fegt diese Wahrsagung mit einer abwertenden Handbewegung weg, dann vertraut sie Theresia mit seligem Lächeln ein Geheimnis an: Sie habe wirklich und wahrhaftig Karls Schutzengel neben dem Kutscher auf dem Bock des Postschlittens sitzen sehen, in einem Gewand aus weißem Batist und mit genau solchen Sandalen an den Füßen, wie sie Jesus auf dem Bild trägt, das in der Wohnstube hängt.

»Nur in Hemd und Sandalen?« fragt die kleine Anna erschrocken. »Jetzt, im Winter?«

»Engel frieren nicht«, erklärt ihr Lina, die große Schwester, und Theresia nickt dazu. Somit steht für alle Geschwister die bestandene Prüfung von Karl bereits fest. Karl hat ja seinen Schutzengel dabei. Da kann nichts schiefgehen.

Aber am vierten Tag nach der Abreise geht die Schrekkenskunde durch den Ort: Die Rotwengels, Vater und Sohn, sind wieder da, und Karl hat die Prüfung nicht bestanden.

So ist es. Mit düsteren Gesichtern kehren sie heim. Nein, Karl bekommt keine Vorwürfe zu hören. Theresia drückt den Sohn an sich und sagt: »Wer weiß, wozu's gut ist. Ein paar Jahre Soldat sein, das läßt sich, scheint's, nicht ändern. Aber ein ganzes Leben lang sich damit abgeben, wie man die armen Feinde am besten umbringt, das muß doch das Herz angreifen …«

»Was weißt du schon von solchen Dingen, Theresia«, sagt Wilhelm finster und läßt sich auf die Ofenbank fallen.

»Denk du nur an deinen Lombarden!« schmettert sie ihm ins Gesicht.

Er ist bestürzt. So etwas hat sie bisher noch nie gesagt! Und er bereut bitter, daß er ihr in einer von Karls Fiebernächten von dem erzählt hat, der ihm auf nüchternen Magen – nach fünfzehnjähriger Pause – im Kippspiegel erschienen war und sein Gedärm aus dem Ebenholzrahmen hatte hängen lassen.

»Kopf hoch, mein Junge«, sagt auch Tante Thekla zu Karl und drückt ihm rechts und links einen innigen Kuß auf die Wange. »Auch aus all denen, die bis jetzt bei den Prüfungen in Prag durchgefallen sind, ist sicher etwas geworden. Vielleicht sogar mehr, als sie dort geworden wären. Das Glück schenkt nichts, es leiht nur. Und man soll das Unglück nicht ernster nehmen als das Glück.«

Sie bringt eine ganz andere Laufbahn ins Gespräch: Sollte man ihn nicht Priester werden lassen? Als Pfarrer wäre ihm das viele Nachdenken nicht hinderlich, im Gegenteil: Das kann nur nützen beim Aufsetzen guter Predigten und Grabreden.

Aber darin sind sich Großvater Siegmund und Vater Wilhelm ganz und gar einig: Priester nicht! Mit der Kirche wollen sie beide nur so viel zu tun haben, wie unbedingt nötig ist: einmal pro Jahr beichten gehen und zweimal pro Jahr in die Messe, nämlich zu Weihnachten und zu Ostern. Das genügt. Und auch Theresia will keinen Priestersohn. Karl soll Frau und Kinder haben, soll nicht einsam im Bett liegen, soll sich nicht mit den Fingern behelfen müssen und sich dann mit einem schlechten Gewissen herumplagen!

»Und wo ist Karls Schutzengel hin?« fragt die kleine Anna.

Tante Thekla war nicht dabei, als die Kutsche vor der Poststation ankam. Für alle anderen außer der Tante scheint der Schutzengel unsichtbar zu sein. Man weiß also nicht, ob er wieder mit heimgekommen ist. Und ob er bei der Prüfung dabei war oder nicht, darüber sind sich die Rotwengels nicht einig. Wilhelm und Siegmund lächeln nachsichtig. Über solche Gespräche fühlen sie sich erhaben.

Alle reden durcheinander, nur Karl hat noch kein einziges Wort gesagt, seit er wieder daheim ist. Er wird auch weiterhin nicht viel sagen. Er lehnt sich nur an die Mutter und friert.

Als er in die Schule zurückkommt, schlägt ihm Schadenfreude entgegen. Jetzt ist er nicht mehr der von allen bestaunte Wunderknabe. Er hat versagt. Er hat das Staadtla blamiert. Überhaupt – es ist nicht mehr viel mit ihm anzufangen. Immer dieser Blick ins Leere.

»Na, Karl, schaust du wieder ins Narrenkastel?« fragt ihn einmal der junge Lehrer. Seitdem fragen ihn das auch die Mitschüler. Bei jeder Gelegenheit fragen sie ihn, was er denn im Narrenkastel sehe. Zum Beispiel, wenn sie in der Pause nebeneinander pinkeln. Dann kann es sein, daß er sehr ernst antwortet: »Sonnen.«

»Haha«, ruft der Katzer Franz. »Sonnen, hat er gesagt. Es gibt ja nur eine!«

»Wie viele siehst du denn?« fragt der Jentschke Pepp.

»So viele, wie man gar nicht zählen kann«, antwortet Karl ruhig.

Die Jungen kreischen vor Vergnügen.

»Und kein einziger Mond ist da?« fragt der Wanschura Ton.

»Doch«, sagt Karl.

»Wenn der Mond da ist, muß auch die Erde da sein«, meint der Jentschke Pepp. »Denn der Mond dreht sich um die Erde.«

»Ich seh' sie nur ganz klein«, sagt Karl. »Wie einen Punkt.«

Schallendes Gelächter.

»Aber du stehst doch auf ihr, du Hornochse!« ruft der Katzer Franz und zeigt auf die Erde zu seinen Füßen. »Hier ist sie – so nah! Da sieht man mal, was für einen Blödsinn du in deinem Gehirn zusammenspinnst.«

Sie lachen und lassen ihn neben der Pinkelrinne stehen. Er starrt ins Leere. »Platz da, oder ich bespritz dich!« ruft ein Zweitkläßler und knöpft seinen Hosenschlitz auf.

Aber Karl ist woanders, er hört ihn nicht. Und so hat er nasse Hosenbeine, als er wieder in den Klassenraum geschubst wird, und riecht nach Pisse.

Jedes Jahr, vor allem während des Spätsommers, wenn die Haupternte schon in den Scheunen ist und die Nächte noch nicht zu kalt sind, um auf den Heuböden zu schlafen, ziehen Wallfahrer durch Eichstädtl. Sie kommen oft weit aus dem Böhmischen, aus der Gegend von Chrudim, Pardubitz, Kolin und Poděbrad, und sie wollen auf den Muttergottesberg bei Grulich. Drei Stunden Fußmarsch sind es noch bis dorthin, für junge Leute vielleicht nur zweieinhalb, für Alte und Kranke, die oft rasten müssen, vier oder fünf. Meistens sind es Tschechen, die in Scharen von dreißig oder vierzig, manchmal auch hundert Seelen hinter ihrer Kirchenfahne herwandern. Vor allem Frauen, Kinder und Greise. Mütter, die ihre kleinen Kinder in Schubkarren vor sich herschieben. Frauen, die ihre alten Eltern, ihre siechen Männer in Handkarren hinter sich herziehen. Die Eichstädtler Kinder stehen am Wegrand und gaffen. Der Mann mit der Kirchenfahne, der dem Zug vorangeht, stimmt ab und zu ein Lied an, und die anderen fallen ein.

Die Eichstädtler kennen die Melodien. Nur werden die Texte von den Wallfahrern tschechisch gesungen. Ein Chor dünner Stimmen ertönt. Darunter sind auch zwei oder drei grelle, fast zornige, die die trägen mitreißen wollen. Großvater Siegmund hat ein gutes, ein empfindliches Gehör, er verdreht dann jedesmal die Augen und hält sich die Hände vor die Ohren, wenn drüben an der Kirche wieder so ein Lied vorüberzieht. Wer von diesen Tagelöhner- und Kleinbauernfrauen, diesen Alten, die nur noch zu krächzen imstande sind, ist schon fähig, eine Melodie sauber zu singen?

»Hör dir das an«, sagt der Großvater dann zu Tante Thekla, »davon könnte die Milch sauer werden. Wenn das den Himmel nicht in Wut bringt ...!«

»Das siehst du falsch«, antwortet dann Tante Thekla nachsichtig. »Unser Herrgott hat nicht in einer Regimentskapelle gedient, und die Jungfrau Maria singt vielleicht auch nicht rein. Auf die Inbrunst kommt's an, Siegmund!«

Manchmal erreichen die Wallfahrer das Staadtla erst, wenn die Sonne untergeht. Dann klopfen sie an die Türen und bitten in gebrochenem Deutsch um Unterkunft. Wer könnte sie ihnen verweigern? Es sind ja fromme Leute. In der Dachkammer haben sechse Platz, wenn man zwei gefüllte Strohsäcke zwischen die Betten auf den Boden legt. Und am Tisch rückt man eben enger zusammen. Kein Eichstädtler schickt Wallfahrer weg, die an die Tür klopfen, auch wenn's am nächsten Morgen für das Nachtlager nur ein »Vergelt's Gott« gibt, dazu vielleicht eine mühsam hingekritzelte Adresse in einem böhmischen Dorf, in das man wahrscheinlich sein Leben lang nie kommen wird. Aber man hat wenigstens die Gewißheit, daß diese Tat der Barmherzigkeit am Tag des Jüngsten Gerichts als gottgefällig angerechnet wird – und daß ganz sicher in Zaječice und Žiželice eine Tür aufginge, wenn man dorthin verschlagen würde und klopfen müßte.

Einer solchen Wallfahrerherde schließt sich, ein paar Wochen nach Karls unbestandener Prüfung, Theresia an, Karl an der Hand. Der Oberlehrer hat ihm freigegeben, warum auch nicht. Er glaubt zwar nicht an die Wundertätigkeit des Marienbildes auf dem Muttergottesberg. Aber schaden kann so ein Fußmarsch sicher auch nicht.

Dichtenau, Grulich. Mit ein paar Alten und Maroden geht Theresia am Ende des Zuges, denn sie ist wieder schwanger, und Karl trottet gleichmütig mit. Abwechselnd wird gesungen und gebetet, natürlich auf tschechisch. Aber Theresia ist auch einmal für ein Jahr im Tschechischen gewesen, sie kann mithalten. So viele Rosenkränze auf einmal, die können doch nicht ungehört verhallen!

Über den großen Ringplatz und dann durch die Häuserzeilen bis hin zum Eingangsportal der Vierzehn-Kreuzwegstationen-Allee schleppt sich die Herde, genießend, daß jetzt bald das Ziel erreicht sein wird. Nur noch diesen verdammten steilen Hang gilt es zu nehmen, über den die Allee ohne die kleinste Serpentine, die den Alten und Kranken den Aufstieg erleichtern würde, zum Kloster, dem Vorwerk des Himmelreichs, hinaufführt. Die Kirche ist streng. Das Wunder muß man sich durch Schweiß und Schmerzen erkaufen.

Die Allee ist schmal, der Weg zwischen den zwei Baumreihen ist nicht gepflastert. Hier geht's nur zu Fuß. Natürlich gibt's auch eine Straße hinauf. Die führt in großen Serpentinen auf der anderen Seite des Muttergottesberges bis zur Pilgerherberge und dem baumbestandenen Platz neben dem Kloster, wo sich die Andenkenbuden und Garküchen aneinanderreihen und fröhliche Rummelplatzstimmung herrscht. Aber diese Straße benutzen nur Pilger, die sich eine Kutschfahrt leisten können. Die so reich sind, daß sie die innere Einkehr vor den vierzehn Kreuzwegstationen nicht nötig haben.

Drei große Pilgerschwärme, ein tschechischer, ein deutscher und ein gemischter, quälen sich gleichzeitig von Kreuzwegstation zu Kreuzwegstation den Hang hinauf. Gott sei Dank, vor den Barockkapellchen, die abwechselnd einmal rechts, einmal links des Weges die Allee säumen, können sich die müden Füße eine Weile ausruhen, während der Vorbeter seinen Sermon herunterleiert und die Herde im Chor antwortet. Nicht nur die Kinder spähen währenddessen scheu ins Halbdunkel der Kapellen. Hier kann man sehen, wie Jesus verraten und gefangengenommen wird, weiter oben, wie Pilatus ihn verhört. Er wird ausgepeitscht und gezwungen, das Kreuz zu schleppen, auf dem er zu Tode kommen soll. Er stürzt, schleppt weiter, bricht wieder zusammen. Die Frauen stöhnen vor Mitleid. Es riecht nach Schweiß. Die Figuren sind sogar bunt bemalt, da kann man das Blut deutlich sehen, wie es aus den Wundmalen tropft. Was für ein Glück, daß die heutige Zeit nicht mehr so gottlos ist! In der ganzen österreich-ungarischen Monarchie wird niemand an ein Kreuz genagelt. Hier wird auch seit langem nicht mehr gevierteilt, gerädert oder verbrannt, und schon gar nicht auf öffentlichen Plätzen. Es wird nur noch modern hingerichtet: erschossen oder geköpft. Ein schneller Tod, der Delinquent merkt nicht viel davon, denn noch bevor man den Schmerz spürt, ist der Kopf schon ab, und ein Priester ist auch dabei. Was kann man mehr verlangen? Wenn man von den Untaten einzelner Mörder absieht und von den jungen Rebellen, die Revolutionen anzetteln und sich dabei an Ministern vergreifen, sie gar an Laternenpfählen aufknüpfen, nur um irgendwelcher aufrührerischer Ideen willen, mit denen die Franzosen ihre Nachbarvölker angesteckt haben – so muß man doch feststellen, daß die Menschheit sich bessert: Es gibt keine Hexen mehr, die Leibeigenschaft ist aufgehoben worden, der Kannibalismus ist so gut wie ausgerottet, drüben in Amerika haben sie mit der Sklaverei Schluß gemacht, und Kinder dürfen nicht mehr in Bergwerken arbeiten.

Karl steht abseits. Er weidet sich nicht an den grausigbunten Szenen. Er nimmt sie nicht einmal wahr. Während der Verschnaufpausen steht er mit dem Rücken zum Hang und schaut ins Land hinaus. Von Kapelle zu Kapelle hat er einen weiteren Blick: erst nur auf Grulich und seine Vordörfer, die Grenzberge mit dem Schneeberg, dann über das obere und untere Adlergebirge, den Dürren Berg und den Hohen Stein, hinter dem in einem von hier aus nicht sichtbaren, tiefen Taleinschnitt das Staadtla liegt, und schließlich, von ganz oben, hinüber ins Deutsche Reich: auf das nächste jenseits der Grenze liegende schlesische Städtchen Mittelwalde, dessen Kirchturm aus dem preußischen Dunst ragt.

Aber Karl nimmt auch dieses großartige Panorama nicht wahr. Er spürt nur die Weite, die erfüllt ist von Farben, Geräuschen und Gerüchen. Er ist fern.

Jetzt hat Theresia ihr letztes Gegrüßet-seist-du-Maria vor der vierzehnten Kapelle beendet und zieht Karl über die Stufen des barocken Treppenaufgangs zum Hauptportal hinauf und ins Kloster hinein. Was für ein Gedränge! Sie packt ihn am Ärmel seiner Sonntagsjoppe und zerrt ihn an den vielen Gemälden und Statuen vorbei in die große Kirche, in der sich Puttenschwärme ballen, Heilige in bewegten Posen ihre Gewänder wallen lassen, vergoldete Schnörkelei dem Blick schmeichelt, Orgelmusik und schwerer Weihrauchduft die Sinne benebeln. Es ist so kühl in diesem halbdunklen, riesigen Raum. Karl schmiegt sich an die Mutter, die wunderbar warm ist.

Als Mutter und Sohn nach einer guten Stunde endlich wieder aus dem Kloster taumeln, muß sich Theresia in einem Zelt erst einen Kaffee gönnen, denn in ihrem Kopf drehen sich Liliensträuße und flackernde Kerzen, Priester in festlichen Ornaten und der schmutzige Abort in der Ecke des Wandelganges, der samtene Klingelbeutel, dem niemand entgehen konnte, und vor allem die Marmortreppe, die alle Bittsteller und Büßer auf Knien hinaufrutschen mußten, auch sie und Karl – all das dreht sich grellbunt, aufdringlich-heilig duftend und respektfordernd um das wundertätige Bild der Muttergottes mit dem Kind auf dem Arm.

»Wenn *das* nichts geholfen hat, Karl«, seufzt sie und bestellt ihm und sich ein Stück Streuselkuchen, »dann hilft nichts mehr.«

Noch am selben Tag kehren sie heim. Allein. Ihre tschechische Wallfahrerherde nimmt einen anderen Weg. Den Hang abwärts hört Theresia Liebespaare in den Büschen juchzen. Reue und Buße sind getan, jetzt wird wieder gelebt, juhu!

»Hörst du was?« fragt Theresia ihren Karl hoffnungsvoll. Ach wenn er's doch hörte, auch wenn's sündig ist!

»Was?« fragt Karl.

Sie kommen nur bis Dichtenau. Dort hat Theresia wieder eine Fehlgeburt.

Es hat nichts geholfen. Karl schreibt nicht mehr, liest nicht mehr, gibt auf die vorgeschriebene Lehrerfrage: »Was hatte Maria Theresia kaum?« nicht, wie früher, die hundertmal geübte richtige Antwort: »Kaum hatte Maria Theresia den Thron bestiegen, da fiel auch schon Friedrich über Schlesien her.« Er antwortet gar nichts mehr.

Die beiden Lehrer, der alte und der junge, beraten sich. Karl wird das Klassenziel seines Jahrgangs nicht erreichen, er muß um einen Jahrgang zurück. Aber auch da macht er nicht mehr mit. Schließlich nimmt ihn der Oberlehrer wieder ins zweite Schuljahr, von wo er ihn seinerzeit hat springen lassen. Nun sitzt er als so Großer zwischen den Kleinen.

So sehr er sich in sich selbst verkrochen hat, so sehr ist sein Körper gewachsen. Nicht nur in die Höhe hat er sich gedehnt, sondern auch in die Breite. An seinem zehnten Namenstag ist er größer als Julian. Ein Jahr später wird er auch Wilhelm eingeholt haben, der doch schon vierzehn Jahre alt ist. Und seine Schultern sind schon fast so breit wie die des Großvaters!

Trotzdem haben schon bald auch die Kinder aus dem ersten und zweiten Schuljahr keinen Respekt mehr vor ihm. Sie zwicken ihn, wenn er so stumm in der Bank sitzt und der Oberlehrer gerade nicht herschaut, ganz schnell mal ins Ohr oder ziehen ihm mit einem Blitzgriff das Hemd aus der Hose. Dann sieht er sich langsam um, so, als käme er von weit, weit her, und die Kleinen – auch Theodor und Anna sind darunter – wissen nicht einmal genau, ob er sie wahrnimmt. Was für ein Vergnügen!

Aber der Oberlehrer merkt doch, was sich da abspielt. »Hände auf den Rücken!« befiehlt er zornig, und alle gehorchen und sind lammfromm. Der Oberlehrer holt Karls Stuhl aus dem Kabinett und stellt ihn neben sein Pult – so, daß er Karl immer im Auge hat. Und so sitzt der Junge nun Tag für Tag seine Schulstunden ab, geht in der Pause auf den Abort, wird gehänselt, kehrt in den Klassenraum zurück, sitzt weiter. Und wenn der Oberlehrer die Schüler um zwölf Uhr mit einem Vaterunser entläßt, geht er stumm heim. Er trottet mit geducktem Rücken, vorgeneigtem Kopf und hängenden Armen, ohne sich gegen die Schar kleiner Quälgeister zu wehren, die mit stieren Augen, geducktem Rücken und hängenden Armen hinter ihm herschleichen und ihn auf diese Weise komisch vervielfältigen.

Theresia kommt zufällig über den Platz. Sie sieht Karls Elend, scheucht die Kinder weg und legt den Arm um seine Schulter. So geht sie mit ihm nach Hause. Von nun an kommt ihn immer jemand abholen, wenn er nicht gleichzeitig mit Julian die Schule verläßt. Mal ist es der Großvater, mal Tante Thekla, mal Lina, die schon das zweite Jahr aus der Schule ist und jetzt daheim hilft und an ihrer Aussteuer näht. Als Wilhelm, der inzwischen das Gymnasium in Mährisch-Schönberg besucht, nach den Weihnachtsferien nicht fort kann, weil nach drei Tagen Schneesturm die Straßen und die Bahnlinie erst freigeräumt werden müssen, bequemt er sich nach einigen Ermahnungen auch mal, Karl von der Schule abzuholen. Das tut er nicht gern. Dieser Bruder ist eine Peinlichkeit. Einen Trottel in der Familie zu haben! Wenn ihn jemand fragt, wie es mit Karl dazu gekommen ist, spricht er von einem unglücklichen Sturz mit dem Schlitten. Erst die Kufe gegen den Kopf, dann der Kopf mit voller Wucht aufs Eis – davon kann einer schon einen Hirnschaden davontragen. Denn die Geschichte mit dem Mumps und dem Rötelfieber glaubt ihm doch keiner.

»Was für ein Kreuz, was für ein Kreuz!« jammert Tante Thekla und betet für Karl. »Womit haben wir das verdient? Und für wen muß es büßen, das arme Kind? Es hat doch sein Lebtag nichts Böses getan.«

»Tut dir etwas weh?« fragt ihn der Vater, während er ihn zwischen seinen Knien stehen hat und seine Hände hält. »Der Kopf vielleicht? Oder spürst du sonst irgend etwas, das vorher anders war?« Immer wieder fragt er so, seit Wochen, seit Monaten.

Karl denkt nach, schüttelt dann langsam den Kopf. Was anders ist, können die anderen sich nicht vorstellen. Und sollten sie sich's vorstellen können, dann könnten sie's doch nicht glauben. Außerdem kann er es nicht in Worte fassen. Es hat andere Dimensionen.

Sie haben schon seinen Urin, seinen Kot, seinen Speichel untersuchen lassen, waren mit ihm bei Doktor Lemberg in Mährisch-Schönberg und Doktor Suchomil in Böhmisch-Trübau. Karl hat Pillen nehmen und Tropfen schlucken müssen. Nichts hat sich geändert. Nur, daß er tagsüber immer stiller wird und nachts oft unruhig träumt. Er wirft sich hin und her und stöhnt. Wenn er dann die Augen aufreißt, sind sie ganz ins Leere gerichtet. Oder vielleicht auf etwas, das sehr weit entfernt ist.

Er hackt für die Mutter Holz und schleppt Wasser. Das tut er, wenn man ihn schickt, aber er tut es wie im Schlaf. Oft bleibt er mit dem Beil, über den Hauklotz gebeugt, eine ganze Weile stehen und tut nichts. Als ob er versteinert wäre.

Dem ältesten Bruder, dem Wilhelm, begegnet er – wenn der überhaupt einmal daheim ist – wie einem Fremden. Aber die Lina, die mag er. Wenn sie auf der Ofenbank sitzt und näht, setzt er sich neben sie und lehnt stumm seinen Kopf an ihre Schulter. Sie läßt es zu und bewegt sich so wenig wie möglich, damit sie ihn nicht stört. Auch, wenn sie davon ganz steif wird.

»Er sucht das Warme«, sagt sie zur Mutter.

Karl und Julian schliefen bisher zusammen in einem Bett, außer in dem Jahr, in dem Julian im Tschechischen war. Julian gibt ihm vor dem Einschlafen immer die Hand und läßt sie ihm. Meistens lösen sich nachts die Hände. Aber wenn Karl unruhig wird und Julian ihm die Hand gibt, schläft er wieder ein.

Nur: Julian wird bald fortmüssen, in die Lehrerbildungsanstalt.

Dem Lausbuben Theo, über den sich der Oberlehrer

schon ein paarmal bei Vater Wilhelm beschwert hat, und Anna, der ewig Kichernden, geht Karl aus dem Weg.

Der Mutter ist aufgefallen, daß Karl, wenn's dunkel und sternklar ist, oft wie angewurzelt stehenbleibt und in den Himmel starrt. Aber sie zerrt ihn weg und holt ihn ins Haus. »So lange da hinaufzuschauen«, meint sie, »ist nicht gesund. Da kann's einem schwindlig werden, weil man das Gefühl dafür verliert, was oben und was unten ist.«

»Und es bringt einen auf den närrischen Gedanken«, fügt Großvater Siegmund hinzu, »daß die Erde vielleicht nur ein Staubkorn in diesem Gewimmel ist, keinesfalls der Mittelpunkt.«

Tante Thekla macht erschrockene Augen und bekreuzigt sich.

»Dieses Gefühl kenne ich aus den Nächten am Strand von Triest«, erklärt der Großvater. »Da kam ich mir manchmal ungeheuer verlassen vor und allen Katastrophen ausgeliefert. Wie ein Nichts. Dagegen hilft nur Posauneblasen.«

»Damit lockst du aber auch die Unterirdischen an«, meint Tante Thekla vorwurfsvoll. »Du tauschst also nur die eine Unchristlichkeit gegen eine andere aus.«

Karl horcht auf, wenn er irgendwelche Töne hört. Aber was gibt es im Staadtla schon für Musik? Nur bei Hochzeiten und Begräbnissen, und wenn in einem der Gasthöfe Tanz ist. Auf der Kirmes dreht sich das Ringelspiel mit den Pferden, Löwen und Elefanten zur Musik eines Orchestrions, und dann und wann zieht ein Leiermann mit seiner Drehorgel durchs Dorf. Gesungen wird nur in der Schule, in der Kirche oder auf der Wallfahrt. Wenn man im Adlergebirge auf Musik aus ist, muß man sie holen, wo man sie kriegt. Karl geht den Geräuschen nach, steht vor den Gastwirtschaften, in denen gehochzeitet wird, trottet neben der Blaskapelle her, die fast jeden Toten auf den Friedhof geleitet, spürt die Leiermänner auf, gleichgültig, ob sie im Hinterwinkel oder im Niederstaadtla spielen. Und hellwach wird er, wenn der Großvater daheim Posaune übt. Dann hört er mit einem Gesicht zu, in dem alles weit offen ist.

»Blas einmal selbst hinein, Karl«, sagt der Großvater und hält ihm die Posaune hin. Und Karl bläst. Er bläst so laut, daß die Familie zusammenfährt und der Großvater ihm erschrocken die Posaune vom Mund zieht.

»Du bläst ja wie die von Jericho«, meint er kopfschüttelnd. Und zu Tante Thekla gewandt, sagt er: »Den hätten sie bei unserem Musikkorps sofort genommen. Da haben sie immer nach Leuten mit guten Lungen Ausschau gehalten.«

Er will dem Jungen zeigen, wie man eine Melodie zustandekriegt. Er schiebt und zieht, zieht und schiebt: eine Terz, eine Quart, eine Quint. Er nimmt Karls Hände und legt sie an die Posaune, zieht sie, schiebt sie, übt mit ihnen den Quartabstand, während er selbst bläst. Ta-taaa, ta-taaa, ta-taaa. Daß diese Quart das Eichstädtler Feuersignal ist, kommt ihm nicht in den Sinn. Während er geduldig weiterübt, stürzen ringsherum alle Eichstädtler aus den Häusern und recken in panischem Schrecken die Hälse: Wo brennt's? Sieht man Rauch aufsteigen?

Erst als der Großvater zur Quint übergeht und auch sie unermüdlich wiederholt, merken sie, daß es diesmal nicht um Feuer geht, sondern um Musik. Beruhigt ziehen sie sich in ihre Häuser zurück und murmeln Dankgebete.

Der Großvater schüttelt den Kopf. Karls Hände begreifen nicht. Karl kann nur blasen, mehr nicht. Welchen Ton er durch Zufall erwischt. Er bläst, daß die Teller und Tassen in der Kredenz klirren, Tante Thekla sich mit schmerzverzerrtem Gesicht die Ohren zuhält, die Milch in den Ziegeneutern stockt, der Putz hier und dort von den Wänden blättert und besorgte Nachbarn hereinschauen.

Am nächsten Tag bekommt der Gemeindekanzlist Rotwengel allerlei Beschwerden zu hören: Die Säuglinge hätten bei diesen gewaltigen Tönen zu schreien angefangen, Schwangere hätten sich erschrocken, die Hühner hätten danach keine Eier gelegt. Sogar bis nach Deutsch-Ottersdorf, bis hinauf zum Steinscholzen habe man diese merkwürdigen Töne gehört. Sie hätten wie Schreie geklungen. Eine Frau, seit ihrer Geburt nicht richtig im Kopf, sei durchs Dorf gerannt und habe gellend gerufen: »Hört ihr's? Hört ihr's? Das ist der Weltuntergang!« Und der alte Vater vom Heger, schon mit dem Sterbesakrament versehen und bereits tot, habe sich bei Karls Posaunenstößen noch einmal aufgerichtet und mit erhobenem Zeigefinger klar und vernehmlich: »Hört, hört!« gesagt, bevor er endgültig verschieden sei.

Seitdem läßt der Großvater Karl nicht mehr an die Posaune. Der Junge wäre ja imstande, die ganze Ordnung durcheinanderzubringen!

Es gibt noch etwas, was Karl mag: Honig. Den bekommt er von Julian zum Namenstag, zu Weihnachten, zu allen Feiertagen. Julian geht noch immer zu den Bienen des Oberlehrers, und fast immer trifft er dann auch Ottilie, die Tochter des Oberlehrers, die sich jetzt ihre weißen Krägelchen schon selber häkelt. Sie lernt auch Klavier spielen. Meistens trägt sie Kleider aus Samt. Für Julian ist sie kein Mensch, sondern ein Engel, den man nicht berühren darf, sonst bleibt einem der Goldstaub am Finger haften.

Er hat nun schon drei eigene Bienenstöcke drüben im Garten und hat schon seinen ersten eigenen Honig geerntet! Der Oberlehrer nimmt ihn sogar zu einer Imkertagung in Freiwaldau mit. Ihm, dem jüngsten Teilnehmer mit seinen dreizehn Jahren, begegnet man mit viel Wohlwollen und Schulterklopfen: »Nur weiter so, junger Mann!«

Der Oberlehrer legt wehmütig den Kopf schief und denkt: »Ein kluger Junge, dieser Julian. Aber nichts gegen Karl.«

Der verheißungsvollste Stern seines Lehrerlebens ist verglüht wie ein Meteor.

7. Kapitel

In dem der alte Jaikl Karl in die Pupillen schaut, Tante Thekla sich einen Schneidezahn abbricht und der Gemeindesekretär sich wegen einer Linde mit Hochwürden anlegt

Im vierten Monat von Theresias neuer Schwangerschaft hört Tante Thekla, daß sich der alte Jaikl aus Groß-Stiebnitz für ein paar Tage in Böhmisch-Ottersdorf aufhält, um zu heilen. Ganz im geheimen natürlich, denn die Gesundheitsbehörde hat ihm verboten, herumzudoktern.

Aber niemand verrät ihn. Sogar die Gendarmen schauen woanders hin, wenn er auftaucht. Denn alle wissen, daß er zehnmal mehr weiß als die studierten Ärzte. Nur so aufgeklärte Geister wie der Gemeindesekretär Wilhelm Rotwengel lehnen ihn ab. Aber auch er würde den Jaikl nicht der Obrigkeit ausliefern. Es hat alles seine Grenzen, auch die Gehorsamspflicht eines Untertanen.

Tante Thekla und auch Theresia glauben felsenfest an Jaikls Heilkunst. Schon sein Vater war ein großer Heiler gewesen. Das ganze Adlergebirge ist voll von Jaikl-Geheilten! Er kann ausgerenkte Glieder wieder einrenken, Brüche schienen, so, daß die Knochen wieder zusammenwachsen, als seien sie nie in Stücken gewesen. Er schneidet Hühneraugen und Warzen aus, kann Schmerzen deuten, macht Pflaster, die helfen, kennt Kräuter, die heilen. Vor allem aber durchschaut er seine Patienten, als wären sie aus Glas. Er läßt sich nichts vormachen. Und er kennt den menschlichen Körper in- und auswendig.

Manche schwören sogar Stein und Bein darauf, daß er mit dem Höllenzwang umgehen kann. Das ist ein Zauberbuch, mit dessen Hilfe man sich den Teufel dienstbar machen kann. Aber Jaikl lacht angeblich nur, wenn man ihn darauf anspricht.

Was den Höllenzwang angeht, sind sich Theresia und Tante Thekla uneins. Theresia glaubt fest an Jaikls Können, nicht aber an dieses Zauberbuch. Tante Thekla dagegen ist überzeugt, daß bei dem Alten nicht alles mit rechten Dingen zugeht. Allerdings ist sie sicher, daß nicht der Teufel den Jaikl, sondern der Jaikl den Teufel in der Gewalt hat.

Der alte Jaikl läßt sich in seine Heilmethoden nicht hineinreden. Manchmal bringt er das ganze Adlergebirge zum Lachen. Man erinnert sich noch gut an die Geschichte von dem Mann, der sich sein Genick ausgerenkt hatte und den Kopf, nun schiefstehend, nicht mehr bewegen konnte. Jaikl meinte, er kenne wohl ein Mittel, das ihm helfen könnte. Aber er könne es nicht anwenden, denn es sei zu gefährlich. Er müsse nämlich mit einem kräftigen Beilhieb eine bestimmte Stelle des Schädels treffen. »Entweder bist du nach diesem Hieb geheilt – oder tot«, soll Jaikl zu ihm gesagt haben.

Der Mann soll bereit gewesen sein, auf das Risiko einzugehen, und habe sich an einen Pfosten binden lassen. Jaikl habe ihm ein Beil vors Gesicht gehalten und gesagt: »Jetzt zähl ich bis drei, dann schlag ich zu.« Dann habe er zu zählen begonnen. Bei drei habe er mächtig ausgeholt. Da habe der Mann in seiner Todesangst den Kopf auf die Seite gerissen – und das Genick war wieder eingerenkt.

Tante Thekla sagt dem Schwager nichts von der geplanten Jaikl-Konsultation, denn er würde sie energisch verbieten. Also macht sie sich mit Karl auf den Weg nach Böhmisch-Ottersdorf hinauf, während Wilhelm in der entgegengesetzten Richtung ist, nämlich in Lonsdorf. Noch ist es Winter, sie nehmen einen Schlitten mit, um schneller wieder daheim zu sein, möglichst vor Wilhelm dem Gestrengen. Außerdem hat Tante Thekla erfahren, daß eine Cousine, die den Wirt vom Steinscholzen geheiratet hat, gerade Schlachtfest feiert. Da kann man doch nicht vorbeigehen, da muß man doch hineinschauen und mitessen. Vielleicht gibt ihr die Cousine etwas mit für die Leute daheim. Sie ist kein Geizkragen. Dafür könnte sich der Schlitten als nützlich erweisen.

»Gottlob«, sagt Tante Thekla unterwegs zu Karl, »ist jetzt Winter. Im Sommer sonnen sich hier auf den Hängen die Kreuzottern ...«

Sie sind ziemlich verschwitzt, die beiden, als sie vor den alten Jaikl geschoben werden. Der hält seine Sprechstunde nicht in einem Gasthof ab, sondern in der niedrigen Stube eines Krippenschnitzers und Häuslers. Er muß ja die Öffentlichkeit meiden. Aber er hat zwei Fenster öffnen lassen, damit es Durchzug gibt, und es sind noch mehr Fenster da, kleine zwar, aber extra für dieses Ereignis geputzte. Jaikl sitzt mitten im Licht der Märzensonne. Man kann jeden einzelnen der dunklen Altersflecke auf seiner Haut sehen, seine Runzeln, seine durchsichtigen Pupillen.

Er läßt Tante Thekla schwatzen, zieht Karl zu sich heran, legt ihm die Hand auf den Kopf, fordert ihn auf, ihn anzuschauen, und starrt ihm aufmerksam in die Augen. Langsam.

»Merkwürdig«, sagt er dann, »so einen Fall gibt's nur noch einmal im ganzen Adlergebirge. Da gibt's nichts zu helfen. Da kann man nur die Arme hängen lassen und muß zusehen.«

»Was *hat* er denn?« fragt Tante Thekla angstvoll und knüllt ihr Sacktuch in der Hand.

»Das ist keine Krankheit des Körpers«, sagt er nachdenklich. »Der Junge ist kerngesund.«

»Aber er ist doch *anders*!« klagt Tante Thekla.

Jaikl nickt. »Das ist er, und zwar gründlich. Er bewegt sich nicht mit der Zeit, sondern gegen sie, und seinen Geist hat es irgendwohin in die Ferne verschlagen. Das hier ist nur sein Körper.«

Tante Thekla schreit auf und drückt sich das Sacktuch vor die Augen. Sie begreift zwar Jaikls Diagnose nicht, aber sie spürt, daß es etwas ist, was eigentlich gar nicht sein darf, denn Zeit ist Zeit und Ort ist Ort.

»Und wer hat ihn so –«, sie schluchzt auf, »so umgewendet und auseinandergerissen?«

Jaikl zuckt mit den Schultern. Das weiß er auch nicht. »Es gibt halt Instanzen, die uns unbekannt sind«, meint er.

Tante Thekla hält den Atem an: »Dann war's also der Teufel?«

Jaikl winkt müde ab. »Den gibt's nicht.«

Tante Thekla ist entrüstet. Vom Teufel steht doch eine Menge im Katechismus!

Jaikl winkt noch müder ab, sagt aber nichts.

»Gott ist es jedenfalls nicht gewesen«, ruft Tante Thekla, »der tut sowas Perverses nicht. Der hält sich an seine Ordnungen und Gesetze.«

Der alte Jaikl zieht eine Braue hoch und einen Mundwinkel herunter. »Die Herren Theologen«, sagt er dann, »erklären uns Gott, als kennten sie ihn besser als sich selber. Aber sie und wir sind nur fähig, uns ein Bild von ihm zu machen, das *uns* ähnelt.«

Eine Stubenfliege, die den Winter überlebt hat und in der Sonnenwärme aufwacht, umsummt ihn und läßt sich auf seiner fleckigen Hand nieder. Er betrachtet sie versonnen.

Tante Thekla ist es nicht gewohnt, in solchen Dimensionen zu denken. Sie strengt ihr Hirn mächtig an und kommt zu einem Ergebnis, das ihr atemberaubend erscheint: »Dann ist also Gott für die Fliege ein Riesen-insekt, das summt, und für die Kuh ein Allmächtiger mit Hörnern, der muht?«

Der alte Jaikl nickt erheitert. Er bestätigt ihr, daß sie in die richtige Richtung denke. Nur bezweifle er, daß Fliege oder Kuh dazu fähig sind, sich Gedanken um Gott zu machen.

»Aber das ist gewiß«, sagt er, »daß die Fliege die Welt anders sieht als die Kuh, und die Kuh anders als der

Mensch. Jeder sieht nur so viel von ihr, wie er braucht. Das ist nicht mehr als ein winziger Ausschnitt. Und ebenso gewiß ist, daß uns nicht zusteht zu sagen: So *ist* die Welt, sondern nur: So *sehen* wir sie.«

Tante Thekla wird's schwindlig, sie muß sich an der Tischkante festhalten. Obwohl jetzt auch sie mitten in der Sonne steht, fängt sie an zu frieren.

»Und das läßt sich nicht wieder einrichten?« fragt sie und zeigt auf Karl, der stumm dasteht und noch immer dem alten Jaikl in die Augen schaut. »Ich tät's ja auch gut bezahlen –«

Jaikl schüttelt den Kopf und streicht Karl übers Haar.

»Wenn ich's ändern könnte«, sagt er, »tät ich's umsonst. Aus Mitleid.«

Tante Thekla bricht in Tränen aus.

Füße scharren vor der Tür, es wird geklopft.

»Und wie geht's dem anderen, der auch so ist?« fragt sie hastig, nachdem sie sich wieder gefaßt hat.

»Wie's einem eben geht, der anders ist als die anderen«, sagt Jaikl traurig und geleitet sie zur Tür.

Da weiß sie genug. Mit rotumränderten Augen schiebt sie Karl hinaus, vorbei am Spalier der Neugierigen, die vor der Tür warten. Sie macht, daß sie mit ihm davonkommt, bevor sie ausgefragt wird. Die Frage: »Unheilbar?« hallt ihr nach.

Auf dem Herweg sind sie quer über den Adamsberg gewandert, durch frischen Schnee. Für den Rückweg nehmen sie die Straße, die an der Grenze entlang bergab zum Steinscholzen führt. Tante Thekla muß Karl am Ärmel fassen, sonst würde er querfeldein stapfen. Er scheint jetzt besonders weit weg zu sein. Sie schiebt ihm ein Zuckerl in den Mund. Aber er spuckt es in den Schnee und fragt: »Wo ist der?«

»Wer?« fragt Tante Thekla verwundert.

»Der andere.«

Sie muß erst eine Weile nachdenken, bevor sie dahinterkommt, was er meint. Aber sie weiß keine Antwort. Im

Adlergebirge. Das ist groß. Es füllt einen guten Teil der Welt.

Der Schnee knirscht, Tante Theklas Tränen frieren an ihrer Jacke, an ihren Röcken fest. Ab und zu muß sie sich schneuzen. Karl ist also unheilbar. Das kann sie weder Theresia noch Wilhelm sagen, sonst kommt ihnen die Hoffnung abhanden.

Das Sacktuch ist schon ganz naß. Verstohlen schneuzt sie sich mit den Fingern in den Schnee. Das kann sie noch aus ihrer Kindheit. Wer hätte damals ein Sacktuch besessen außer dem Pfarrer und dem Lehrer? Aber Karl schaut sowieso nicht zu ihr hinüber, er nimmt nicht wahr, ob sie sich mit Sacktuch oder Fingern schneuzt.

Sie wünscht ihm plötzlich, daß er so wenig wie möglich wahrnehmen möge, was um ihn herum geschieht. Dann ist das Leben für ihn leichter zu ertragen. Sie legt den Arm um den Jungen, der größer ist als sie, und deutet mit dem Kinn in die Ferne. Dort steigt der Rauch aus dem Schornstein des Steinscholzen, und fast könnte man meinen, es röche schon hier, auf dem Hügel, nach Wurstbrühe. Sie legt einen Schritt zu, denn sie spürt Hunger. Und eine halbe Stunde später ertränkt sie ihre Traurigkeit in der köstlichen Wurstsuppe und zerdrückt sie mit der Gabel im Wurstfüllsel, umgeben von Dampf und Duft, hier und jetzt. Und auch Karl löffelt und schmatzt. Mit der Wurst hat sein Geist, der ferne, ja nichts zu tun. Sein Körper und sein Gefühl sind jedenfalls in der Wohnstube auf dem Steinscholzen, das kann man sehen und hören. Wenn's ums Genießen geht, ist der Geist sowieso meistens abwesend.

Und so gibt sich auch Tante Thekla ganz dem Genuß hin und muß sich von ihrer Cousine ein Sacktuch ausleihen, denn ihr hängt ein Tropfen an der Nase und droht, in den Teller zu fallen. Keine Träne. Die Wärme macht's.

Nach ausführlichem Austausch aller Neuigkeiten nehmen die Cousinen voneinander Abschied. Thekla bekommt noch einen Beutel voll Fleisch und Wurst mit, für die ganze Familie. Den bindet sie hinter sich auf den Schlitten, setzt Karl vor sich, und dann sausen sie, schon in der Dämmerung, durch stiebenden Schnee über die Deutsch-Ottersdorfer Serpentinen hinunter, bis der Schlitten vor der Eichstädtler Schule hält.

»Schön war's, gell?« fragt Tante Thekla. Aber Karl scheint gar nichts von der Fahrt gemerkt zu haben.

Nein, von Jaikls Diagnose hat sie der Cousine nichts erzählt. Sie hat sich diese Antwort für alle Fragenden zurechtgelegt: Jaikl meint, es könne eine Stauung im Gehirn sein, die sich mit der Zeit wieder auswächst. Darunter soll sich jeder vorstellen, was er will. Und Wilhelm erfährt sowieso nichts vom Jaikl-Besuch.

Als sie an der Kirche vorüberkommen, fällt Tante Thekla der Beutel mit der Wurst ein. Hastig dreht sie sich um. Er ist weg. Unterwegs in den Serpentinen, wo der Schlitten ein paarmal hochgehüpft und wieder auf die vereiste Straße aufgeschlagen ist, muß er sich gelöst haben. Ihn in der Finsternis zu suchen ist sinnlos.

Auch das noch. Aber das ist noch nicht alles: Als sie heimkommen, empfängt sie gedrückte Stille. Theresia hat wieder eine Fehlgeburt gehabt – die dritte nach dem Geschehnis am Wüsten Schloß.

Drei Wochen später kommt es doch heraus, daß Tante Thekla mit Karl beim Jaikl war. Im Adlergebirge läßt sich nichts verheimlichen. Wilhelm hat es von einem Böhmisch-Ottersdorfer erfahren, der Tante Thekla kennt. Er stellt seine Schwägerin wütend zur Rede. Theresia ergreift die Partei ihrer Schwester, Tante Thekla zieht aus, zieht zur Cousine in den Steinscholzen, und drei Nächte lang liegen die Eheleute Rotwengel steif wie Mumien nebeneinander. Aber am vierten Tag kehrt Tante Thekla zu den Rotwengels nach Eichstädtl zurück. Kleinlaut. Im Steinscholzen sei es zu zugig, da gehe jede Kerze aus, und auf dem Sitzbrett im Abort liege Schnee, der zu den Ritzen hereinstöbere.

Wilhelm heißt Thekla willkommen, denn ohne sie geht's nicht mehr. Man tut, als sei nichts vorgefallen, und in der Nacht gibt's im Ehebett ein so heftiges Geracker, daß die Dielen beben und das Geschirr in der Kredenz klirrt.

Das hat Folgen. Diesmal will Theresia alles dransetzen, das Kind auszutragen – obwohl sie schon einundvierzig, also nicht mehr die Jüngste ist. Anna, das Nesthäkchen, ist schon knapp acht Jahre alt, da wär doch nochmal sowas Kleines zum Drücken und Küssen eine wahre Wonne!

Und schließlich ist sie vom Fach. Seit Tante Thekla zu den Rotwengels gezogen ist, läßt sich Theresia noch öfter zu Entbindungen holen, bis hinauf nach Nesselfleck und hinunter nach Studinej. Selten wird sie im Bauernwagen oder Schlitten geholt, meistens muß sie zu Fuß gehen – und wenn's pressiert, sogar laufen. Aber sie ist ja kräftig, die Gesundheit leuchtet ihr aus den Wangen. Und kaum ist sie im Wöchnerinnenhaus, krempelt sie die Ärmel hoch, zieht eine saubere Schürze über und läßt Wasser erhitzen.

»Es wird schon nicht so schlimm werden, Marie«, sagt sie zur Wöchnerin, und während sie um sie herum hantiert, erzählt sie die neuesten Neuigkeiten, die natürlich auch die Wöchnerin interessieren. Dann tun die Wehen nicht mehr so weh.

Bei all ihren Kindern hat Theresia bis zum letzten Tag vor der Entbindung gearbeitet, als ob nichts sei, hat ihren Bauch herumgeschleppt, hat sich nicht geschont. Auch vor den drei Fehlgeburten nicht. Diesmal aber bleibt sie hart. Sie hat eine andere Frau angelernt. Die muß sehen, wie sie's schafft. Jetzt ist Theresia sich auch mal selbst die Nächste.

Und auch Vater Wilhelm zügelt sich, riskiert sogar einen Besuch des Lombarden, wenn er neben der schnarchenden Theresia ins Grübeln kommt. Theresia hat immer so schön dafür gesorgt, daß er müde wurde. Jetzt liegt er oft bis Mitternacht wach und denkt über alles nach, was ihn tagsüber beschäftigt und was er in der Zeitung gelesen hat. Ja, er kann es sich inzwischen leisten, eine Zeitung zu halten. Das heißt, der Ort leistet sie sich. Nachdem Wilhelm sie gelesen hat, läßt er sie öffentlich aushängen, damit jeder Eichstädtler erfahren kann, was in letzter Zeit rund um die Welt passiert ist. Daß die Zeitung von Prag bis ins Staadtla eine reichliche Woche unterwegs ist, stört niemanden. Und sie leistet auch dann noch gute Dienste, wenn der Gemeindebote sie wieder von der Tafel abgenommen hat: Wilhelm bringt sie mit heim, und eines der Kinder schneidet sie in handliche Stücke und stapelt sie neben das ovale Loch im Abort.

Wilhelm schiebt die drei Kaiser beiseite und hält sich auch nicht mit den Kriegen auf, die fast jeden Tag irgendwo auf der Welt ausbrechen. Hier im Adlergebirge ist alles friedlich, und das wichtigste Ereignis, das demnächst ansteht, ist die Geburt eines neuen Rotwengel!

Söhne hat er genug, er wünscht sich eine Tochter. Luise soll sie heißen – ein im Staadtla völlig ungebräuchlicher Name! So nennen die Preußen ihre Töchter und Königinnen. Aber Wilhelm bleibt dabei. Auch Theresia wünscht sich eine Tochter, will sie aber Thekla nennen, nach der Schwester. Nur Thekla wünscht sich einen Jungen, damit es im Hause Rotwengel kein Gezänk wegen des Namens gibt.

Aber erst einmal muß das Kind ausgetragen sein. Die ganze Familie, außer Karl, der nichts mitbekommen hat, behandelt die Mutter wie ein rohes Ei, und Tante Thekla wallfahrtet auf den Muttergottesberg, kriecht für eine neunmonatige Schwangerschaft Theresias die heilige Treppe hinauf, rutscht aus und bricht sich einen Schneidezahn ab.

Anna macht sich über sie lustig, als sie mit der Zahnlücke heimkommt. Aber nur heimlich, wenn Theresia und Wilhelm es nicht hören können. Und dann kennt sie noch ein Spiel, das viel Spaß macht, vielleicht gerade deshalb, weil Theresia es streng verboten hat. Sie spielt es mit Tante Thekla nur, wenn sie mit ihr allein ist. Nicht einmal Karl darf es hören. Es läßt sich nämlich nicht leise spielen, weil Tante Thekla dabei immer so schreit. Aus Angst.

Die Spielregel ist denkbar einfach. Sie braucht nur zu rufen: »Eine Kreuzotter, eine Kreuzotter!« Dann schreit Tante Thekla auf, läßt alles fallen und stürzt davon oder klettert auf den nächsten Stuhl. Und Anna, das kleine Biest, lacht sich schief.

Tante Thekla vermeidet es also, mit Anna allein zu sein. Denn sie hat Todesangst vor diesem Spiel, obwohl sie doch weiß, daß es nichts als ein Spiel ist. Warum, um alles in der Welt, läßt sie sich von Anna ins Bockshorn jagen, statt kühl zu sagen: »Schon gut, schon gut, Anna, denk dir nächstes Mal was Neues aus ...«?

Aber schon wenn sie zusammen mit Theresia auf der Wiese unterhalb des Hauses das Heu wendet oder in Haufen zusammenträgt, rollt sie die Augen vor Angst.

»Du machst dich ja verrückt«, sagt Theresia. »Man kann's nicht mit ansehen! Du mußt was tun dagegen.«

»Wie soll ich alle Kreuzottern im Adlergebirge umbringen?« sagt Tante Thekla mutlos.

»Die Kreuzottern kannst du nicht loswerden«, antwortet Theresia. »Aber deine Angst. Gewöhn dich an die Viecher! Geh Beeren pflücken. Geh Pilze suchen ...«

Tante Thekla bekreuzigt sich. Schon allein die Vorstellung, an Waldrändern herumzustreifen, dort, wo die besten Beeren- und Pilzplätze sind, ruft bei ihr eine Gänsehaut hervor!

Und so läßt sie sich weiter von Anna, dem kleinen Luder, quälen. Sogar im Winter funktioniert das Spiel!

Im vierten Monat von Theresias Schwangerschaft gibt's große Aufregung für Wilhelm in seiner Eigenschaft als Gemeindekanzlist: Es geht um eine der vier Linden, die den Kirchplatz einrahmen. Das heißt, es sind nur noch drei, denn eine von ihnen mußte gefällt werden, nachdem sie ein Blitz gespalten hatte. Es sind uralte, mächtige Bäume, die was hermachen. Jetzt dreht sich's um die zweite.

Mit dieser Sache hat der Eichstädtler Pfarrer zu tun. Chvojka Josef heißt er, ein großer, schlanker Mann, eher einem Offizier ähnelnd als einem Gottesmann. Wenn er mit strammem Schritt und durchgedrücktem Rücken, den scharfgeschnittenen Kopf mit den Bussardaugen hin- und herwendend, durch den Ort marschiert, ducken sich alle, die ihm in letzter Zeit Peinliches haben beichten müssen, und die Schulkinder plärren ihm schon von weitem, mit ängstlich eingezogenem Kopf, ihr »Gelobt sei Jesus Christus!« entgegen.

»In Ewigkeit, Amen«, antwortet er würdig.

Er war in seinen jungen Jahren Feldkurat und hat schon ein Jahrzehnt in Eichstädtl pastoriert. Das wird er noch dreißig weitere Jahre tun. Er kennt jeden einzelnen Eichstädtler, und keiner wagt zu mucksen, außer dem Bürgermeister und seinem Sekretär.

Hochwürden hat ein Steckenpferd: Er schießt gern. Er ist der beste Schütze von Eichstädtl. Mit seinem Flobert holt er jedes Eichkätzchen aus den Haselbüschen, gleich mit dem ersten Schuß. Sogar Forellen schießt er. Wenn irgendwo ein Krieg stattfindet, läßt er sich aus Brünn oder Prag eine entsprechende Landkarte schicken und steckt die Fronten mit Fähnchen ab. Und in den Schulstunden ist er so streng, daß sich die kleinen Mädchen in die Hosen machen, wenn er den Katechismus abfragt.

Was also hat Pfarrer Chvojka mit der zweiten Kirchenlinde zu tun? Das ist schnell erzählt: An einem Abend sitzt er mit dem Bürgermeister in Kindlers Gasthaus, wie oft, und trinkt mit ihm ein Bier. Aber auf einmal – niemand kann sich mehr erinnern, wie's dazu gekommen ist – geht das Gespräch darum, wem die Linden gehören. Der Bürgermeister hält sie für Gemeindeeigentum, der Pfarrer aber behauptet, der Grund, auf dem Kirche und Linden stehen, sei Patronatsgrund, die Linden seien also Kirchenbesitz. Als ihm der Bürgermeister widerspricht, steht der Pfarrer auf, wirft dem Bürgermeister in bitterbösem Ton hin: »Ich werde euch beweisen, wer recht hat!« und geht ohne Gruß fort.

Von dieser Trübung der weltlich-kirchlichen Beziehungen in Eichstädtl erfährt natürlich auch der Gemeindesekretär. Es versteht sich von selbst, daß er auf der Seite des Bürgermeisters steht. Der, ein kleiner, vierschrötiger Mann, ist imstande, mit den bloßen Händen Hufeisen zu verbiegen. Nur ein paar Tage später wird Wilhelm im Morgengrauen von einem Nachbarn mit einem Schrei vor dem Fenster geweckt: »Wilhelm, da fällen sie die Linde! Weißt du was davon?«

Wilhelm fährt in die Hosen, stürzt mit nacktem Oberkörper hinaus. Als er um die Kirche biegt, sieht er, daß er zu spät kommt. Er fragt die Fäller, wer sie mit dieser Arbeit betraut habe, und bekommt zur Antwort: »Na, der Herr Pfarrer.«

Wilhelm verständigt sofort den Bürgermeister. Beide sind sich einig in ihrem Zorn. Was fällt dem Pfarrer ein, die schöne alte Linde fällen zu lassen, nur um zu zeigen, wer nach seiner Meinung über die Bäume zu bestimmen hat! Beide schäumen: »Das wird Hochwürden teuer zu stehen kommen!«

In den nächsten Tagen hat Wilhelm wenig Appetit und schreibt viel. Er schnauzt die Kinder an, die ihn stören, und verbittet sich Deckelgeklapper auf dem Herd. Sogar das Hühnergegacker macht ihn nervös. An eine so große Sache hat er sich noch nie gewagt. Aber um der Gerechtigkeit willen muß es sein. Es dauert nur ein paar Tage, dann weiß er, was er tun muß, und gewinnt seine Gelassenheit zurück. Und nun entwickelt sich zwischen der Gemeinde Eichstädtl und dem Patronatsherrn, dem Grafen, ein endlos langer Prozeß, der auf dem Bezirksgericht in Königgrätz ausgetragen wird.

Auch Theresia wird in die Aufregung mit hineingezogen, wird ausgefragt, wenn sie durchs Dorf geht. Wilhelm muß sie beruhigen. Aber sie übersteht alles gut, und ihr Leib wölbt sich stattlich.

Nur Karl merkt nichts von dem, was um ihn herum vorgeht.

Im fünften Monat entsteht neue Aufregung: Die Cholera droht! Den alten Leuten sitzt noch die Epidemie der Dreißigerjahre in den Knochen. Damals hatte man die Wohnungen mit Weihrauch ausgeräuchert, und die Priester waren ohne Mesner und Ministranten zu den Kranken gegangen und hatten die Hostie in einem Holzlöffel gereicht, der sofort danach verbrannt wurde. Und in den Fünfzigern hatte die Seuche in Wien gewütet und sogar eine Reihe von Adligen weggerafft.

Die Bevölkerung wird angehalten, jeden Tag die Wohnungen zu lüften, kein unreifes Obst zu essen, nur reines Quellwasser zu trinken, sich sofort Karbolsäure zu verschaffen und jede choleraverdächtige Krankheit unverzüglich zu melden.

Jeder harmlose Durchfall verursacht Panik. Tante Thekla läuft im Ort herum und horcht, ob die Seuche schon irgendwo ausgebrochen ist. Aber die läßt diesmal das Staadtla links liegen. Auch Wien, schon gerüstet, bleibt gottlob verschont. Statt dessen wütet sie in Ägypten und Hamburg, fernen Gegenden also, die einen kalt lassen.

Aber im sechsten Monat wird's den Eichstädtlern arg heiß: Ein Viertel vom Staadtla brennt ab. Achtundzwanzig Wohnhäuser, zehn Scheunen und zwölf Ställe. Vierzig Familien werden obdachlos. Auch über das Haus des Gemeindekanzlisten wälzt sich der Qualm, stieben Funken. Aber es fängt, Gott sei Lob und Dank, nicht Feuer, es steht ein Stück vom Brandherd entfernt, und der große Butterbirnbaum vor dem Südgiebel und die große Linde zwischen Kirche und Haus fangen einen Teil der Funken ab. Alle Rotwengels, auch Anna, reihen sich in die Eimerketten ein. Nur Karl ist nicht zu gebrauchen. Er steht mitten auf dem Ringplatz, um den es ringsherum brennt, wird von Löschenden und Bergenden hin und her geschubst und wärmt sich. Endlich ist ihm einmal richtig warm.

Theresia holt heulende Frauen und Kinder in die Stube, kocht ihnen Tee und wärmt Milch. Milch mit Honig tut immer gut, auch der Seele. Und mitten in diesem Chaos ist sie wieder als Hebamme gefordert, es geht auf Leben und Tod, denn ein blutjunges Mädchen, ledig, kommt so rußgeschwärzt, wie sie ist, in die Wehen, früher als erwartet. Keiner hat's gewußt, weil sie sich geschnürt hat. Das gibt ein Siebenmonatskind, noch ohne Haare und Nägel. Aber sie wird's durchbringen.

Das Eichstädtler Elend ist groß. Den alten Karger Wenzel hat der Schlag getroffen, als er die Flammen aus seinem Häuschen hat lodern sehen. Ein Pferd, drei Kühe, ein paar Schweine und viele Ziegen sind umgekommen, darunter der überaus tüchtige Ziegenbock, der die Eichstädtler Ziegen unermüdlich gedeckt hat.

Neugierige strömen an den nächsten Tagen aus den umliegenden Dörfern herbei, spenden Mehl und Erdäpfel, Quark und Geselchtes, Bettwäsche, Federbetten, getragene Kinderkleider. Kinder stochern in der letzten Glut, Erwachsene ziehen noch dies und das aus den Trümmern. Sturm kommt auf, fährt in die Asche, wirbelt sie hoch, bläst sie durchs ganze Dorf. Wer sich ins Sacktuch schneuzt, macht es schwarz.

Wilhelm hat alle Hände voll zu tun, die Obdachlosen unterzubringen und Plätze für das gerettete Vieh in den Ställen derer zu finden, die vom Feuer verschont wurden. Tag für Tag ist er jetzt unterwegs, sammelt Geld- und Sachspenden in den Nachbargemeinden, richtet Gesuche um Unterstützung an die Behörden und schreibt Bittbriefe an Eichstädtler in aller Welt, die es zu Wohlstand gebracht haben. Einhundertzwanzigtausend Gulden beträgt der Schaden. Einen guten Teil davon bettelt er zusammen.

Theresia hat auch diese Aufregung unbeschadet überstanden. Sie spürt das Kind schon. Anna darf fühlen. Wilhelm bezieht Luise schon in das künftige Familienleben mit ein, Theresia tut das gleiche mit Thekla. Stolz trägt sie ihren stattlichen Bauch über den Jahrmarkt, kauft für ihre Kinder Zuckerln und Bärendreck und sich selbst eine Barchentschürze mit Rüschen an den Trägern. So etwas Teures kann sie sich leisten, seit Wilhelm Gemeindesekretär ist und auch für die Nachbargemeinden die amtlichen Schreibereien erledigt. Wenn man sie fragen würde, was sie sich wünscht, käme sie in Verlegenheit. Ihr sind alle Wünsche in Erfüllung gegangen, bis auf den letzten, und der auch schon fast. Sie würde auf ihren Leib zeigen und lachen.

Nur der Karl, der Karl. Wenn der halt wieder so werden könnte, wie er mal war ...

Sie fühlt sich so gesund wie nie. Alles ist vorbereitet. Es herrscht bereits festlich-erwartungsvolle Stimmung bei Rotwengels.

Und dann *ist* es so weit: an einem Sonntag. Innerhalb einer knappen Stunde ist das Kind da, ein Junge mit Rekordgewicht. Wilhelm gerät etwas aus der Fassung, weil sich seine Luise in Luft auflöst. Ihm fällt kein anderer Name für seinen Neugeborenen ein als FRANZ. Aber den findet auch Theresia schön, und so sind sich die Eheleute wider Erwarten schnell einig. Theresia strahlt vor Glück, und die Nachbarn kommen und gratulieren. So ein schönes Kind!

Aber gegen Abend werden Franzens Fingerchen blau. Er fängt an zu keuchen. Thekla reibt ihn, taucht ihn in warmes Wasser, ruft alle Heiligen an. Als er nur noch schwach atmet, schickt sie Julian nach dem Pfarrer um die Nottaufe. Noch vor Mitternacht, nachdem Chvojka mit verkniffenem Gesicht das Haus seines Widersachers verlassen hat, stirbt Franz.

Das Entsetzen ist groß. Anna weint herzzerbrechend, Theresia schluchzt an Wilhelms Schulter. Wilhelm legt sich die ganze Nacht neben sie und hält ihre Hand. Am nächsten Morgen fiebert sie. Wilhelm bittet den Bürgermeister, ihm Pferd und Wagen zu borgen, und jagt damit nach Grulich. Eineinhalb Stunden hin, eineinhalb Stunden zurück. Als der Arzt sich endlich über Theresia beugt, macht er ein bedenkliches Gesicht. Kindbettfieber. Er läßt ein paar Arzneien da. Thekla nickt zu allem, was er ihr erklärt, während ihr die Tränen von den Wangen tropfen.

Noch ein Tag bleibt den Eheleuten. Sie besprechen alles, was es zu besprechen gibt. Noch mehr hat Theresia mit Thekla zu besprechen, trotz des Fiebers, das so hoch steigt, daß ihr die Lippen aufspringen und der Kopf schmerzt, als wolle er platzen.

»Stirb nur ruhig«, schluchzt Thekla, während sie am Herd hantiert, »ich kümmer' mich schon um alles.«

Um die Kinder macht sich Theresia keine Sorgen, die werden es gut bei Thekla haben. Aber Wilhelm, der Wilhelm –

Thekla versteht nicht, was sie meint. »Ich koch' doch und wasch' die Wäsche für ihn genau so wie für die Kinder«, sagt sie verwundert.

Theresia macht eine ungeduldige Handbewegung. »Ich red' von nachts«, ächzt sie. »Der Wilhelm braucht das.« Sie denkt an den Lombarden.

Thekla errötet. »Du meinst –?«

»Versprich mir's«, bittet Theresia. »Sonst sucht er sich eine andere Frau, und dann bist du hier übrig. Aber wer weiß, wie die zu den Kindern ist. Vor allem zu Karl.«

Thekla versteht. Die Gründe liegen auf der Hand. »Ich hab's noch nie getan«, flüstert sie. »Ich könnt' mich tappig anstellen –«

»Das bringt er dir schon bei«, keucht Theresia und lacht, daß es Thekla das Herz zerreißt. »Und dann nichts wie drauf und dran und alle Fahnen flattern lassen. Wenn du Gebete dazwischenklemmst, wird's Krampf.«

Thekla spürt ihr Herz klopfen. »Ich bin nicht mehr die Jüngste«, wagt sie einzuwenden.

»Aber du bist eine Stenitschka«, antwortet Theresia mühsam. »Denk an unsere Großmutter. Die hat noch in ihren Sechzigern aus dem vollen geschöpft mit dem Großvater. Erinnerst du dich nicht?«

Doch, Thekla erinnert sich. Sie nickt tapfer. Wenn ihr nur nicht abverlangt wird, dort hinzugehen, wo Kreuzottern sind. Alles andere will sie gern auf sich nehmen, Theresia zuliebe.

»Ich will mein Bestes tun«, flüstert sie.

Da seufzt Theresia erleichtert und läßt Wilhelm und die Kinder rufen. Auch Wilhelm der Sohn ist heimgekommen, und Linas Bräutigam ist dabei. Theresia spricht nicht mehr viel, lächelt nur, tätschelt Karls Hand. Mühsam äußert sie noch einen Wunsch: »Die Posaune, Großvater!«

Der Großvater holt sie, wischt sich die Nase, wischt das Mundstück, bläst zu den Tränen der Familie das altbewährte Lied ›Zu Mantua in Banden‹. Tante Thekla hält's nicht mehr aus in der Stube, sie muß hinaus in die Waschküche. Dort weint sie laut in den Waschkessel und lärmt dabei mit dem Deckel, damit man ihren Jammer nicht hört.

Am Begräbnistag fällt der neue Winter über das Staadtla her. Ein Schneesturm fegt über das Gebirge, das Thermometer sinkt und sinkt. Ein Begräbnis verschiebt man nicht. Und so folgen nur wenige Leute dem Sarg. Sie müssen sich gegen den Sturm anstemmen. Daß der Winter in diesem Jahr aber auch so früh gekommen ist! Durch die Fensterhöhlen der Brandruinen wirbeln Flocken. Innerhalb einer Stunde ist die Landschaft so weiß, wie es weißer nicht mehr geht. Auf den Dächern häuft sich der Schnee, in den Wäldern krachen die Äste unter der Last, die Straße nach Wielsdorf ist nicht mehr passierbar, die Windswehen sind meterhoch. Die Straßenräumer sind einsatzbereit, sie warten sozusagen Schaufel bei Fuß. Aber jetzt, mitten im Gestöber, mit dem Schaufeln zu beginnen, wäre sinnlos. Erst muß es sich ausgeschneit haben.

Das Begräbnis muß, wie gesagt, stattfinden, auch wenn die Kirchentür zugeweht ist und der Kirchturm einen riesigen weißen Pilz trägt. Auch wenn Blaskapelle und Trauergäste ab und zu bis zu den Hüften im Schnee versinken. Der Sarg wird schwer und schwerer vom Schnee, der ihn bedeckt. In aller Eile schiebt der Totengräber einen Weg frei durch den Friedhof zum offenen Grab, das sich mit Schnee gefüllt hat. Als er sich umdreht, ist der Weg schon wieder zu, und der Friedhof ist voll von Windswehen: Jeder Grabstein hat seine eigene. Über den Gräbern heult der Sturm, er wimmert und jault. Die Trauergemeinde, ein armseliges Häuflein, versammelt sich um das Grab. Man wagt kaum aufzuschauen: Über ihnen tobt der Wilde Jäger mit seiner Meute!

Aber Pfarrer Chvojka ist ja da, der wird das heidnische Gebrodel dort oben schon in Schach halten. Man erkennt ihn kaum in seinem dicken Pelzmantel. Heute trägt er seine Stola über dem Mantel. Das ist zwar ungewohnt, aber Gott wird Verständnis dafür haben, daß es unter diesen Umständen nicht anders ging.

Er hält nur eine kurze Grabrede – nicht, weil die Tote die Frau seines Widersachers ist, sondern weil man im Geheul des Sturms sowieso nichts hört. Und weil er sieht, daß seine Ministranten erbärmlich frieren. Ihre Nasen sind rot. Verstohlen treten sie auf der Stelle, um ihre schmerzenden Zehen zu erwärmen. Und die Kälte drückt auf die Blase. Einer wagt die klammen Finger in die Hosentaschen zu stecken, zieht sie aber unter Hochwürdens strengem Blick schnell wieder heraus. Ja, Chvojka kann leicht strenge Blicke werfen: Er schlägt das Kreuz in Fäustlingen.

Vor der letzten Melodie am Grab müssen die Bläser erst den Schnee aus den Schalltrichtern ihrer Instrumente kippen. Trotzdem klingen die Töne erstickt, also passend zum Anlaß. Auf den Schnurrbärten häuft sich Schnee.

Theresia und Franz werden in Schnee begraben. Die lose Erde ist nicht erreichbar. Jeder Trauergast wirft eine

Schaufel voll Schnee auf den Sarg. Der Rückweg wird mühsam, denn der Schnee liegt schon doppelt so hoch wie auf dem Hinweg. Die zwei jüngsten Ministranten werden vorübergehend vermißt. Man muß sie aus einer Wehe wühlen. Vom Mühlberg her hört man den schrillen Pfiff des Nachmittagszuges: Er ist steckengeblieben. Und manch einer der Heimkehrer findet seine Tür nicht mehr. Sie ist zugeweht.

Nach dem Begräbnis wird es schnell ruhig im Haus Rotwengel. Tante Thekla führt den Haushalt, wie sie ihn schon vorher geführt hat, und schließt die Lücke, so gut sie kann. Um Karl kümmert sie sich besonders. Wärme will er haben, sonst nichts. Sie zieht ihn oft an sich und tätschelt ihm die Wangen, und jede Nacht legt sie ihm einen heißen Ziegelstein auf den Strohsack. Sie selber aber schlüpft zu Wilhelm unters Federbett, heimlich, wenn's dunkel ist, mit einem Stoßgebet auf den Lippen. Das erste Mal hat's nur einen Anlauf von Mut gekostet. Sie fühlt sich nicht als Sünderin. Sie tut's ja nur stellvertretend. Dafür hat die Gottesmutter ganz bestimmt Verständnis.

Wilhelm hat kein Wort über diese Angelegenheit verloren. Es hat sich einfach so ergeben, und damit hat sich's. Für den Lombardenschutz, den ihm Thekla unwissend gewährt, ist er dankbar. Und er träumt, daß es Theresia ist, die in seinen Armen liegt, Theresia, die beste aller Frauen, die Unvergleichliche, Unersetzbare, Weichste, Wärmste, Wohlgerundetste!

Die Kinder hören das Elternbett rhythmisch knarren, wie immer. Es hat sich nicht viel geändert. Fast gar nichts. Nur daß Anna Tante Thekla jetzt viel öfter und ungenierter quälen kann.

Und daß ein Grab mehr zu pflegen ist. Darin liegen zwei.

8. Kapitel

In dem Karl zum ersten Mal flüchtet, unter einem Altartisch nächtigt, einen Zottelbart trifft und für den Teufel gehalten wird

Eines wolkenverhangenen Tages im März ist Karl fort. Julian hat ihn noch aufstehen hören. Das ist gegen Morgen gewesen. Sie schlafen ja zusammen in einem Bett, und Julian hat gedacht, der Bruder müsse hinaus auf den Abort. Er hat ihm noch schlaftrunken nachgemurmelt: »Paß auf, daß dir nicht der Hintern festfriert ...« Karl hat nicht geantwortet, aber das ist nichts Außergewöhnliches. Karl antwortet nur selten. Und Julian ist wieder eingeschlafen.

Ist Karl, ohne zu frühstücken, vielleicht schon vorausgegangen zur Schule, ohne auf die Geschwister zu warten? Der Vater schickt Julian in die Schule. Der Oberlehrer ist noch in der Unterhose. Nein, Karl ist nicht da. Erschrocken zieht sich der Oberlehrer an, läuft die Straße nach Deutsch-Ottersdorf hinauf, kommt eine halbe Stunde später allein zurück. Julian ist inzwischen nach Wielsdorf gerannt, Vater Wilhelm nach Zöllnei. Theo übernimmt den Weg am Wüsten Schloß vorbei nach Dichtenau, Lina hastet auf die Kressenwiesen, von denen man einen weiten Ausblick hat, Großvater Siegmund sucht die Ufer der Stillen Adler ab, Tante Thekla läuft im Ort von Tür zu Tür und fragt.

Nichts. Nur der jüngere Bruder vom Katzer Franz, der achtjährige Lois, will ihn gesehen haben, wie er am Fleischerloch vorüberging.

Das Fleischerloch ist die Mulde im oberen Dorf, wo die Eichstädtler ihre Abfälle hineinkippen. Kein Papier: Das wird, säuberlich zerschnitten, in die Aborte geschichtet.

Keine ausgekeimten Kartoffeln: Die fressen noch die Hühner und Schweine. Keine Lappen und Lumpen: Mit denen flickt man kaputte Kinderhosen oder verwebt sie zu Fleckerlteppichen. Kein Holz: Das wird verheizt. Nur Glasscherben, unreparierbare Schuhe, durchgerostete Töpfe, Eimer mit zahllosen Lötstellen und Bauschutt.

Er ist sich aber selbst nicht so ganz sicher, der Lois, denn es war noch dämmrig, als er ihn gesehen hat. Und je mehr Leute ihn fragen und bedrängen, umso unsicherer wird er. Ja, vielleicht kann es auch ein Hund gewesen sein, ein großer, der im Abfall geschnüffelt hat. Oder jemand von den Zigeunern. Denn wieder einmal hat sich eine Zigeunerfamilie mit zwei Wagen und fünf Pferden für ein paar Tage im Steinbruch zwischen Eichstädtl und Deutsch-Ottersdorf niedergelassen. Von dort ist es bis zum Fleischerloch nicht weit.

Vater Wilhelm schickt den Ortsgendarmen hinauf. Nein, die Zigeuner sind an diesem Morgen noch nicht am Fleischerloch vorbeigekommen. Und sie lassen den Gendarmen auch bereitwillig in ihre Wagen schauen. Der winkt ab. Karl ist zwölf Jahre alt und groß wie ein Vierzehnjähriger. Der läßt sich nicht in einem Koffer oder Erdäpfelkorb unter den weiten Röcken einer Zigeunerin verstecken.

Am Nachmittag rückt Eichstädtls Feuerwehr aus. Man sucht den Mühlberg, den Galgenberg, die Adler, die Kressenwiesen ab. Und die zwei Klassen mit ihren Lehrern durchstreifen die Feldraine und Wäldchen auf dem Grenzberg. Nichts.

Der Gendarm hält dem Hund des Bürgermeisters ein Hemd von Karl unter die Nase und läßt sich dann von ihm an der Leine fortziehen, fort von Rotwengels Haus. Das halbe Dorf zieht hinterher. Aber da beginnt es in dichten Flocken zu schneien. Der März ist im Adlergebirge ja noch ein Wintermonat. Und schon zwischen Kirche und Fleischerloch verliert Karo die Spur und kläfft einer Katze nach.

Am nächsten Morgen verständigt der Gemeindekanzlist im Auftrag des Bürgermeisters, mit dem er auf der gleichen Schulbank gesessen hat, alle Bürgermeister der umliegenden Dörfer und Städtchen und bittet um Meldung, falls der Vermißte dort auftauchen sollte.

Karl ist wirklich am Fleischerloch vorübergekommen, Lois hat sich nicht geirrt. Aber er hat weder die Straße nach Deutsch-Ottersdorf noch die nach Wielsdorf genommen, sondern ist querfeldein über den Adamsberg getrottet. Diesen Weg ging er mit Tante Thekla vor einem Jahr zum Jaikl. Von Böhmisch-Ottersdorf ist er, ohne sich irgendwo aufzuhalten, nach Čihak weitergewandert. Als der Böhmisch-Ottersdorfer Bürgermeister die Suchmeldung erhält, hat Karl den Ort schon längst hinter sich. Er fragt nicht nach den Namen der Dörfer. Er wandert nur bergauf, meidet Orte, durchquert sie nur, wenn es unbedingt nötig ist, und schlägt sogar einen Bogen um einsame Bauernhöfe und Katen. Dort müßte er Frage und Antwort stehen und würde vielleicht gehänselt.

Karl hat keinen Proviant mit, auch keine Decke, keinen Mantel. Nur eine Joppe. Er wandert wie gehetzt, aber er wäre nicht fähig, in Worte zu fassen, wovor er flieht oder wohin es ihn treibt.

Die erste Nacht verbringt er in einer einsamen Scheune in einem Haufen Stroh, während es draußen schneit. Am nächsten Morgen hat er Durst und ißt Schnee. Davon springen ihm die Lippen auf. Die Sonne kommt am Vormittag heraus, der Schnee auf den Südhängen beginnt zu tauen. Er schlägt einen Bogen um Butzdorf und stapft immer höher ins Gebirge hinein.

Als er in der Dämmerung eine Landstraße überquert, sieht er etwas liegen, groß wie ein Ziegelstein. Es ist ein Brot, das jemand – vielleicht ein Fuhrwerk – verloren hat. Er reißt es in Stücke, verschlingt sie in großen Brocken, trinkt Wasser aus einem Bach dazu, liegt danach, wimmernd vor Bauchschmerzen, auf einem dicken, gefällten

Buchenstamm. Ein Tscheche findet ihn, meint, die Schwierigkeit, sich mit ihm zu verständigen, habe ihren Grund darin, daß er nicht Deutsch, der Junge nicht Tschechisch versteht, und nimmt ihn mit in den warmen Pferdestall des Hofes, auf dem er als Knecht arbeitet. Er begreift nur soviel: Der Junge will nicht gesehen werden.

Dafür hat er Verständnis. Er ist selber einmal ausgerissen und querfeldein heimgelaufen, als er, zehn Jahre alt, den zweiten Tag bei den Deutschen gewesen war, wo er ein Jahr lang hätte bleiben sollen. Nach einer knappen Woche war er, nachdem er ein paarmal in die falsche Richtung gelaufen war, halb verhungert daheim angekommen.

Er versteckt ihn vor dem Bauern, bringt ihm heimlich Brot und Geselchtes und deckt ihn mit seiner eigenen Decke zu. Hier könnte Karl noch eine Weile bleiben, denn der Bauer, ein Hagestolz, der sich mit seinem ganzen Dorf zerstritten hat, muß wegen einer Gerichtssache für ein paar Tage in die Bezirksstadt.

Aber dem Karl ist nicht nach Ausruhen zumute, er hetzt weiter. Flüchtet er vor etwas, das ihn nicht loslassen will? Macht ihn so rastlos, daß er das, was er sucht, nicht findet?

Als er am dritten Morgen, bei strahlender Sonne, aus einem Gehölz bei dem Grenzdorf Bärnwald bricht, prallt er zurück: Vor ihm auf dem Hang, nur ein paar Schritte von ihm entfernt, steht eine mächtige Kirche, höher als die vom Muttergottesberg. Er sieht sie nur verschwommen. Aber sogar er spürt, daß sie viel zu groß für das Dörfchen ist.

Kaiserin Maria Theresia hat einmal diese abgelegene Gegend ihres Reiches besucht und fand, daß dem Hang von Bärnwald eine große Kirche über alle Maßen gut stünde. Einer ihrer Rokokobaumeister mußte sie sogleich entwerfen, Scharen von Bauern aus den umliegenden Dörfern mußten Spanndienste leisten, die Handwerker des ganzen Adlergebirges wurden zusammengerufen, um die Kirche zu bauen. Und nun steht sie da, feierlich eingeweiht und dann vergessen. Die heilige Jungfrau hat nicht geruht, hier Wunder zu tun. So haben sich keine Wallfahrten nach Bärnwald eingebürgert. Ein paar Nonnen leben in einem Nebengebäude, besticken und schmücken die Altäre, überwachen die regelmäßige Säuberung dieses Voluminosums und sorgen dafür, daß es sich wenigstens einmal im Jahr füllt: zu Mariae Himmelfahrt am fünfzehnten August.

Karl weiß davon nichts, und es ist für ihn auch nicht von Belang. Ihn erschreckt nur die Größe. So nah, so bedrohlich! Er dreht sich um und will über die Grenzbrücke ins Preußische hinüberflüchten, ohne zu begreifen, daß der Schlagbaum ein fremdes Revier signalisiert. Lachend schickt ihn der buntberockte Mann im Schilderhäuschen zurück auf die österreichische Seite. Der österreichische Gendarm, dem er entwischt, schimpft hinter ihm her und setzt ihm nach.

Karl läuft einer Nonne in die Arme, die gerade vom Kirchberg herunterwandelt. Schützend stellt sie sich vor ihn und scheucht den grollenden Gendarmen an seine Brücke zurück. Sie spricht Karl auf deutsch und tschechisch, in der Mundart und auf hochdeutsch an. An seinem abwesenden Blick merkt sie, daß mit ihm etwas nicht stimmt. Da ihre Hand warm ist, läßt er sich von ihr in ein Küchengewölbe führen, in dem man vor Dampf die Hand nicht vor den Augen sehen kann.

Hier ist es heiß. Der Dampf verzieht sich. In einer Ecke steht ein langer Tisch. An ihm sitzen ein paar Arme und Kranke aus der Umgebung, die verköstigt werden. Karl wird auf einen Stuhl gedrückt und bekommt einen Teller mit heißer Suppe vorgesetzt. Er löffelt so gierig, daß ihm die Suppe vom Kinn tropft.

Kaum ist er fertig, winkt ihm die freundliche Nonne und geht mit ihm hinüber in die Kirche. Was für ein Riesenraum! Sie schubst ihn in die vorderste Bank und flüstert ihm zu: »Jetzt bedank dich bei der Gottesmutter für die Speisung.« Sie zeigt auf die Madonnenfigur über dem

Altar. Wenn schon nicht anders, dann soll sie wenigstens so zu etwas Aufmerksamkeit in dieser Kirche kommen, die heilige Jungfrau. Sie wird das Gestammel eines Armen im Geiste sicher wohlwollend aufnehmen.

Aber dieser Junge denkt nicht daran, zu beten. Er legt den Kopf in den Nacken und starrt in die Kuppel. Die Nonne drückt seinen Kopf sanft nach unten und will, daß er sich in ein frommes Gebet vertieft. Er aber weicht ihrer Hand in panischer Angst aus, schreit auf, flüchtet aus der Bank, läuft durch den Mittelgang brüllend nach hinten. Das hallt in der riesigen, leeren Kirche!

Die Nonne hastet ihm nach und will ihn beruhigen. In wildem Zickzack rennt er hin und her, rudert mit den Armen, schlägt Haken, stößt gegen die Wände, die Bänke, die Säulen, bis die Nonne hinausläuft, um Hilfe zu holen. Als sie mit der Köchin, die einen Besen schwingt, zurückkehrt, findet sie den Jungen nicht mehr. Karl hat sich unter den Altartisch geflüchtet, unter die bestickten Tücher, dorthin, wo es dunkel ist.

Nonne und Köchin suchen die ganze Kirche ab, spähen in alle Bankreihen, schauen hinter alle Figuren in den Nischen, in alle Seitenkapellen. Auf den Gedanken, unter dem Hauptaltar zu suchen, kommen sie nicht. Kopfschüttelnd verlassen sie den Raum.

Sobald die Stimmen verhallt sind, rollt sich Karl zusammen und verschläft den ganzen Tag und die Nacht in seiner dunklen Höhle, die er mit seiner eigenen Wärme heizt, pißt nur einmal kniend unter der Stickdecke heraus und schlüpft erst in der Morgendämmerung, im spärlichen Schimmer des Ewigen Lichts auf der Konsole hinter dem Altar, aus der Kirche.

Drei Tage lang hat die Sonne geschienen. Jetzt entrollen sich unten im Tal der Stillen Adler schon die Pestwurzblätter, züngelt der Schierling aus den feuchten Ufern, wuchert die Kresse, trillern die Lerchen schon über den dampfenden Feldern, in deren Ecken bald geweihte

Spankreuze stecken werden. Die Wintersaat grünt. Aber hier oben, nicht mehr weit von der Deschneier Koppe, liegt noch schmutziger Schnee auf den Nordhängen und in den Tälern. Nur die Südhänge sind schon abgetaut.

Es ist ein sehr klarer Tag mit weiter Sicht. Karl wandert stundenlang weiter bergauf in Richtung Nordwesten, läßt die Dörfer abseits liegen und genießt nicht den Blick weit, weit in die böhmischen Niederungen.

In der Einöde auf einem Südhang, mitten in einem riesigen Schneeglöckchenfeld, trifft er auf einen Mann, der zum Fürchten aussieht. Haarzotteln hängen ihm ins Gesicht. Er läuft in Lumpen und ist unglaublich schmutzig. Man erkennt kaum, daß er noch jung ist, höchstens zehn Jahre älter als Karl. Er stinkt.

Theresia und Tante Thekla würden Karl jetzt fortziehen und ihm zuflüstern: »Hast du seine Augen gesehen, Karl? Das ist ein Irrer.« Und vielleicht würde Theresia noch hinzufügen: »Wer so einen Blick hat, leidet an Krämpfen.«

Aber Karl weicht nicht zurück. Er starrt diesen seltsamen Menschen an, der in durchnäßten Hausschlappen mitten in den Schneeglöckchen steht und an einem Strauß riecht, den er in der Hand hält. Und schon rennt er durch Schnee und Schneeglöckchen auf ihn zu, bleibt knapp vor ihm stehen und strahlt ihn an.

Der Zottelkopf wendet sich ihm zu, läßt den Strauß fallen und umarmt ihn. Lange stehen sie so, die Beine auseinander, die Köpfe zusammen, eng umschlungen sich hin und her wiegend. Dann setzen sie sich in die Blumen, ohne zu merken, daß ihnen die Hintern kalt und naß werden.

»Ich hab's die ganze Zeit gespürt«, sagt der Zottelkopf, »daß sich einer nähert, der Bescheid weiß.«

Karl nickt und fängt an zu weinen. Da muß auch der Zottelkopf schluchzen. Der ganze Jammer bricht auf einmal aus ihnen heraus, daß Rotz und Wasser nur so tropfen.

»Da dreht sie sich in der Ferne«, klagt der Zottelkopf, »und man kann nicht zu ihr hin ...«

»Und es ist so kalt«, wimmert Karl und schmiegt sich an ihn.

Eine Weile versinken sie in Schweigen. Plötzlich packt der Zottelkopf den Jungen mit beiden Händen und schaut ihm in die Augen: »In welcher Farbe siehst du sie?« fragt er erregt.

»Braun und grau«, antwortet Karl, ohne zu zögern.

»Ja«, sagt der Zottelkopf, »so sehe ich sie auch, braun wie Wüste und grau wie Asche. Dabei müßte sie doch grün und blau sein!«

»Das hat mich auch schon gewundert«, meint Karl versonnen. »Ich hab gedacht, es liegt an der Beleuchtung, weil sie doch halb im Schatten ist.«

Der andere schüttelt energisch den Kopf. »Es müßte ja auch Weißes drum herum sein. Wolken. So, wie wir sie sehen, ist sie ein öder Himmelskörper, nichts als Wüste und Geröll. Wie geht das zu?«

»Ja«, sagt Karl erstaunt. »Wie geht das zu?«

Sie schweigen und grübeln. Dann sagt der Zottelkopf: »Mit vierzehn hatte ich einen Krampf. Davon kam's. Ich sollte Priester werden. Jetzt bin ich der Dorftrottel. Ab und zu rinnt etwas Warmes in mich. Das ist die Suppe, die ich löffle, ohne daß ich dabei bin.«

Eine frühe Lerche trillert über ihnen. Karl nickt.

»Man kann's keinem begreiflich machen«, sagt der Zottelkopf. Er macht eine weite Bewegung mit dem Arm über die Hänge und Täler des Gebirges. »Deswegen sind wir für die anderen die Narren. Damit bezahlen wir den Abstand, den wir haben.«

»Ich möcht' bei dir bleiben«, sagt Karl und umarmt ihn stürmisch.

»Und ich bei dir«, antwortet der Zottelkopf und legt seinen Arm um Karl. Sie springen auf und rennen mit nassen Hosenböden hangabwärts, wollen irgendwohin, wo sie ihre Ruhe haben. Unter einem Denkmal am Wegrand lassen sie sich atemlos nieder und ruhen sich aus. Der Zottelkopf hat einen Brotkanten bei sich, den teilt er mit Karl. Sie lehnen sich aneinander und schlafen ein.

Ein Bauer kommt vorüber. Er führt eine Kuh am Strick. Vor den Schlummernden bleibt er stehen und betrachtet sie mißtrauisch. Den irren Isidor aus Friedrichswald kennt er. Eine Last für den Ort. Reihum wird er durchgefüttert. Den anderen aber, diesen blonden, hübschen Jungen, hat er noch nie gesehen. Der muß hier fremd sein, sonst würde er sich nicht so nah an den Isidor heranwagen. Der kriegt doch Anfälle!

Er stößt Isidor mit dem Stiefel an und knurrt: »Schämst du dich nicht, dieses Denkmal als Bettstatt zu benutzen? Weißt du überhaupt, du Trottel, was darauf steht?« Er deutet mit dem Finger auf die eingemeißelten Buchstaben und liest, jedes Wort betonend: »HIER HAT KAISER JOSEF DER ZWEITE HAFER GEMÄHT.«

Isidor läßt einen gewaltigen Furz fahren. Die Kuh weicht zurück, und Karl, der erst jetzt richtig wach wird, schreckt hoch und klammert sich an Isidor.

»Mach, daß du fortkommst!« herrscht der Bauer Isidor an, und zu Karl sagt er milde: »Du kommst mit mir. Du bist, scheint's, hier fremd und weißt nicht, daß du vor dem da Schutz brauchst.«

In diesem Augenblick beginnt Isidor seinen Zottelkopf hin- und herzuwerfen, grünlicher Schaum quillt ihm aus dem Mund, er verdreht die Augen, daß man nur noch das Weiße sieht. Er krümmt sich, bäumt sich zurück und wälzt sich auf dem schlammigen Weg. Der Bauer bekreuzigt sich und hastet davon. Widerwillig setzt sich die Kuh in Trab, gezogen vom straffgespannten Seil. Aus sicherem Abstand ruft der Bauer Karl zu: »Komm, wenn dir dein Seelenheil lieb ist!«

Karl bleibt. Er sitzt so starr auf dem Sockel des Denkmals, so gar nicht Kind, das vor Entsetzen und Ekel flüchten müßte. Den Bauern überkommt ein Grausen. Er läßt den Strick los und rennt fort. Erst Stunden später wird er wagen, die Kuh zu holen, die inzwischen die Wintersaat eines halben Feldes abgeweidet haben wird. In den umliegenden Ortschaften wird er erzählen, er sei dem Gottseibeiuns persönlich begegnet, in Gesellschaft des irren Isidor aus Friedrichswald, und er sei blond und schön gewesen wie ein Engel.

Isidor dampft, als der Anfall vorüber ist. Sein Zottelkopf ist naß, seine Lumpen sind durchweicht. Schweiß klebt seine langen weißen Wimpern zusammen.

»Bist du fertig?« fragt Karl.

Noch nicht ganz. Isidor trinkt aus der Pfütze, denn so ein Anfall macht durstig. Dann wandern sie zusammen weiter, ahnungslos, daß ihnen jetzt die Gendarmen auf den Fersen sind. Denn der Bericht des Kerndorfer Bauern, daß ihm der Leibhaftige in Gestalt eines blonden, etwa vierzehnjährigen Jungen erschienen sei, hat die Polizeiorgane des Adlergebirges hellhörig gemacht.

An einem regnerischen Tag, an dem man keinen Hund auf die Straße jagen würde, kommen sie im Städtchen Rokitnitz an. Sie haben sich gemeinsam einen alten Sack als Regenschutz über die Köpfe gehängt, den sie in einer Feldscheune gefunden haben. So sieht man Isidors Zottelkopf nicht, und auch nicht Karls Kindergesicht und sein blondes Haar.

Als sie durch die Judengasse kommen, steht eine Tür offen, gleich neben der armseligen Synagoge. Dort treibt es sie hinein, denn sie sind halbtot vor Hunger. Die alte Rosa Goldammer, geborene Dubski, erschrickt nicht, als sie den Eingang verdunkeln. Sie erkennt auf den ersten Blick, daß das zwei arme, räudige Hunde sind. Wie kann man sie aus der Tür weisen? Die stand ja offen, weil sie, Rosa, gerade dabei ist, alle Mausefallen im Haus zu leeren und die toten Mäuse hinaus in die Gosse zu werfen. Der Tag ist günstig für diese Arbeit, denn das Regenwasser schießt wie ein Bach durch die Gosse und nimmt alles mit.

Wie kann man, so fragt Rosa Goldammer, zwei hungrige Wanderer abweisen, wenn ein Topf mit Suppe auf dem Herd blubbert und duftet? Sie gießt noch zwei volle Kellen Wasser dazu, salzt nach und weiß: So wird die Suppe reichen für alle drei.

Jee, was für ein hübsches Jüngelchen! Sie tätschelt Karls Kinn. Ihr eigener Junge ist fort nach Amerika, schon vor zwölf Jahren. Er hat's nicht mehr ausgehalten hier in Rokitnitz, wo man es zu nichts bringen kann. Dort drüben in New York hat er ein Lädchen aufgemacht: Klöppelspitzen und Kreuzstichdeckchen, gezwirnte Knöpfe und handgeschnitzte Weihnachtskrippen, alles Heimarbeit aus dem Adlergebirge. Aus dem Lädchen ist ein Laden geworden. Angeblich ist man dort ganz versessen auf Handgemachtes aus Europa.

Sie zeigt ihren Gästen eine Daguerreotypie: ihre Schwiegertochter mit den vier Enkeln. Man sieht aber nicht viel. Anfangs, so erzählt sie weiter, hat ihr Sohn gewollt, daß sie nachkommt. Er hat ihr sogar das Reisegeld geschickt und hat ihr geschrieben, daß sie dort nicht allein wäre, denn in New York gebe es Tausende von Juden. Aber das Geld liegt noch immer in ihrer Schublade, denn sie ist nun mal an Rokitnitz gewöhnt und kann sich nicht vorstellen, woanders zu leben. Nur ein einziges Mal ist sie verreist, zusammen mit ihren Eltern zu ihren Großeltern nach Tarnow. Aber da ist sie noch ein Kind gewesen und kann sich kaum daran erinnern. Außerdem hat sie's hier zur Synagoge so nahe. Diese Bequemlichkeit hätte sie in New York sicher nicht.

Sie streicht Karl übers Haar. »So, ein Rotwengel aus Eichstädtl bist du? Dann kennst du vielleicht einen Wilhelm Rotwengel? Der ist im Jahr einundfünfzig mit meinem Vetter aus Tarnow, der sich dann in der Suchei erhängt hat, von Prag bis Wamberg gewandert –«

Karl hört aus der Ferne den Namen Wilhelm und erinnert sich. Ist das nicht sein Vater? Rosa Goldammer schlägt, als sie das hört, die Hände zusammen und findet die Welt so klein, so klein!

Sie läßt die beiden in ihrem Häuschen übernachten. Es regnet ja noch immer. Die Mäuse kraspeln und knabbern die ganze Nacht unter den Betten, hinter den Wänden, über der Kammerdecke, und ab und zu schnappt mit häßlichem Geräusch eine Falle zu.

Am nächsten Morgen, als die Wanderer aufbrechen, versiegt der Regen, kommt die Sonne durch. Die Gosse ist wie leergefegt. Ganz Rokitnitz samt dem Schloß derer von Mauschwitz glänzt und glitzert in strahlender Sauberkeit. Alle toten Mäuse, alle Hundehaufen, aller Menschenkot samt Kehricht, Spucke und Pisse sind fortgeschwemmt worden in die Rokitenka, aus der Rokitenka in die Adler, aus der Adler in die Elbe, aus der Elbe in das ferne Meer, das sich Nordsee nennt. Würde das Städtchen Rokitnitz nur ein kleines Stück nordwärts liegen, jenseits des Kammes, schwämmen Rosa Goldammers Mäuse in die Ostsee. Und läge es einen strammen Tagesmarsch weiter ostwärts, würden sie auf March- und Donauwellen bis ins Schwarze Meer schaukeln.

Und schon fliegen die nächsten toten Mäuse von der Kehrichtschaufel in die Gosse, nicht nur aus Rosa Goldammers Tür. Gott der Gerechte wird es bald wieder regnen lassen. Bis dahin wird es vielleicht ein wenig vor der Tür stinken. Was tut's. Eine Tür ist ja dazu da, daß man sie schließt. Und draußen stinkt's in allen Gassen, hier und anderswo, nach diesem oder jenem. Auch das ist gottgewollt.

Es ist Gründonnerstag. Karl und Isidor traben die steile Straße am Ostrand des Ortes hinunter. Hinter ihnen türmt sich das Städtchen umso höher in den Himmel, je tiefer sie in den Talgrund gelangen.

Karl bleibt stehen, schaut ins Leere und fragt: »Isidor, kann es sein, daß sie größer wird?«

Isidor bleibt auch stehen und zieht die Schultern hoch. »Wie ein Luftballon, den man aufbläst? Da würde ja alles locker werden – Berge, Häuser und Bäume ...«

»Sie ist nicht mehr so klein wie anfangs.«

Isidor starrt Karl an, dann spuckt er aus, daß die Spatzen erschrocken von ihren Pferdeäpfeln aufflattern, und sagt: »Stimmt. Mir kommt's auch so vor. Ich hab's auf meine Augen geschoben.«

Karl schüttelt den Kopf. »Das geht nicht. Dann müßte sie ja eines Tages platzen.«

Isidor geht in die Hocke, um besser nachdenken zu können. Plötzlich schnellt er hoch und haut Karl auf die Schulter, daß der mit einem Wehlaut einknickt.

»Es ist ganz anders herum, ganz anders herum«, stammelt er.

Karl hält den Atem an: »Du meinst, wir sind unterwegs?«

Isidor nickt mit verklärtem Gesicht. Da fallen sie sich in die Arme.

Ein Hund kläfft die beiden an und läßt sie nicht passieren. Deshalb biegen sie ab nach Süden und geraten in die riesigen Wälder der Suchei, wo die Fichten noch kreuz und quer übereinanderfallen und liegenbleiben wie in uralten Zeiten, und wo noch Luchse und Dachse hausen. Sogar einen einsamen alten Bären soll es da noch geben, aber er begegnet immer nur alten Frauen in Gewitternächten und trollt sich, wenn sie ihm ein Kreuz entgegenschlagen.

An diesem hellen Frühlingstag haben viele die beiden gesehen, darunter auch solche, die von dem spurlos verschwundenen Rotwengeljungen gehört haben. Sie ziehen ihre Schlüsse und machen Meldung. Gendarmen durchstreifen daraufhin die Suchei und finden die beiden schlafend im vertrockneten Farn. Gewaltsam geweckt, klammern sie sich aneinander. Sie wehren sich verzweifelt, als sie getrennt werden. Ihr Geschrei hallt durch die ganze Suchei, läßt die Farne zittern, scheucht die Uhus und Eulen auf, zwingt Bussarde, Habichte und Milane, hochzuflattern und erregt über den Wäldern zu kreisen, nötigt Kreuzottern, sich zu häuten, weckt Luchse, erschreckt

Dachse, läßt Borkenkäfer tot von den Rinden fallen – kurz: verstört die ganze Wildnis. Und eine alte Holzsucherin trifft der Schlag.

Die Gendarmen schaffen Isidor, den die Friedrichswalder zurückzunehmen sich weigern, in ein Irrenhaus nach Sternberg, und den Minderjährigen Karl Rotwengel heim zu seinen Leuten in Eichstädtl, die ihn am Ostersamstag glücklich in die Arme schließen.

»Was hat dich nur ins Gebirge getrieben, Karl?« seufzt Tante Thekla, als sie ihn aus seinen schmutzigen Kleidern schält. Hoffnung auf Antwort hegt sie nicht. Vielleicht, so denkt sie, wollte sein Körper hin zu seinem Geist. Damit sie wieder eins sind.

Stumm läßt sich Karl, der nackt in einer Schüssel steht, mit heißem Wasser übergießen und abseifen. In der Nacht weint er nach Isidor.

9. Kapitel

In dem Vater Wilhelm das Dorf verändert, Tante Thekla sich selbst verändert, dreizehn Veteranen singen und Karl zum zweiten Mal flieht

Karl wird aus der Schule entlassen, aus dem zweiten Schuljahr. Dem Oberlehrer Peregrin Pietsch, der jetzt in Pension geht, steigen die Tränen in die Augen, als er dem Jungen das Abschlußzeugnis überreicht. Der läßt gleichgültig das Blatt fallen. Ihn interessiert dieses bedruckte Stück Papier nicht. Der Oberlehrer hebt es auf und gibt es Theo mit.

Karl ist jetzt von morgens bis abends daheim. Er taugt nur zum Holzhacken und Wassertragen. Diese Arbeiten verrichtet er, ohne mit den Gedanken dabeizusein.

Im Haus wird es stiller. Lina hat den jungen Postmeister geheiratet und ist in die Post auf dem Ringplatz gezogen. Sie hat eine gute Partie gemacht. Der Postmeister ist kaiserlich-königlicher Beamter, also eine Autorität – und außerdem tüchtig. Schon nach einem knappen Jahr ist sie Mutter.

Sie hat's nicht weit nach Hause. Nur den Ringplatz muß sie überqueren, dann durchs Judengäßchen huschen. Das riecht immer nach Pisse, weil sich dort die Männer an die Mauer stellen und die Frauen sich schnell mal hinhocken, wenn's ihnen zu weit nach Hause ist. Sie müssen nur darauf achten, daß sie ihre Rocksäume nicht in die Pfützen tunken. Viele Frauen tragen noch die bequemen Unterhosen, die unten offen sind, offen bis hinauf zum Bund, und an denen die beiden Zipfel kreuzweise im Rücken übereinandergeknöpft werden. Mit diesen Hosen braucht man sich nur zu bücken, dann öffnet sich die Tür von selbst.

Das Judengäßchen ist so eng, daß ein Mann mit ausgebreiteten Armen beide Hauswände erreichen kann. Da herrscht immer Dämmerung und Kühle außer zehn Mittagsminuten im Sommer, wenn die Sonne von oben hineinscheint. Es herrscht ein ungeschriebenes Gesetz: Will man das Gäßchen durchqueren, sieht aber jemanden darin gerade sein Geschäft verrichten, hält man an, dreht sich rasch um und wartet höflich, bis der Weg wieder frei ist.

Lina hat auch schon manchmal im Gäßchen gehockt, als sie noch nicht verheiratet war. Jetzt aber hat sie keine Unterhosen mehr an, die unten offen sind. Der Postmeister legt Wert darauf, daß seine Frau moderne Unterwäsche trägt: unterm Knie gerüscht und hinten mit Knöpflatz. Das ist er seiner Stellung schuldig.

Lina huscht also über den Ringplatz, durchs Judengäßchen, übers Brückchen, das den Ottersdorfer Bach überquert, dann an der Kirchentür vorüber, an der Linde vorbei, zwischen der Sakristei und der zweiten Linde durch – und dann sind's nur noch ein paar Schritte bis zu dem dunklen Holzhaus, das auf einem Wiesenhang steht und von hinten klein und geduckt, von unten herauf aber stattlich wirkt.

Ach ja, die gute Lina, rundlich und klein – inzwischen viel kleiner als Karl, der noch immer wächst und breiter wird. Sie fragt nie nach dem, was er sieht. Manchmal sitzt sie stundenlang neben ihm, ohne mit ihm zu sprechen, und läßt ihn seinen Kopf an ihre Schulter lehnen. Sie nimmt ihn auch manchmal mit in die Post hinüber. Der Postmeister ist großzügig: Sowas kommt in den besten Familien vor, und am öftesten im Hochadel. Nur darf Karl in seinem Beisein seinen Kopf nicht an Linas Schulter legen. Der sei zu schwer für sie.

Bruder Wilhelm kommt nur noch selten nach Hause. Er ist Maturant und wird nach der Matura Hauslehrer bei einem Baron Laudon sein, dem Großneffen des berühmten Generals Laudon. Aber dort wird es ihm nicht gefallen. Er wird weitermachen, nämlich in Wien Jura studieren.

Auch Julian ist fort. Er besucht die Lehrerbildungsanstalt in Trautenau, später in Prag. In den Ferien kommt er heim. Dann schläft er wieder mit Karl in einem Bett, obwohl er jetzt ein Bett für sich haben könnte und Karl so breit geworden ist, daß er ein Bett allein füllt. Aber Julian ist nach wie vor schlank, ja mager, er quetscht sich neben Karl und hält seine Hand. Denn er weiß, daß Karl warme Hände mag.

Es dauert nicht lange, da hat auch Theo die Schule hinter sich und geht in die Kaufmannslehre. Er ist ein unruhiger Geist. Es hält ihn nirgends lange, weder in einem Beruf noch an einem Ort. Und es fehlt ihm auch ein bißchen am Soliden. Er kalkuliert nicht, sondern riskiert.

Und Anna? Aus ihr ist ein lachlustiges Mädchen mit dicken Zöpfen geworden, und je älter sie wird, desto deutlicher erscheinen die Grübchen in ihren Wangen. Auch ihr Busen läßt sich nicht mehr mit dem Leibchen flachschnüren. Sie ist geschickt im Nähen, nascht von Julians Honig und weiß schon, wie ein Kuß schmeckt. Es wird nicht mehr lange dauern, bis ihr eine Schar von Verehrern nachschwärmen wird. Während Lina ihre zweite und dritte Tochter bekommt, tanzt Anna durchs Leben. Auch sie wird aus der Schule entlassen und lernt Nähen bei der besten Schneiderin des Ortes. Die findet oft Anlaß zu Tadel: Anna kann sich nicht auf die Arbeit konzentrieren, auf den Steppstich und Saumstich, den Heftstich und Hexenstich. Sie hat eine so geschickte Hand für die winzigen Sticheleien, aber ihre Gedanken sind nicht dabei, die sind bei Lois und Seff, Anton und Ferdinand. Und so unterlaufen ihr immer wieder kostspielige Fehler beim Zuschneiden, und einmal näht sie sogar Brustabnäher in ein Rückenteil und erntet Gelächter. Aber da lacht sie mit und amüsiert sich über sich selber. Sie ist ja anderswo Königin, sie kann sich solche Schnitzer leisten!

Sie kann sich auch leisten, Tante Thekla weiterhin mit ihrem Kreuzotternspiel zu erschrecken. Denn die Tante verrät nichts, obwohl Vater Wilhelm sie nach dem Trauerjahr in aller Stille geehelicht hat. Sich beim Vater über die Tochter beklagen? Das bringt sie nicht übers Herz.

Ab und zu geschieht es, daß Wilhelm und Thekla gleichzeitig aus Alpträumen hochfahren: Er glaubt sich umwunden und stranguliert von schleimigem Gedärm, sie wähnt sich in einem Bett voller Kreuzottern. Schweißnaß klammern sie sich aneinander, aber keiner verrät dem anderen, woran er leidet. Jeder leidet einsam.

Fräulein Thekla Stenitschka ist also nun Frau Thekla Rotwengel. Die Eichstädtler halten diese Lösung für die beste, denn Thekla ist tüchtig und den Kindern eine gute Mutter. Es stört niemanden, daß die Rotwengelkinder auch weiterhin *Tante* Thekla sagen. Wilhelm, der Gemeindekanzlist, braucht jedenfalls jemanden, der ihm die häuslichen Arbeiten und Sorgen abnimmt. Das tut sie. Und er kann sich ganz und gar den Aufgaben widmen, die die Gemeinde ihm stellt.

Er hat in diesen Jahren mehr denn je zu tun: Der Lindenprozeß zieht sich ewig hin, kostet die Gemeinde hohe Summen, verlangt viel Schreiberei und macht immer wieder neue Reisen nach Königgrätz nötig. Wilhelm setzt auch durch, daß die neue Straße von Dichtenau nach Böhmisch-Ottersdorf nicht auf kürzestem Weg über die Kressenwiesen und die Felder, sondern über Eichstädtl führt. Er hilft den Eichstädtlern, ihre niedergebrannten Häuser wieder aufzubauen, und gründet eine Freiwillige Feuerwehr. Auch einen Fremdenverkehrsverein ruft er ins Leben und fördert alle Bemühungen, den Ort zu verschönern und Sommergäste herzulocken. Er wirbt für den Bau von Senkgruben, denn noch sickern Jauche und Abwässer in Gräben durchs Dorf und stinken. Ein Baudenschuppen für die neue Feuerwehrspritze wird gebaut, samt einem Turm für die Feuerwehrleitern. Aus der ganzen Nachbarschaft kommen Bürgermeister herbei und begutachten

Eichstädtls atemberaubende Modernisierungen, um sie nachzuahmen.

Aber das ist noch nicht alles. Wilhelm läßt die große und die kleine Freit – von Gestrüpp bedeckte Fluren unterhalb des Ortes – abholzen und zu Wiesen planieren, die die Gemeinde an arme Häusler billig verpachtet. Und er ruht und rastet nicht, bis Eichstädtl doch noch wenigstens eine Haltestelle bekommt. Personenzüge müssen jetzt also im Staadtla halten. Was für ein Fortschritt! Die Eichstädtler sind damit nicht mehr auf den Postwagen angewiesen. Sie können vom Dorf aus mit der Bahn nach Grulich, nach Königgrätz, ja sogar nach Prag oder Wien reisen!

Sogar einen Arzt kann Wilhelm endlich für Eichstädtl gewinnen. Er ist ein junger, unscheinbarer, bebrillter Mann, der Doktor Heilbronn, ein leidenschaftlicher Viola-d'Amore-Spieler, ein Junggeselle, der sich die alte Cille als Wirtschafterin nimmt. Er fährt nicht schlecht mit ihr, und sie nicht mit ihm: Sie umsorgt ihn gewissenhaft und liebevoll, und er hilft ihr aus der bitteren Armut einer Tagelöhnerwitwe. Sie ist kräftig und ausdauernd. Dreimal ist sie in ihren jungen Jahren nach Wien gewandert, hin und zurück.

Aber an das Skelett in Doktors Schrank kann sie sich nicht gewöhnen. Als sie es das erste Mal erblickt, schreit sie auf: »Heiliger Gott – daß man sowas erleben muß!« Seitdem macht sie immer einen weiten Bogen um den Schrank.

Einmal aber hat der Doktor den Knochenmann herausgenommen und vergessen, ihn wieder hineinzustellen. Als die Cille arglos das Zimmer betritt, prallt sie zurück, läßt Besen und Eimer fallen und stürzt hinüber ins Wohnzimmer, wo der Doktor Zeitung liest.

Da führt er sie ganz ruhig zum Skelett zurück, erklärt es ihr, erinnert sie, daß sie selbst so ein Gestell in sich hat, und müht sich geduldig mit ihr ab, bis sie es schafft, die Knochen zu berühren.

Dieser kleine Jude fühlt sich wohl im Staadtla, und er wird sein ganzes Leben lang hierbleiben, bis weit ins nächste Jahrhundert hinein. Bis die Deutschen über die Grenze kommen werden.

Ja, auch diesen Doktor haben die Eichstädtler dem Rotwengel zu verdanken. Und kein Bürgermeister wagt es, Wilhelms Ratschläge zu überhören. Er ist die Graue Eminenz des Staadtlas und seiner Trabantendörfer, schreibgewandter und gesetzeskundiger als alle Bürgermeister, denen er dient, mögen sie nun Hanisch Bruno, Steppan Hugo oder Peiker Pepp heißen. Und sogar aus dem oberen Adlergebirge kommt man zu ihm herunter, um sich ein Testament oder Bittgesuch oder einen Brief an Verwandte in Amerika aufsetzen zu lassen.

Nur das flache, häßliche Kirchturmdach lassen sich die Eichstädtler von ihm nicht ausreden. Vor über vierzig Jahren haben die Damaligen die Kirche unter dem gräflichen Patronat erbaut, haben einen kolossalen Zwiebelturm geplant, der ganz gewiß den blanken Neid aller Nachbargemeinden hervorgerufen hätte. Aber nachdem der Glockenstuhl fertig war, ging das Geld aus, und sie mußten den offenen Turm mit einem billigen, vorläufigen Dach schließen, das so flach ist wie eine zusammengesunkene Pyramide. Damals haben sich die Eichstädtler geschämt. Aber inzwischen haben sie sich längst an diesen Kirchturm gewöhnt, der in seiner Häßlichkeit im ganzen Adlergebirge seinesgleichen sucht. Er ist ein Wahrzeichen des Marktfleckens geworden. So soll er bleiben.

Wilhelm respektiert diesen Volkswillen, lernt auch dadurch dazu und bleibt beweglich. Er hat es nicht bei dem Wissensstand des heimgekehrten Patrollführers aus dem Jahr einundfünfzig belassen, hat sich weitergebildet, hat in der Eigenschaft als Gemeindekanzlist viel erlebt und erfahren, hat sich mit vielen weitgereisten und gelehrten in- und ausländischen Männern unterhalten, hat jede Zeitung gelesen, deren er habhaft werden konnte, hat sich Bücher ausgeliehen und hat alte Eichstädtler, Lonsdorfer und Ottersdorfer Chroniken studiert. Und unzählige Male hat er in seinem Lexikon geblättert, ist in ihm spazierengegangen wie in einer kurzweiligen Landschaft, die sich dem Wanderer anbietet zum Umherschauen, Genießen und Verweilen.

Jedermann sei Untertan der Obrigkeit? Mit Vorbehalten, bittschön. Die Obrigkeit kann sich irren zugunsten ihrer Macht. Und er glaubt auch längst nicht jede Behauptung des Pfarrers, auch wenn der sie von der Kanzel herab verkündet. Vor allem dann, wenn der Pfarrer Chvojka Josef heißt. Und seine Gelassenheit kommt ihm zuweilen abhanden, wenn ihm rings in den Dörfern die Leute ihre Angst vor dem Jahr achtzehnhundertachtundachtzig bekennen. »Aber es enthält doch drei Ach's, Wilhelm! Das *kann* doch nicht gutgehen!«

»Sakra, das tät' euch grad so passen, wieder Hexen zu verbrennen oder Juden zu vertreiben, um die drei Ach's zu bannen, was? Das Achtundachtzigerjahr wird sein wie jedes andere: kräftig durchgemischt.«

»Ja, wenn du meinst, Wilhelm ...«

Der Respekt vor ihm wächst, und er genießt das. Nur Tante Theklas Respekt scheint zu verblassen. Seit sie die Nächte Leib an Leib mit ihm verbringt, ist eine merkwürdige Veränderung mit ihr vorgegangen. Sie, die zu Theresias Lebzeiten aus purer Keuschheit eifrig vermieden hat, seinem Blick zu begegnen, weicht ihm jetzt nicht mehr aus. Sie ist einen knappen Kopf kleiner als ihre Schwester, also genau so groß wie er, und sieht ihm mit einem waagerechten, nüchternen Blick in die Augen.

Eifrig liest sie Wilhelms Zeitungen mit. Sie hilft Wilhelm schreiben und seine Papiere ordnen, führt Listen für ihn und erinnert ihn an Termine. Sie ist die Sekretärin des Sekretärs. Als solche steigt sie in der Achtung der Eichstädtler. Wer hätte das gedacht, daß sie auch *sowas* kann!

Aber wenn sie hinter Wilhelm Annas boshaftes Lächeln auftauchen sieht, fangen ihre Knie an zu zittern, und sie muß an Kreuzottern denken. Mit unzähligen

Listen versucht sie zu vermeiden, mit Anna allein zu sein.

Eines Tages kommt Doktor Heilbronn. Nein, er wolle nicht zu Wilhelm, sondern zu ihr. Hastig wischt sie den Küchenstuhl ab und schiebt ihn dem Doktor hin.

Er fragt sie, ob sie bereit sei, in Prag einen sechsmonatigen Hebammenkurs zu machen. Denn die Zahl der Neugeborenen nehme stark zu. Er und die Hebamme schafften diese vielen Entbindungen nicht mehr. Und wo doch, wie er gehört habe, schon ihre Schwester –

Nach Prag! Sie hält den Atem an. Noch nie war sie weiter fortgewesen als in Grulich. Sechs Monate in der großen Stadt! Sechs Monate erlöst von Annas Kreuzotternspiel! Sechs Monate dort, wo es ganz bestimmt keine Kreuzottern gibt!

Wilhelm kommt heim, hört sich den Vorschlag an, rät ihr zu. Er ist ein fortschrittlicher Mann und hält Frauen für nicht viel weniger intelligent als Männer, ja er vertritt die kühne Ansicht, daß man ihnen mehr Aufgaben in der Öffentlichkeit übertragen sollte. Und Anna sei alt genug, ein halbes Jahr lang den Haushalt allein zu führen.

Sie bittet sich einen Tag Bedenkzeit aus – und lehnt ab. Anna würde den Haushalt mehr schlecht als recht führen, und kaum ließe sich ein Bursche blicken, verschwände sie. Wilhelm läge nachts allein, und Karl bekäme keinen heißen Ziegelstein auf den Strohsack. Sie hat Theresia auf dem Totenbett versprochen, bei den Rotwengels zu bleiben, und dieses Versprechen will sie halten.

Und so plagt sie sich weiter mit Anna herum, deren Gedanken sich nur um den nächsten Feuerwehrball, die nächste Kirmes drehen. Anna nascht weiterhin Julians Honig weg, den er in seinem letzten Urlaub stolz geerntet hat. Sie streift an Karl vorbei, als wäre er Luft, und wenn jemand nach ihm fragt, tut sie, als habe sie nichts gehört. Sie klettert auf den Haferbirnbaum und lacht von oben auf die Dorfjungen herunter, die sich um den Stamm versammelt haben und nur darauf lauern, ihr unter die

Röcke schauen zu können. Den Großvater nervt sie, indem sie tatsächlich einen Ton aus seiner Posaune lockt. Erschrocken verbietet er ihr, Hand an das Instrument zu legen. Unvorstellbar: eine Frau, posauneblasend! Und Tante Thekla erschreckt sie allein schon dadurch, daß sie, hintergründig lächelnd, mit zwei Fingern züngelt. O Anna – Geißel Gottes!

Ihrem Vater gegenüber ist Anna sanft wie ein Lamm. Sein Herzblatt.

In diesem Frühsommer flieht Karl noch einmal. Er ist inzwischen reichliche neunzehn Jahre alt. Es zieht ihn zu Isidor. Aber er kann sich nicht erinnern, in welche Richtung er damals gegangen ist. Für ihn laufen alle Richtungen in einer einzigen zusammen. Und so trottet er diesmal in Richtung Osten davon.

Vater Wilhelm läßt ihn wieder suchen, aber nicht mit der gleichen Besorgnis, dem gleichen Eifer wie damals. Karl ist schließlich kein Kind mehr, wenn auch noch minderjährig. Wäre er geistig gesund, wäre er jetzt beim Militär.

Außerdem ist Großvater Siegmund zwei Tage nach Karls Flucht gestorben. Er hat sich auf dem Feuerwehrfest beim Posauneblasen übernommen, bei der Einweihung des neuen Leiterturms. Mitten im Posaunensolo ist er umgefallen. Die Leute meinen, die Lunge sei ihm geplatzt, aber der Doktor erklärt dieses Gerücht für puren Unsinn. Es sei ein Herzschlag gewesen. Der Alte habe einen Tod gehabt, wie man ihn sich schöner nicht wünschen könne.

Anna ist in Tränen aufgelöst, weil sie, in Trauer, nun beim Feuerwehrball nicht mittun kann. Tante Thekla muß in der Waschküche wieder mit dem Deckel klappern, denn sie mochte Großvater Siegmund sehr. Und Wilhelm hat alle Hände voll zu tun, um das Begräbnis auszurichten.

Achtundsiebzig Jahre ist Siegmund Rotwengel alt

geworden. Gottlob hat er in weiser Voraussicht einen jungen Eichstädtler an der Posaune angelernt: den Lois, der damals zu Beginn der ersten Flucht den Karl in der Morgendämmerung am Fleischerloch hat vorübergehen sehen. Deshalb sitzt jetzt die Eichstädtler Blaskapelle nicht auf dem Trockenen, und der junge Lois tut dankbar sein Bestes, daß ihm fast die Backen platzen.

Zu Ehren seines Vaters hat Wilhelm dreizehn Veteranen herangeschafft, die zusammen mit dem Rotwengel Siegmund bei der Musik des Infanterieregiments Nummer achtzehn in Venetien gedient haben. Das ist schon ein erhebender und nicht alltäglicher Anblick für die Eichstädtler: dreizehn Veteranen in Uniform, die am Grabe des Kameraden mit zittrigen Stimmen ›Zu Mantua in Banden‹ singen. Den meisten von ihnen ist schon die Kraft zum Blasen ausgegangen, aber im Geiste hören sie, während sie singen, das Geschmetter ihrer Regimentskapelle.

Vater Wilhelm läßt sich nicht lumpen: Im Gasthof Kindler bewirtet er die Gäste. Es wird sich erinnert, wird gewürdigt. Jaja, der Mensch kommt und vergeht. Der Bürgermeister hält eine Rede: Der Regimentsmusiker Siegmund Rotwengel habe für die Entwicklung der Musik im Staadtla Unschätzbares geleistet. Wiewohl er mit dem einen Bein noch auf dem sicheren Fundament der guten alten Zeit daheim gewesen sei, habe er mit dem anderen doch schon fortschrittsfördernd in die Zukunft gewiesen.

Großvater Siegmund hinterläßt eine Lücke, die sich nicht so schnell schließen wird, vor allem bei den Eichstädtler Musikschülern. Man tröstet sich – im Männerkreis – mit allerlei Schnäpsen, und so endet der traurige Tag, Gott sei Lob und Dank, doch noch in kaum gedämpfter Heiterkeit. Eins steht ja fest: Der Stamm der Rotwengels wird so schnell nicht aussterben, dafür haben Vater Wilhelm und seine Frau Theresia, Gott hab sie selig, eifrig gesorgt. Was Karl betrifft, vermeidet man, Wilhelm an diesem Tag nach dem Stand der Dinge zu fragen.

Und so trabt Karl unbehelligt durch die Wiesen und Felder. Nein, Kühe weiden nicht mehr auf den Koppeln, sie muhen auch im Sommer in den dunklen Ställen und warten auf das Grünfutter. Die Hirten arbeiten als Knechte. Also sind auch die Hirtenlieder verstummt.

Karl wandert an Grulich vorbei, überquert bei Hannsdorf die March, wandert durchs Altvatergebirge, durch Freudenthal, wo er an einem Freitagnachmittag auf dem Ringplatz an seinem Bruder Wilhelm vorüberkommt, der hier gerade ein vierwöchiges Gerichtspraktikum ableistet und just an diesem Tag eine junge Dame kennenlernt, die er später ehelichen wird. Keiner der beiden Brüder spürt die Nähe des anderen.

Es wird Sommer. Karl ernährt sich von Beeren und Pilzen und wird auch ab und zu von gutmütigen Bauersleuten, die auf den Feldern arbeiten, zu einer Jause herbeigewinkt. So kommt er an Troppau und den Kohlegruben von Mährisch-Ostrau vorbei, trottet in die Westbeskiden hinein, gerät über die grüne Grenze, ohne daß er's merkt, ins preußische Schlesien, wird bei Pawlowitz aufgegriffen, an seiner Mundart als Österreicher identifiziert und über die Grenze zurückgeschickt.

Jetzt hält er sich weiter südlich. Er läuft morgens immer auf die Sonne zu, und die rückt von Tag zu Tag – weil der Johannistag schon überschritten ist – ein winziges Stück nach Süden.

Er magert ab. Sein blonder Schopf wächst und verfilzt, der Bart sprießt, die Kleider werden mürbe. In seinem Aussehen nähert er sich dem, den er sucht.

Über die nördlichen Täler der Hohen Tatra gelangt er in das Straßendorf Osturnia, in dem die Leute noch in Blockhäusern wohnen. Deren Balken sind nicht gesägt, sondern wie in Urväterzeiten mit dem Beil zurechtgehauen worden. Es ist ein kühler Augusttag. Eine Frau in einem Beskidendorf hat Karl eine alte Decke geschenkt, die hat er sich um die Schultern gebunden und schleift ihren Saum hinter sich her. Das Haar hängt ihm inzwischen bis auf die Schultern, der Bart in zwei Zipfeln auf die Brust. So zieht er in Osturnia ein, in das Dorf, in dem erst dreimal eine Kutsche gesichtet wurde.

Karl kommt über Wiesen und Felder, denn es gibt in Osturnia nur eine einzige Straße, die führt von Osten ins Dorf, aber nicht in Richtung Westen wieder aus dem Dorf hinaus. Diese Straße ist außerdem nicht mehr als ein zerfurchter, schlammiger Weg, auf dem zwei Pferdegespanne nur mit Mühe aneinander vorbeikommen. Wer hätte sich dorthin jemals in einer Kutsche verirren sollen? Nein, nicht Eichstädtl ist der Arsch der Welt, sondern Osturnia. Dort hat man noch nie etwas vom Dogma der leiblichen Himmelfahrt Mariä gehört und ist der festen Meinung, Maria habe ihr Kind mit Wehen und Blut und Nachgeburt bekommen und sei seit der Empfängnis keine Jungfrau mehr.

Als Karl ins Dorf einzieht, schreien die Frauen auf: »Gott sei Lob und Dank, er hat uns hier hinter der Tatra nicht vergessen!« Sie verneigen sich tief vor ihm in der Meinung, der Messias sei wiedergekommen, und küssen seine Füße. Sie bringen ihm ihre Kinder und bitten um seinen Segen. Sie laufen in ihre Katen, zerren und schleppen ihre Kranken heraus, karren, tragen, führen sie zu ihm und flehen ihn an: »Heile sie, Herr, heile sie!«

Ja, sie bringen ihm sogar einen Toten auf der Bahre. Den möge er erwecken.

Aber sie flehen auf slowakisch. Er versteht kein einziges Wort. Wenn er das übliche Jahr im Böhmischen gewesen wäre, könnte er sich auf tschechisch wenigstens notdürftig mit ihnen verständigen. So aber bleibt er stumm, schreitet durch das lange, lange Dorf, ohne stehenzubleiben, und verläßt es nach Osten zu, wie er es von Westen her betreten hat. Und die Frauen von Osturnia drohen ihm mit den Fäusten nach und heulen: »Scheißjesus!«

In der Zipser Magura erreicht er ein Flußufer. Er weiß nicht, daß einst auch sein Vater diesen Fluß überquert hat, gar nicht allzu weit von hier. Er ist schwach vor Hunger und müde. Unter einer mächtigen Kastanie legt er sich nieder und starrt ins Leere. Der Dunajec rauscht wie die Adler daheim. Zu diesem gleichmäßigen Geräusch sieht er die Gestirne umeinanderkreisen, und mitten darin dreht sich der Stern, auf dem er daheim ist.

Ein slowakischer Fuhrmann liest ihn auf, deutet flußabwärts, läßt ihn mitfahren. So gerät Karl in das Rote Kloster am Ufer des Dunajec, wird gespeist, gebadet, entlaust und gekleidet, und einer der Mönche stutzt ihm Haar und Bart. Die Mönche sprechen deutsch, tschechisch und slowakisch, und keiner von ihnen lacht über Karl.

Es ist ein verarmtes Kloster, ein griechisch-katholisches, das sich kaum über Wasser halten kann. Noch lebt es von dem Ruf seiner Gründer, den Kartäusern, die es einmal in alle Himmelsrichtungen bekannt machten. Vor allem die Apotheke des Roten Klosters war weit über die Landesgrenzen hinaus gerühmt worden.

Aber dann waren die Hussiten über das Kloster hergefallen und hatten geplündert, zerstört, gemordet und die Kartäuser vertrieben. Jahrzehntelang hatten die Gebäude leergestanden und waren verkommen, bis ein paar Griechisch-Katholische einzogen und das Beste aus dem machten, was noch da war. Aus dem Gewürz- und Kräutergarten zum Beispiel. Und aus der Herberge für die Pilger, die aus Galizien zu den Wallfahrtsstätten in Mähren und Böhmen ziehen.

Aber den Grulicher Muttergottesberg kennt hier niemand.

Bis zum Ufer des Dunajec sind es vom Klostertor aus nicht mehr als hundert Schritte. Mächtige Bäume überschatten den Platz, über den früher eine uralte Salzstraße aus dem Inneren Böhmens und Mährens durch die Dunajec-Furt hinüber nach Polen und weiter nach Rußland führte.

Hier bleibt Karl vier Monate und wartet auf Isidor. Wenn er Isidor nicht findet, muß er vielleicht warten, bis Isidor *ihn* findet?

Die Mönche lassen ihn Wasser tragen und Holz hacken und schelten ihn nicht aus, wenn er mit dem Joch über den Schultern, an dem zwei volle Eimer hängen, mitten auf dem Hof stehenbleibt und ins Leere starrt oder beim Holzhacken innehält und in der Haltung, in der er sich gerade befindet, lange regungslos verharrt. Er muß nicht in der großen Männerhalle schlafen, mit den Bettlern zusammen und denen, die ein Einzelzimmer in der Pilgerherberge nicht bezahlen können. Der Mönch, der den Gewürzgarten unter sich hat und die Arzneien und Salben zubereitet, hat ihm eine Kammer zugewiesen.

Er ist als Kenner der Heilkräuter und als Heiler bekannt, dieser kleine, runzlige Bruder Cyrillus. Oft ist er in den Sommermonaten wochenlang unterwegs, um sich seine Kräuter in der Tatra oder den Karpaten oder an den Ufern des Dunajec zusammenzusuchen. Bis in die Karpato-Ukraine und ins Galizische hinüber ist er bekannt. Von dort kommen viele Kranke, um von ihm Kräuter, Tinkturen und Salben zu erbitten. Auch Deutsche aus der Zips und den Beskiden behandelt er. Die bittet er, sich die Mundart des jungen Burschen anzuhören. Aber sie wissen sie nirgends hinzuordnen. Schlesien ist weit von hier, und das winzige Stück davon, das damals der alte Fritz der Kaiserin Maria Theresia gelassen hat, verschwindet neben den mächtigen Provinzen Böhmen und Mähren.

Cyrillus beginnt diesen tumben Jungen zu beobachten: tagsüber, wie er friert und ins Leere starrt, nachts, wie er sich im Schlaf wälzt. Er versucht ihn auszufragen, erhält keine Antworten, beginnt aber an dem zu zweifeln, was die anderen Mönche für ein Faktum halten: daß der Bursche ein Idiot sei. Er blättert in gewaltigen Folianten, liest jahrhundertealtes Handgeschriebenes, zieht sich tagelang in die Klosterbücherei zurück und braut schließlich einen Absud aus mehreren seltenen Kräutern und Wurzeln. Den läßt er Karl trinken. Er ist ekelhaft bitter. Aber Karl verzieht kaum den Mund.

Noch selten haben die Mönche ihren Frater Cyrillus so

aufgeregt gesehen. Er läßt den blonden Trottel nicht aus den Augen, umschleicht ihn, ruft ihn zu sich, schickt ihn wieder zurück an den Hauklotz. Die Mönche schütteln den Kopf: Glaubt Cyrillus jetzt sogar schon, Idioten heilen zu können?

Aber das Unglaubliche geschieht: Karl Rotwengel wird innerhalb nur einer Stunde wieder ein Mensch wie alle anderen auch, ein junger, kräftiger Mann mit klarem Blick und sicheren Schritten. Was er seit jenem Sommertag am Wüsten Schloß vor seinem inneren Auge hat sehen müssen, hat sich verflüchtigt. Er kann sich nicht einmal mehr daran erinnern, was es gewesen ist und warum er Isidor gesucht hat. Statt dessen erinnert er sich wieder an das, was ihm vorher wichtig gewesen war.

Er ist gesprächig. Er erzählt den Mönchen, wo er daheim ist, erzählt ihnen von seinem Vater und seinen Geschwistern, vom Oberlehrer und dem Marktflecken Eichstädtl. Zwar kann er ihnen nicht erklären, weshalb und wie er hierher ins Rote Kloster gekommen ist. Aber er diskutiert mit ihnen über den Begriff der Zeit und definiert sie als eine Aufeinanderfolge beweglicher Bilder der reglosen Ewigkeit.

Die Mönche staunen. Sie können kaum mithalten. Sogar der Abt läßt Karl zu sich kommen, fragt ihn aus, läßt ihn erzählen, ist beeindruckt, ja gerührt. Er spricht vom bösen Geist, der Karl in seinen Klauen gehalten habe, und ermahnt ihn, Gott für diese Rettung inbrünstig zu danken.

Frater Cyrillus aber betrachtet den jungen Mann mit einem traurigen Lächeln. Er weiß, was den Jungen erwartet. Als er ihn nach einem Jubelgebet aus dem Kirchenportal stürmen und lachend im frischgefallenen Schnee des Klosterhofs radschlagen sieht, zieht er sich in sein Gewölbe zurück.

Es ist ein herrlicher Wintertag, die Bäume glitzern weißbereift. Karl ist wie außer sich. Er stürmt zum Tor hinaus, wirft Schneeballen in die Baumkronen, daß der

Reif nur so stäubt. Er streift die Joppe ab und krempelt die Hemdsärmel auf, obwohl klirrende Kälte herrscht.

Ein Maulesel ist am Gitter angebunden. Neben ihm lehnt eine junge Frau, eine Zigeunerin, und läßt keinen Blick von Karl. Der hat noch nie einen Maulesel geritten. Trotzdem löst er die Zügel von den Gitterstäben, schwingt sich lachend auf das Tier, zwingt es zum Trab um die Bäume, treibt es zurück an seinen Platz und bindet es wieder fest. Die Zigeunerin fragt ihn etwas, aber er versteht sie nicht. Er zuckt mit den Schultern und läuft zurück auf den Klosterhof.

Neugierig streicht er durch die Klosterküche, kostet hier, schnuppert da, scherzt mit dem Küchenmönch und seinen Helfern. Nach dem Mittagessen, das er genießt, vertieft er sich in die Folianten in den Gewölben des Fraters Cyrillus. Die Klostergebäude sind viel zu geräumig für das knappe Dutzend Mönche. In der Leere hallen Karls Schritte. Sogar das sanfte Geräusch, das Karl beim Umblättern der Bücher erzeugt, wirft ein Echo. Er liest mit der gleichen Gier, wie einer ißt, der lange gehungert hat.

In der Dämmerung zieht es ihn noch einmal hinaus an den Dunajec. Der Fluß ist nicht zugefroren, seine Strömung ist zu stark. Karl zieht sich das Hemd über den Kopf, schaut sich um, glaubt sich allein, knöpft die Hose auf, läßt sie fallen, schlüpft aus den Schuhen und watet ins eisige Wasser. Über den sternklaren Himmel zieht ein Meteor seine leuchtende Spur.

Karl spürt, wie ihn das Blut warm durchpulst. Mit kräftigen Armschlägen watet er stromaufwärts, kehrt zum Ufer zurück und sucht seine Kleider. Da steht plötzlich die Zigeunerin vor ihm, schwenkt lachend sein Hemd, seine Hose, wirft sie hinter sich und streift Umschlagtuch, Bluse und Rock ab. Und schon reißt sie den Karl mit sich zu Boden. Keine hundert Schritte von der Klosterpforte entfernt, neben der der Maulesel schnaubt, wälzen sie sich im Schnee und ächzen vor Lust. Es bleibt Karl keine Zeit zu überlegen, ob die junge Frau den ganzen langen Tag hier draußen in der Kälte auf ihn gewartet hat oder ob sie fortgeritten und in der Abenddämmerung wiedergekommen ist. Der Schnee rund um sie und unter ihnen schmilzt dahin, von den Bäumen tropft es, ja sogar die Eisblumen an den Fenstern der Klosterherberge, die doch fast hundert Schritte entfernt ist, und die lange Reihe der Eiszapfen unter dem Klosterdach beginnen zu tauen. Und über den Himmel ziehen ganze Schwärme von Sternschnuppen.

Ineinander verklammert, wälzt sich das Paar, bewegt von einer Ladung angestauter Kraft, unter den Bäumen herum, rollt fast in den Dunajec, schrammt an den riesigen Stämmen entlang, prallt gegen die Klostermauer, bleibt schließlich, entladen, erschöpft liegen.

Schweißnaß kommen Karl und die junge Zigeunerin wieder auf die Beine, taumeln herum, besinnen sich, wo sie sind, ziehen sich schweigend an und lächeln sich zu. Sie sagt etwas mit ihrer tiefen, rauhen Stimme. Er versteht sie nicht, kann also nichts darauf antworten.

Aber wozu auch etwas sagen? Es ist, auf andere Weise, alles gesagt. Die Frau besteigt den Maulesel und reitet in den Cañon des Dunajec hinein. Karl kehrt zurück ins Kloster, ißt für zwei und fällt danach wie ein Stein auf seine Pritsche. Tief und traumlos schläft er, ohne auch nur einen Schnupfen davongetragen zu haben, bis zum nächsten Morgen.

An dem erleben die Mönche ein Wunder: Vor dem Klostertor, auf dem weiten Platz unter den alten Bäumen, ist der Schnee weggeschmolzen, obwohl es eine bitterkalte Nacht gewesen war. Ein Hauch von Grün überzieht den Boden, und an einer Stelle blüht ein kümmerliches Schneeglöckchen. Vor Weihnachten! Sogar der Abt kommt würdig aus dem Klosterhof geschritten und bestaunt es. »Wahrscheinlich«, denkt er, »will Gott manchmal mit seiner Schöpfung spielen.«

Aber für Karl ist an diesem Morgen wieder alles so, wie es für ihn seit dem Gewitter am Wüsten Schloß gewesen ist. Die unerhörte Wirkung des Kräuterabsuds, der Versuch des Mönchs Cyrillus, ist verklungen. Nichts ist in Karl zurückgeblieben als der Schatten einer Erinnerung an ein Gefühl überwältigender Glückseligkeit. Leicht vornübergebeugt starrt er wieder ins Leere und ist kaum ansprechbar.

Aber die Mönche lächeln einander froh und zufrieden zu und klopfen Karl gerührt auf die Schulter. Dank Frater Cyrillus' wundersamer Arznei hat man Karls Namen und Heimatort erfahren und alles Weitere für seine baldige und sichere Heimkehr in die Wege leiten können. Gratiam a Deo.

Gendarmen, vom Abt benachrichtigt, holen Karl ab und bringen ihn ins Staadtla. Zwei Tage vor Weihnachten ist er wieder daheim. Und bald ist es für ihn, die Rotwengels und alle Eichstädtler so, als sei er nie fortgewesen.

10. Kapitel

In dem Julian ein Klavier kauft, das er kurz danach zerhacken will, Großvater Wilhelm eine Enkelschwemme erlebt – und der Lombarde es entschieden zu weit treibt

Karl hackt wieder Holz und schleppt Wasser. Mal hält ihn Tante Thekla dazu an, mal Lina, mal Anna. Oft aber auch niemand, weil Tante Thekla Wilhelm helfen muß und Anna auf einem Ball ist. Und Lina hat mehr als genug bei sich daheim zu tun.

Umso mehr Zeit hat Karl jetzt, ins Leere zu starren. Das, was er so unverwandt beobachtet, dreht sich in der Ferne ununterbrochen um sich selbst und wird größer.

Während er so im Weltall lebt, verändert sich die Welt um ihn herum. Armut greift um sich im Adlergebirge. Die vielen Webstühle klappern nicht mehr, die Handweber werden ihre Ballen nicht mehr los. In den Städten aber rattern und knattern die Dampfwebereien und können alles viel akkurater und billiger. Wie soll da ein Handweber noch mithalten können? Hier oben im Gebirge gibt es noch keine Fabriken. Den Handwebern bietet sich nirgends andere Arbeit. Sie verdingen sich als Tagelöhner, aber so viele Tagelöhner brauchen die Adlergebirgsbauern gar nicht, und schon überhaupt nicht im Winter. Sie sind ja selber arm – so arm, daß sich viele nicht einmal Pferde leisten können und ihre Milchkühe vor den Pflug spannen. Jetzt wird also viel gehungert im Adlergebirge, und mit dem Hunger breitet sich die Schwindsucht aus. Doktor Heilbronn schüttelt oft den Kopf. Er müßte Butter, Speck und Vollmilch verordnen, dazu ein paar Monate Kuraufenthalt in Davos. Aber das wäre blanker Zynismus. Vor allem die Kinder erwischt es, und so eng, wie sie beisammen wohnen, steckt eins das andre an. In manchen

Familien siecht den sieben oder acht Kindern auch die Mutter weg, womöglich noch schwanger. Das greift dem Doktor den Magen an. Die Cille rügt ihn, weil er so wenig ißt. Wo sie sich mit den Mohnbuchteln und den Powidltatschkerln doch solche Mühe gemacht hat! Sie ist nun schon halb blind und tatterig. Lange wird sie ihm nicht mehr den Haushalt führen können. Aber wie soll er ihr das beibringen?

Seine Kraft schöpft er aus den Donnerstagabenden. Da trifft sich, seit Jahren, das Quartett bei ihm im Wohnzimmer: ein Cello, eine Bratsche, eine Geige und seine Viola d'Amore. Und dann räuspern sich die Vier, stimmen die Instrumente, blättern die Noten auf, nötigen Beethoven, Haydn oder Mozart, ins Staadtla zu kommen. Vor allem Mozart. Wenn Julian in den großen Ferien daheim ist, spielt er auch manchmal mit. Er hat in der Lehrerbildungsanstalt Geige spielen gelernt.

Von Tante Thekla erzählt man sich neuerdings merkwürdige Dinge: Sie gehe heimlich ganz allein hinaus in die Felder, stehe vor Feldrainen, stehe vor Waldrändern, als ob sie auf jemanden warte. Hat sie etwa einen Liebhaber, sie, die doch schon hoch in den Fünfzigern und keinesfalls hübsch ist? Aber niemand hat jemals einen Mann aus dem Wald treten oder hinter dem Gebüsch an den Feldrainen hervorkriechen sehen. Wird sie gar wunderlich?

Armer Wilhelm. Aber bei seiner Arbeit wird sie ihm immer unentbehrlicher. Und auch nachts. Denn tagsüber macht sich der Lombarde wieder bemerkbar. Er lacht zwar nur leise im Bücherschrank oder kraspelt in der Wand. Aber er ist da und tut das kund.

Tante Thekla muß sich oft abhetzen. Denn Anna hilft ihr kaum je im Haushalt, ist fast täglich eingeladen, wirbelt in den Dörfern herum, läßt kein Fest aus. Ihr prächtiges langes Haar trägt sie jetzt nach der neuesten Mode hochgesteckt. Tagelang tänzelt sie vor dem Spiegel herum, seit ihr ein Sommergast, ein Prager Student, beteuert hat, sie sei auch für Prag oder sogar Wien hübsch genug. Als sie das Tante Thekla erzählt, schüttelt die nur den Kopf. Anna ist zu pausbäckig und braungebrannt. In den Städten müssen die Frauen blaß sein, wenn sie angehimmelt werden wollen.

Aber Anna will gar nicht nach Prag oder Wien, sie kreist ums Staadtla. Ihre Röcke fliegen auf dem Faschingsball oben in Böhmisch-Ottersdorf, auf der Kaiserkirmes unten in Zöllnei, auf dem Schuleinweihungsfest hier, dem Feuerwehrball da. Kaum vergeht eine Woche, daß sie nicht irgendwo Ehrenjungfer oder Brautjungfer ist. Beim alten Brauch des Hahnschlagens auf den Freitwiesen ist sie die Hahnenbraut. Sie läßt die jungen Männer der ganzen Umgebung von sich träumen, ohne sich an einen bestimmten zu binden.

»In ihr schäumt das Leben«, sagt Tante Thekla zu Wilhelm. »Wenn das nur kein böses Ende nimmt. Es heißt, wer so ungestüm lebt, stirbt jung.«

Wilhelm hält auf halbem Wege zu einem überlegenen Lächeln inne und fragt: »Entschließt sich so ein Ungestümer, jung zu sterben, weil er schon alles hinter sich hat, was es zu erleben gibt – oder ist dieser Mensch darauf aus, heftig zu leben, weil er spürt, daß er jung sterben wird?«

Tante Thekla hat den Eindruck, daß er sich über sie lustig macht. Sie würdigt ihn keiner Antwort. Haha! Wilhelm soll doch nicht so tun, als sei er wer weiß wieviel klüger als sie! Zum Beispiel sieht er den Frauen ihre Schwangerschaft meistens erst an, wenn sie schon im sechsten Monat sind. Und alten Leuten gibt er noch Monate oder Jahre, wenn sie schon nach Tod riechen! Ist das etwa kein Zeichen von Dummheit?

Julian läßt sich nur noch selten daheim sehen. Er hat die Lehrerbildungsanstalt mit glänzenden Zeugnissen verlassen, ist jetzt Junglehrer in Himmlisch-Riebnei, einem Dorf hoch oben im Gebirge. Nur in den Schulferien kommt er nach Hause. Anfangs hat er seinem Bruder

Theo seine Bienenstöcke anvertraut, aber Theo hat kein Gefühl für Bienen, auch keine Lust, sich von diesen verdammten Biestern stechen zu lassen. Außerdem bietet sich ihm eine günstige Gelegenheit, einen Gemischtwarenhandel in Dichtenau zu übernehmen. Und schon ist er fort.

Ottilie, die Tochter des alten Oberlehrers, springt ein. Sie kennt sich mit Bienen gut aus. Natürlich könnte Julian die Bienenstöcke mit nach Himmlisch-Riebnei hinaufnehmen und dort in den Schulgarten stellen. Niemand hätte etwas dagegen. Aber wer würde sie ihm während der Schulferien betreuen? In ganz Himmlisch-Riebnei kennt er niemanden so gut, daß er ihm seine Bienen anvertrauen würde.

Und dem ist auch noch etwas anderes im Weg: Julians Reiselust. Plötzlich hat sie ihn gepackt, er weiß selber nicht, wie ihm geschieht, der Nomade in ihm ist aufgewacht. Und so kratzt er alle seine Ersparnisse zusammen, viel ist es nicht, und fährt zu Beginn der großen Ferien nach Hamburg. Nein, es zieht ihn nicht nach Wien oder Triest, auch nicht nach Galizien, sondern in das nordische, kühle Hamburg, die Großstadt, die nichts mit dem Adlergebirge zu tun hat – bis auf das Adlerwasser, das in der Elbe Richtung Nordsee strömt.

Zwei Wochen lang logiert er in einer billigen Auswandererherberge, streift durch die Stadt, steht stundenlang im Hafen und schaut den Auswanderern zu, die in Rudeln, nach Dialekten getrennt, ihre Schiffe besteigen. Das Fernweh läßt ihn fiebern. Hätte er jetzt genug Geld für eine Zwischendeck-Passage, wäre er imstande, auf sein bisheriges Leben und das Staadtla samt dem Adlergebirge zu pfeifen und das nächstbeste Fallreep hinaufzuhasten.

So aber bleibt ihm nichts anderes übrig, als nach diesen zwei Wochen wieder ins Staadtla heimzukehren. Und wie um sich selbst in der Heimat zu verankern, bewirbt er sich noch während dieser Sommerferien um eine Lehrerstelle an der Eichstädtler Schule.

Er hat Glück mit seinem Antrag auf Versetzung, dieser mittelgroße, hagere junge Mann mit dem blonden, noch schütteren Vollbart. Der Amtsschimmel gerät in Galopp, denn ein Lehrer aus Aussig in Nordböhmen, der aufgrund des Schreibfehlers eines Kanzleigehilfen ein Jahr zuvor nach Eichstädtl versetzt worden ist, hat alle seine Beziehungen spielen lassen, um wieder von hier fortzukommen. Dieses Nest in einer Gegend, die keiner kennt und, wenn überhaupt irgendwo, dann allenfalls in der letzten Ecke von Galizien, vielleicht hinter Przemyśl oder Lemberg vermutet, ist eine Zumutung für jeden einigermaßen gebildeten Menschen! Er ist vorstellig geworden bei seinen Vorgesetzten und beim Bezirksschulamt, hat schließlich den Freund des Onkels eines Freundes zu Hilfe genommen, der in Prag ein hohes Amt innehat. Durch dessen Eingreifen erreicht er endlich, was er will: fortzukommen aus Eichstädtl, wo – nach seiner Meinung – manche Einwohner noch nicht mitbekommen haben, daß seit weit über dreißig Jahren der Kaiser nicht mehr Ferdinand, sondern Franz Joseph heißt.

Der zuständige Schulrat schüttelt den Kopf. In seinem Bezirk ist Eichstädtl längst nicht das letzte Nest. Da gibt es noch ganz andere Nester. Zum Beispiel Himmlisch-Riebnei. Auch solche Dörfer brauchen Lehrer! Ist dort übrigens nicht ein Eichstädtler, der sich noch dazu um eine Stelle in Eichstädtl bewirbt? Her mit ihm! Der Marktflecken an der Stillen Adler braucht dauerhafte Lehrkräfte. Und was Himmlisch-Riebnei angeht, so wird man eben wieder einen Anfänger dort hinaufschicken. Anfänger müssen sich was gefallen lassen.

So wird Julian Lehrer in der dunkelbraunen, hölzernen, uralten Schule von Eichstädtl, wohnt im Elternhaus, heiratet die junge Ottilie mit den Vergißmeinnichtaugen, einziges Kind des alten Oberlehrers, das ihm geboren wurde, als er und seine Frau schon alle Hoffnung auf Nachwuchs aufgegeben hatten. Sie ist seine Jugendliebe, und auch er ist der einzige Mann, den sie sich als ihren Gatten vorstellen konnte. Das junge Paar wohnt vorerst in Wilhelms Dachkammer.

Ein Jahr nach der Hochzeit schenkt Ottilie ihrem Julian eine Tochter. Er gibt ihr, auf Wunsch seiner Frau, einen in Eichstädtl völlig unüblichen Namen, an dem sich die Klatschbasen die Mäuler zerreißen: LAURA.

Nicht genug damit: Julian baut ein Bienenhaus in den Garten und schafft sich zu seinen drei Bienenvölkern noch dreiundzwanzig neue an. Und das alles bewältigt er in nur einem einzigen Jahr!

Währenddessen tut sich auch in Eichstädtl eine Menge. Der Marktflecken nimmt teil an der Zeit, paßt sich an, holt nach, holt auf. Die jungen Mädchen tragen hohe Schnürschuhe und schnüren sich auch die Taillen. Brautpaare fahren nach Grulich, um sich fotografieren zu lassen. Denn dort hat sich seit kurzem ein Mann niedergelassen, der aus Licht und Dunkelheit Konterfeis herzustellen versteht, die ähnlicher nicht sein könnten. Und er braucht dazu nichts anderes als einen dreibeinigen Apparat mit einem schwarzen Tuch, unter das er kriechen muß, bevor er an einem Schnürchen zieht und damit ein winziges Fenster öffnet, durch das das Bild in den Apparat gleitet. Was sich aber im Apparat abspielt, ist zu unbegreiflich, als daß ein gewöhnlicher Sterblicher dies jemals verstehen könnte. Alte Weiber munkeln von Höllenspuk.

Ja, der Leibhaftige werde immer kecker, meinen sie. Zum Beispiel sei man in New York dabei, Häuser mit über zwanzig Stockwerken zu bauen. Hat die Menschheit aus dem Turmbau zu Babel nichts gelernt? Und der Teufel persönlich habe einem amerikanischen Erfinder eingeflüstert, wie man sich über Berge und Täler hinweg einfach miteinander unterhalten kann. Angeblich laufen dann die Wörter durch einen Draht, den man von Ort zu Ort spannt. Und Sommerfrischler aus Wien behaupten ernsthaft, man könne aus fließendem Wasser Licht erzeugen!

Das ist doch alles, bittschön, die reinste Gotteslàsterung! Der Hochmut der Menschheit ist kaum mehr zu überbieten. Sie glaubt, alles besser zu können und mehr zu wissen als unser Herrgott!

Aber Hochmut kommt vor dem Fall, das ist eine alte Weisheit. Und so gründen die Alten des Ortes einen Spar- und Vorschußverein. Die Jungen aber begrüßen die modernen Zeiten mit Wonne, gründen den Radfahrverein »Adler« und einen Laienspielverein und glauben den Prager und Brünner Sommerfrischlern jedes Wort.

Auch ein Turnverein entsteht, gegen dessen Kopfstände, Liegestütze und Bauchwellen die Alten nichts einzuwenden hätten, wenn sich nicht in ihm auch Frauen betätigen würden, in Pluderhosen – man stelle sich das vor! Wahrhaftig, die guten Sitten schwimmen die Adler hinunter.

Alles wandelt sich immer schneller. Die Alten müssen seufzen: In ihrer frühesten Jugend, als ein gewisser Napoleon die Welt unsicher machte, hatte man sich noch auf die Erfahrungen der Großeltern verlassen können. Jetzt, wo alles so schnell geht, kommen sie mit dem Wandel nicht mehr mit.

Die Jungen aber sind stolz: Eichstädtl modernisiert sich, man kann es herzeigen. Nur die Abwässer, die noch aus manchen Ställen und Aborten in die Gräben rinnen und hier und dort Pfützen bilden, stinken etwas zu aufdringlich. Das findet auch Doktor Heilbronn. Andererseits putzen sich schon mehrere Eichstädtler ihre Zähne mit einer kleinen Bürste, Zahnbürste genannt. Und der pensionierte Oberlehrer Peregrin Pietsch, Julians Schwiegervater, hat sich doch tatsächlich ein künstliches Gebiß anpassen lassen und sei, sagt er, sehr zufrieden damit!

Karl läßt das alles kalt. Er stolpert durch die stinkenden Pfützen und läßt seine Zähne ungeputzt. Er starrt auf das, was ihm die sonnenbeschienene Seite schamlos herzeigt. Aschgrau. Staubbraun.

Während Eichstädtl atemberaubende Wandlungen erfährt, passiert aber auch im Rest der Welt allerlei Erwähnenswertes: Der Krakatau bricht aus, die Brocken fliegen meilenweit, vierzigtausend Menschen kommen um. Nun ja, es sind nur Javanesen, aber immerhin. Karl Marx stirbt in London, aber den kennt eh niemand im Staadtla. Die Großmächte machen sich wie die Aasgeier über Afrika her. Zeitweilig hört man am Stammtisch im Gasthof Kindler kein Wort so oft wie dieses: KOLONIEN. Der merkwürdige Tod Ludwigs des Zweiten beschäftigt die Gemüter vor allem der Eichstädtlerinnen, bis er verdrängt wird von neuen beunruhigenden Gerüchten aus dem oberen Adlergebirge: Dort machen scheintot begrabene Bräute wieder einmal von sich reden. Gegen sie kommt sogar die erste Fahrt der Canadian Pacific Railway nicht an.

Julian winkt nur ab, als er von den Klopfgeräuschen in den Särgen erfährt. Lächerlich. Im übrigen gibt es jetzt Wichtigeres für ihn: Seine über alles geliebte Ottilie ist wieder schwanger. Er liest ihr alle Wünsche von den Augen ab, ist in sie vernarrt wie am ersten Tag. Die kleine Laura ist ihr Abbild, ein dunkelhaariges Püppchen in appetitlichen Rüschen aus Musselin und Batist. Auch Karl darf es manchmal halten. Nein, er läßt es nicht fallen, er spürt es. Laura ist ja so warm und bewegt sich. Aber sie ist ihm so fern.

Während des Krieges zwischen Serbien und Bulgarien wird Ottilie von einem Sohn entbunden, den Julian seinem Vater zu Ehren WILHELM nennt. Im Freudentaumel fährt der junge Lehrer nach Mährisch-Schönberg, nimmt mit, was er neu erspart hat, und kauft ein Klavier für Ottilie. Man verspricht ihm, es bei der nächsten sich bietenden Gelegenheit mit einem Güterfuhrwerk, wohlverpackt, nach Eichstädtl zu befördern.

Zufrieden fährt er heim. Für seine Frau erscheint ihm gerade das Beste gut genug. Sie, die sich ein Jahr lang in einem Wiener Mädchenpensionat aufgehalten und dort Klavierstunden bekommen hat, soll Klavier spielen können, so oft sie dazu Lust hat! Die Frage ist nur: Wo soll diese gewichtige Kostbarkeit aufgestellt werden? Über die schmale Stiege läßt sie sich unmöglich in die Dachkammer transportieren. Und unten in der großen Stube könnte Ottilie nicht ungestört spielen, da würden die Topfdeckel klappern, würden die Türen schlagen, da würde Anna dauernd kichern.

Julian weiß sich zu helfen: Im kleinen Nachbarhaus, dessen Dach bis fast auf den Boden reicht, wohnt nur eine alte Frau. Sie macht nicht viel Lärm, die alte Marie. Ihr mietet er eine leere Kammer ab, die sich von Maries Wohnstube aus beheizen läßt.

Aber Ottilie, die Elfe, kommt gar nicht mehr in den Genuß dieses überwältigenden Geschenks, denn sie stirbt ein paar Tage nach Wilhelms Geburt – auch am Kindbettfieber. Julian ist untröstlich, will es nicht glauben, will es nicht hinnehmen, was da geschehen ist. Eine monströse Sinnlosigkeit! Er trommelt mit den Fäusten gegen die Wände, tritt gegen die Möbel, schleudert drei Sammeltassen auf den Boden, daß die Scherben klirren, und stürmt dann durch die Wälder rund ums Staadtla, bis er todmüde bei seinem Schwiegervater anklopft, dem alten Oberlehrer, der gerade mit in Tränen schwimmenden Augen sein Sonntagshemd für das Begräbnis bügelt. Auf dessen Kanapee wirft sich Julian und weint.

Der Alte ist nun auch schon ein gutes Jahr verwitwet, er weiß, was Julian durchmacht. Hilflos tut er das, was seine Frau immer gemacht hat, wenn eines seiner Schulkinder so weinen mußte, daß die Tränen nicht versiegen wollten: Er geht zum Herd und bereitet seinem Schwiegersohn eine heiße Milch mit Honig zu. Die tut gut, die wärmt von innen. Er selbst trinkt mit, denn auch er braucht Trost, er ist ja der Vater der Toten, die sein Augapfel war. Und so weinen die beiden Männer, aneinandergelehnt, in ihre dampfende Milch.

»Für mich«, schluchzt Julian, »steht fest: Da oben ist keiner, der liebt oder straft. Da oben ist nichts als eine ungeheure Gleichgültigkeit.«

»Den Verdacht habe ich auch«, schnauft Peregrin Pietsch.

»Wir sind ein Nichts in dieser Welt«, schreit Julian. »Allen Zufällen hilflos preisgegeben!«

Er verschluckt sich an der heißen Milch und hustet sie seinem Schwiegervater ins Gesicht, der ihm besorgt auf den Rücken klopft. Dann sinkt er zurück auf das Kanapee und schläft den Rest des Tages.

Das ganze Staadtla nimmt Anteil, trauert mit, zieht hinter dem Sarg her auf den Friedhof am Hang. Wilhelm und Theo sind heimgekommen und führen den Bruder, der vor Tränen nichts sieht. Er stürzt fast mit ins Grab, als sich der Sarg hinuntersenkt und er noch einmal die Arme nach ihm ausstreckt.

Anna trägt Laura auf dem Arm. Laura, knapp zwei Jahre alt, kräht vergnügt während der Grabrede des Pfarrers. Ein böses Omen. Sie wird in ihrem Leben nicht glücklich sein.

Auch Karl ist mit auf dem Begräbnis. Tante Thekla hat ihn in einen schwarzen Anzug gesteckt und führt ihn nun an der Hand mit. Niemand spricht mit ihm, er ist Nebensache, und das ist gut so. Er fröstelt. Auch Tante Theklas Hand ist kalt.

Tante Thekla geht mit gesenktem Kopf. Sie grübelt. Die Hebamme, die Ottilie entbunden hat, ist tüchtig, hat einen guten Ruf. Trotzdem ist es passiert. Vielleicht wäre es nicht geschehen, wenn sie, Thekla, die Hebamme gewesen wäre, nach einem Kurs in Prag. Vielleicht hat sie sich damals falsch entschieden, und Ottilie ist nun das Opfer? Vielleicht … vielleicht …

Einen Tag nach dem Begräbnis kommt das Klavier an. Vater Wilhelm und der Fuhrmann hindern Julian daran, es mit dem Beil zu zertrümmern. Sie wuchten es zusammen mit dem Postmeister, den sie herüberbitten, in Vater Wilhelms Kanzlei. Dort ist es, unter Stößen von Akten, erst einmal sicher vor Julian.

Tante Thekla übernimmt Laura, Lina den kleinen Willi. Inzwischen ist Lina selbst schon Mutter von drei Töchtern, deren jüngste sie noch stillt. Da teilt sie, was noch fließt, gerecht unter beiden Säuglingen auf, und so bleibt Willi am Leben. Lina vergißt manchmal, daß dieses dunkelhaarige Würmchen nicht ihr eigener Sohn ist, den sich ihr Mann, der Postmeister, so sehr wünscht.

Vier kleine Kinder, das ist zuviel für seine Frau, findet der Postmeister und gibt diese Erkenntnis seinem Schwager, dem Lehrer Julian, auch vorsichtig zu verstehen. Der nickt. Er weiß, daß das kein Zustand ist, der lange so bleiben könnte. Die Geschwister gehören zusammen und brauchen eine neue Mutter, und der junge Witwer braucht eine neue Hausfrau. Aber er zögert und wehrt sich gegen die Ratschläge der Verwandten, die auf ihn einreden. In seiner Erinnerung ist Ottilie noch überlebensgroß!

Er kann dem Druck der Wohlmeinenden und Ratgebenden auf die Dauer nicht standhalten. Und so heiratet er ein Mädchen, das seine Kinder sicher liebevoll versorgen und seiner ersten Frau nie den Rang streitig machen wird: die unscheinbare, kleine, verlegen lächelnde Pauline mit dem farblosen Haar, vierte Tochter des Bauern Katzer in Zöllnei.

Einen Tag nach der Hochzeit, die, kaum ein Jahr nach Ottilies Tod, in aller Stille stattfindet, zieht die vierköpfige Familie ins Schulhaus, denn dort ist die Wohnung freigeworden, in der bisher der Nachfolger des alten Oberlehrers gewohnt hat. Diese Wohnung ist Julian aus seiner Schulzeit vertraut. Wie oft hat er hier neben dem Schreibtisch seines Oberlehrers die Imkerzeitung studiert und hat mit der Oberlehrerfamilie am Kaffeetisch gesessen. Manchmal hat er dort in der Ecke an einem zierlichen Tischchen mit dem Kind Ottilie Schwarzer Peter oder Mühle gespielt, um die Zeit zu überbrücken, bis ein Gewitter vorbeigezogen war und die Bienen wieder ausflogen. Hier riechen die Wände nach Ottilie, erinnern die Türklinken an Ottilie, rauscht die Stille nach Ottilie.

Pauline, die Julian noch nicht einmal bis zu den Schultern reicht, ist Laura und Willi eine gute Mutter. Und bald wird sie selber schwanger. Aber Julian gegenüber bleibt sie bis zu seinem Tod still und verhuscht – nicht seine Partnerin, sondern sein Schatten. Köchin, Bettgenossin, Aufzieherin kleiner Rotwengels, Erzeugerin einer kleinen Geborgenheit, eine Magd, die ihren Herrn und Gebieter noch nicht einmal zu fragen wagt: »Wie hältst du's mit der Religion?« Sie wird nie eine eigene Meinung haben, wird sich arrangieren zwischen dem, was ihr Mann sagt, und dem, was die Leute meinen, und wird zu allem, was der allwissende und großmächtige Julian beschließt, nur nicken, wie der tönerne Negerknabe der Heidenmission in der Kirche, wenn man ein paar Kreuzer spendet.

Ja, Pauline weiß sehr gut, daß sie nicht mehr als eine Lückenfüllerin und Aushilfe ist – zweite Garnitur, die der ersten auch nicht annähernd das Wasser reichen kann. Damit muß sie leben. So wie Julian damit leben muß, daß die Eichstädtler Schule wegen starker Zunahme der Schülerzahl dreiklassig wird und das Schulhaus aus allen Nähten zu platzen droht.

Und die Erde dreht sich und dreht sich, und ein gewisser Daimler macht sich wichtig mit einer Kutsche, die ohne Pferde fahren kann, vorn hinaus quäkt und hinten hinaus furzt. Der österreichische Thronfolger, Erzherzog Rudolf, stirbt auf geheimnisvolle Weise in Mayerling, und Pauline Rotwengel bringt ihr erstes Kind zur Welt, einen Sohn, den Julian Friedrich nennt, aus Hochachtung vor dem alten Fritz, der zwar nicht König Österreichs, aber trotzdem einer der Großen war, indem er Unmögliches anvisierte, um Mögliches zu erreichen, und vor dem deutschen Kaiser Friedrich dem Dritten, der, schon mit zerfressenem Kehlkopf, nur neunundneunzig Tage regierte und dann mit Würde starb.

Pauline leistet sich eine für sie einzigartige Kühnheit: Sie nennt den kleinen Blonden zärtlich »Fritz«. Und Julian, der zur Taufe Uhrkette, Frack und Zylinder trägt, duldet diese Insubordination gnädig.

Sein Bart ist jetzt schon ein bißchen voller, über seinen Schläfen läßt sich bereits der Ansatz von Geheimratsecken erkennen. Er, der wegen zu schmächtiger Statur und eines Herzfehlers ausgemustert worden war, ist jetzt Feuerwehrhauptmann und zeigt sich zu festlichen Anlässen auch gern in der Feuerwehr-Paradeuniform. Er wird ein bißchen bürgerlicher, der Julian, putzt seine Uhrkette selbst und trägt einen steifen Kragen, weil er inzwischen Erster Lehrer an der Schule, also eine respektable Amtsperson ist. Aber er bleibt beweglich und läßt sich seine Meinung zu den Dingen nicht von anderen vorkauen. Und zu seinem Bruder Karl unterhält er auch weiterhin eine fast zärtliche und nachsichtige Bindung. Jedesmal, wenn er ins Elternhaus kommt, um seine Bienen zu versorgen, setzt er sich eine Weile neben Karl, nimmt seine Hand und hält sie fest. Und wann immer Julian Honig schleudert, schiebt er Karl einen großen Löffel Honig in den Mund. Und Karl schmatzt und nickt und schaut durch ihn hindurch.

Die Bienen läßt Julian weiterhin unter der Pawlatsche seines Elternhauses. Im Schulgarten würden sie nur die Schüler beunruhigen. Und unter der Pawlatsche fällt die Sonne voll auf die Bienenstöcke und wärmt die kleinen, emsigen Lebewesen, denen Julian immer mehr hinter ihre Geheimnisse kommt. Sie haben so viel mit den Menschen gemein, und wenn man einen Bienenkopf eine Weile betrachtet, entdeckt man an ihm fast menschliche Züge! Aber darüber kann er mit Pauline nicht sprechen. Sie würde nur nicken. Die kleine Laura dagegen, die hört ihm zu und fragt und antwortet und schaut den Bienen furchtlos in ihre Gesichter. Sie findet, daß ihr Vater recht hat, und sie ist schon imstande, im Schwarm die Königin zu entdecken. Bald geht er zu seinen Bienen nicht mehr ohne sie. Willi dagegen macht sich nichts aus Bienen. Und so haben Julian und Laura ihr eigenes kleines Reich, in das nur noch ein einziger anderer Mensch Zutritt erhält: der alte Oberlehrer, Lauras Großvater.

Vater Wilhelm, der andere Großvater, ist noch immer Gemeindekanzlist und wird es auch noch ein paar Jährchen bleiben. Noch immer führt er die Dorfchroniken, noch immer führt er Buch über die Einnahmen und Ausgaben der Gemeinden, noch immer setzt er den Willen der Eichstädtler um in Briefe an die Obrigkeit, empfängt Briefe von der Obrigkeit und übersetzt den Bürgermeistern deren Sinn. Bei den Verhandlungen vor dem Ortsgericht und bei den Pferdeassentierungen führt er noch immer Protokoll. Das bedrohliche Jahr mit den drei Ach's ist ohne größere Malheure vorübergegangen, und der Lindenprozeß ist noch immer nicht entschieden.

Wilhelm Rotwengel der Älteste ist, seitdem die kleine, stille Pauline wieder von einem Sohn entbunden wurde, Großvater von elf Enkelkindern. Denn Lina und der Postmeister haben inzwischen vier Töchter. Sohn Wilhelm, Justizbeamter in Freudenthal, meldet stolz die Geburt eines Sohnes. Und Theo, inzwischen stolzer Gastwirt in Groß-Auerschim, einem Dorf im oberen Adlergebirge, ist auch schon verheiratet und Vater zweier Töchter.

Grund genug zu Stolz und Freude für den alten Wilhelm.

Und doch, und doch – da ist Karl, der Schatten: vom Wuchs her ist er Wilhelms größter, stattlichster Sohn, von seinen Anlagen her ist er auch der begabteste. Aber jetzt tropft ihm die Suppe vom Kinn, wenn er ißt, und die Kinder kichern hinter ihm her, wenn er durch das Staadtla trottet. Ein Trottel eben.

Und was ist mit Anna, der Fröhlichen, die das Leben sozusagen im Kopfsprung nahm?

Sie blüht nicht mehr, sondern welkt. Irgendwo hat sie sich die Schwindsucht geholt, und nun sitzt sie daheim auf dem Kanapee und hustet und schaut die jungen Männer, die sie immer seltener besuchen und jedesmal verlegener werden, fiebrig und dankbar an. Ach, sie hat doch noch so viel vor! Jeden zweiten Satz läßt sie beginnen mit: »Wenn ich wieder gesund bin ...«

Viele bewundern sie. Wie tapfer sie die Krankheit trägt, die doch einem Todesurteil gleichkommt! Niemand weiß, daß sie ihre Verzweiflung an Karl ausläßt, der sich nicht wehren kann. Der kaum von ihr Notiz nimmt. Sie beschimpft ihn, nennt ihn einen Idioten, einen, der ins Irrenhaus nach Sternberg gehört, einen Versager, einen Schandfleck der Familie, den man wegwischen sollte, ein abstoßendes Insekt, das zertreten gehört, eine Ratte für die Gosse. Sie ohrfeigt ihn und zwickt ihn – aber nur, wenn sie mit ihm allein ist.

Sie selbst ist ja jetzt eine Last für die Familie, ein Schatten, den man nur ungern sehen läßt. Das spürt sie sehr wohl. Was für ein Trost für sie, daß Karl noch ein paar Stufen unter ihr ist. Ein Irrer ist weniger wert als ein Kranker, nicht wahr? Auf ihm herumzutreten richtet sie auf, lockert sie, bereitet ihr Vergnügen. Und Karl merkt es nicht einmal, wenn man ihn schlecht behandelt.

Dann ist es doch keine Sünde – oder?

Aber Tante Thekla spürt, daß da etwas geschieht, was nicht Rechtens ist. Sie weiß ja, wie Anna im Verborgenen piesacken kann, sie kennt ihre Grausamkeit. Noch immer läßt sie sich klaglos mit dem Kreuzotterspiel plagen, obwohl sie sich jetzt wirksam wehren könnte: mit einem hämischen Hinweis auf Annas Krankheit. Nur: so gemein zu sein, bringt sie nicht fertig.

Karl ist wehrlos. Ihn muß sie vor Anna schützen. So nimmt sie ihn jetzt immer mit, wenn sie zu den Feldrainen und an die Waldränder geht, um sich an die Schlangen zu gewöhnen. Manchmal sah sie schon eine fortkriechen, hinein in den Farn, in die Steine, so schnell, daß sie nicht erkennen konnte, ob es eine Kreuzotter oder eine harmlose Blindschleiche war. Aber nun, wenn Karl mitgeht, läßt sich keine mehr sehen. Karls schwere Schritte lassen die Erde beben, und alles Getier auf Rainen und Waldrändern ist längst gewarnt, bevor Tante und Neffe auftauchen.

Tante Thekla traut sich nun schon, eine Kanne für Heidelbeeren oder Himbeeren mitzunehmen. Einmal bringt sie stolz die ganze Schürze voll mit Steinpilzen heim. Aber die hat sie in flachem Moos gefunden, fern von Farn und Steinen. Und als Anna das nächste Mal »Eine Kreuzotter, eine Kreuzotter!« kreischt, fährt Tante Thekla doch wieder zusammen. Aber sie schreit nicht mehr.

Je mehr sie ihre Kreuzottern in den Griff kriegt, umso mehr macht sich bei Großvater Wilhelm der Lombarde wieder breit. Er beläßt es nicht mehr bei Geräuschen und nächtlichen Alpträumen, sondern wird auch am hellichten Tag unverschämt: Träge räkelt er sich auf dem Kanzleistuhl, wenn Wilhelm in Lonsdorf, Wielsdorf oder Ottersdorf seine Schreibstube betritt, und grinst ihm mit hängender Locke entgegen. Oder er schlurft hinter Wilhelm her, wenn der über den Galgenberg nach Wielsdorf oder über die Kressenwiesen nach Dichtenau wandert. Wilhelm kann deutlich hören, wie der Lombarde hinter ihm sein Gedärm durch das Gras nachschleift.

Eines Nachts wacht er von einem seltsamen Lärm auf, einem eindeutigen Gestöhn aus der Dachkammer, in der jetzt Anna schläft, seit die Jungen nicht mehr daheim sind. Nur merkwürdig, daß nicht auch Thekla davon aus dem Schlaf schreckt!

Wilhelm steigt aus dem Bett, tappt im Nachthemd die Bodenstiege hinauf. Welcher Bursche hat es gewagt, heimlich in sein Haus einzudringen? Hat ihm Anna etwa selbst die Tür geöffnet? Hinauswerfen wird er ihn, einen Skandal wird er daraus machen!

Aber je näher er sich an die Kammertür tastet, je deutlicher er die Geräusche hören kann, umso mehr verraucht sein Zorn. Sollte er nicht Verständnis dafür haben, daß diese junge Frau, bevor sie sterben muß, noch die Höhepunkte des irdischen Lebens kennenlernen möchte? Daß sie genießen will, was es zu genießen gibt?

Nun gut, sie soll ihren Spaß haben. Aber wissen will er doch, wer's ist. Leise öffnet er die Tür ihrer Kammer – und prallt zurück: Heilige Dreifaltigkeit, sie treibt's mit dem Lombarden! Und während sie die Augen verdreht und wie eine Lerche trillert, schaut der Lombarde über sie hinweg auf ihn, Wilhelm, ohne daß seine Lider auch nur zucken!

Am nächsten Morgen fragt er Anna, wie sie geschlafen habe. Mit dunklen Ringen unter den Augen schaut sie ihn verwundert an. »Wie immer«, antwortet sie achselzuckend. »Ein bißchen Fieber, ein bißchen Blut auf dem Kopfkissen. Nichts Neues.«

Da packt ihn große Verzweiflung. Er ruft Thekla zu sich in seine Kanzlei und berichtet ihr weinend von seinem Lombarden.

»Wußte Theresia von ihm?« fragt sie. Wilhelm nickt. Da begreift sie, warum es Theresia so sehr darum ging, daß Wilhelm nachts nicht allein blieb.

Nun, da Tante Thekla von ihm weiß, hält sich der Lombarde zurück. Und Wilhelm weiß jetzt auch von Theklas Kreuzottern. Manchmal, an Sonntagnachmittagen, geht er seitdem mit Thekla im Mühlbergwald spazieren, und Tante Thekla hat dabei nicht ein bißchen Angst.

Nur von Annas Kreuzotternspiel erzählt sie ihm noch immer nichts.

Julian hat seinen dritten Sohn Konrad genannt. Und als Pauline ihn Radi ruft, seufzt er und erträgt es. Radi ist ein dunkelhaariger, zierlicher Säugling, ganz anders als der robuste Strampler Fritz. Einer, der mehr auf sie herauskommt. Sie möchte ihn am liebsten immer herumtragen und herzen. Aber dagegen hat Julian Vorbehalte. Seine Kinder sollen nicht verzärtelt werden!

Und Deutschland tauscht Helgoland gegen Sansibar ein, und Tante Thekla springt über ihren Schatten, indem sie mit Anna auf den Muttergottesberg wallfahrtet. Sie nimmt all ihren Glauben zusammen und beschwört die Jungfrau Maria, dieses Menschenkind doch zu retten. Was koste es sie denn, das zu tun? Nichts als eine kleine Fürsprache bei ihrem Sohn, der ihr doch keine Bitte abschlagen könne. Und sie haspelt eine Reihe von Rosenkränzen herunter, während Anna, bleich und welk, die Allee hinaufkeucht und Blut ins Sacktuch spuckt.

»Laß doch, Tante Thekla«, murmelt sie, »das hat keinen Zweck mehr. Und ich hab mich ja auch schon ergeben.«

»Bist du nicht gescheit?« ruft Tante Thekla. »Ergeben? Aufgeben? Solange du noch nicht tot bist? Nix da. Schämst du dich nicht, es dem Tod so leicht zu machen? Dich ihm sozusagen in die Arme zu werfen? Tritt ihm auf die Zehen, schlag ihm in die Visage! Und wenn du den Luftzug seiner Sense spürst, dann duck dich!«

»Meinst du wirklich, es ist noch nicht zu spät?« fragt Anna ungläubig.

»Und wenn auch schon der Sarg bestellt wär'«, keucht Tante Thekla vor der dreizehnten Kreuzwegstation, »tät' ich doch noch nicht alles verloren geben!«

11. Kapitel

In dem Karl eine Einweihungsfeierlichkeit stört, Julian Hamburger Choleratoten begegnet und zwei Frauen den Furz des Leibhaftigen riechen

So kommt's, daß Anna nach der Wallfahrt wieder Appetit zeigt und Farbe in den Wangen hat. Daß sie hinaus auf den Ringplatz geht, mit ihren Freundinnen kichert, ja sogar beim Fest des Radfahrvereins schon wieder ein paar langsame Walzer tanzt. Und Tante Thekla setzt durch, daß Wilhelm auf dem Muttergottesberg eine Votivtafel als Dank für die wundersame Heilung der Tochter anbringen läßt. Als er dies voreilig nennt, fährt sie ihm über den Mund: Der Mutter Jesu persönlich werde der Tod die Anna Rotwengel, die da schon schwarz auf weiß als wundersam Gerettete zu lesen steht, nicht wegzuschnappen wagen!

»Der Tod!« schnaubt Großvater Wilhelm ungehalten. »Dem ist alles Wurst, auch die Jungfrau Maria. Der kennt weder Freund noch Feind.«

Aber natürlich freut er sich auch darüber, daß es mit Anna wieder bergauf geht, gleichgültig, wer oder was dieses Wunder bewirkt hat. Im übrigen meint er, *eine* Strafe für die Tötung des Lombarden sei genug, und die sei Karl. Die sei mehr als hart ausgefallen. Da bedürfe es nicht noch einer zweiten, zumal ihn der Tod des Lombarden schon tausendmal gereut habe. Und gebeichtet habe er auch, für alle Fälle. Obwohl der Beichtvater damals gemeint hatte, dies sei keine Sünde gewesen, denn er habe ja nicht aus eigenem Antrieb, sondern in einem gerechten Krieg auf Geheiß des Vaterlandes und mit dem Segen der Kirche die Feinde zu töten getrachtet. Mit Mord habe das nichts zu tun.

Seit der Wallfahrt spielt Anna das Kreuzotternspiel

nicht mehr, züngelt nicht einmal mehr mit den Fingern. Oft kommt sie zu Tante Thekla in die Küche und bietet sich an, ihr zu helfen.

Aber allmählich zeigt sich, daß sie doch nicht richtig gesund wird. Zwischen Kranksein und Gesundsein hangelt sie sich so dahin, mal hofft sie, mal bangt sie, mal fiebert sie, mal nicht, mal hustet sie Blut, mal nicht, mal sehnt sie sich nach einem Faschingsball, mal schafft sie's nicht einmal, sich vom Kanapee zu erheben. Es gibt Tage, da zieht sie Karl am Haar und beutelt seinen Kopf, daß ihr Büschel in der Hand bleiben. An anderen Tagen weint sie in seine großen, pfotenhaften Hände und bittet ihn, ihr im Namen aller Heiligen zu verzeihen. Aber er schaut nur durch sie hindurch, egal, was sie sagt oder tut. Und gerade dies ist es, was in ihr solchen Haß erzeugt: daß er sie nicht beachtet.

Sie ist jetzt schon fünfundzwanzig Jahre alt, bald über das Heiratsalter hinaus. Keiner ihrer ehemaligen Verehrer läßt sich mehr blicken. Und die Frauen ihres Alters schauen auch nur mal kurz herein, wenn überhaupt. Fast alle sind inzwischen verheiratet und mit ihren eigenen Familien beschäftigt. Außerdem: Man könnte sich ja anstecken.

Immer öfter, wenn der Vater unterwegs ist und Tante Thekla Erdäpfel schält, im Garten jätet oder Wäsche wäscht, kommt Anna zu ihr und wartet darauf, daß sie ihr Mut macht. Tante Thekla ist ja so stark, so unverwüstlich! Sie hält den Haushalt in Ordnung, hilft dem Vater in der Kanzlei, wärmt Karl, vertreibt Gespenster – und geht oft in die Beeren und Pilze.

Kreuzottern? Die machen ihr keine Angst mehr. Das war einmal.

Abends, sobald es finster wird, ist sie immer pünktlich daheim. Dann stellt sich auch bald ihr Wilhelm ein, und Karl sitzt auf der Ofenbank und wärmt sich, während Anna auf dem Kanapee liegt, liest, Kreuzstichdeckchen stickt oder Birnenschnitze schneidet und auffädelt. Ein trautes Familienbild, sofern man nicht weiß, daß Karl etwas sieht, das ihn frösteln läßt, Anna Blut hustet und Wilhelm sich ab und zu verstohlen umschaut, ob nicht in irgendeiner Ecke der Lombarde seine Zähne bleckt.

Alles wandelt sich immer schneller. Der Schulneubau, jahrzehntelang vergeblich beantragt, wird plötzlich genehmigt. In aller Eile muß der Unterrichtsbetrieb in ein Gasthaus verlegt werden. Den Rotwengels wird eine Übergangswohnung bereitgestellt. Das breite alte Holzhaus, das über einhundertzwanzig Jahre als Schule gedient hat, wird ausgeräumt, abgeräumt, weggerissen, ein steinernes, atemberaubend modernes Gebäude wächst aus den Fundamenten empor, dreiklassig mit Lehrerwohnung und Lehrmittelräumen. Das Treppenhaus ist so breit, daß es Echos wirft. Alle drei Klassenräume sind nach modernsten gesundheitlichen Richtlinien gestaltet, haben also so große Fenster, daß man vor Licht blinzeln muß und meinen könnte, man befinde sich im Freien. Und das Podium ist ein ganzes Stück niedriger als in der alten Schule.

Nach zwei knappen Baujahren ist das Prachtstück fertig, der Gasthof wird geräumt, fähnchenschwenkend ziehen die Schüler in die neue Schule ein, Ehrenjungfrauen überreichen dem Schulrat und dem Architekten Sträuße, Reden werden vor dem Portal gehalten, eine Girlande fällt dem Schulrat auf den Zylinder, Schüler kichern und werden empört zurechtgewiesen. Julian Rotwengel dirigiert den Schulchor, um dessen Erscheinungsbild es noch im letzten Augenblick ein Gerangel gab: Der zweite Lehrer hatte alle barfüßigen Schüler und Kinder mit Flicklappen auf Rock oder Hose ins zweite und dritte Glied geschoben, die herausgeputzten Sänger aber nach vorn geholt. Julian schiebt alle Kinder wieder zurück auf ihren alten Platz. Er denkt nicht daran, die Armut zu verstecken! Und dann läßt er den Chor ein zweistimmiges Lied singen, das er selbst zur Feier des Tages gedichtet und komponiert hat:

»Tief em Toole zwescha Barcha
leit mei liewe, schiene Heemt.
Griene Wiesa, griene Felder,
vu grien Pescha eigesämt ...«

Bis dahin singen die Mädchen mit schüchternen Stimmen allein. Aber nun setzen die Jungen kräftig ein, wenn auch vielfach einen Viertel- oder Halbton daneben, und geben dem Refrain die nötige Wirkung:

»Dich, mei Staadtla, liew ich ennich,
weil mei Harze schleet noch worm,
on ich war dich nee vagassa,
dich, mei Staadtla, klän on orm!«

Der Grulicher Architekt nickt gerührt, aber der Schulrat, der aus Südböhmen stammt, hat so gut wie kein Wort verstanden. Er winkt Julian herbei, läßt sich den Text übersetzen und erfährt, daß es sich um die liebe, schöne Heimat der Eichstädtler handelt, tief im Tal zwischen Bergen, eingesäumt von grünen Büschen und Feldern. Und da das Lied sechs Strophen hat – die er alle in untadeliger Haltung anhören mußte, obwohl ihm gerade ein Floh unterm Hemd über den Bauch gekrochen war und zweimal zugestochen hatte –, klebt ihm jetzt der Text des Refrains wie Bärendreck im Gedächtnis:

»Dich, mein Städtchen, lieb ich innig,
weil mein Herze schlägt noch warm,
und ich werd' dich nicht vergessen,
dich, mein Städtchen, klein und arm ...«

Wie könnte Julian ahnen, daß dieses Lied noch hundert Jahre später gesungen werden wird? Aber nicht im Staadtla, sondern zum Beispiel dort, wo sein Vater Wilhelm seine Charge verlor, also im Hessischen. An vielen Orten Deutschlands. Und die Sänger werden nicht etwa Hessen oder Pfälzer oder Westfalen sein, sondern Eichstädtler. Wie sollte sich Julian etwas so Merkwürdiges erklären? Etwa damit, daß er sich vorstellt, ein Eichstädtler Chor werde auf Deutschland-Tournee gehen?

Hinter dem Chor steht Karl. Großvater Wilhelm hat ihn mitgebracht, weil er der Meinung ist, daß an einem solchen Höhepunkt der Ortsentwicklung auch die Armen im Geiste teilnehmen sollten. Vielleicht dringt doch wenigstens ein Abglanz des Festes in ihr Hirn – und wenn nicht dorthin, dann doch wenigstens in ihr Gemüt.

Seinen Sohn erreicht nur die Musik. Sie regt ihn an, sie erhebt ihn. Und während er laut in die Stille hinein zu schmettern beginnt: ›Wer will mit nach Italien ziehn?‹, sieht er die Kugel in der Ferne, größer als je zuvor, unablässig um sich selbst kreisen.

Tante Thekla, die als Frau des Gemeindekanzlisten auch zu den Ehrengästen gehört, führt Karl fort und bringt ihn heim. Ach ja, es ist ein Kreuz mit ihm. Sie hat ihn zur Feier des Tages herausgeputzt, hat ihm einen Scheitel gezogen, sein Haar mit Pomade gekämmt, hat ihm die Haarbüschel aus den Nasenlöchern und die Nägel geschnitten, hat ihm ein weißes Hemd angezogen und eine Krawatte umgebunden – und jetzt *das*!

Aber dann denkt sie zurück an das, was ihr einmal der alte Jaikl erklärt hat: daß jeder die Welt anders sieht. Die Fledermaus anders als der Wurm, und Karl anders als die Eichstädtler. Da streicht sie ihm über den Kopf, erlöst ihn von der Krawatte, zieht ihm sein altes Hemd an und schiebt ihm einen Löffel Honig in den Mund. Und er verzieht sein Gesicht zu einem breiten Lächeln.

Eine knappe Woche später zieht Julian mit seiner Familie ins neue Schulhaus um. Die Wohnung ist nicht größer als im alten Schulhaus, also recht eng. Und Pauline ist schon wieder schwanger! Wenn die Kinder älter werden, wird er sich nach einer geräumigeren Wohnung umsehen müssen.

Ihm graust auf einmal vor dem Alltagseinerlei. Wieder

packt ihn wildes Fernweh. Ungeduldig erwartet er die nächsten Ferien, leiht sich Geld vom Schwager und fährt von der neuen Haltestelle, die Eichstädtl nun besitzt, über Prag und Dresden nach Hamburg. Seine Kinder weiß er bei Pauline in guter Hut, und um Pauline wird sich Tante Thekla kümmern. Ja doch, er weiß ja, daß Laura neue Stiefelchen und die Jungen neue Hosen brauchen. Aber jetzt muß er erst einmal fort, sonst zerreißt sie ihn, die Sehnsucht nach der weiten Welt!

Er fährt mitten in die Hamburger Cholera hinein. Bekommt er sie deshalb nicht, weil er nichts von ihr weiß, sie also nicht fürchtet? Erst als er am menschenleeren Hafen steht und sich vergeblich nach den Scharen von Auswanderern umschaut, merkt er, daß hier irgend etwas nicht stimmen kann.

Und dann begegnet er auch schon den ersten Totenwagen, umgebauten Möbelwagen, denen widerlich-süßer Aasgeruch entströmt. Und auf vielen Türen kleben Warnzettel.

Julian macht, daß er fortkommt, fährt weiter nach Dänemark, findet dort ein Schiff, das eine Kreuzfahrt an der dänischen und norwegischen Küste entlang – bis hinauf nach Narvik – im Programm hat. Es ist ein moderner, leuchtendweißer Luxusdampfer, der wegen der Choleraepidemie längst nicht ausgebucht ist. Julian kauft eine Passage der billigsten Klasse, wird in eine leere Vier-Mann-Kabine geschoben, und schon am nächsten Tag läuft das Schiff aus.

Drei Wochen lang kreuzt die »Victoria« vor der norwegischen Küste, drei Wochen berauscht sich Julian an den herrlichsten Gebirgskulissen, Fjordlandschaften, Wasserfällen, durchstreift saubere Städtchen, schlendert über Fischmärkte, erlebt einmalige Sonnenuntergänge über dem Meer. Drei Wochen lang ist er aber auch seekrank, wenn er nicht gerade norwegische Erde unter seinen Füßen hat, und kotzt die meisten Mahlzeiten über Bord in norwegische Hoheitsgewässer.

Abgemagert, aber glücklich kehrt er zum Ende der Ferien wieder heim. Im Gepäck hat er ein dickes Album, in Samt gebunden, das alle Innen- und Außenansichten der »Victoria« und alle Häfen, die das Schiff angesteuert hat, sowie den Kapitän des Schiffes und adrette Norwegerinnen in Volkstrachten, Fischer bei der Arbeit und illustre Passagiere in ausgezeichneten Fotografien präsentiert. Ein Eintrag mit Stempel beweist, daß Julian Rotwengel mitfuhr.

Dieses Album war so teuer wie ein Viertel der Reise. Aber es bezeugt sein unerhörtes Abenteuer. Er kann es seinen Kindern, seinem Vater, seinen Eichstädtlern zeigen. Hör es alle Welt: Ein Eichstädtler war in Norwegen! Und dieser Mann war *er!*

Pauline, hochschwanger, schlägt die Hände zusammen, als er durch die Tür kommt. Sieht er nicht wie das Leiden Christi persönlich aus? Bloß noch Haut und Knochen, wo er doch sowieso nichts zuzusetzen hat!

Und dann die Cholera rund um sich! Daß sie in Hamburg wütete, hat sich über die preußische Grenze herübergesprochen. Viertausend Tote! Pauline hat sich große Sorgen gemacht. Aber jetzt ist ja alles gut, Julian ist wieder da, und so kommt sie noch am selben Abend nieder und schenkt einem weiteren Jungen das Leben. Otto soll er heißen, nach Bismarck. Und dabei hat Julian auch noch einen Hintergedanken: Otto läßt sich nicht verniedlichen mit einem Schluß-i. Otto bleibt Otto und läßt sich schmettern. Otto klingt wie Granit.

Eine Tochter und vier Söhne hat Julian jetzt, und er meint, das sei genug. Pauline meint gar nichts, sondern paßt sich dem an, was *er* meint. Und so herrscht im Rotwengelschen Schlafzimmer erst einmal Ruhe, während Nansen mit der »Fram« in die Arktis fährt und die französische Panamagesellschaft zusammenbricht; während der Dreyfusprozeß in Frankreich stattfindet und Alfred Nobel den Nobelpreis stiftet. Und nachdem die Postleute endlich, nach vier Töchtern, einen Sohn begrüßen durften, machen sie auch erst einmal eine Pause. Aber Theo, der Gastwirt in Groß-Auerschim, gibt nach der dritten Tochter ganz auf. Und er entschließt sich, wieder hinunterzuziehen ins Staadtla, sobald sich eine günstige Gelegenheit bietet, einen Kolonialwarenhandel zu übernehmen. Vorher stellt er klar, daß er nicht bereit ist, für Karl mitzusorgen.

Aber noch ist Großvater Wilhelm da, der für Karl sorgt. »Na, Karl?« sagt er oft und tätschelt ihm die Schulter, wenn er an der Ofenbank vorübergeht.

Er hat so viel zu tun, daß er kaum Zeit hat zu merken, wie er alt und älter wird. Abends fällt er todmüde ins Bett. Nur sonntags gönnt er sich etwas Zeit, spielt Flöte, liest in seinem Tagebuch aus dem Jahr einundfünfzig, raucht Pfeife oder geht mit seinen Enkeln spazieren. Wenn sie ihn bedrängen: »Erzähl, Großvater, aus der alten Zeit!«, dann erzählt er, und die Enkel staunen über all das, was der Großvater erlebt hat, und lachen sich schief über das Kerzen- und Kienspan-Licht in der grauen Vorzeit, in der der Großvater Kind gewesen ist. Wo doch jetzt in der Schulwohnung und jedem anderen modernen Haushalt des Staadtlas Petroleumlampen eine Selbstverständlichkeit sind!

Und noch immer kommt pünktlich mit den ersten Schwalben der Kinderwerber Jan Netoušil ins Staadtla und besucht seinen alten Freund Wilhelm, und dann erinnern sie sich in einer großen Tabakwolke an die Schlacht von Novara, und wenn sie zwei Gläschen von Tante Theklas köstlichem Heidelbeerlikör genossen haben, fangen sie an zu singen: ›Wer will mit nach Italien ziehn?‹

Auch Julian vertraut dem Josef seine Kinder an. Schon ist Laura im richtigen Alter für das Tschechenjahr, und Josef hat auch für sie, das zarte Töchterchen, einen sehr empfehlenswerten Platz bei einem Finanzoberinspektor mit ausgezeichnetem Leumund und seiner herzensguten Gattin, wohnhaft beide in Opočno. Deren einziges Töchterchen Jarmila, ein bißchen verzogen, soll auf Wunsch der Eltern einmal für ein Jahr mitten hinein in eine quirlige Geschwisterschar, und so wird man sich einig.

Aber die beiden Alten lauern noch auf eine Gelegenheit, sich über Geheimes auszutauschen. Großvater Wilhelm schickt Anna zu Tante Thekla in den Garten. Karl darf bleiben, denn er hört nicht zu und tratscht nichts weiter. Und dann erzählt Wilhelm dem Josef von den neuesten Impertinenzen des Lombarden, und Josef kann mit den Erscheinungen einer Veronesin aufwarten, die er, nun ja, etwas unsanft dazu gebracht hatte, mit ihm zu schlafen. Während seiner jungen Jahre habe sie ihn ganz in Ruhe gelassen. Aber jetzt, auf seine alten Tage, werde sie immer aufdringlicher. Dabei wisse er nicht einmal ihren Namen! »Eine schöne Frau, Wilhelm, aber du kannst dir nicht vorstellen, wie sie gekratzt und gebissen hat!« Quer über das ganze Gesicht habe er rote Streifen davongetragen, Anlaß zu vielen anzüglichen Witzeleien der Kameraden.

Und jetzt sitze diese Frau aus Verona oft auf seiner Bettkante, schön wie damals, und lächle ihn spöttisch an, ihn, den Greis. Manchmal, wenn er ins Adlergebirge hinaufwandere, schwitze und heftigen Durst verspüre, komme sie ihm plötzlich entgegen und reiche ihm einen Krug. Aber der sei jedesmal leer. Und einmal habe sie ihn aus dem Spiegel angeschaut und die Zunge gebleckt. Ja mehr noch: Sie habe ihre Röcke gehoben, die blutbefleckten –

Erschrocken verstummt er: Anna kommt wieder zur Tür herein, es sei draußen zu kühl und zu feucht für sie. Und so kann Josef nur noch flüstern: »Du weißt ja, Wilhelm, daß ich mich zeitlebens von keiner Frau vor den Traualtar hab zerren lassen. Ich hab nicht geahnt, daß mir in meinem Alter eine Frau so nah auf den Leib rücken wird …«

Wilhelm hat jetzt eine eigene Zeitung abonniert, eine aus Prag. Dank der Bahnlinie und der neuen Haltestelle kommt sie – wenn nicht die Gleise schneeverweht sind – schon am dritten Tag nach Erscheinen in Eichstädtl an. Der Fortschritt macht's möglich. Und so erfährt er mit der nur geringfügigen Verspätung von einer Woche, daß der Hottentottenaufstand niedergeschlagen und Kaiser Franz Josephs Gattin Elisabeth in Genf ermordet wurde.

Und endlich, endlich ist der Lindenprozeß zugunsten der Gemeinde Eichstädtl entschieden worden! Der Graf muß zahlen, muß auch die Prozeßkosten übernehmen. Die Nachricht erzeugt Wirbel in Großvaters Haus, Leute kommen und gehen, es wird gratuliert, triumphiert, diskutiert. Tante Theklas Heidelbeerwein geht aus, während Chvojka in der Sakristei mit Gott hadert.

Karl ist der Ausgang des Lindenprozesses gleichgültig. Die Gespräche umbranden ihn, ohne daß er mit Ohr oder Mund an ihnen teilnimmt. Er ist weit, weit fort.

Seine Zähne beginnen zu faulen, er stinkt aus dem Mund. Tante Thekla führt ihn zum Zahnarzt in Grulich, dort werden ihm zwei Zähne gezogen. Klaglos erträgt er die Schmerzen. Sie erreichen ihn kaum. Tante Thekla leidet mehr als er.

Auch Julian hält seine Hand über ihn. Er rasiert ihn, wenn Feste anstehen, und schenkt ihm zum Namenstag ein Hemd oder eine Hose. Oft schickt er eines seiner ältesten Kinder hinunter ins Elternhaus und läßt ihn holen, wenn es in seiner Familie etwas zu feiern gibt. Geduldig läßt sich der große, breite Mann von Willi oder Fritz oder auch Jarmila führen. Wenn Großvater Wilhelm ihm nachschaut, kommt ihm der Bär mit dem Bärenführer in den Sinn.

Wie sich Jarmila im Staadtla fühlt? Großartig. Sie lernt das Deutsch im Handumdrehen, und von den Rotwengelbuben läßt sie sich nichts gefallen. Den Otto, der noch ein Säugling ist, liebt sie heiß und findet sein winziges Kinkerlitzchen, wie es Pauline nennt, überaus interessant und niedlich.

Laura aber, in Opočno, vergeht vor Heimweh, obwohl ihr der Finanzoberinspektor und seine Frau alles Gute der Welt antun. Sie zählt die Tage, bis sie wieder heim kann zum Vater und den Bienen.

Julian wird zum Oberlehrer ernannt. Er befindet sich auf dem Gipfel seines Lebens, das er, ein nun schon ebenso geachteter Mann wie sein Vater, im Staadtla zu beschließen gedenkt.

Sein größter Stolz sind seine Kinder. Laura, dunkel und zierlich wie ihre Mutter, besitzt seine ganze Liebe. Manchmal, wenn sie ihn mit ihren Vergißmeinnichtaugen ansieht oder sich auf eine bestimmte Art umdreht, meint Julian, seine Ottilie vor sich zu haben. Und doch hat sie auch viel von ihm: seine großen Füße und seinen Gang mit dem eingedrückten Kreuz und den nach außen gerichteten Fußspitzen; seine Sparsamkeit, seinen Hang zur Tüftelei und seine Liebe zu den Bienen.

Als sie aus Opočno zurückkommt, fallen ihm ihre langen, schlanken Finger auf. Da erinnert er sich an das Klavier in der Kanzlei seines Vaters, begraben unter Stapeln von Büchern, Akten und Heften, und holt es in die Schule. Laura bekommt nun Klavierstunden von einer alten Pragerin, die sich – aus was für Gründen auch immer – auf ihre alten Tage in Eichstädtl niedergelassen hat. Das Kind ist geschickt mit den Fingern und musikalisch und kann bald zu festlichen Gelegenheiten mit kleinen gefälligen Stückchen wie Beethovens ›Für Elise‹ oder Schumanns ›Fröhlichem Landmann‹ aufwarten, ganz zu schweigen von ihrem Repertoire an schwungvollen Walzern.

Aber auch die Handarbeitslehrerin kann Laura nicht genug loben: Sie habe ja eine so leichte Hand für die Nadel! Daraufhin schenken ihr alle Verwandten zu jedem Weihnachtsfest, zu jedem Namenstag Stickrahmen, Strickwolle, Häkelnadeln und Nähseide. Und sie näht und stickt, häkelt und strickt sich durchs Leben, emsig und konzentriert, ganz anders geartet als ihre Tante Anna, zeigt die Ergebnisse ihres Gestichels stolz herum und läßt sich loben. Vor allem auf das Lob ihres Vaters legt sie Wert. Seit sie weiß, daß Pauline nicht ihre richtige Mutter ist, verhält sie sich ihr gegenüber reserviert, ohne je aufzubegehren. Aber dazu gibt ihr Pauline auch keinen Anlaß.

Sie begegnet Laura nicht wie Julians Tochter, sondern wie seiner Frau.

Und die vier Jungen? Zwei dunkle sind's und zwei blonde, immer abwechselnd. Die drei ältesten sind gut in der Schule. Der jüngste ist noch nicht so weit. Unter sich sind sie überaus verschieden: Willi ist schon mit zehn Jahren steif und gesetzt wie ein alter Geheimrat. Balgereien sind ihm ein Greuel. »Mein Rühr-mich-nicht-an« nennt ihn Pauline, die er in seiner spröden Art liebt. Mit Laura dagegen kann er gar nichts anfangen. Wenn sie ihre Walzer mit wiegenden Bewegungen über die Tasten perlt, schiebt er seine Unterlippe vor und zieht spöttisch die Mundwinkel herab. Pauline erinnert sich nicht, je von ihm ein schallendes Gelächter vernommen zu haben.

Dem Fritz mit der rötlichblonden Mähne und den breiten Schultern, einen halben Kopf kleiner als Willi, der trotzdem gegen ihn schmächtig wirkt, ist dagegen jede Balgerei willkommen. Er steckt seine Nase in alles, ähnlich einem neugierigen jungen Fuchs, geht auf jeden zu, sammelt Freunde, kennt alle, wird von allen gemocht. Zur Rezitation von Gedichten bei Schulfeiern ist er wie geschaffen, ihn plagen weder Nervosität noch Minderwertigkeitsgefühle.

Radi ist der schweigsamste von allen, einer, der sich gern in den Hintergrund zurückzieht, gern allein ist, still für sich mit Bauklötzern spielt, in einem Winkel auf dem Dachboden forscht, experimentiert, konstruiert. Konfrontationen geht er gern aus dem Weg, aber er hat ein paar feste Freunde, die er in seine Pläne einweiht und an seinen Experimenten teilhaben läßt. Seine tiefliegenden Augen sind oft ins Nichts gerichtet. Dann denkt er nach, versucht, hinter die Dinge zu schauen. In solchen Augenblicken sieht er seinem Onkel Karl ähnlich. Pauline weiß, daß er sich gern an sie lehnt und es mag, wenn sie ihm übers Haar streicht. Sie liebt sein sanftes, stilles Lächeln, mit dem er nicht geizt.

Otto, strohblond, ist ein Draufgänger, ähnlich wie

Fritz. Mit ihm ist er auch meistens zusammen, bewundert den großen Bruder und eifert ihm nach. Willi empfindet ihn als lästig, für Otto aber ist Willi fast so etwas wie eine wandelnde Statue. Später kommt Otto dahinter, daß Willi den Statuencharakter verliert, wenn man ihn nicht ernst nimmt. Dann kann Willi richtig fuchsig werden und Ohrfeigen austeilen. Ein köstlicher Spaß, ihm mit der Zwackel Kirschkerne in den Nacken zu schießen! Wie er dann den Kopf hin- und herwirft und aus seinen eng nebeneinanderstehenden Augen Raubvogelblicke wirft!

In jedem Baum, jeder Felswand, jedem Schneehang sieht Otto eine Herausforderung. Seinen Vater überkommt manchmal Beklommenheit, wenn er seinen Jüngsten in einer Fichtenkrone herumturnen oder auf Faßdauben über eine winterliche Sprungschanze sausen sieht. »Gott sei Dank«, sagt er zu Großvater Wilhelm, »daß weit und breit kein Krieg in Sicht ist. Sonst müßte ich Angst um den haben.«

Aber Otto hat auch eine andere Seite: Stundenlang kann er mit Radi zusammen bäuchlings auf dem Dachboden mit einer Dampfmaschine spielen, die Onkel Wilhelm bei einem Besuch seines Vaters seinen Neffen mitgebracht hat. Ein wahrhaft fürstliches Geschenk! Onkel Wilhelm, Amtsleiter und Jurist in Freudenthal, läßt sich nicht lumpen. Als Eichstädtler, der es zu etwas gebracht hat, ist er zu Großzügigkeit verpflichtet. Was Julians Jungen nicht davon abhält, seinen Sohn Max, den Onkel Wilhelm mitgebracht hat, gehörig zu verkloppen. Denn der führt sich im Staadtla auf wie ein Kolonialoffizier unter Kaffern!

Pflichtschuldig spricht Julian ein Machtwort, um Onkel Wilhelm zu besänftigen. Heimlich aber muß er schmunzeln: Diese Lektion hat Max verdient. Wirklich, er ist mit seinen Kindern zufrieden. Und er braucht nur eine Braue zu heben, schon springen sie und warten auf seine Weisung!

Bei diesen Fünfen hat es also bleiben sollen. Aber als Otto sieben Jahre alt ist, kommt noch ein Sohn dazu, ein

Nachkömmling. Siegmund soll er heißen, damit der Name des Urgroßvaters in der Familie lebendig bleibt.

Schuld an diesem Überraschungskind war ein Fest zur Einweihung einer neuen Feuerwehrspritze. Das Festprogramm bot Reden, Beiträge der Blaskapelle, eine Wehrparade mit Spritzübungen und einen Feuerwehrball. Julian trug seine prächtige, blau-rote Feuerwehruniform mit den breiten Hauptmanns-Epauletten. Seine Rede beschloß er mit einem Toast auf seine Majestät, Kaiser Franz Joseph. Und dann, während des Balls, saß er zwischen seinem Vater und dem Bürgermeister, ein König unter Königen, und konnte sein Ansehen im Staadtla aus den respektvollen Blicken und dem Applaus des Publikums lesen. Pauline saß mit hochgezogenen Schultern neben ihm, wie üblich. Als ob sie um Entschuldigung dafür flehe, daß sie überhaupt da war.

Da steuerte Doktor Heilbronn durch den Saal auf sie zu und forderte sie zu einem Walzer auf. Sein Hemdenkragen war schlecht gebügelt, sein linker Socken hatte ein Loch. Kein Wunder: Seine Cille war ihm weggestorben. Als er eines Tages von einem Krankenbesuch heimgekehrt war, hatte er sie, mit dem Staublappen in der Hand, tot vor dem offenen Schrank liegend gefunden, und das Skelett war herausgekippt und lag über ihr. Zu einer neuen Haushälterin hatte er sich noch nicht entschließen können.

Doktor Heilbronn schwang Pauline also durch den Saal. Da fiel es Julian plötzlich wie Schuppen von den Augen: Seine Frau besaß den rührenden Charme eines Gänseblümchens!

In diesem Augenblick verspürte er eine kleine warme Regung, eine Welle von Zärtlichkeit für sie, wie die eines Herrn zu seinem ihm treu ergebenen Hund. Ihr Blick, der ihm vorbehaltlose Ergebenheit und Bewunderung bestätigte, und ein paar Gläser Wein hatten ihr übriges getan. Und als sie dann, beide in gehobener Stimmung, daheim ankamen, passierte sie ruck-zuck: Siegmunds Zeugung.

Jetzt aber ist endgültig Schluß! Pauline wünscht sich

zwar nichts sehnlicher als eine eigene Tochter, doch das wagt sie nicht zu äußern. Und so bleibt Siegmund der weitaus Jüngste und wird verwöhnt von den Geschwistern, allen voran von Laura, die nun schon fast ein heiratsfähiges Fräulein ist und Handarbeitslehrerin wird. Wie fein, wie neu sie immer aussieht mit ihren Spitzenkragen und gestickten Borten, dem gespitzten Mündchen und den gesmokten Ärmelchen! Aber das ändert nichts daran, daß sie ihre Stiefmutter, diese bäurische Pauline, von Herzen verachtet. Und daß der kleine Siegmund, von ihr mit Spitzenkrägelchen und gestickten Kittelchen ausstaffiert, nicht nur ihr, sondern auch seinen Brüdern und sogar seiner sanften Mutter gehorchen muß – er, der unterste in der Hierarchie.

Nach einer Tochter in Freudenthal und einer fünften und letzten Tochter in der Eichstädtler Post hat sich's auch bei Wilhelm und Lina ausgekindert. Siebzehn Enkel hat Großvater Wilhelm. Die Rotwengels sind eine starke Dynastie und bis nach Grulich hinüber, bis hinauf ins Adlergebirge bekannt. Vor allem Julian macht von sich reden. Er schreibt Gedichte und Geschichten für den Feuerwehrkalender, der alljährlich neu erscheint und neben Ergötzlichem und Erbaulichem auch wichtige Informationen über technische Verbesserungen der Feuerspritzen und Feuerleitern, dazu Wetterregeln und erschröckliche Geschichten über Brandstiftungen und Brandkatastrophen enthält. Den Feuerwehrkalender lesen nicht nur Feuerwehrleute, sondern auch deren Familien, ja deren ganze Nachbarschaft. Bücher sind teuer, man muß Lesbares hernehmen, von wo auch immer man's bekommen kann.

Auch Tante Thekla vertieft sich in den Feuerwehrkalender. Julians Gedichte liest sie mit tiefer Ergriffenheit, mitten in der Einkochzeit, während sie Heidelbeermarmelade eindickt. Ihre Schürze ist violett befleckt, ihr Gesicht von Küchendampf aufgedunsen. Wie Julian es nur fertigbringt, die Sprache so in Reime zu zwingen! Sie schiebt den Topf vom Feuer, setzt sich zu Anna, liest ihr begeistert vor. Auch Anna zeigt sich beeindruckt. In ihrer inneren Aufgerührtheit machen sich die beiden Frauen gemeinsam daran, ein Gedicht über die Liebe zu schreiben. Aber es gelingen ihnen nur zwei Zeilen:

»O Liebe, heiliges Gefühl,
du bringst mein Herz in Glücksgewühl ...«

Danach ist Anna erschöpft, und Tante Thekla muß die Marmelade fertigkochen. Denn am nächsten Tag will sie noch einmal einen Eimer voll Heidelbeeren pflücken. In diesem Jahr sind die Heidelbeeren so groß wie Erbsen, eine Ernte, so üppig wie noch nie. Wenn Gott anbietet, heißt es zugreifen!

Am nächsten Mittag wird Tante Thekla im Grenzwald von einer fetten Kreuzotter gebissen. Sie weiß, was man tun muß. Da es um Tod und Leben geht, reißt sie den Saumstreifen vom Rock und bindet den Fuß ab. Eine Handbreit über dem Knöchel erkennt sie die beiden winzigen Wunden, die ihr die Giftzähne geschlagen haben. Sie versucht sie auszusaugen, aber sie kann sie mit ihrem Mund nicht erreichen. Während sie ins Dorf läuft, schwillt der Fuß, läuft blaurot an. Bei den ersten Häusern angelangt, schreit sie die Leute zusammen. Jemand kommt mit einem Messer gerannt, schneidet die Wunde auf, damit sie ausbluten kann. Aber das Gift ist ja längst aus dem Fuß in den Körper gestiegen, hat vielleicht schon bald das Herz erreicht!

Eine Frau läuft zum Doktor Heilbronn. Aber der ist an diesem Morgen nach Prag gefahren, wo er sich nach einer Frau umsehen will – einer Ehefrau. Drei oder vier Wochen will er wegbleiben, sagt die Nachbarin. So lange komme jeden Donnerstag um halb drei der Grulicher Arzt ins Staadtla und halte in Doktor Heilbronns Praxis Sprechstunde ab.

Es ist Dienstag!

Auch Wilhelm ist nicht daheim. Diesen ganzen Tag wollte er in Lonsdorf verbringen, um die Chronik zu schreiben. Man kann nicht warten, bis er von dort kommt, auch wenn ihn der Lonsdorfer Bürgermeister in der Kutsche heimbringen ließe.

Der Posaunenbläser Lois besorgt in aller Eile einen Wagen, legt ihn mit Stroh aus, bettet Tante Thekla darauf und fährt sie nach Grulich zum Arzt. Zwei Frauen fahren mit, beten, bitten die Muttergottes um ein Wunder und flößen Tante Thekla hochprozentigen Slivowitz ein, bis sie anfängt, sich mit einem Ausländer zu unterhalten, der gar nicht da ist. Sie fährt ihn an: »Du lassen in Ruhe meinen Wilhelm, verstehen? Krieg vorbei ...«

So spricht man mit Tschechen, die nur ein paar Brocken Deutsch können. So sprach man mit den Italienern, den Bahnarbeitern. Aber rund um den Wagen ist niemand!

»Sie phantasiert schon«, jammert die eine Begleiterin.

»Es wird doch nicht der Gottseibeiuns sein, der sich an sie heranmacht?« meint die andere Begleiterin furchtsam.

Gemeinsam schlagen sie Kreuze über Tante Thekla und schwenken ihre Rosenkränze. Die eine glaubt einen Furz zu hören, und beide riechen Schwefel. Es ist Lois vorn auf dem Bock, dem der Furz entfahren ist. Aber er kriegt nicht mit, was die Frauen vermuten, denn er hat nur eins im Sinn: so schnell wie möglich nach Grulich zu kommen. Er schwingt die Peitsche und flucht auf die Pferde ein. Die beiden Frauen aber atmen auf: Kein Zweifel, dem Bösen ist es unter den Kreuzen und Rosenkränzen ungemütlich geworden, und so hat er sich auf seine Weise, nämlich mit Getöse und Gestank, aus dem Staub gemacht.

Tante Thekla lallt nur noch und verliert schließlich das Bewußtsein. Nicht nur der Fuß schwillt an. Das ganze Bein wird zu einem unförmigen Klumpen, der in allen Farben schillert. Lois holt aus den Pferden heraus, was er kann. Sie sind schweißnaß, als der Wagen vor der Tür des

Arztes hält. Während Lois und die Frauen Tante Thekla ins Haus tragen, lebt sie noch.

Eine Stunde später tragen sie sie wieder hinaus. Da ist sie schon tot. Auf der Heimfahrt brauchen sie sich nicht zu beeilen. Lois läßt die müden Pferde trotten. Bis sie nach Eichstädtl zurückkommen, hat die Schotterstraße die Tote so durchgerüttelt, daß ihr verzerrtes Gesicht friedlich geworden ist. Der Arzt hat den weinenden Frauen eine Decke geborgt, mit der sie während der Fahrt die Tote vor neugierigen Blicken schützen.

Der alte Wilhelm kommt, begleitet von Julian, dem Wagen entgegen. Er braucht nicht zu fragen, als er die Gesichter der Frauen und die Decke sieht. Lois hilft ihm, den Wagen zu besteigen. Er setzt sich neben Tante Thekla, während Julian zu Fuß dem Wagen folgt.

»Habt ihr keinen Italiener in ihrer Nähe gesehen?« fragt der Alte. »Einen ganz jungen mit aufgerissenen Augen?«

Die Frauen starren Wilhelm erschrocken an. »Gesehen nicht, aber gerochen«, berichten sie. »Er hat einen mächtigen Furz gelassen.«

»Unsinn«, sagt Lois. »Das war ich.«

»*Gesehen*, hab ich gesagt!« schreit der Alte.

Eingeschüchtert schütteln die Frauen die Köpfe und ziehen ihre Tücher tief in die Stirn. Nein, niemanden, und schon gar keinen Welschen.

Es wird ein ganz großes Begräbnis. Hinter dem Sarg gehen nicht nur alle Kinder, Schwiegerkinder und Enkel vom alten Wilhelm, sondern fast alle Eichstädtler. Und auch aus den Nachbardörfern sind viele Trauergäste gekommen, vor allem die Frauen, denen Tante Theklas Schwester Theresia bei der Niederkunft Hebammendienste erwiesen hatte. Bei deren Begräbnis im Schneesturm waren sie daheimgeblieben. Jetzt holen sie das Versäumte nach, samt den Kindern, denen Theresia ins Leben geholfen hat, und deren Vätern. Theresia oder Thekla – es sind

Schwestern gewesen, und was man der einen zukommen läßt, empfängt auch die andere.

Der alte Wilhelm will nicht geführt werden. Er fühlt sich noch stark genug, dem Sarg aus eigener Kraft zu folgen. »Führt Karl«, sagt er zu Julian und Lina. Das tun sie. Karl begreift nicht, was da vorgeht. Er starrt ins Leere.

Auch Wilhelm aus Freudenthal und Theo aus Groß-Auerschim sind gekommen. Mit Familie. Tante Thekla ist zwar nicht ihre Mutter gewesen, aber Vaters Frau.

Nur Anna geht nicht mit auf den Friedhof. Sie bleibt daheim im leeren Haus und weint so laut und verzweifelt, daß die Schwalben, die unter dem Dach ihre Nester haben und auf dem Geländer der Pawlatsche herumwippen, erschrocken aufflattern und davonschwirren.

Die Sonne scheint, die Spatzen sitzen auf den Pferdeäpfeln, es riecht nach Heu und Rosen. Die Kinder werfen kleine Sträuße ins Grab. Säuglinge plärren. Es ist so warm, daß viele Frauen auch ihre allerjüngsten Kinder mitgebracht haben. Viele Hände sind heidelbeerblau. Und ein junger Kaplan, nicht der alte Chvojka, hält eine Grabrede, die so zu Herzen geht, daß die Sacktücher nicht zur Ruhe kommen und abwechselnd geschneuzt und geweint wird. Weiße Schäfchenwolken ziehen über den grellblauen Himmel, zwei Zitronenfalter spielen über den Gräbern in der Selbstmörderecke, und in einem Spalt der Friedhofsmauer hängt eine abgeworfene Schlangenhaut.

Zwei Wochen später müssen Wilhelm und Theo noch einmal anreisen, diesmal für Annas Begräbnis. Aber jetzt kommen sie ohne ihre Familien. Der jüngsten Schwester, die ja schon jahrelang am Sterben gewesen war, sind sie nicht so viel Aufwand schuldig. Eigentlich haben sie schon bei Tante Theklas Begräbnis von ihr Abschied genommen.

Und wieder zwei Wochen später kommt Doktor Heilbronn aus Prag zurück – mit seiner Frau. Sie ist groß und stattlich und nicht mehr die Jüngste. Eine resolute, aber mütterliche Frau, die auch Geige spielen kann. Mit ihr fährt Doktor Heilbronn gut. Esther heißt sie, geborene Rosenbaum. Sie hat große dunkle Augen und dunkles Haar, das sie in einem Nackenknoten trägt. Nur ihre Nase ist zu groß. Sie heuert ein Dienstmädchen an und reinigt das Arzthaus samt dem Skelett so gründlich, daß der Schaum aus den Fenstern quillt und ganze Wolken von schillernden Seifenblasen über dem Staadtla in den Himmel steigen.

12. Kapitel

In dem Karl zum dritten Mal flieht, die Pawlatsche zur Galerie wird, Großvater Wilhelms rechter Fuß dorthin gerät, wo er nicht sein dürfte, und sich zwei lange Zungen begrüßen

Jetzt ist Karl allein. Niemand stört ihn mehr. Morgens geht Großvater Wilhelm fort, mittags schaut Lina herein und stellt Karl einen Teller Suppe hin, am Nachmittag läßt sich Julian oder einer seiner älteren Jungen sehen, am Abend bringen Pauline oder Laura das Essen für die beiden Männer. Dazwischen ist es ganz still um Karl. Ab und zu knackt es in den Balken, summt eine Fliege, raschelt draußen das Laub des Haferbirnbaums. Und immerzu rauscht in der Ferne die Adler.

Nun, da er nur noch selten aufgefordert wird, Holz zu hacken oder Wasser zu tragen, und ihn niemand mehr an den Haaren zieht, könnte er in Frieden hineinstarren in das, was die Leute Leere nennen.

Aber das Gegenteil geschieht. Eine Unruhe überkommt ihn. Anfangs zeigt sie sich in fahrigen Handbewegungen und greift allmählich auf seinen Körper über, indem er in der Wohnstube mit weit offenen Augen im Kreis herumwandert, wie in einem Gefängnis. Stundenlang. Nur Lina gelingt es, ihn für eine Weile zu beruhigen. Aber kaum ist sie fort, erhebt er sich wieder von der Ofenbank und wandert weiter, immer rundherum.

Und eines Tages – er ist jetzt einundvierzig Jahre alt – reißt es ihn noch einmal fort, auf die Flucht. Diesmal in Richtung Süden. Er wandert nicht die Straße nach Zöllnei entlang und von dort nach Lonsdorf, sondern stapft am Furzbörnlein vorbei, dann quer durch den Wald über den Dürren Berg, bis er in Gabel, im Tschechischen, wo ihn niemand kennt, wieder herausfindet aus der grünen Wildnis – als Waldschrat in harzfleckigen Kleidern, Haar und Stoppelbart voller Moos und Fichtennadeln. Einen ganzen Tag ist er durch die Wälder gelaufen, hat geschwitzt, ist durch Schlamm gewatet, hat Eulen, Schlangen und Wildschweine aufgescheucht, hat sich schließlich, als die Abenddämmerung einbrach, im Heidelbeergesträuch zusammengerollt und hat geschlafen. So nah an der Natur kann man nicht sauber bleiben.

Er gibt keine Antwort, wenn ihn jemand anspricht. Auf dem Ringplatz von Gabel ist Wochenmarkt. Er hebt ein paar angefaulte Paradeiser auf und verschlingt sie, daß ihm der rote Saft aus dem Mund tropft. Und ein mitleidiges kleines Mädchen, das ihm zuschaut und merkt, daß er großen Hunger haben muß, schenkt ihm ihr Krautbuchtel. Sie fragt ihn, wie er heißt, und das tut sie auf tschechisch – für sie, die Tschechin, das Selbstverständlichste der Welt. Er aber ist nie ein Jahr im Tschechischen gewesen. Wie soll er sie verstehen? Die Mutter des Kindes, die ein paar Einkäufe machte und nun zu der Kleinen zurückkehrt, zieht sie weg von dem unheimlichen Mann. Sicher ein Vagabund. Bei diesem Sommerwetter sind sie alle unterwegs, die Obdachlosen, die Nomaden, die ewig Unruhigen. Sie stromern durch die Welt, bis die Blätter fallen und die Herbststürme einsetzen. Dann flüchten sie sich aus der Freiheit und Gleichgültigkeit der Natur wieder in die Städte und rufen kläglich: »Unser Kaiser ist ein Rindvieh!«, um sich wegen Majestätsbeleidigung zu vier Monaten Gefängnis verurteilen zu lassen. So kommen sie ohne Frostbeulen und ohne zu hungern über den Winter. Der Vater Staat ist schließlich auch für sie da, warum sollte man ihn nicht in Anspruch nehmen?

Aber noch ist Sommer, wie damals am Wüsten Schloß. Und Karl trottet weiter in Richtung Landskron. Dort nimmt ihn ein Gendarm fest, als er in der Hitze des frühen Nachmittags, offensichtlich in großer Erregung, auf dem Ringplatz rund um die Pestsäule tappt und unablässig nach Isidor ruft.

Bei dem Verhör bekommt man nicht aus ihm heraus, wie er heißt. Und auch nicht, wer es ist, den er ruft. Isidor ist unter Tschechen wie Deutschen ein seltener, wenn auch nicht ganz unbekannter Name. Im Einwohnerregister der Stadt Landskron finden sich zwei Isidore. Der eine ist ein zweijähriges Kind im Waisenhaus, der andere ein Mann von einhundertneunundzwanzig Jahren. Der Registraturbeamte stutzt und läßt durch den Gemeindeboten nachforschen.

Mit einer Miene, die allerwichtigsten Auftrag verkündet, macht sich der Bote auf den Weg und kommt Stunden später müde zurück. Nur mit Mühe hat er jemanden ausfindig machen können, der sich noch an diesen Isidor Baruschka erinnert. Seit etwa achtundvierzig Jahren ist er schon tot. Offenbar hat man vergessen, seinen Namen auszustreichen.

In der Landskroner Zelle des Gendarmeriepostens ruft Karl weiter nach Isidor. Er wird einem Arzt vorgeführt. Der späht mit einer Lupe in seine Pupillen, fühlt seinen Puls, schlägt mit einem Hämmerchen an sein Knie, betrachtet interessiert seine Fußsohlen, in der Hoffnung, vielleicht auf einen zweiten Kaspar Hauser gestoßen zu sein.

Aber Karls Sohlen sind nicht zart wie ein Säuglingshintern und unberührt wie eine Jungfrau frisch aus der Schöpfung, sondern voller Schwielen und Hornhaut. Dieser Mann muß schon einige Wanderungen hinter sich haben. Achselzuckend weist ihn der Arzt ins nächstgelegene Irrenhaus ein. Das ist in Sternberg bei Olmütz, im Mährischen.

In einem verhängten Kastenwagen wird er stundenlang über die Landstraßen gerumpelt. Todmüde fällt er in einer Zelle des großen, düsteren Gebäudes auf eine Pritsche und schläft – bis er unsanft geweckt, geschoren, gebadet und dann einem Irrenarzt vorgeführt wird. Der beschäftigt sich eine Weile gelangweilt mit ihm, spricht von Schizophrenie und erteilt Anweisungen. Karl wird in einen verwaschenen Drillichanzug gesteckt und in ein Gewölbe gescheucht, in dem die harmlosen Irren an langen Tischen ihre Suppe löffeln. Nur Männer, versteht sich. Die Frauen sind in einem anderen Trakt untergebracht.

Karl löffelt heißhungrig. Er hat kaum den Löffel aus der Hand gelegt, als die Herde grinsender, grunzender, greinender Individuen durch die breite Tür im Hintergrund des Gewölbes hinausgetrieben wird, über die ausgetretenen Stufen des ehemaligen Klosters hinauf in den Innenhof, wo sie sich im Kreis zu drehen beginnt, um die vorgeschriebene halbe Stunde frische Luft zu sich zu nehmen.

Stehenbleiben ist nicht gestattet. Ein bulliger Wärter im Mittelpunkt des Kreises, im Auge des Taifuns, läßt aufmerksam seine Blicke schweifen. Auch in allen vier Ecken des Innenhofes ist je ein Wärter postiert. Schlägereien werden so im Keim erstickt. Geschrei, Gelächter, Gespräche duldet man. Nur das Urinieren an die Säulen des Wandelgangs versucht man zu verhindern. Wahre Ferkel sind darunter!

»He, du – Hosenlatz zu! Gepinkelt wird später!«

Trotzdem riecht der Innenhof nach Urin. Vielleicht von den Hosen, die immer wieder trocknen und neu eingenäßt werden. Und der da und jener dort, die haben ihre Hosen meistens nicht nur naß, sondern auch voll. Denen könnte man sich eigentlich nur mit der Mistgabel nähern.

Der Wärter in der Mitte wird plötzlich abberufen: Oben aus dem Fenster winkt der Herr Direktor persönlich. Da kann man nicht erst lange fackeln und nach einer Ablösung rufen. Die Mitte bleibt leer. Genau in diese Leere hinein kreiselt Karl, er weiß selber nicht wie, vielleicht weil's da etwas stiller ist. Und er ruft wieder nach Isidor.

Er hat eine laute Stimme, sie hallt gegen die Wände. Verwundert wenden sich ihm alle Gesichter zu. Isidor? Ja, es gibt unter ihnen einen Isidor. Ein paar Irre fallen in den Ruf ein, und dann brüllt die ganze kreisende Herde: »Isidor! Isidor!«

Ein älterer Mann – mit genau so kahlgeschorenem Schädel wie alle anderen – löst sich aus der Herde, stürzt auf die Mitte zu. Und schon klebt Karl an ihm wie der Nagel am Magneten und keucht: »Isidor, da ist Weißes!«

»Nebel«, antwortet Isidor und weint in Karls Kragen. Und Karl keucht ihm ins Ohr: »Und da gibt's Bläuliches ...«

»Die letzten Wasser, Karl, die letzten Wasser ...« Isidor sabbert auf Karls Wange. Seine Hose wird naß, eine Pfütze bildet sich unter seinem Hosenbein. »Aber es geht so langsam, Karl, so langsam ...«

Schon kommt der Wärter aus der Kanzlei zurück und bahnt sich einen Weg durch den kreisenden Strom.

»Aber warum die *letzten?«* fragt Karl und preßt Isidor so fest an sich, daß dem fast die Luft ausgeht.

Da fährt der Wärter auf sie zu, packt beide am Kragen und brüllt: »Auseinander, ihr Luder, sofort auseinander!«

»Weil die Zeit in deinem Kopf –« Aber der Rest von dem, was Isidor sagt, geht in einem wüsten Wirbel unter. Der Wärter, so groß und breit wie Karl, aber geübt im Ins-Kreuz-Treten und In-den-Schwitzkasten-Nehmen, reißt Karl und Isidor auseinander, stößt jeden in eine andere Richtung, wischt dann seine Hände an der schmutzigen Kittelschürze ab und grunzt in seinen Schnurrbart: »Drecksauen, gottlose!«

Und schon werden die Irren wieder ins Gebäude getrieben, die Stufen hinunter, hinein ins Gewölbe, werden auf die Säle verteilt, in die sie gehören. Diese leichteren Fälle kennen alle ihren Saal, da trabt jeder ergeben hinein – wie die Kuh, wenn sie von der Weide kommt. Dagegen drüben, bei den Vollidioten, hat man seine liebe Not, sie nach dem Hofgang wieder einzusortieren. Da weiß die Hälfte nicht mehr, wo sie hingehört, und gerät in Panik.

Aber heute gibt's auch hier einen, der nicht weiß, wo er hinsoll. Dieser Neue, der mit dem Isidor-Tick, wahrscheinlich ein Schwuler. Er dreht sich um sich selbst und ruft, während es um ihn leer wird: »Antworte, Isidor! Warum die *letzten* Wasser?«

Und da will plötzlich einer aus dem Saal Nummer vier wieder heraus, rudert mit den Armen, stemmt sich gegen den Wärter und ruft: »Du hast doch die Antwort vor Augen, Karl – *alle* Antworten! Du mußt nur warten, bis du die *Fragen* zu sehen bekommst!«

»Aber die Frage«, schreit Karl hastig im Falsett, schrill wie ein angestochenes Schwein, »kommt doch *vor* der Antwort!«

Der Wärter schleudert Isidor zurück in den Saal und stößt die Tür mit dem Fuß zu, dem Isidor gegen die Stirn. Er sperrt den Saal ab und schubst Karl in einen anderen Saal. So, jetzt ist Ruhe.

Am nächsten und übernächsten Tag wird Karl allein an die frische Luft geschickt. Er ruft wieder und wieder nach Isidor, aber sein Ruf verhallt an den Wänden.

Die Polizei der Monarchie arbeitet langsam, aber zuverlässig. Den Landskroner Ordnungshütern flattert eine Suchmeldung ins Haus. Es geht um einen gewissen Karl Rotwengel aus Eichstädtl im Adlergebirge. Groß, breitschultrig, blond, einundvierzig Jahre alt, geistig verwirrt. Die Beschreibung paßt auf das Individuum, das vor einigen Tagen auf dem Ringplatz nach einem Isidor geplärrt hat.

Julian holt ihn ab. So kommt Karl wieder heim. Stumm.

Im Staadtla ist in seiner Abwesenheit etwas Unerhörtes geschehen: Eines dieser neuen Automobile, Kutschen ohne Pferde, hat den Ort durchquert, hat die verblüfften Eichstädtler in eine stinkende Wolke gehüllt und ist in Richtung Dichtenau verschwunden. Noch tagelang ist diese wundersame Erscheinung Gesprächsstoff an den Theken der Kaufläden, an den Stammtischen, im Familienkreis. Das könne nicht gutgehen, meinen manche alten Eichstädtlerinnen, das sei dem Herrgott ins Handwerk gepfuscht. Nur was mit rechten Dingen zugehe, sei dem Menschen erlaubt!

Aber die Erde dreht sich weiter, der Alltag kehrt wieder ein – und mit ihm der Lombarde. Wenn Großvater Wilhelm nach Einbruch der Dunkelheit heimwandert, geht der Dunkelhaarige an seiner Seite, die Hand auf den Leib gepreßt, und stößt manchmal ein leises Gelächter aus. Wenn Wilhelm ihn anspricht, löst er sich in Nichts auf, um kurze Zeit später an seiner anderen Seite mitzuwandern. Was bleibt Wilhelm anderes übrig, als sich an ihn zu gewöhnen?

»Kamerad«, sagt er manchmal zu ihm, wenn er an einem Gasthof vorüberkommt, »entschuldige mich«, und dann kehrt er ein und trinkt ein Bierchen, und den Lombarden ist er damit für eine Weile los. Aber er weiß, daß der andere draußen in der Finsternis auf ihn wartet. Und daheim steht ihm keine Tante Thekla mehr bei. Den Karl scheut der Lombarde nicht, der ist ihm kein Schutz.

Nicht lange nach Karls Heimkehr aus dem Irrenhaus kommt Großvater Wilhelm spät aus seiner Sitzung des Gemeinderats. Die Nacht ist stockfinster. Er schaut sich um – wo ist der Lombarde? Erst auf der Straße neben dem Ottersdorfer Bach hört er ihn dicht vor sich leise lachen. Er will ihm ausweichen und stürzt im Dunkeln über den ungesicherten Abgrund ins Bachbett hinunter. Dort liegt er eine Weile mit irren Schmerzen bei vollem Bewußtsein und begreift, daß sein Oberschenkel gebrochen ist und seine Schulter auf dem Fußrücken seines rechten Beines liegt!

»Verdammter Lombarde!« keucht der Verletzte, als andere Gemeinderatsmitglieder ihn finden, alarmiert durch seine Hilferufe. Sie vermuten, daß er im Delirium spricht. Julian wird verständigt. Gemeinsam schaffen sie den alten Mann heim und holen Doktor Heilbronn und Lina.

Der kleine, bebrillte Doktor tut für seinen Freund Wilhelm, was er tun kann. Er streckt das Bein, um zu verhüten, daß es kürzer bleibt. Gleich am nächsten Tag läßt er aus Grulich ein großes Gestell mit Rolle und Gewichtsschale kommen. Nun zerren schwere Gewichte an dem aufgehängten Bein, Großvater Wilhelm verliert fast die Besinnung vor Schmerzen. Pauline und Laura, Lina und ihre Töchter wechseln sich am Krankenbett ab. Einmal jammert der Großvater so sehr, daß Linas zweitälteste Tochter, die gerade Nachtwache hält, diese Qual nicht mehr länger mit ansehen kann. Sie nimmt die Schere und schneidet die Schnüre durch, die die Gewichtsschale halten. Sie weint herzzerbrechend, als sich der Großvater bei ihr bedankt, und, schweißbedeckt, erschöpft einschläft.

Aber als Doktor Heilbronn am nächsten Morgen das barmherzige Werk zu sehen bekommt, wird er zornig und knüpft die Schnur wieder zusammen. Es *muß* sein. Großvater nickt und denkt an den Lombarden. Vielleicht soll er durch diese Schmerzen seine Schuld bezahlen? Aber er hat schon so viel bezahlt. Der Lombarde verlangt Wucherzinsen! Oder könnte es sein, daß ein Leben wirklich so viel wert ist? Er erträgt die Qual ein paar Wochen lang stumm, mit zusammengebissenen Zähnen. Ja, ich bereue, Kamerad.

Er ist zäh, er kommt wieder auf die Beine, der alte Rotwengel. Aber ganz ungeschoren kommt er nicht davon: Sein rechtes Bein bleibt doch um einen Zoll kürzer als das linke, und er muß von nun an am rechten Schuh dickere Sohlen und Absätze tragen. Ach, wenn's nur das ist – das läßt sich ertragen!

Er übt und übt, bis er nur noch leicht hinkt. Nein, er denkt nicht daran, die Flinte schon ins Korn zu werfen! Das Leben hat man nur einmal, und keine Lage ist so schlimm, daß sie nicht noch schlimmer sein könnte. Seit er wieder laufen kann, erscheint ihm der Himmel blauer, schmecken ihm seine Butterbirnen süßer.

Er ist jetzt reichliche achtundsiebzig Jahre alt und meint, nun habe er genug Chronik geschrieben, genug Anträge und Gesuche aufgesetzt. Anrecht auf eine kleine

Rente habe er sich inzwischen sicher erworben. Nun sollen Jüngere seinen Posten besetzen.

Für Theo, Witwer und Vater von drei unmündigen Töchtern, ergibt sich dadurch eine günstige Gelegenheit, ins Staadtla zurückzukehren. Er bewirbt sich um den vakanten Posten des Gemeindekanzlisten und bekommt ihn. So schnell wie möglich verkauft er seinen Gasthof in Groß-Auerschim, kauft für das Geld ein Haus am Ringplatz im Staadtla und zieht mit seinen Töchtern ein. Und um alles komplett zu machen, heiratet er noch einmal. Denn er kränkelt und ahnt, daß ihm nicht mehr viel Zeit bleibt.

Er erwählt eine schon etwas reifere Försterstochter aus Lonsdorf zu seiner Frau. Diese Wahl löst viel Geschwätz aus, denn Xaverine ist dreizehn Jahre älter als Theo. Aber ihm ist es mehr um eine Mutter für seine Töchter und eine Pflegerin für ihn selbst zu tun als um ein properes Frauenzimmer fürs Bett.

Auch Julian entschließt sich zu neuen Veränderungen: Er will aus der engen Schulwohnung ins Elternhaus ziehen. Dort leben ja nur noch Karl und Großvater Wilhelm, seit Tante Thekla und Anna auf dem Friedhof liegen. Es ist so still in dem alten Haus geworden, daß sich Siebenschläfer auf der Pawlatsche und Fledermäuse auf dem Dachboden eingenistet haben! Julians Jungen werden dafür sorgen, daß sie wieder das Weite suchen.

Aber erst läßt Julian das Haus umbauen und modernisieren. Man soll nicht mehr zu jeder Witterung und jeder Tag- und Nachtzeit zum Häuschen hinaus auf die Pawlatsche wandern müssen. Der Abort gehört ins Haus! Auch eine große, kühle Speisekammer und eine Waschküche mit Waschkessel und Trog und einem Abfluß mit Gulli sind nötig für eine so große Familie. Die Falltür mit Leiter muß einer richtigen Kellertreppe weichen, die Pawlatsche bleibt auf die südliche Giebelseite beschränkt, der Ziegenstall verschwindet. Er stand ja schon die ganzen letzten Jahre leer. Julian als Oberlehrer ist erhaben über Ziegenhaltung im eigenen Haus. Bienenzucht? Das ist etwas anderes. Bienen sind edlere Tiere als Ziegen oder Hühner.

Julian zeichnet selber den Bauplan. Er muß ihn nur von einem Baumeister abzeichnen lassen. Der lobt ihn: eine gut durchdachte Skizze! Was Julian für sich und seine Familie braucht, wird alles unter diesem Dach sein: ein geräumiges Vorhaus, das Platz für eine Hobelbank bietet; ein schmaler Korridor mit der hölzernen Bodentreppe und den Türen zum Abort, zur Kellertreppe und zu Lauras Zimmer, durch dessen hölzernen Fußboden eine Stufe läuft. Es ist ein großes, schönes Zimmer, drei Viertel der alten Wohnstube. Auf dem Podest soll das Klavier stehen. Eine Tür und mehrere Fenster führen auf die Pawlatsche, von der aus man in die Zweige des Butterbirnbaums greifen kann.

Geht man aber im Korridor geradeaus, kommt man in die Wohnküche, die sehr viel kleiner sein wird als die alte Wohnstube. So große Wohnstuben sind nicht mehr modern, man trennt neuerdings die Wohnräume von den Schlafräumen. In der Küche steht ein großer Kachelofen mit der Ofenbank, dem angebauten Herd mit dem Wasserschiff, das der Hausfrau immer warmes Wasser bereithält, und einer Nische, in die Holz gestößt wird, das, wenn es in der Ofenwärme trocknet, köstlich riecht.

Über die Wohnküche erreicht man die Waschküche, über die Waschküche die Vorratskammer. Und über die Waschküche geht auch der Weg hinaus in den Garten, wo ein großes Bienenhaus entstehen soll.

Wo werden Julian und Pauline schlafen? In einem langen, schmalen Zimmer zwischen Wohnküche und Pawlatsche. Das Zimmer ist so schmal, daß die Ehebetten nicht nebeneinander, sondern hintereinander an der Wand entlang stehen müssen. Aber es hat sich ja, wie gesagt, ausgekindert. Und sollte sich auf diesem Gebiet wirklich nochmals was tun, dann läßt sich das zur Not auch in einem einzigen Bett bewerkstelligen. Im übrigen müssen in diesem Zimmer noch ein hoher Kleiderschrank, eine ganz neue, atemberaubend moderne Nähmaschine mit Fußbetrieb, ein Schreibtisch für Julian und ein Eßtisch mit sechs Stühlen untergebracht werden. Man wird seine Mühe haben, von der Küche aus durch diesen Raum vorzustoßen bis an die Tür, die zur Pawlatsche führt!

Laura ist es, die sich an der Bezeichnung »Pawlatsche« stört. In Prag, wo sie ihre Handarbeitslehrerinnen-Ausbildung absolviert hat, benutzte niemand dieses Wort. »Galerie« nenne man ein solches architektonisches Gebilde. Außerdem sei »Pawlatsche« tschechischen Ursprungs.

Das gibt den Ausschlag. Von nun an ist die Pawlatsche die Galerie. Nur für Großvater Wilhelm bleibt die Pawlatsche die Pawlatsche, und der Rest der Familie hört großzügig darüber hinweg.

Er will übrigens in der Küche schlafen, auf dem Kanapee. Und die Jungen bekommen die geräumige Giebelkammer. Die ist so lang, daß unter den beiden Dachschrägen je zwei Betten stehen können. Vier Betten sind genug. Willi und Fritz sind ja schon auf dem Lehrerseminar, Radi und Otto auf dem Gymnasium in Mährisch-Schönberg. Nur in den Ferien kommen sie alle heim. Reichen dann die Betten nicht, wird eben schnell noch ein Strohsack gestopft.

Aber Karl – wo soll er schlafen, wenn das Haus erst umgebaut sein wird? Nun, das wird sich alles irgendwie ergeben. Es ist ja noch nicht so weit. Julian läßt sich Zeit mit dem Umbau, denn die Gemeinde soll jetzt auch eine Wasserleitung bekommen. Da wird es billiger, wenn man beides gleichzeitig erledigt. Und das Geld für den Umbau will erspart und erarbeitet sein. Lange hat er gebraucht, bis er dem Schwager die Reiseschulden zurückgezahlt hat. Nun hat er zwar wieder das Nötigste beisammen, aber mit einem Geldpölsterchen im Rücken baut sich's sorgenfreier. Neben dem bescheidenen Oberlehrergehalt kommt auch etwas über den Honig herein. Dreißig Bienenvölker sind kein Pappenstiel. Und die Honorare für die Beiträge im Feuerwehrkalender und in pädagogischen Fachzeitschriften sind nicht zu verachten. Auch die Baumpfropferei, für die er bekannt ist, bringt ab und zu etwas ein. Und die kleine Obstbaumzucht. Und er bückt sich nach jeder Schraube, jedem Nagel, jedem Hosenknopf, den er auf seinen Wegen entdeckt. Dazu erzieht er auch seine Kinder.

Aber so knauserig er im Kleinen ist, so großzügig erweist er sich im Großen. Er spart nicht an der Ausbildung seiner Kinder, läßt Willi und Fritz Lehrer werden, Radi Baumeister, Otto Maschineningenieur. Und Siegmund, der Jüngste, soll einmal Medizin studieren. Das ergibt eine lange magere Zeit für die Eltern, denn die Kinder müssen ja während des Studiums auswärts wohnen. Julian hält Pauline mit dem Haushaltsgeld knapp und gesteht ihr selten ein neues Kleid zu. Wozu auch? Sie fällt ja sowieso nicht auf. Und die Mode ändert sich, Gott sei Dank, nur alle fünf, sechs Jahre. Auch die anderen Eichstädtlerinnen können sich, abgesehen von Frau Heilbronn, nicht jedes Jahr ein neues Kleid leisten, und keine unter ihnen kann sich eine Zeit vorstellen, in der man sich nicht mehr gegenseitig zu einem neuen Kleid gratulieren wird.

Pauline bemüht sich, sparsam zu leben, Julian zuliebe. Sie ist geschickt im Nähen. Alle Kinderkleider, alle Männerhemden, alle Schürzen und Unterwäsche für sich näht sie selbst. Alle Stoffe, die sie kauft – Leinen, Kattun und Barchent vorwiegend – tragen unauffällige Farben und Muster. Für sich selbst bevorzugt sie Kleingeblümtes.

Natürlich näht sie auch Bettwäsche für die ganze Familie. Erst als Laura, die nun schon ihre erste Stelle als Handarbeitslehrerin angetreten hat, über Paulines bäuerische Art zu nähen spottet und alles, was Nähen und Stricken, Häkeln und Sticken betrifft, besser weiß, hört sie damit auf. Nur Socken und Strümpfe strickt sie weiter. Denn dafür kennt Laura auch nur das eine klassische Muster, und das beherrscht Pauline.

Die fünf Jungen hängen an dieser kleinen, unscheinbaren Mutter. Sogar Willi macht ihr auf seine Art Geschenke, die sie verlegen lächelnd bewundert. Als Fünfjähriger hat er ihr die Zahlen 1 bis 100 feierlich aufgemalt. Von Laura hat er sie sich vorschreiben lassen, sauber geordnet wie Soldaten. Der Vater hat ihm das Papier gespendet. Was für eine Mühe in diesem Geschenk steckt! Pauline weiß das zu würdigen. Sie hat ihn dafür auf die Stirn geküßt. Oh!

Als Fünfzehnjähriger schenkt er ihr mehrere knifflige Gleichungen mit zwei Unbekannten, die nicht einmal Julian zu lösen imstande ist. Und als Fünfundzwanzigjähriger wird er ihr das Manuskript eines selbstzusammengestellten Mathematikbuchs für Bürgerschüler der Abschlußklasse verehren.

Radis Geschenke sind ganz anderer Art, aber nicht mindere Liebesbezeugungen: Als Erstkläßler schenkt er ihr ein Gebiß, das er im Judengäßchen gefunden und mit einer Bürste sorgfältig gereinigt hat. Als Julian es zu sehen bekommt, muß er erst lachen. Dann stutzt er, läßt sich das Gebiß reichen und betrachtet es aufmerksam. Zwei Zähne sind vergoldet! Im Staadtla gibt es noch nicht viele, die ein Gebiß besitzen. Die kennt er. Keiner von ihnen hätte sich zwei vergoldete Zähne leisten können. Also muß dieses Gebiß einem Durchreisenden oder einem Sommerfrischler aus Prag, Wien oder Brünn gehören. Er übergibt es seinem Bruder Theo, dem neuen Gemeindekanzlisten, der es von Haus zu Haus, auch in den Nachbargemeinden, herumzeigen läßt. Aber niemand erhebt Ansprüche, und so bekommt es Pauline nach ein paar Tagen zurück und hebt es in ihrer Vitrine für Notzeiten auf.

Nicht immer findet man Gebisse mit Goldzähnen. Aber Radi ist ein begnadeter Finder. Mal ist es eine abgegriffene, leere Geldbörse, mal ein Sacktuch, mal ein Hundehalsband.

»Wir haben doch gar keinen Hund«, erlaubt sich die Beschenkte zu bemerken.

Dem kann abgeholfen werden. Fritz, der Praktische, verschafft ihr schon am nächsten Tag ein winselndes Etwas mit gekapptem Schwanz. Flottl wird es genannt. Fritz ist erleichtert, denn er hatte für die Mutter nur säuberlich aus alten Zeitungen zurechtgeschnittenes Klosettpapier. Vier Pakete. Ein praktisches wie auch notwendiges Geschenk. Aber doch eines, das nicht mithalten kann.

Otto dagegen schenkt seiner Mutter Erfindungen. Anfangs bescheidet er sich mit Mausefallen. Aber von Jahr zu Jahr werden seine Konstruktionen anspruchsvoller. So bastelt er ihr einen Bügelwäschebefeuchter, einen mechanischen Teigrührer, einen Münzsortierer.

Und Siegmund? Der schreibt immer nur Gedichte für sie.

Laura aber schenkt ihr nichts – weder zum Namenstag noch zu Weihnachten. Alle haben sich daran gewöhnt und finden nichts dabei. So ist Laura eben. Sie überhäuft nur den Vater mit Geschenken. Für ihn umsäumt sie Taschentücher, kauft Tabak für seine Pfeife oder ein Kistchen Zigarren. Und für jeden ihrer Brüder bastelt sie einen Bájazz: einen Hampelmann mit gehäkeltem Gesicht im Harlekinkostüm. Was diese Bájazzen betrifft, wird sie später einmal einsame Könnerin sein.

Zwischen Willi und den anderen Brüdern macht sie nie einen Unterschied. Aber am meisten von allen liebt sie den kleinen Siegmund.

Nur ein paar knappe Jahre ist Theo Gemeindekanzlist, dann muß er aufgeben. Er ist so krank, daß er nicht mehr fähig ist, die Feder zu führen. Ihm bleiben nur noch ein paar Monate elenden Siechtums.

Wer wird jetzt Gemeindekanzlist werden? In der Eile kann man niemand Vertrauenswürdigen und Geeigneten finden. Also schickt der Gemeinderat eine Abordnung honoriger Bauern zu Großvater Wilhelm mit dem Auftrag, ihn zu ersuchen, doch noch einmal, wenigstens so lange, bis ein würdiger Nachfolger gefunden ist, die Schreibarbeit der Gemeinde zu übernehmen.

Er, der die geschenkte Zeit seit seinem Unfall meistens in seinem Garten, aber auch hinter seinen Büchern und zusammen mit seinen Enkeln auf den Wanderwegen rund um das Staadtla verbracht hat, der jetzt endlich einmal genug Zeit für seine Freunde am Stammtisch und für eine Pfeifenlänge im Schatten des Haferbirnbaums, vor allem aber für Karl gehabt hat, läßt sich angesichts der Not, in der sich die Gemeinde befindet, nicht lange bitten. Der Vierundachtzigjährige übernimmt wieder die Geschäfte des Gemeindekanzlisten und führt sie gewissenhaft weiter. Aber seine Augen wollen nicht mehr recht, er muß manchmal, für Kleingeschriebenes, eine von Linas oder Theos Töchtern um Hilfe bitten.

Theo stirbt. Ein trauriges Ereignis, aber man war seit langem darauf vorbereitet gewesen. Großvater Wilhelm trägt den Verlust mit Fassung. Unerwartet aber trifft ihn zwei Monate später die Nachricht, die ein Telegramm aus Riva in Südtirol bringt: Dort ist sein Sohn Wilhelm, der Amtsleiter in Freudenthal, während einer Erholungsreise einem Herzschlag erlegen.

Noch schafft sich der Alte, nach diesem schweren Schlag, einigermaßen im Gleichgewicht über den Sommer. Aber während des darauffolgenden Winters lassen seine Kräfte nach. Nur noch selten schleppt er sich über die Schwelle hinaus in sein Staadtla. Oft sitzt er jetzt neben Karl. Die beiden lehnen sich aneinander, und der eine wärmt den anderen. Zu sagen gibt es nichts.

Im März, als der Schnee zu schmelzen beginnt, legt sich Wilhelm nieder. Er läßt die Tage verstreichen, hat keine Lust mehr aufzustehen. Lina oder Pauline setzen Karl neben sein Bett. Dann sucht der Alte dessen Hand und hält sie fest. Nein, es ist nicht aus Angst vor dem Lombarden. Der kommt nicht mehr. Es muß etwas anderes sein.

»Karl«, fragt der Alte einmal, »wo bist du jetzt?«

Da hebt Karl den Kopf, als lausche er, als habe er einen Ruf gehört. »Auf dem Heimweg«, antwortet er.

»Es ist Altersschwäche«, sagt Doktor Heilbronn, nach Großvater Wilhelms Zustand befragt. »Den Mai wird er wohl nicht überleben.«

Der Alte hört es und schüttelt den Kopf. Er weiß, wieviel Leben noch in ihm ist. Das läßt sich nicht so schnell aushauchen.

Einmal fragt er den Arzt nach Karls Zustand, in der Hoffnung, endlich zu erfahren, woran Karl leidet. Doktor Heilbronn seufzt. »Mir ist keine medizinische Bezeichnung für diesen Zustand bekannt«, sagt er. »Ich durchschaue ihn nicht einmal. Karl macht mir immer bewußt, wie wenig wir Ärzte vom Menschen wissen. Karl ist irgendwie gespalten, sein Körper ist hier, sein Geist weit weg.«

»Wird er jemals wieder so sein wie normale Menschen?« fragt Wilhelm.

Doktor Heilbronn lehnt sich zurück und starrt gegen die Decke. »Was ist normal und was nicht?« Dann beugt er sich über Wilhelm und sagt: »Ich gehe davon aus, daß er so bleibt. Aber ich kann mich irren.«

»Sie haben sich noch nicht oft geirrt«, sagt Wilhelm müde. Doktor Heilbronn antwortet nicht.

Der Mai, der Juni, der Juli vergehen. Der Alte liegt in völliger Teilnahmslosigkeit, wie es scheint. Mit weit offenen Augen läßt er sich ab und zu einen Löffel Tee, ein paar Löffel Suppe einflößen, läßt sich waschen, läßt sich ein frisches Nachthemd überziehen. Er schrumpft zusammen. Immer deutlicher zeichnen sich seine Schädelknochen ab, immer dünner werden seine Finger. Aber noch kann er sprechen.

»Karl«, fragt er mühsam, »was siehst du?«

»Die Welt«, antwortet Karl.

»Wie sie ist?« keucht der Alte.

»Wie sie sein wird.«

Der Alte schweigt lange, den Blick auf die Zimmerdecke geheftet, wo ein paar Stubenfliegen summen. »Vergib mir, Karl«, murmelt er.

Die Nachricht von Netoušil Josefs Tod empfängt er Ende Juli.

Anfang August lebt er immer noch. Der Doktor sagt, so einen Fall von Zählebigkeit habe er in seiner langen Praxis noch nie gehabt. Sein letztes Wort richtet Wilhelm an den Lombarden, als er meint, allein im Zimmer zu sein: »Gib mir Frieden, Kamerad.«

Er hat nicht wahrgenommen, daß Karl neben ihm sitzt. Der räuspert sich, schneuzt sich und sagt dann heiser: »Ja.«

Ab Mitte August öffnet Wilhelm die Augen nicht mehr. Jeden Tag halten ihm die Frauen eine Flaumfeder über Mund und Nase, um zu erkennen, ob er noch lebt. Karl braucht die Flaumfederprobe nicht.

Er spürt's an der Hand, die er hält. Am letzten Augusttag sagt er zu seinem Vater: »Es wird Zeit.«

Da stirbt der Alte endlich – fast siebenundachtzig Jahre alt.

Es wird ein großes Begräbnis, natürlich. Ein Rotwengel-Begräbnis. Aus den Dörfern strömen die Leute ins Staadtla. Gottlob ist es Sommer, denn es gibt im ganzen Ort keinen Saal, der so viele Menschen fassen könnte. Die Kirche ist gerammelt voll. Allein die Rotwengel-Verwandtschaft füllt die ersten zehn Bankreihen.

Doktor Heilbronn ist allerdings nicht dabei. Seit er verheiratet ist, fährt er mit seiner Frau oft für ein paar Tage nach Prag. Dort haben beide ihre Verwandtschaft, dort gehen sie ins Theater, in die Oper, in Konzerte. Und dort erwartet Esther jetzt auch ihre Niederkunft. Da sie nicht mehr die Jüngste ist, soll sie, wenn es so weit ist, in den besten Händen sein.

Anstelle des Doktors ist ein anderer Trauergast erschienen, ein auffallend schöner junger Mann mit schwarzen Locken und dunklen Augen in gepflegter, aber altmodischer Zivilkleidung. Um seinen Leib trägt er eine festgeschnürte rote Schärpe. Niemand kennt ihn. Niemand weiß, daß er dem Toten seit der Schlacht von Novara am nächsten gestanden hat. Er geht ganz am Ende des Zuges. In das offene Grab wirft er keine Zweige oder Blumen, sondern ein zerfleddertes, vergilbtes Schreibheft. Das blättert sich im Fallen auf. Julian, der neben dem Grab steht, beugt sich vor und erkennt die Schrift seines Vaters – so, wie er schrieb, als er noch jung gewesen war.

Doch schon schaufelt der Totengräber Erde auf den Sarg. Die deckt das Heft zu.

Die Heilbronns kehren aus Prag zurück mit einem Sohn. Die Mitglieder des Streichquartetts bringen zu seiner Begrüßung ein Ständchen: der Lehrer aus Lonsdorf, ein tschechischer Zolloberinspektor aus Dichtenau – und Julian, der Ersatzmann. Die Heilbronns sind gerührt.

Die Eichstädtler überstehen die Erscheinung des Halleyschen Kometen unbeschadet, obwohl ihr düstere Prophezeiungen von Krieg, Pest und Hungersnöten vorausgegangen sind. Umso erleichterter stürzen sie sich in die Vorbereitungen für das Heimatfest, das Julian sich ausgedacht hat. Alle fünf Jahre soll es stattfinden, und alle Eichstädtler, die in die Welt hinausgezogen sind, werden dazu herzlich eingeladen. Aus Prag, aus Wien, aus Brünn und Preßburg, ja sogar aus Hamburg und Amerika kommen Anmeldungen. Fahnen werden genäht, Reden werden aufgesetzt, die Blaskapelle, jetzt unter Lois' Leitung, übt unentwegt, die Wege werden ausgebessert, die stinkenden Rinnsale unsichtbar abgeleitet, und in der Schule probt der Chor. Pauline bürstet mit Salmiakgeist Flecken aus Julians Sonntagsanzug.

Und dann ist es soweit. Alle Gasthöfe des Staadtlas sind bis zur letzten Kammer belegt. Es gibt kaum ein Haus, das während des Heimatfestes keine Gäste beherbergt. Eine ganze Woche dauert es. Alle Eichstädtler helfen mit, ja sogar die meisten Sommerfrischler, und auch die Schule gibt ihr Bestes. Da finden Festessen und Bälle statt, wird Theater gespielt. Kinder vergnügen sich auf Ringelspiel und Schiffschaukeln, Erwachsene mit Wahrsagerinnen und Zauberern. Alle Häuser sind girlandengeschmückt, die Straßen und Wege gefegt, die Schaufenster der kleinen Läden festlich dekoriert. Die Blaskapelle verausgabt sich. Auch die Freiwillige Feuerwehr und der Turnverein steuern Programmpunkte bei. Der Radfahrverein veranstaltet ein Rennen. Und obwohl fast jeden Tag in der Ferne Donner grummelt und dunkle Wolken aufziehen und es während der Nächte wetterleuchtet, fällt doch kein einziger Tropfen, und keine Wolke schiebt sich vor die Sonne.

Doktor Heilbronn sitzt mit seiner Frau auf dem Ringplatz vor dem Gasthof zum »Weißen Lamm« und genießt das festliche Treiben. Kurt, den Sohn, haben sie daheim in der Obhut eines Kindermädchens gelassen. Aber sie haben einen Freund aus Prag bei sich, einen Universitätsprofessor, den sie bei Freunden kennengelernt haben. Er fühlt sich in Prag noch nicht recht zu Hause, weil er erst vor einem guten halben Jahr aus der Schweiz herübergekommen ist. Esther Heilbronn hat ihn und seine Frau nach Eichstädtl zum Heimatfest eingeladen. Aber seine Frau hat es vorgezogen, mit den beiden kleinen Söhnen in Prag zu bleiben.

Dr. Heilbronn duzt sich mit ihm, nennt ihn nur Albert. Er soll unter Physikern angeblich Weltruf genießen. Aber kurios sieht er schon aus: Das Haar steht ihm wirr um den Kopf, er hat sich seit zwei Tagen, trotz des Festes, nicht rasiert, und im struppigen Oberlippenbart hängt ein Stück Suppennudel. Ein zerstreuter Professor. Aber er scheint sich wohl zu fühlen und kann sich an der Szenerie nicht sattsehen.

Das Radrennen verzögert sich etwas, einem der Radfahrer ist die enge Hose geplatzt, er muß sie erst wechseln. Gelächter. Die dicke Kellnerin aus dem »Weißen Lamm«

rennt hin und her und schwitzt. Der Prager Professor bestellt ein Bier.

Da erscheint Karl Rotwengel. Obwohl mehr als eineinhalb Jahrzehnte älter als der Prager Besucher, gleicht er ihm doch ein wenig: Auch ihm stehen die Haare wirr um den Kopf, auch ihm hängt Ei im struppigen Schnauzbart. Er nähert sich dem Tisch, an dem die Heilbronns sitzen, und starrt den Professor an.

»Das ist Karl Rotwengel«, erklärt Doktor Heilbronn seinem Gast. »Ein merkwürdiger Fall von geistiger Verwirrtheit.« Und er erwähnt, daß dieser Mann der Bruder des Festleiters ist.

Karl räuspert sich laut, spuckt kräftig aus und sagt: »Die Zeit krümmt sich.«

»Gewiß, Karl, die Zeit krümmt sich«, antwortet Dr. Heilbronn todernst. »Niemand zweifelt daran.«

Karl läßt nicht erkennen, ob er diese beruhigenden Worte aufgenommen hat. Er läßt seinen Blick nicht von dem Professor, der ihn groß ansieht, und streckt ihm die Zunge heraus – spitz und überlang.

»Aber Karl!« ruft die Kellnerin empört. »Wie unhöflich!«

Der Professor winkt sie weg, und dann streckt er Karl auch die Zunge heraus, lang und spitz. Dr. Heilbronn fühlt sich an eine Art Erkennungsritual erinnert. Esther Heilbronn muß lachen.

Aber schon kommt Lina gelaufen, herbeigeholt von der Kellnerin, und zieht Karl mit sich fort.

»Dieser Mann soll verwirrt sein?« fragt der Professor erstaunt.

Er springt auf und will ihm nachlaufen. Aber Esther Heilbronn hält ihn energisch am Ärmel fest und sagt leise: »Er sabbert und furzt. Und man kriegt nichts aus ihm heraus. Es lohnt nicht die Mühe.«

Außerdem hat ihn Lina schon durchs Judengäßchen fortgeführt.

13. Kapitel

In dem Karl eine möblierte Kammer bezieht, Laura zu knistern beginnt, alle Eichstädtler in den Himmel starren und Flottl an einen Grabstein pinkelt

Das Fest ist vorbei, die Eichstädtler nehmen die verwelkten Girlanden ab. Ruhe kehrt ins Staadtla ein. Julian läßt jetzt sein Elternhaus umbauen und zieht mit seiner Familie in das neue Heim ein. Gleichzeitig wird eine Wasserleitung für den ganzen Ort angelegt. Sie wird noch rechtzeitig vor dem Wintereinbruch fertig.

Karl wohnt nicht mehr bei den Rotwengels. Genauer gesagt: Er schläft nicht mehr im Rotwengel-Haus, seit Julian mit seiner Familie eingezogen ist. Um es ganz genau zu sagen: Während der ersten fünf Tage hat Karl noch auf dem Kanapee in der Küche geschlafen. Aber Laura hat sich wütend gewehrt, morgens die vollgefurzte Küche zu betreten, hat rebelliert, hat gesagt, das sei ein Skandal, sei ein Schlag ins Gesicht moderner Hygiene, sei niemandem zuzumuten, und wenn Karl weiterhin in der Küche schlafe, ziehe sie aus.

Vater Julian reagiert verstört. Karl oder Laura, das ist jetzt die Frage. Laura weiß, daß sie ihren Vater erpreßt, aber sie fühlt sich im Recht. Wer ist schon Karl? Ein Klotz am Bein der Familie, der die Rotwengels daran hindert, ihr Benehmen zu verfeinern, ihre Lebensart zu kultivieren. Schon seit Jahren hat sie versucht, die Atmosphäre des Hauses dem bürgerlichen Niveau Prager Wohnungen, die sie während ihrer Ausbildung kennengelernt hat, so genau wie möglich anzugleichen. Sie stellt einen modernen Kippspiegel auf die Kommode in der kleinen Wohnküche, überrascht die Familie eines Tages mit einer Spanischen Wand zum Zusammenklappen und Auseinanderfalten, hinter der man sich ungesehen umziehen kann, stattet das ganze Haus mit eingerahmten Familienfotografien, Kruzifixen, Schutzengel- und Marienbildern, Wandbehängen mit Kreuzstich-Sinnsprüchen und Vasen mit Trockenblumensträußen aus. Auch ein Käfig mit einem Kanarienvogel hängt eines Morgens an der Küchenwand. Über Vater Julians Bett lastet ein mächtiges Ölgemälde, auf dem Jesus vor rosa angehauchter Abendkulisse an einem Weizenfeld entlangwandelt, und das Kanapee ist bestückt mit kunstvoll bestickten Kissen. Häkeldeckchen machen sich auf den Möbeln breit, Nippes bevölkern die Räume.

Zwischen so viel Pracht paßt kein Karl in seiner Ungeschlachtheit. Laura meint, das würde er selber merken, wenn er bei Verstand wäre. Und so mietet Vater Julian schweren Herzens – nach langen Beratungen mit Tante Lina von der Post, die ihren Franz auch nicht dazu überreden kann, Karl in sein Haus aufzunehmen – eine kleine Kammer im unteren Dorf. Ein eiserner Ofen steht drin, ein winziges Fenster läßt Licht herein. Vater Julian schafft mit Otto eine Bettstelle, einen Tisch, einen Stuhl, einen eisernen Waschtisch und einen kleinen Schrank heran, Pauline steuert Strohsack, Federbett und Kissen bei. Vor das Fensterchen hängt sie einen Vorhang. Eine Petroleumlampe oder eine Kerze bekommt Karl nicht. Er kann nicht damit umgehen. Aber was sollte er auch tun außer schlafen, wenn es dunkel ist? Und was den Abort betrifft, der ist gleich hinter dem Schuppen, von der Haustür aus in ein paar Schritten zu erreichen. Hausbesitzer ist der Lois, der mit Karl zusammen in die Schule ging. Er, Witwer, Tagelöhner und Posaunist, läßt den Karl sein, wie er ist, und stört sich auch nicht an ein paar Fürzen.

Laura dankt ihrem Vater überschwenglich für diese Lösung, wäscht den Kanapee-Überzug und reißt Küchentür und Küchenfenster auf, daß die Gardinen im Luftzug flattern, Vater Julian die Pfeife und Mutter Pauline das Herdfeuer ausgeht. Aber ganz will Karls Geruch nicht weichen, weil er ja doch zu jedem Mittagessen und zu jeder Jause wieder für Nachschub sorgt. Laura kann sich ein Tischchen im Vorhaus oder im Korridor vorstellen. Aber diesmal beißt sie bei Vater Julian auf Granit: bis hierher und nicht weiter!

Ach ja, Laura wird für ihn allmählich selbst zum Problem. Nicht in ihrer Eigenschaft als Handarbeitslehrerin – da ist sie untadelig. In den Jahren, die sie bisher an der Eichstädtler Schule gewirkt hat, waren die Eichstädtler Mütter immer hochzufrieden mit ihr. Wenn ihre Töchter die Schule verließen, waren sie allesamt in der Lage, sich ihre Aussteuer selbst zu nähen, ihre Wäsche zu flicken, Strümpfe zu stricken und Deckchen zu häkeln, ja ganze Tischdecken mit Kreuzstichmustern zu überziehen. Besonders handfertigen Mädchen bringt Laura sogar das Teppichknüpfen und Klöppeln bei. Nur wie man die Bájazzen macht, verrät sie keinem. Und wenn diese oder jene ihrer Schülerinnen versucht, auf eigene Faust hinter das Geheimnis zu kommen, entsteht immer nur eine armselige Karikatur von Lauras Kreationen. Begegnet Laura zufällig solchen Gebilden, die meist nicht mehr darstellen als schlappe Hampelmänner, ist sie fähig, ein kleines, böses Gelächter auszustoßen.

In ihrer Handarbeitsstunde hält sie strenge Disziplin. Da wagt niemand zu lachen, ja kaum zu bitten, »austreten« zu dürfen, wenn's pressiert. Denn mit dem Unterleib will Fräulein Rotwengel nichts zu tun haben, weder in der einen noch in der anderen Weise.

Das ist es, das Problem: Laura wird immer tugendhafter, schwebt immer höher über dem irdischen Sündenpfuhl, den sie, leider, auch im Staadtla entdeckt hat. Noch immer schlägt sie vor jedem Mann die Augen nieder, während sie im Bewußtsein ihrer makellosen Reinheit das Kinn hebt. Vor geraumer Zeit hat sie ein paar Heiratsanträge erhalten: Junge Bauern hatten die Kühnheit besessen, sich mit der Tochter ihres ehemaligen Lehrers schmücken zu wollen. Vater Julian hat zwei von ihnen recht passabel gefunden, aber Laura hat jedesmal entrüstet abgelehnt. Was dachten sich diese Burschen eigentlich? Sie war die Tochter des Oberlehrers Rotwengel und noch dazu Handarbeitslehrerin!

Einmal ist ein junger Prager Sommerfrischler für zwei Wochen im Staadtla gewesen, ein großer, stattlicher Mensch mit einem kühnen Profil und ebenso kühnen Schnauzbart, ein Jurastudent kurz vor der Promotion. Der hat einen ganzen Abend lang mit ihr getanzt. Und sie, die Schmale, Zarte mit Schwanenhals und Wespentaille, fühlte sich an diesem Abend noch leichter als eine Flaumfeder. Sie blühte zu einer wahren Schönheit auf, als ihr der Student ins Ohr flüsterte, sie sei zu schade für dieses Kaff. Eduard hieß er. Aber als er sie vom Ballsaal heimgeleitete und sie unterwegs – im Judengäßchen – küssen wollte, wich sie ihm empört aus: »Mein Herr!«

Ein paar Schritte weiter trat er in einen Kothaufen, und der Zauber dieses Abends zerbrach endgültig. Um ihre Hand hat er nicht angehalten, obwohl sie innig dafür gebetet hatte.

Die Rotwengels und die Postleute brauchen eine Weile, bis sie den Karl an den untereinander abgesprochenen Rhythmus gewöhnt haben: Frühstück und Abendessen bekommt er bei Lina, Mittagessen und Jause bei Julian. Die Miete für das Stübchen übernehmen Bruder und Schwester zu gleichen Teilen, und abgetragene Kleidung für Karl, soweit sie paßt, steuert die ganze Verwandtschaft bei. Die Rotwengels sind zwar alle kleiner und schmächtiger als er, aber Tante Lina hat ein paar Schwiegersöhne, die Karl an Stattlichkeit gleichen.

Von nun an hackt Karl vormittags hinter der Post, nachmittags vor dem Rotwengelschen Haus Holz, sofern das Wetter es erlaubt. Regentage und die kälteste Winterzeit verdöst er auf dem Stuhl in seiner Kammer. Wenn sich die Temperatur der Frostgrenze nähert, kommt Lois und schiebt ein paar Scheite Holz in den Ofen. Wenn er auf

Arbeit ist, hilft eine Nachbarin aus. Aber es kommt auch schon mal vor, daß Karls Bart bereift ist.

Einmal, an einem frostklirrenden Tag, kommt Pauline, um die Bettwäsche zu wechseln. Sie spricht Karl an, der reglos auf seinem Stuhl sitzt. Als er nicht antwortet, rüttelt sie ihn an der Schulter. Da kippt Karl, steif wie ein Denkmal, vom Stuhl und bleibt in Sitzstellung auf dem Fußboden liegen. Entsetzt rennt Pauline aus dem Haus, ruft die Nachbarn zusammen. Gemeinsam heben sie den Steifgefrorenen aufs Bett, entkleiden ihn, reiben ihn mit Schnee ein, bis er sich wieder regt. Von nun an darf er an frostigen Tagen in den Stuben der Post oder der Rotwengels sitzen. Das duldet sogar Laura, sie ist kein Unmensch, und an sehr kalten Tagen ist ja auch nicht viel Besuch zu erwarten.

Nein, man kann Laura nichts nachsagen. An ihrem Lebenswandel können sich die Klatschbasen nicht laben. Ihre Blusen trägt sie hochgeschlossen, obwohl sie so gut wie keinen Busen hat, und ihren Hintern zieht sie sogar nachts unter dem Federbett ein. Manchen jungen Eichstädtler hat bei ihrem Anblick schon der Hafer gestochen: So einer hochmütigen Gake müßte man doch beikommen können, müßte sie nur bügeln, bis sie dampft! Dann wäre sie wohl noch heilbar. Dann würde sie aufhören, die Fußspitzen nach außen zu setzen. Dann fände sie wieder auf den Boden zurück, auf dem sich die normalen Sterblichen zu bewegen pflegen.

Aber solchen Gedankenspielereien steht Lauras Vater entgegen, der überlebensgroße Oberlehrer- und Feuerwehrhauptmannvater. Er würde für derlei Nothilfe sicher kein Verständnis aufbringen und würde einem nur Schereien an den Hals hexen. Das lohnt nicht die Mühe. Soll sie doch in Frieden vertrocknen, die Laura Rotwengel!

Das tut sie.

Ihr jüngster Bruder Siegmund hat andere Schwierigkeiten: Mit so viel älteren Geschwistern macht es Mühe, erwachsen zu werden. Er hat etwas so Kindliches an sich, daß ihn alle Erwachsenen vor allem Bösen der Welt behüten möchten. Dumm ist er beileibe nicht, aber so arglos und ahnungslos, daß es einen schon lächern kann. Und so entsetzlich brav.

Natürlich dient er als Ministrant. Laura hat das eingefädelt. Ministranten haben ein vorbildliches Leben zu führen. Er bemüht sich redlich. Aber einmal muß er doch kichern, als er in der Sakristei dem Kaplan beim Umziehen hilft und ein großes Loch in dessen Socken entdeckt. Die ganze Ferse schaut heraus. Die Ferse des Kaplans!

Der Kaplan fragt mißgelaunt, was es denn hier in der Kirche zu lachen gebe. Siegmund zieht betroffen die Schultern hoch und zeigt auf die nackte Ferse. Das ärgert den Kaplan, und er fährt den kleinen Blonden an: »Schämst du dich nicht? Das mußt du beichten!«

Siegmund geht den ganzen Beichtspiegel durch und sucht nach der passenden Formulierung dieser Sünde. Wie gesagt, er ist nicht dumm. Unter dem sechsten Gebot findet er sie endlich. Und so beichtet er am darauffolgenden Samstag – dem Wochentag, an dem die Adlergebirgler Körper wie Seele zu reinigen pflegen – dem Kaplan unter anderem: »Ich habe unbekleidete Körperteile mit Wollust angeschaut.« Und er ist voller Mitgefühl, als der Kaplan einen so heftigen Hustenanfall erleidet, daß der ganze Beichtstuhl wackelt.

Siegmund hat bereits gelernt, daß man nicht alles erzählen sollte, was man erlebt hat. Manches glaubt einem niemand. Zum Beispiel, daß beim Furzbörnlein hinter dem Mühlberg einer haust, der unten ein Zicklein, oben aber ein Mensch ist, mit einem Ziegenbart und Bockshörnchen. Siegmund ist oft dort oben. Anfangs hat es im Gebüsch am Waldrand nur geraschelt. Später hat er sich dann auch mal sehen lassen, hat ihn mit großen Nasenlöchern beschnuppert, hat ihn angegrinst. Er stinkt ein bißchen, und seine Ohren sind spitzer, als ein Mensch sie hat. Er hat ein Männergesicht, aber er ist nicht größer als er selbst, Siegmund.

Fritz hat ein Tierlexikon. Siegmund hat es durchgeblättert. Aber auf so ein Wesen ist er nicht gestoßen. Er hat den Vater danach gefragt. Der hat ihn scharf angeschaut und gesagt: »Sowas gibt's in der Wirklichkeit nicht, Junge. Nur in Sagen aus fremden Ländern. Es wird ein Reh oder eine Ziege gewesen sein. Nichts gegen eine reiche Phantasie. Aber dazu bist du schon zu alt, Junge.«

Wie er sich dummgestellt hat, der Vater! Dabei – das hat er selber mal erzählt – hat er als Kind die Kirchenglocken am Gründonnerstag nach Rom fliegen und am Ostersonntag wieder zurückkommen sehen!

»Aber ich spiel' doch jedesmal, wenn ich dort hinaufgehe, mit ihm Fangen!« hat Siegmund aufbegehrt.

Vater Julian hat daraufhin einen ganz bedrohlichen Blick geworfen, hat gefragt, ob dieser Kerl am Ende nackt sei, und als Siegmund dies arglos bejaht hat, ist Vater Julian schnurstracks mit ihm hinaufgewandert. Aber da hat sich der Struppige nicht gezeigt, hat weder gemeckert noch im Gebüsch geraschelt, war einfach nicht da, als der Vater das ganze Strauchwerk im Umkreis der Quelle durchsucht hat. Nicht einmal eine Stelle hat der Vater gefunden, wo das Gras zerdrückt war. Nur viele Ziegenkötter und Ziegenspuren.

»Na siehst du«, hat Siegmund gesagt, aber sein Vater hat ihm barsch geantwortet: »Das beweist gar nichts. Hier kann jemand seine Ziege vorbeigeführt haben, zum Weiden.«

Siegmund hat nicht zu antworten gewagt, daß niemand auf den Gedanken käme, seine Ziegen bis hier herauf zu führen, wenn's doch auch unten im Tal genug Wegränder gibt, auf denen sie weiden können. Und als der Vater ihm verboten hat, künftig noch einmal zum Furzbörnlein zu gehen, weil sich heutzutage so viele Vagabunden herumtreiben, die mit Kindern nichts Gutes im Sinn hätten, hat er gehorsam genickt.

Aber seit er erfahren hat, daß er im kommenden Schuljahr von daheim fort soll, ins Gymnasium in Landskron, das fast am anderen Ende der Welt liegt, ist er doch wieder heimlich hinaufgegangen, und da hat er sich wieder gezeigt, der Ziegenmensch, und hat Fangen mit ihm gespielt. »Wenzel« hat Siegmund ihn genannt. Aber inzwischen weiß er, daß es ein Faun ist. Er hat Großvater Wilhelms Lexikon durch- und durchgeblättert, und da fand er ihn.

Wenzel ist ein Witzbold. Er trinkt, und dann furzt er. Er schafft richtig schöne Töne mit Schwingungen. Auch eine Art von Trillern. Siegmund gelingen nur ganz ordinäre Fürze. Dann meckert Wenzel vor Vergnügen.

Einmal kommen Leute am Waldrand entlang. Beerensucher. Da versteckt sich Siegmund zusammen mit Wenzel im Gebüsch, bis sie vorüber sind.

Und jedesmal muß Siegmund am darauffolgenden Samstag beichten, daß er ungehorsam gewesen ist.

Manchmal weint er jetzt abends vor dem Einschlafen in sein Kissen. Er hat Angst vor Landskron. Wenn er doch seine Mutter mitnehmen könnte! Oder bei Otto sein dürfte. Aber der geht in Mährisch-Schönberg zur Schule. Dort gibt es zwar ein Gymnasium, aber kein humanistisches. Er haßt dieses Wort!

Ach wenn er doch in Landskron wenigstens den Wenzel bei sich haben dürfte!

Die Nachrichten vom Untergang der »Titanic« erreichen auch das Adlergebirge. Sie wühlen Siegmunds zarte Seele auf. Er besorgt sich Zeitungen, saugt alles gierig in sich ein, was er über diese Katastrophe erfährt. Er stellt sich den Untergang vor, träumt davon, erlebt ihn mit, leidet daran, hat keinen Appetit mehr.

»Das ist doch so weit weg«, versucht ihn Pauline zu trösten.

»Er hat eine zu dünne Haut«, sagt Vater Julian ungehalten. »Ohne Hornhaut an der Seele geht man zugrunde, Junge!«

Währenddessen wird das Staadtla von unerhörten Wandlungen erschüttert. Nichts bleibt, wie es seit Urzeiten gewesen ist. Was den Alten Selbstverständlichkeit war, ist den Jungen nicht mehr gut genug. Sie begnügen sich nicht mit der neuen Wasserleitung, die von einem Tag zum anderen das Wasserschleppen und Wassersparen erübrigt hat und das Hausfrauenleben vor allem im Winter so bequem macht. Auch die neue Telefonleitung hat ihre Wünsche nicht gestillt, obwohl sie jetzt – man kann's einfach nicht fassen! – mit ihren Lieben in Prag oder Brünn sprechen können, als stünden sie vor ihnen: vorausgesetzt, sie können so eine Hexerei bezahlen. In Grulich rauchen bereits einige Fabrikschlote. Und sogar Eichstädtl hat jetzt eine Fabrik! Es ist ein großes Backsteingebäude, das größte am Ort, und darin klappern mechanische Webstühle. Daß sie nur ein paar Jahre lärmen und dann stillstehen – was tut's? Auch eine Fabrik, die bankrott ging, ist eine Fabrik!

Es gibt neuerdings auch einen Zahntechniker und einen Fotografen im Staadtla. Und ein Textilgeschäft neben dem Judengäßchen. Und auf dem Jahrmarkt kann man Pomeranzen, Kokosnüsse, ja sogar Datteln kaufen. Noch nie herrschte solche Üppigkeit im Adlergebirge!

Mutter Pauline leistet sich den unerhörten Luxus, zwei Datteln zu kaufen – eine für ihren Siegmund, die andere für Linas jüngste Tochter. Und dann geht sie mit den beiden Kindern ins Gasthaus »Zum goldenen Stern« hinauf, denn der Wirt hat sich eine Musikmaschine angeschafft, wie man sie in Prag und Wien angeblich schon viel hat. Ein Grammophon. Das muß sie den Kindern zeigen. Aber die grinsen einander heimlich hinter Mutter Paulines Rücken zu. Sie haben sich längst kundig gemacht, haben schon öfter im »Goldenen Stern« zugehört und gestaunt. So ist es eigentlich nur Pauline, die fassungslos in den riesigen Messingtrichter starrt und mit offenem Mund lauscht. Aber als sie dann, nach einer Höflichkeitslimonade, wieder geht, steht ihre Meinung fest: Die Musik, die die Blaskapelle macht, gefällt ihr besser. Sogar die Musik, die der

Doktor jeden Donnerstag mit dem Lehrer Hopperdietzl aus Lonsdorf, ihrem Julian und dem tschechischen Zolloberinspektor oder seiner Frau Esther macht, ist noch angenehmer als die Grammophonmusik. Denn sie wird von Eichstädtlern für Eichstädtler in Eichstädtl gespielt, und das ist allemal schöner.

Karls Zimmer liegt nicht weit von Doktors Haus entfernt. Vom Frühling bis zum Herbst ist ein Heilbronnsches Wohnzimmerfenster am Donnerstagabend offen, und Bach, Haydn und Mozart tönen bis weit in die Nachbarschaft. Wer an solchen Abenden an Doktors Haus vorüberkommt, kann unter dem Fliederbusch am Gartenzaun Karl Rotwengel ganz vertieft hocken sehen. Wenn man ihn anruft, antwortet er nicht.

Die Alten setzen sich neuerdings oft zusammen, nach Feierabend oder sonntags nach dem Kirchgang, die Frauen auf einer Ofenbank, die Männer im Gasthof. Was für Zeiten, was für Zeiten! Im Heer haben sie jetzt Wagen aus Eisen, die fahren auf Ketten und sind kugelsicher, und die jungen Leute begeistern sich daran. Sie begeistern sich für alles, was es früher nicht gab, was also unbewährt, ja unsolide ist. MASCHINE ist das Zauberwort für sie. Und FORTSCHRITT. Wenn das nur kein böses Ende nimmt, Jesusmaria! Jetzt sinnieren sie sogar schon über die Möglichkeit, dieses neumodische Licht, das bereits Prag und Wien und andere Großstädte der Welt in blendende Helligkeit taucht, auch im Staadtla leuchten zu lassen. Licht aus Wasser! Elektrizität wird es genannt. Wenn man es anrührt, kriegt man mindestens Krämpfe. Manchmal wirft es Blitze nach allen Seiten und verschmort alles, was in der Nähe ist. Und wer sich zu innig mit ihm einläßt, muß es mit seinem Leben büßen. Es ist ein Jammer, daß der alte Jaikl nicht mehr lebt. Der wäre mit seinem Höllenzwang der einzige gewesen, der einen solchen Teufelsspuk hätte in Schach halten können!

Trotz des Widerstandes der Alten setzen die Jungen

durch, daß ein winziges Elektrizitätswerk von neununddreißig Pferdestärken am Adlerufer eingerichtet wird. Es ist zwar abhängig von der Natur, denn wenn das Wasser in der Adler niedrig geht, erstirbt das Licht in den kleinen, birnenförmigen Glaskäfigen. Aber das passiert eigentlich nur während der Sommerzeit, und da ist es ja sowieso länger hell.

Dieses neue Licht gibt wirklich Anlaß zum Staunen: Die soliden Petroleumlampen lassen sich nicht mit ihm vergleichen, von den guten alten Kienspänen oder Kerzen gar nicht zu reden. Was da an einem lockeren Draht von der Stubendecke baumelt, ist fast so hell wie die Sonne. Und so ergibt es sich ganz von selbst, daß sich die Anfangszahl von zweiundvierzig Abnehmern schnell erhöht. Bald leuchten in Eichstädtl fünfhundert Lampen, tuckern sogar achtzehn Motoren! Die Adler schafft es nicht mehr allein, den Ort zu erleuchten. Ein Dieselmotor muß her, der die Gemeinde in Schulden stürzt. Aber den Fortschritt läßt man sich schon was kosten.

Sogar eine Straßenbeleuchtung leistet man sich jetzt. Abends brauchen Fremde oder Halbfremde, nämlich Sommer- oder Winterfrischler, nicht mehr über Schneehaufen zu stolpern oder in unangenehme Pfützen zu tappen. Nur die Liebespaare können sich nach Einbruch der Dunkelheit nicht mehr mitten auf dem Ringplatz küssen, sondern müssen sich in unbeleuchtete Ecken des Ortes zurückziehen. Aber das nehmen sie gern in Kauf. Sie sind es ja gewöhnt, sich blitzschnell nach den augenblicklichen Gegebenheiten zu richten. Auch Karl hat die große Veränderung bemerkt. Er steht bei Nacht auf dem Ringplatz und starrt hinauf in die Lampe, um die Mücken schwärmen.

»Ja, ja, Karl«, ruft ihm ein später Stammtischheimkehrer zu, »da hat sich was verändert, gelt? Du starrst genau in die moderne Zeit hinein!«

Aber Karl versteht nicht, was er meint.

Man hat sich noch kaum an diese unglaubliche Modernisierung gewöhnt, als sich dem Staadtla abermals der Größenwahn der neuen Zeit offenbart, diesmal buchstäblich aus heiterem Himmel: Ein Aeroplan überfliegt den Ort!

Wohl hat man auch hier im Adlergebirge schon von diesen Gebilden gehört, die sich in die Lüfte erheben, ja sogar den Ärmelkanal überqueren und dazu noch Menschen tragen können! Junge Leute, die auswärts studieren und nur über die Ferien heimkommen, fachsimpeln abends in den Gasthöfen mit wichtigen Mienen über die Vorzüge und Nachteile von Doppeldeckern. Aber mit eigenen Augen hat noch kein Eichstädtler so ein unheimliches Ding gesehen. Alle stürzen aus den Häusern, starren hinauf, blinzeln ins Licht, schirmen die Augen mit den Händen ab, sehen das schwarze Kreuz winzig klein, aber majestätisch über den Himmel ziehen. Drinnen soll ein Mensch sitzen. Da kann man sich doch nur bekreuzigen!

So ein Aeroplan bringt die ganze Ordnung durcheinander: Die Fuhrleute lassen die Zügel durchhängen, lassen es – den Kopf im Nacken – geschehen, daß die Pferde am Straßenrand zu grasen beginnen. Die Bauern hören auf zu mähen, die Kühe zu kauen, den Frauen kocht die Milch über, dem neuen Gemeindesekretär passieren Tintenkleckse, den Maurern gleitet der Mörtel von der Kelle. Und noch nie hat sich die Schule so schnell geleert! Die Kinder zeigen, winken, schreien, jubeln.

Auch Laura steht vor dem Schulportal, zwischen ihrem Vater und ihrem Bruder Otto, dem Studenten, der zufällig daheim ist. Sie zieht die Mundwinkel spöttisch herab. Solange weder ein atemberaubendes Strickmuster noch die Jungfrau Maria persönlich am Eichstädtler Himmel erscheinen, bleibt sie kühl. Vater Julian lächelt heiter, er ist der Tradition wie dem Fortschritt verbunden, ist ein Mann des Ausgleichs, der den Aeroplan nimmt als das, was er ist: ein Spiel der Möglichkeiten, die sich dem Menschenverstand erschließen.

Otto aber, schön wie Michelangelos David, gerät außer

sich vor Begeisterung. Das ist es! Den Himmel erobern, Grenzen mißachten, bisher Unüberbrückbares überwinden, der irdischen Schwerkraft die Zunge herausstrecken, die Welt von oben sehen! Den ganzen restlichen Tag, als der Aeroplan schon längst seinem Blick entschwunden ist, taumelt er wie in Trance umher und hat keinen Appetit. Technische Visionen lassen ihn stammeln.

»Paß auf, daß du nicht über etwas stolperst«, ermahnt ihn Mutter Pauline besorgt.

Trotz aller Himmelfahrten des Geistes und der Phantasie verlangt aber der Alltag sein Recht. Die Bauern mähen weiter, die Hausfrauen schütten die schäumende Milch in andere Töpfe, der Oberlehrer scheucht seine Schüler wieder in den Klassenraum. Aber der erfahrene Pädagoge weiß, daß er jetzt, nach dieser ungeheuren Begebenheit, nicht mit der Bruchrechnung weitermachen kann. Die Gedanken sind jetzt woanders. Und so versucht er den Rest der Stunde – es ist die letzte des Vormittags – mit Rätseln und Scherzen herumzubringen. Sein Repertoire ist unerschöpflich. Diesmal stellt er die scheinbar nicht zu beantwortende Frage: »Wie schreibt man GETROCKNETES GRAS mit drei Buchstaben?«

Stille. Er hört förmlich, wie sich die Gedanken vom Aeroplan lösen und sich über dieses Rätsel hermachen. Und schon tönt ein Triumphschrei: »Heu!«

Der Oberlehrer lacht und lobt. Und jetzt ist ihm die ganze Meute auf der Spur. Er hat die nächste Frage: »Wie schreibt man GEFRORENES WASSER mit drei Buchstaben?« noch nicht ganz ausgesprochen, als ihm schon ein ganzer Chorus entgegenbrüllt: »Eis!«

Aber nun will er die Kinder narren, will sie auf eine Fährte treiben, wo nichts zu finden ist: »Und wie schreibt man BÖSER JUNGE mit drei Buchstaben?«

Totenstille. Die wundert den Oberlehrer nicht, denn es gibt nichts zu antworten. Oder doch? Ein Knirps meldet sich. »Na?« fragt ihn der Oberlehrer.

»Aas«, antwortet der Kleine siegessicher.

Da muß sich der Herr Oberlehrer schneuzen, muß sogar den Klassenraum verlassen, weil er Mühe hat, die Fassung zu bewahren. Aber warum soll er seine Heiterkeit vor den Kindern verstecken? Er erscheint wieder in der Klasse, lachend, und beglückwünscht den Schlaukopf. Er tut sogar etwas, was in der Pädagogik der Vorkriegszeit ganz ungewöhnlich ist: Er verkündet, daß er, der Lehrer, gerade eben etwas von den Schülern gelernt habe. Nämlich, daß man nie aufgeben solle, auch wenn die Lage aussichtslos erscheine.

An diesem Vormittag kehren die Schüler der Eichstädtler Schule mit *zwei* Neuigkeiten heim: Ein Aeroplan sei am Himmel zu sehen gewesen, und der Herr Oberlehrer habe das Aas von ihnen gelernt und sich darüber halb totgelacht.

Ja, die Fuhrleute treiben ihre Pferde wieder an, die Maurer mörteln wieder, der Sekretär radiert die Kleckse weg, und Laura vertrocknet weiter. Sie besucht die Sonntagsmesse regelmäßig, singt im Kirchenchor mit, geht zur Beichte. Ihre Röcke knistern, Funken stieben aus ihnen, wenn sie im Dunkeln durch das Judengäßchen zu Tante Lina hinübereilt. Deren Töchter haben schon längst alle fortgeheiratet, bis auf die jüngste, die noch ein halbes Kind ist, und haben Tante Lina bereits zur mehrfachen Großmutter gemacht. Aber keine von ihnen hat so tugendhaft gelebt wie sie, Laura. Keine hat ihre Augen so züchtig niedergeschlagen, hat ihre Bluse so hochgeschlossen getragen, war ihrem Vater so ergeben wie sie!

Sogar die Brüder beginnen über sie zu grinsen. Ihre ständigen Ermahnungen, das Kreuz mehr durchzudrücken und das Kinn hochzutragen, den Scheitel schnurgerade zu ziehen und nicht so bäurisch zu lachen, fallen ihnen auf die Nerven. Und wenn sie sie auffordert, öfter zu beichten und die Sonntagsmesse zu besuchen, antwortet Otto für sich und die anderen mit einem kräftigen »Miau!«.

»Man könnte meinen, du hättest dich im Weihwasserbecken gebadet«, sagt Fritz einmal zu ihr. Er ist nun selbst schon junger Lehrer und kann sich das erlauben. Darauf spricht sie eine ganze Woche lang nicht mehr mit ihm.

Aber wenn die Brüder nicht daheim sind und Laura mit Vater Julian zusammen im Bienenhaus arbeitet, beide mit Drahtmasken vor dem Gesicht, da entkrampft sie sich, die reife Jungfer, werden ihre Bewegungen ganz weich und graziös, kann sie gelöst und heiter sein, ja herzlich lachen. So liebt er sie, der Vater die Tochter, die seiner Ottilie äußerlich so ähnlich ist, liebt sie bis zur Schmerzgrenze. Da liebt er Ottilie, neben der alle anderen Frauen ein Nichts sind.

Und doch: Mit Laura muß etwas geschehen. Er muß die Sache in die Hand nehmen. Laura muß, wie jeder Mensch, ins rauhe Leben hinaus, muß lernen, daß auch der Unterleib eine Gabe Gottes ist. Und er beginnt, nach einem Mann für sie Ausschau zu halten.

Das ist nicht einfach. Unter den Männern Eichstädtls und der Umgebung, die im Alter zu Laura passen, gibt es kaum mehr einen, der noch ledig ist. Und die wenigen, die bis jetzt noch gezögert haben, sich zu verehelichen, sind überaus wählerisch. Gewiß, den Oberlehrer Rotwengel zum Schwiegervater zu haben, wäre für jeden eine große Ehre. Aber schließlich gilt es nicht ihn, sondern seine Tochter zu heiraten! Der aber fühlen sich auch die Couragiertesten nicht gewachsen.

Endlich wird Vater Julian doch noch fündig: Da gibt es einen Berufssoldaten in Deutsch-Ottersdorf, einen Adolf Pachel, Evidenz-Fähnrich der k.u.k. Armee. Er ist fast auf den Tag genau so alt wie Laura, ein gutgebauter Mann, der gewohnt ist, sein Kreuz durchzudrücken. Er stammt zwar aus bäuerlichen Verhältnissen, ist aber in der Monarchie viel herumgekommen und weiß, wie sich Offiziere und ihresgleichen benehmen. Vor allem trägt er einen kräftigen, gezwirbelten Schnurrbart.

Wenn er sich in seine Ausgehuniform wirft, macht er

schon was her. Warum er bisher noch nicht geheiratet hat, erklärt er damit, daß er noch nicht dazu gekommen sei. Und eine Frau aus Triest, Tirol, Ungarn oder Galizien wolle er nicht. Es solle schon eine von daheim sein. Da wisse man, was man habe.

Laura nimmt seinen Antrag an, weil es ihr Vater so will. Ihm zuliebe wäre sie fast zu allem fähig. Adolfs stattlicher Schnurrbart erleichtert ihr die Entscheidung.

Vater Julian bittet den Fähnrich, der – in einem windschiefen Haus zwischen Ziegen und Stallhasen aufgewachsen – mit dieser Heirat zu den Honoratioren von Eichstädtl aufrücken wird, seine zukünftige Frau zu achten und zu schonen. Es kommt ihn schwer an, sich von der Tochter zu lösen. Es ist, als müsse er Ottilie einem anderen Mann überlassen. Es treibt ihn auf den Friedhof, der auf dem Hang oberhalb der Wielsdorfer Straße liegt. Er steht lange vor dem Grab seiner Ottilie, zupft ein paar Unkräuter aus dem Efeu, kratzt Vogelkot vom Grabstein. Und auch das Grab seines Schwiegervaters, des alten Oberlehrers Peregrin Pietsch, vergißt er nicht zu besuchen. Er ist sich nicht sicher, ob der schnauzbärtige Fähnrich Adolf Pachel vor ihnen Gnade fände. Aber was hätte er anderes tun sollen? In einer Welt, in der eine unverheiratete Frau nichts gilt, ist Laura, das Kleinod, ohne den Fähnrich noch schlechter dran als mit ihm. Und ihm dämmert, daß er schon viel früher Schuld auf sich geladen hat: damals, als er Laura in ihrer Kinderzeit zum Prinzeßchen machte.

Der Hund Flottl kommt angeschossen, noch jung und verspielt. Er gehört der dritten Flottl-Generation an und ist genau so ein häßlicher Mischlingshund, wie seine Großmutter gewesen ist. Alle ihre Abkömmlinge heißen Flottl, egal, ob Rüde oder Hündin.

Flottl ist seinem Herrn durch den ganzen Ort nachgelaufen, hat sich an der Spur entlanggeschnuppert und springt jetzt mit einem Freudengejaul an Vater Julian hinauf.

»Kusch, Flottl«, sagt der Oberlehrer unwirsch.

Flottl kuscht, hebt das Bein, pinkelt an einen Grabstein. Da schleudert Vater Julian den armen Hund mit einem Tritt fort und schämt sich zugleich, ein armes unwissendes Vieh so zu malträtieren. Aber der Tritt galt ihm selbst.

Laura soll wenigstens eine große Hochzeit haben, zumal sie den weißen Brautschleier in Ehren tragen wird. Der Kirchenchor soll singen, die Blaskapelle spielen, der Theaterverein soll ihr zu Ehren ein neues Stück einüben. Und das Haus, das soll sie einst bekommen, samt dem Bienenhaus mit den Bienen. Dieses Vermächtnis will er ihr zur Hochzeit schriftlich geben. Denn er weiß, wie schwer es ihr fallen wird, sich von diesem Daheim zu trennen.

Er lockt Flottl heran, der sich ihm furchtsam nähert, hebt ihn auf den Arm und streichelt ihn. Und Flottl schmiegt sich sabbernd in Vater Julians weißen, naturbelassenen, zweizipfligen Bart, hört das Herz seines Herrn schlagen und leckt dessen Seele.

Es ist Vorkriegszeit: Die Zeit vor dem Ersten Weltkrieg. Mit Karl, dem Einundfünfzigjährigen, geschieht Seltsames: Er scheint aufzuwachen. Wenn jemand an Julians Haus vorübergeht, kann es schon passieren, daß Karl, wenn er neben dem Eingang Holz hackt, aufschaut und den Passanten anspricht.

»Blau wird's«, sagt er zum Beispiel.

»Blau wird's?« fragt dann der Passant. »Was denn, Karl?«

»In den Mulden«, erklärt er.

»Was du nicht sagst!« tut man erstaunt. »In den Mulden wird's blau. Das wird aber auch Zeit –!« Und der Passant macht, daß er weiterkommt.

Oder Karl ruft dem Nachbarn, dem jungen buckligen Krippenschnitzer zu, der gerade seine Sense wetzt: »Der Nebel wird dichter, Johann!«

Johann schaut auf, schaut sich um. Blauer Himmel weit und breit, strahlende Sonne.

»Jaja«, meint er, »so viel Nebel. Da wird das Heu nicht trocken.« Er steckt den Wetzstein in die Lederscheide am Gürtel und mäht weiter, während Karl mit hochgerecktem Beil, mitten in der Bewegung wie versteinert, gebannt ins Nichts starrt.

14. Kapitel

In dem viel Hurra geschrien und viel geweint wird, Laura eine Erscheinung hat, Pauline ihren Otto zu Füßen Gottes sitzen sieht und die Fahnen ihre Farben wechseln

Es hat nicht an Vorzeichen gefehlt: Die alte Faltussen, Tochter der noch älteren Faltussen, Gott hab sie selig, hat's aus dem Kaffeesatz gelesen, das pure Unheil. In Studinej sei eine flammende Hand am Nachthimmel erschienen, über Bärnwald oben im Gebirge soll sich der Vollmond kurz zuvor blutig verfärbt haben, und das Marienbild auf dem Muttergottesberg in Grulich hat Tränen geweint. Das sei verbürgt, heißt es.

Laura hat sogar eine Erscheinung gehabt: Im Traum hat ihr die Mutter Jesu, schwarz verschleiert, die Hand aufs Haupt gelegt mit den Worten: »Laura, Laura, Ströme von Blut und Tränen werden durch dein armes Vaterland brausen …« Und als Bruder Fritz, der Respektlose, wissen will, woran Laura die Gottesmutter erkannt habe, antwortet sie, über jeden Zweifel erhaben: »Das spürt man doch!«

Fritz ist sicher: Er würde nichts spüren. Aber er hegt berechtigte Zweifel daran, daß Maria ihn als Adressaten für eine Erscheinung auserwählen würde.

Und doch beschleicht auch ihn das Gefühl, daß eine große Entladung politischer Gewalt unmittelbar bevorsteht. Die Gerüchte verdichten sich, die Zeitungen sind voll düsterer Nachrichten. Und wirklich, noch vor Lauras Hochzeit bricht ein Krieg aus, der sich bald zu einem Weltkrieg ausweiten und später der Erste genannt werden wird. Viele Leute sind geneigt, ihn für eine Strafe Gottes zu halten.

Die Eichstädtler brauchen eine Weile, bis sie aus ihrer

Geruhsamkeit, ihrer Idylle erwachen. Der Frieden hat lange gedauert – fast fünfzig Jahre, wenn man Österreichs gewaltsame Annektion Bosniens nicht mitzählt. Aber die fand ja so fern vom Adlergebirge statt, und kein Eichstädtler hat dort mitgemacht. Nur Adolf Pachel, Lauras Bräutigam aus Deutsch-Ottersdorf, ist dabeigewesen und ist noch jetzt im besetzten Gebiet stationiert.

Ein paar uralte Veteranen des Sechsundsechzigerkrieges erleben glanzvolle Tage. Man hört ihnen aufmerksam zu, wenn sie schwadronieren, bezahlt ihnen das Bier und läßt sie hochleben. Aber den Frauen wird bange: Sie begreifen, daß es jetzt um ihre Männer, ihre Söhne geht. Und den Männern dämmert, daß dieser neue Krieg keine Ähnlichkeit mehr haben wird mit der Schlacht von Königgrätz. Aber noch keinem Eichstädtler, auch nicht dem guten Doktor Heilbronn geht auf, daß man sich von nun an die Einstellung »Was geht es uns an, wenn hinten, fern in der Türkei, die Völker aufeinanderschlagen?« nicht mehr leisten können wird.

Noch flattern die Fahnen, noch ruft man Hurra und läßt sein Herz beim Anblick marschierender Soldaten und den ersten Siegesnachrichten, die um ein paar Tage verspätet im Adlergebirge eintreffen, höherschlagen. Heil dir, Vaterland! Euphorisch gestimmt, läßt man die ruhmreiche Armee und den greisen Kaiser hochleben, der schon Mühe hat, eine volle Kaffeetasse ohne Malheur an den Mund zu heben. Und es fehlt nicht an Solidaritätskundgebungen über die Grenze hinweg zu den Preußen hinüber. Gemeinsam wird im Steinscholzen am Tresen die Lage besprochen, werden Strategien entwickelt, werden Fähnchen gesteckt auf einer großen Europakarte, die sich der Wirt aus Prag hat mitbringen lassen. Sie hat ihn einen schönen Batzen gekostet, aber das hat sich längst gelohnt. Er – ein entfernter Verwandter von Theresia und Tante Thekla – ist ein guter Geschäftsmann, er weiß, wo und wann man Geld hineinstecken muß, damit es sich vermehrt.

In seiner großen Gaststube singen also Preußen und Österreicher in meist vorgerückter Stunde gemeinsam patriotische Lieder, wobei man wechselweise voneinander Text und Melodien lernt. ›Wer will mit nach Italien ziehn?‹ wird wieder angestimmt. Die Melodie klingt so schön martialisch. Auch der Text heizt an, obwohl die Ortsnamen, die in ihm vorkommen, nicht mehr stimmen. Aber was tut das schon? Die Preußen antworten mit ihrem ›Es braust ein Ruf wie Donnerhall‹ – auch ein Lied, das sich sofort im Ohr einnistet. Man ist sich jedenfalls einig und fällt sich um Mitternacht sternhagelvoll in die Arme.

Nur ein einziges Mal bricht eine Schlägerei aus, als ein paar Studenten das österreichische Lied anstimmen, das angeblich an der Balkanfront aufgekommen ist: »Drüben am Wiesenrand hocken zwei Dohlen. Fall ich am Donaustrand? Sterb ich in Polen?« Die Mienen der Zuhörer verdüstern sich, gleichgültig, ob sie aus dem Österreichischen oder aus dem Preußischen kommen. Sie überhören den Rest der Strophe: »Was liegt daran? Eh sie meine Seele holen, kämpf ich als Reitersmann ...« und entzünden sich von neuem an der zweiten Strophe: »Drüben am Ackerrain schreien zwei Raben. Wer wird der erste sein, den sie begraben?« Die Studenten merken, was sich anbahnt, und singen die zweite Strophe extra laut zu Ende: »Was ist dabei? Viele Hunderttausend traben in Östreichs Reiterei.« Und während sich ihnen die Fäuste schon drohend geballt nähern, stimmen sie tapfer die dritte Strophe an: »Drüben im Abendrot fliegen zwei Krähen. Wann kommt der Schnitter Tod, um uns zu mähen?«

Das ist zu viel. Österreicher und Preußen gehen gemeinsam auf diese Miesmacher, diese Defaitisten, los und verdreschen sie, daß man den Lärm bis weit nach Österreich und Preußen hören kann.

Also Intellektuelle waren das. Man gibt dieses Wort von Mund zu Mund weiter. Kaum einer weiß, was es heißt. Jedenfalls ist es nichts Gutes. Und für alle steht fest, daß es keine Einheimischen waren. Solche Individuen gibt es im Adlergebirge nicht. Oder mindestens nicht im Staadtla.

Die bangen Ahnungen, die das defaitistische Lied weckt, dürfen nicht laut geäußert werden. Einer Mutter von acht Kindern, die in Angst um ihre fünf Söhne mitten auf dem Ringplatz zu schreien beginnt: »Sollen sich doch die Kaiser unter sich verdreschen, wenn sie Lust dazu haben!«, gesteht man mildernde Umstände zu: Sie ist eine Frau und kann deshalb die Zusammenhänge nicht begreifen.

Ein Gerücht verbreitet sich plötzlich im ganzen Adlergebirge: Ein Goldauto versuche einen Kriegsschatz aus Frankreich über Böhmen nach Rußland zu schmuggeln. Vater Julian stößt sogar auf einen Zeitungsartikel, der sich mit diesem mysteriösen Goldauto befaßt, gleich auf der Titelseite:

Freitag, 7. August 1914. Mehrere Automobile, mit Damen und Gold für Russland bestimmt, sind in der Richtung nach Russland unterwegs. Die Autos sind anzuhalten und sofort der nächsten Behörde zuzuführen. (Die schleunige Verbreitung dieser Nachricht wird allerseits zur Pflicht gemacht.) Eines der Automobile führt die Nummer 12 386 L.

Einen Tag später steht zu lesen:

Die Insassen der Automobile sollen jetzt das Gold Radfahrern übergeben haben. Die Radfahrer sollen Maurerkleidung tragen.

Und es wird weiter berichtet, daß die Jagd nach den Goldautos ein erstes Opfer in Süddeutschland gekostet habe. In Aalen habe ein Fabrikdirektor den Warnruf eines Straßenpostens nicht beachtet. Sein Auto sei daraufhin von dem Posten beschossen worden, er selbst habe den Tod gefunden.

Eine Woche später kursiert im Adlergebirge ein neues Gerücht: Der Schatz sei jetzt in einer Kutsche, und die fahre nur bei Nacht. Tagsüber halte sie sich in Wäldern versteckt.

In vielen Orten bilden sich daraufhin Bürgerwachen. Straßensperren werden eingerichtet. In Rothwasser, hinter dem Dürren Berg, nimmt man nachts um drei eine Kutsche im Handstreich. Als man hineinleuchtet, entdeckt man bestürzt den Grulicher Pfarrer, der, etwas verspätet, von der Tschenkowitzer Kirmes heimkehrt. »Na hört mal, Leute«, ruft er verblüfft, »was treibt ihr denn da? Seid ihr verrückt geworden?«

Ein paar Tage lang hält sich das Gerücht noch in den Falten des Gebirges, dann wird es von neuen Ereignissen verdrängt. Täglich wird der neueste Frontbericht ausgehängt: Die Deutschen ziehen in Brüssel ein, bedrohen Paris, ziehen sich aus Ostpreußen zurück. Die österreichisch-ungarische Armee siegt bei Krasnik und Zamość Komarow, verliert Lemberg. Die Adlergebirgler versuchen sich an diese Wechselbäder zu gewöhnen. Der Krieg beginnt Alltag zu werden. Schon stoßen wieder Gerüchte von scheintot eingesargten Bräuten auf größeres Interesse.

Alle Rotwengelsöhne außer dem jüngsten müssen ins Feld, zusammen mit so vielen anderen Eichstädtlern. Die Blaskapelle schrumpft; der Radfahrverein »Adler« besteht nur noch aus ein paar Ehrenmitgliedern im Greisenalter und einer Schar junger Mädchen; die Feuerwehrleute, die noch übriggeblieben sind, halten den Atem an: nur kein Feuer bis zum Kriegsende! Denn die Jüngsten und Schnellsten fehlen. Hinter den Pflügen gehen jetzt viele Ausgedinger und Frauen. Und Doktor Heilbronns Streichquartett muß auf den Lonsdorfer Lehrer und den tschechischen Zolloberinspektor verzichten. Der Doktor, seine Frau und Julian bilden ein Terzett, und manchmal kommt auch noch der Grulicher Arzt herüber.

Radi Rotwengel nutzt die paar Tage vor dem Einrücken. Er heiratet noch schnell eine bildhübsche Lehrerstochter aus dem Sächsischen. Für Lauras große Hochzeit reicht die Zeit nicht mehr, Adolf muß zurück nach Bosnien. Hier muß das rebellische Hinterland in Schach gehalten werden. Die Offiziere und Unteroffiziere dürfen ihre Familien bei sich haben. Adolf will also eine Wohnung suchen und den Hausstand vorbereiten, bevor er Laura zu sich holt. Laura wartet daheim und fürchtet sich vor dem Abschied vom Vater.

Willi, Fritz und Radi kämpfen an der russischen Front am Duklapaß in Galizien. Otto aber meldet sich, nun fertiger Ingenieur, zur abenteuerlichsten Einheit der k.u.k. Armee, den Fliegern, die, in Triest stationiert, über eine kleine Anzahl von Aufklärungs-Aeroplanen verfügen. Ottos kühnster Traum hat sich erfüllt, er lernt fliegen! Daß er sich Stabsfliegermeister nennen darf, ist für ihn belanglos. Nur das Fliegen zählt. Für ihn ist der Krieg ein Fest.

Es ist sehr still geworden im Rotwengelschen Haus. Nicht einmal mehr Siegmund, der Nachzügler, ist da. Er besucht das humanistische Gymnasium in Landskron. Seit Kriegsbeginn hat ihn Vater Julian bei einem Bäcker untergebracht. Dort wird der Junge satt werden, auch wenn das Essen knapper werden sollte. Nur während der Ferien kommt er heim. Dann versäumt er nie, zum Furzbörnlein hinaufzulaufen und Wenzel zu begrüßen. Aber er muß auf der Hut sein, daß ihn niemand dabei sieht. Und Wenzel freut sich, springt um ihn herum und an ihm hoch. Kein Zweifel: Wenzel hat sich nach ihm gesehnt, so wie er sich nach ihm.

Siegmund ist gewachsen und sieht gesund aus. Er ist, Gottlob, noch zu jung für den Krieg. Um ihn braucht sich Mutter Pauline keine Sorgen zu machen. Aber um die anderen, die anderen!

Sie duckt sich unter dem Krieg noch mehr, als sie sich schon zu Friedenszeiten geduckt hat, in der Hoffnung, daß er sie und ihre Söhne übersieht. Fast scheint es so. Lachend kommen sie auf Urlaub heim, sie läuft ihnen entgegen, umarmt sie, die sich tief zu ihr hinabbücken müssen, näßt sie mit ihren Tränen und löst, vor ihnen kniend, ihre Wickelgamaschen. Vater Julian steht daneben und pafft seine Pfeife. Er, der das Glück genossen hat, in einer fast krieglosen Zeit zu leben, ist stolz auf seine Söhne, die Krieger.

Noch ist man siegessicher. Seit der schmählichen Niederlage von Königgrätz hat sich vieles gewandelt, und nun kämpft man ja Seite an Seite mit den Preußen, deren Armee in der ganzen Welt einen glänzenden Ruf genießt.

Jeder Abschied zerreißt Mutter Pauline das Herz. Bei Willi weint sie am meisten. Sie glaubt, daß sie gerade ihn nicht wiedersehen wird. Er ist doch so kurzsichtig! Wenn er im Kampf den Zwicker verliert, ist es aus mit ihm ...!

Aber es ist Otto, der nicht wiederkehrt. Nach einem Aufklärungsflug hinüber nach Italien gerät er über der Adria in ein Unwetter und stürzt mit seinem kleinen Doppeldecker ins Meer. Bei Venedig.

In der Trauer um ihn finden Julian und Pauline zusammen. Als Trost im Unglück empfindet Julian die Tatsache, daß Otto nicht durch Menschenhand getötet wurde. Das Schicksal persönlich hatte für einen Augenblick sein gleichgültig-grausames Gesicht gezeigt: als Blitz und Donner, als Sturm und Platzregen.

Ottos Tod trifft alle Geschwister wie ein Hieb. Am verzweifeltsten weint Siegmund, der Jüngste. Otto ist sein großes Vorbild gewesen. So wie Otto zu sein und zu handeln, das hatte er sich schon immer vorgenommen.

Siegmund besitzt nur ein einziges Foto von Otto. Das hat ihm der Bruder einmal aus Jux geschenkt. Es zeigt den jungen Mann von hinten, wie er splitterfasernackt einen Handstand macht, im Gras, mit Wald im Hintergrund. Ein Wandervogelgefährte hat ihn fotografiert. Siegmund hat dieses Foto bisher niemandem gezeigt. Immerhin ist er inzwischen so weit, zu wissen, daß man daraus falsche Schlüsse ziehen könnte. Otto ist während seines Studiums immer wieder drüben im Preußischen gewesen, hat atemberaubende Ideen mit heimgebracht, die selbst dem toleranten und liberalen Vater Julian die Pfeife aus dem Mund schlugen. Ideen von der Rückkehr zur Natur, von Nacktkultur und einfachem Leben, von der Freiheit auf eigener Scholle. Siegmund, noch Kind, hatte ihm mit offenem Mund gelauscht.

Jetzt stellt der Gymnasiast Ottos Foto auf seinen Arbeitstisch in der Landskroner Bäckerei. Solle nur jemand wagen, über den Toten ein abfälliges Wort zu äußern!

Siegmund haßt die Schule. Im Büffeln von hebräischen, griechischen und lateinischen Vokabeln sieht er keinen Sinn, und mit Mathematik steht er auf Kriegsfuß. Nur in Deutsch und Biologie hat er gute Noten. Bei seinen Lehrern gilt er als faul. Sie wissen nicht, daß er stundenlang an Gedichten feilt. Und daß er sonntags mit den Wandervögeln über Land zieht und am Lagerfeuer über Ideen diskutiert.

Jetzt aber wünscht sich Siegmund nur eines: in den Krieg zu ziehen und an Ottos Stelle weiterzukämpfen. Ganze Nachmittage lang liegt er auf seinem Bett und träumt mit offenen Augen von flatternden Fahnen und vorstürmenden Soldaten, und mitten im Getümmel stürmt er. Die Fahne knattert über ihm. Er hält den Schaft umklammert. Gleichzeitig hat er das Gewehr an der Backe, zielt und schießt – und trifft den Feind genau ins Herz. Daß er dazu vier Hände haben müßte, wird ihm nicht klar. Mit leuchtenden Augen lauscht er imaginärem Trommelwirbel und dem Geschmetter kriegerischer Marschmusik.

Nur noch ein paar Tage, dann ist Musterung, dann darf er sich, der Siebzehnjährige, auch einreihen in das Heer der Helden. Dann wird er dem großen, grauen Gebäude auf dem Ringplatz von Landskron die Zunge blecken, wird die Schultasche in die Ecke schleudern! Und somit erübrigt sich auch die Vokabellernerei ab sofort.

Aber die Musterung läßt ihn ernüchtern: Wegen eines Herzfehlers wird er ausgemustert. Und so wird er mit nur einem einzigen Schulkameraden – alle anderen werden längst an die Front gegangen, manche von ihnen schon gefallen sein – mitten in einer Schar quirliger Schülerinnen im letzten Kriegsjahr seine Matura ablegen. Recht und schlecht. Zum Büffeln und Pauken wird er keine Zeit gehabt haben. Er hat ja dichten und träumen müssen. Aber noch ist er Schüler in Landskron, der heimgerufen wird zu Lauras Hochzeit.

Die kann jetzt nicht so groß gefeiert werden, wegen des Trauerfalls. Und es steht auch niemandem von den Rotwengels der Sinn nach einer großen Feierei. Es wird ein kleines, gedämpftes Fest im Verwandtenkreis. Von Adolfs Seite sind überhaupt nur zwei dabei: der verwitwete Vater und der einzige Bruder, der in einen Bauernhof in Čihak eingeheiratet hat. Daß die beiden ohne Zylinder erscheinen, bewirkt bei Laura einen leichten Schock. Sogar den jungen Siegmund hat sie unter einen Zylinder zwingen können! Und für Vater Julian ist er bei solchen Anlässen selbstverständlich. Die drei Soldatenbrüder aber, zwei von ihnen inzwischen Offiziere, tragen Uniform. Zur Feier des Tages haben sie auch ihre Orden angelegt. Die langen Säbel sind hinderlich, Lauras Schleier verheddert sich in Adolfs Säbel. Mutter Pauline muß eingreifen. Ohne einen kleinen Riß im Schleier geht's nicht ab. Am Altar läßt Laura, wie sich's gehört, ein paar Tränen rinnen. Es sind Tränen nackter Angst, nicht Hochzeitsglockenglücks.

Auch Karl nimmt teil. Tante Lina führt ihn. Julian hat ihn sauber rasiert. Er trägt ein gestärktes Hemd. Seine Schuhe funkeln. Auf das Familienfoto gehört auch er. Sein Haar ist weiß geworden. Während der Fotograf unter das Tuch kriecht, hat die Hochzeitsgesellschaft Mühe, Karl stillzuhalten.

»Unter dem Weißen ist viel Blaues«, sagt er immer wieder.

»Ja, ja, Karl«, sagt Fritz und klopft ihm auf die Schulter, »du entdeckst alles – sogar das Blaue unterm Weißen!«

Der Fotograf unter dem Tuch bittet die Familie um ein Lächeln. Alle grinsen und erstarren – außer Karl und der Braut. Lauras Gesicht verrät Angst.

Schon am Tag nach der Hochzeit reist das Brautpaar in Richtung Balkan ab. Und auch die beiden Hochzeitsglocken verlassen das Staadtla. Die eine von ihnen hing schon seit zweihundertfünfundsiebzig Jahren über dem Ort. Als sie mühsam auf einen Wagen geladen wird, steht Oberlehrer Rotwengel mit seinen Schülern dabei und läßt sie die Inschrift auf der Glocke entziffern:

> Darumb bin ich genannt ein Glock,
> Dass ich das christlich Folk zusammenlock.
> Ein Glock genannt sambt meinem Klang
> Macht oft den Teufeln in den Lüften bang.

Jetzt ist sie verstummt, wird fortgeschafft und eingeschmolzen – vielleicht in Königgrätz, wo sie auch gegossen wurde –, wird umgeformt in Kanone oder Kugeln. Die Schüler finden das in Ordnung. Und als eine blondzöpfige Elfjährige meint: »Da macht sie ja auch mit ihrem Klang den Teufeln bang …«, nickt der Oberlehrer anerkennend. Auch er ist ein Kind seiner Zeit. Für ihn ist der Freund Freund und der Feind Feind, so ist eben die Ordnung. Und als ein unbedarftes kleines Mädchen fragt: »Macht denn die Kanone auch Kinder tot?« hüstelt er und meint, nun sei es Zeit, in die Schule zurückzukehren. Man wolle nur hoffen, daß der Krieg bald zu Ende gehe, natürlich siegreich für die Monarchie, und daß das Staadtla dann schöne neue Glocken bekomme.

In einer plötzlichen Eingebung stellt er den Schülern die Hausaufgabe, einen Glockenspruch für die zukünftigen neuen Glocken auszudenken. Als sie in wohlgeordneten Reihen davonwandern, reckt sich das kleine Mädchen, die uneheliche Tochter einer Waschfrau, streichelt die Glocke und bricht in Tränen aus.

Am nächsten Morgen läßt der Oberlehrer die Glockengedichte vorlesen. Er bekommt allerlei Unsinn und Armseliges zu hören wie »Ding-dang-dung, ich mach' euch Schwung« oder »Den Gotteskindern ins Ohr ich dröhne, damit ich ihnen die Sünden abgewöhne«. Der Text »Ach gießt mich doch um – wir brauchen Kanonen! Die werden keinen Teufel verschonen!« macht ihn nachdenklich. Als besonders gelungen empfindet er den Beitrag eines Zwölfjährigen: »Ich, das harte Metall, ich mach euch lauten Schall: im Krieg als Kanone, im Frieden als Glocke. Wann immer, die Teufel ich schocke!« Der Vater des Jungen ist Ortsgendarm.

Aber nur ein einziges Gedicht wird dem Oberlehrer in Erinnerung bleiben. Das kleine Mädchen hat es gemacht, das die Glocke gestreichelt und dabei geweint hat:

> LAST MICH SO WIE ICH BIN,
> ICH HAP NUR FRIDEN IM SINN.
> ICH LÄUT UM EUER LEHBEN
> IM STAADTLA UND DANEBEN.

Laura lebt jetzt in Bosnien, in Sarajewo – wo der Krieg begann. Sie holt in so kurzer Zeit so viel Lebenserfahrung nach, daß ihr immer so schwindlig ist, als säße sie auf dem Karussell. Im stillen wundert sie sich wochenlang darüber, daß Gott die Vermehrung des Menschen auf eine so tierische Weise stattfinden läßt.

Adolfs Bartbinde kennt sie jetzt aus nächster Nähe. Er trägt sie auch nachts. Seine größte Sorge gilt den Schnurrbartenden. Wieviel Zeit widmet er ihrer kunstvollen Zwirbelung vor dem Spiegel!

Unter den übrigen Evidenzfähnrichsfrauen, ja überhaupt unter den Frauen der Garnison, gibt es wenige Deutsche. Die meisten sind Tschechinnen und Slowakinnen, nette Leute zum größten Teil, aber halt so ohne Streben nach Höherem. Sehnsüchtig denkt Laura an ihr Klavier. Die winzige Wohnung – eine unter vielen auf dem Kasernengelände – ist schnell geputzt. Und dann sitzt sie den ganzen Tag mutterseelenallein zwischen ihren Bájazzen und näht in ihrer trostlosen Einsamkeit immer wieder neue Bájazzen, größere, prächtigere Bájazzen, und füllt die Wohnung mit den stummen Gefährten, die ihr die Illusion geben, nicht grenzenlos verlassen zu sein. Zwischendurch liest sie zum dreiunddreißigsten Mal den letzten Brief ihres Vaters und klammert sich, wenn das Elend sie übermannt, an ihren Rosenkranz.

So verbringt sie den Tag, bis abends Adolf heimkommt, staubig, verschwitzt, mit welken Schnurrbartspitzen. Dann geht es lebhaft zwischen den Bájazzen zu, denn Adolf ist hungrig in mehrfacher Art, obwohl übersättigt an Zoten. Und er berichtet ihr Tag für Tag die neuesten Ereignisse an den Fronten. Aber die sind auch nicht dazu angetan, Lauras Gemüt aufzuhellen. Nicht genug, daß der gute alte Kaiser das Zeitliche segnet und mit ihm die gute alte Zeit dahingeht. Die Amerikaner erklären den Deutschen den Krieg, und die deutschen U-Boote halten auch nicht, was sie versprochen haben. Wohl läßt der Waffenstillstand mit Rußland wieder aufatmen. Aber dann werden die Deutschen in Frankreich Tag für Tag zurückgedrängt, daß man's gar nicht mehr hören mag. Und die eigenen Truppen müssen sich aus dem Mündungsgebiet der Piave zurückziehen. Heilige Muttergottes, bitte für uns!

Den Soldaten und seine Frau verbindet nur eines: die gemeinsame Heimat. Sie sprechen im Eichstädtler Dialekt miteinander. Es gibt niemanden in der ganzen Kaserne, der sie verstünde. Wenn ihnen jemand zuhört, begegnet ihm in unverständlichen Lautgewirr immer wieder ein bestimmtes Wort: Staadtla.

Mutter Pauline ist schon ein paarmal auf den Muttergottesberg gewallfahrtet, seit Otto tot ist. Sie hat die Mutter Jesu dazu bewegen können, den Jüngsten ausmustern zu lassen. Und keiner der drei Ältesten ist seitdem gefallen. Sie bedauert zutiefst, daß sie nicht gleich bei Kriegsbeginn die Allee auf den Muttergottesberg hinaufgewandert ist. Damit hätte sie auch Otto gerettet. Davon ist sie überzeugt. Ihre Zögerlichkeit hat den Jungen das Leben gekostet!

Willi ist zwar in russische Gefangenschaft geraten, aber er lebt. Nachrichten sickern durch, daß er in Astrachan ist, später in Perm. Einer, dem sie ein Bein abnehmen mußten, ist vorzeitig aus der Gefangenschaft entlassen worden. Er hat ein paar Zeilen von Willi herausgeschmuggelt. Es gehe ihm gut, er leite im Lager einen Kurs für höhere Mathematik.

Den Fritz erwischt es schlimmer. Schwer verwundet, schwebt er lange zwischen Leben und Tod. Zeit seines Lebens wird er ein Loch in seiner Schädeldecke behalten, tief genug, um eine Haselnuß hineinzulegen.

Wieder und wieder treibt es Mutter Pauline auf den Muttergottesberg, zusammen mit vielen anderen Soldatenmüttern und -frauen. Sie will tun, was sie kann, an ihr soll's nicht liegen. Sie hat Siegmund, Willi, Fritz und Radi gerettet, und nun geht's um Laura. Denn die bulgarische Armee flieht und löst sich auf, die Serben fallen in Bosnien ein. In den Zeitungen steht, daß alle österreichischen Militäreinheiten und auch ein großer Teil der österreichischen Zivilbevölkerung Bosnien verlassen. Es soll dabei turbulent zugehen. Eine Massenflucht. Mitten darunter muß Laura sein, die doch im fünften Monat schwanger ist. Das hat sie ihrem Vater heimgeschrieben.

Adolfs Einheit tut gut daran, sich so schnell wie möglich abzusetzen, denn sie gehört der bisherigen Besatzungsmacht an und ist bei den Einheimischen dementsprechend unbeliebt. Adolf hat Drohungen gelesen, die Unbekannte nachts auf Mauern und Wände geschmiert haben. Vierteilen werde man sie, die österreichischen Hunde, aufhängen, ausweiden, ersäufen und so weiter.

Die Familien der Soldaten werden in aller Eile mit ihrer nötigsten Habe evakuiert. Die Möbel hat Laura stehenlassen müssen, aber ihr kostbares Kaffeeservice und vor allem ihre Bájazzen hat sie retten können, hat das schwere Gepäck allein auf den Bahnhof geschleppt, weil Adolf mit seinen Leuten zu der Einheit kommandiert worden ist, die den Rückzug decken soll. Sie wird in einen Viehwaggon gewiesen. Der ganze Zug besteht aus Güterwagen. Der Viehwaggon ist wenigstens mit Stroh ausgelegt.

Auf diesem Stroh kommt Laura mit einer Fehlgeburt nieder. Nie wird sie sich von ihr erholen. Auch zwei spätere Schwangerschaften werden zu Fehlgeburten führen. Die Bájazzen und die Bienen werden ihre Kinder bleiben.

Willi, der Schwarzbärtige, kehrt noch vor dem Kriegsende heim. Mutter Pauline erkennt ihn kaum, als er vor der Tür steht. Er ist spindeldürr, sein Bart ist ungepflegt, der fehlende Zwicker entstellt ihn. Während Mutter Pauline mit schrillem Geschrei Vater Julian sucht, stürzt Willi auf den Abort, denn er hat einen hartnäckigen Durchfall aus Rußland mitgebracht, der das ganze Können des guten Doktor Heilbronn herausfordert. Auf diese Weise sorgt die Gottesmutter dafür, daß Willi nicht noch einmal an die Front hinausmuß. Das ist jedenfalls Mutter Paulines Meinung. Und als der Waffenstillstand unterzeichnet wird, trägt Willi schon wieder einen Zwicker auf der Nase.

Auch Fritz und Radi kommen bald heim, ziehen die Waffenröcke aus und werfen die verhaßten Wickelgamaschen weg.

Ein sinnloser Krieg, aus einer Nichtigkeit entbrannt, durch Zwänge und drohende Gesichtsverluste, Habsucht und Machtgier zu einem Weltkrieg ausgeweitet, findet aus der Sicht der Eichstädtler ein schmachvolles Ende. Daß man so klein beigeben muß, wo man doch so gern gesiegt hätte!

Dieses Ende ist in seinen Folgen für die Adlergebirgler – und nicht nur für sie – hundertmal verhängnisvoller als das des Sechsundsechzigerkrieges. Sogar die Monarchie Österreich-Ungarn, das große, gemütliche, so heimelig riechende Vaterland bricht in Einzelstaaten auseinander. Eine Tschechoslowakei entsteht. Die Böhmen- und Mährendeutschen werden diesem Gebilde zugeschlagen, ohne daß man sie nach ihrem Willen fragt.

Die Eichstädtler verstehen die Welt nicht mehr. Daß aus den österreichischen Kronen tschechische Kronen, aus den österreichischen Hellern tschechische Heller werden, läßt sich ja noch überstehen. Geld ist auch in den langen Jahren der Monarchie manchmal umbenannt worden. Aber daß die Tschechen plötzlich nicht mehr in der Minderheit, sondern in der Mehrheit sind und daß sich die Deutschen ihnen unterordnen müssen, das ist unerhört, ungerecht und gewiß nicht gottgewollt. Die Deutschen haben doch beim Herrgott bisher immer eine Art Primus-Stellung genossen – oder? Warum läßt er zu, daß sie jetzt so gedemütigt werden?

Jawohl, es tut verdammt weh, was jetzt politisch geschieht. Für das Ausland sind die Eichstädtler, die Adlergebirgler jetzt Tschechen und müssen einen tschechischen Paß an der Grenze vorweisen. Wer kein Tschechisch versteht, kann seinen eigenen Paß nicht lesen. Und an den Familiennamen aller weiblichen Personen klebt das häßliche Anhängsel -ová. Pauline Rotwengelová. Laura Pachelová. Wie das entstellt! Ist man mit einem so verfremdeten Namen eigentlich noch man selbst?

Man kommt gar nicht so schnell mit, wie sich das Land vertschechischt: Schon werden an den Bahnhöfen und Haltestellen die Schilder ausgewechselt. DUBICE – EICHSTÄDTL steht jetzt riesengroß auf dem kleinen Stationsgebäude. Vor allen öffentlichen Gebäuden flattert die blauweißrote Fahne, und der tschechische Löwe erscheint in jedem Stempel.

Adolf, der Berufssoldat, wird in die tschechische Gendarmerie übernommen und in die Slowakei versetzt, in eine trostlose Kleinstadt namens Stropkov. Und Laura, die daheim wieder ein bißchen Farbe bekommen hat, muß mit.

Von Radi bekommt Mutter Pauline nicht mehr viel zu sehen. Er hat ja einen eigenen Hausstand, hat sogar schon einen kleinen Sohn, der im letzten Kriegsjahr zur Welt kam. Als Architekt wird er mit seiner jungen Frau und dem Kind künftig voller Unrast hierhin und dorthin ziehen, mal im Staadtla, mal in Nordböhmen, mal im Glatzer Ländchen leben, dann nach Norddeutschland gehen – ein echter Rotwengelscher Nomade.

Auch Fritz lebt seinen Nomaden aus. Nun wieder Lehrer, meldet er sich an die Eichstädtler Schule. Aber während der Ferien zieht es ihn hinüber ins Nachkriegsdeutschland, wo er sich vor allem gern in Berlin tummelt. Unternehmungslustig läßt er seinen roten Bart diesseits und jenseits der tschechisch-deutschen Grenze wehen. Wie schon seit je, hat er Freunde überall, jeder kennt ihn, alle mögen ihn, und als Vater Julian ein paar Jahre nach dem Krieg wieder zu einem Heimatfest einlädt, ist er begeistert dabei.

Julian, jetzt schon weißbärtig, ist bekannter und geachteter denn je. Er hat gerufen, und viele, viele kommen. Natürlich Radi mit seiner Familie und Willi, jetzt Fachlehrer an der Bürgerschule oben im Städtchen Rokitnitz. Mutter Pauline betrachtet ihn wohlgefällig: Ganz so mager wie nach der Rückkehr aus der Gefangenschaft sieht er nicht mehr aus, der Junge, und er trägt eine goldene Uhrkette über der Weste. Aber sie findet, daß er allmählich daran denken sollte, eine Familie zu gründen.

Auch Siegmund, der jüngste, ist für ein paar Tage aus Wien gekommen. Dort studiert er. Nicht Medizin, wie sich's sein Vater gewünscht hat, sondern Biologie. Und Vater Julian ist duldsam genug, ihn nach seiner Fasson selig werden zu lassen.

Sogar Laura und Adolf aus dem fernen Stropkov sind da. Lauras Blick verfolgt zärtlich jede Bewegung ihres Vaters. Vetter Max, Sohn von Onkel Wilhelm aus Freudenthal und inzwischen hoher, ja sehr hoher Beamter in Wien, hat sich nicht lange bitten lassen und hat sogar seine galizische Frau mitgebracht, um sie den Rotwengels vorzustellen. Auch seine Schwester ist mit dabei, samt ihrem Mann, einem flotten Wiener.

Auch zwei von Theos Töchtern sind mit ihren Familien gekommen. Mitten unter ihnen sitzt Theos Witwe, die noch recht munter ist und nicht den Eindruck macht, schon bald in die Grube fahren zu wollen. Und der ganze Clan von der Post, den Tante Lina kaum mehr überblicken kann, füllt allein einen guten Teil des Ringplatzes. Lina hat den Karl neben sich. Max und die Rotwengelsöhne, dazu Franz, der einzige Sohn von der Post, erinnern sich an noch tief österreichische Zeiten und lachen gemeinsam über die Klopperei zwischen halbwüchsigen Vettern. Es hat sich wirklich viel geändert seit damals.

Auf dem Ringplatz prangt jetzt ein neues Postgebäude mit zwei Schaltern. Lina wohnt mit ihrem Mann, dem pensionierten Postmeister, noch immer in der Post, aber die ist jetzt nur noch Wohnhaus, wenn sie auch den Namen »Alte Post« behält. Immer in den Ferien füllt sie sich bis zum Bersten. Daß der Postmeister a.D. nicht mehr lange leben wird, ahnt nur Lina.

Auch die Heilbronns lassen sich sehen, zusammen mit ihrem Sohn, dem Quintaner. Und Aaron Levy, der Bruder von Isak Levy, dem das Textilgeschäft neben dem Judengäßchen gehört, ist extra für das Heimatfest aus New York herübergekommen!

Aber es ist kein strahlendes Fest der Freude wie vor dem Krieg. Zu viele Männer sind nicht mehr heimgekehrt. Im Radfahrverein »Adler«, im Turnverein, der sich jetzt »Deutscher Turnverein« nennt, klaffen Lücken, auch in Doktor Heilbronns Streichquartett wird nie mehr der Lehrer Hopperdietzl die Saiten streichen. Junge Frauen, die vor dem Krieg ausgelassen über den Tanzboden walzten, schauen jetzt still zu. Sie sind Witwen geworden. Und viele Kinder haben ihren Vater verloren.

Der letzte Programmpunkt dieses ersten Nachkriegs-Heimatfestes ist die Einweihung des Kriegerdenkmals vor den Oberfichten. Sechsundzwanzig Eichstädtler Männer konnten an diesem Fest nicht mehr teilnehmen. Sie sind sinnlos gestorben, für die Machtinteressen der Kaiser und Könige verblutet, erstickt, ertrunken, erfroren, zerrissen oder erschossen worden, zermalmt oder vergast worden. Kurz: elend krepiert. Jetzt sind sie dort, wo nichts passiert. Wo es also keine Zeit gibt.

Auch Otto. Aber Mutter Pauline sieht ihn zwischen Engeln und Heiligen sitzen, weißgewandet, selig lächelnd, direkt zu Füßen Gottes, des allmächtigen Vaters. Sie weint in ihr Sacktuch, während die Blaskapelle ›Ich hatt' einen Kameraden‹ spielt. Und dann singen alle zusammen, die Daheimgebliebenen und die Fortgezogenen, alle, die noch einmal mit dem Leben davongekommen sind, Vater Julians Staadtlalied. Laura führt den Sopran mit einem besonders innigen Tremolo an, aber beim »Nee vagassa« bricht ihr die Stimme.

Karls Schatten fällt über sie. Er, der große, tapsige Kerl, steht neben ihr, kratzt sich am Hintern und starrt ins Leere. In der Pause zwischen der zweiten und dritten Strophe sagt er so laut, daß es alle Versammelten hören können: »Blau isses.«

Laura stößt ihm den Ellenbogen zwischen die Rippen. Hat er denn jedes Gefühl fürs Erhabene verloren, dieser Schandfleck der Familie? Warum hat ihn der Vater überhaupt mit hierhergebracht?

Zwischen der fünften und sechsten Strophe trifft Laura fast der Schlag. Denn Karl posaunt wie ein Elefant: »Jetzt wird's bald grün, Isidor!«

Man hört Gekicher. Nach dem Staadtlalied! Alle Stimmung hat er zerstört, der Idiot!

15. Kapitel

In dem von Liebe und Bärten die Rede ist, aber auch von Vater Julians merkwürdigen Beziehungen zu Bienenköniginnen und seinem energischen Einsatz für einen toten Heidensäugling

Willi, der Steife, der in vieler Hinsicht seiner Mutter Ottilie Pietsch nachgeraten ist, hat nichts Rotwengel-Nomadisches in sich. Unfreiwillig hat er sich einen winzigen Teil Rußlands angesehen. Aber nun gedenkt er, bis an sein Lebensende in Rokitnitz an der Rokitenka zu bleiben. Er bewohnt ein möbliertes Zimmer, hat einen ihm gewogenen Schulleiter, die Schüler fürchten ihn, die Eltern schätzen ihn, und während der Ferien fährt er heim ins Staadtla – was will er mehr?

So wird er fünfunddreißig Jahre alt und hat noch nichts mit einer Frau zu tun gehabt, nicht einmal im Krieg. Wozu auch? Frauen sind unberechenbar. Er ist Mathematiker. Gleichungen mögen noch so verzwickt sein. Aber sie müssen aufgehen.

Nun, das Leben ist keine Gleichung. Diese Lektion zu lernen steht ihm jetzt bevor. Er wird Haut und Haare dabei lassen müssen.

Sein möbliertes Zimmer gehört einer Witwe aus den besten Kreisen des Städtchens. Sie vermietet nur an Beamte, bittschön. Und sie hat eine neunzehnjährige Tochter namens Adele, ihr einziges Kind, eine unbekümmerte, frisch erblühte, dunkelhaarige Schönheit, der alle Männerblicke von Rokitnitz folgen, wenn sie im skandalös kurzen Rock der neuesten Nachkriegsmode mit dem tiefsitzenden Gürtel, ihr Köpfchen mit der Pagenfrisur wie ein Vogel hin- und herwendend, den Ringplatz überquert.

In sie verliebt er sich. Und sie erwidert seine Liebe mit

dem Alles-oder-nichts der Jugend. Diese Liebe wirft seine ganze mathematische Ordnung über den Haufen, stört seine Gabe, sich in gesetzter Rede mitteilen zu können, bringt ihn zum Stammeln. Er gerät vor Leidenschaft so außer sich, daß er im Unterricht nicht einmal mehr die simpelsten mathematischen Aufgaben durchschaut. Er ist dem Trieb wehrlos ausgeliefert, weiß sich nicht zu helfen.

Der Direktor der Schule, der den Rotwengel bisher als überaus fähigen Kollegen sehr geschätzt hat, schüttelt verwundert den Kopf und empfiehlt Willi, sich dem Rat eines Arztes anzuvertrauen. Er sei wohl überarbeitet und bedürfe einer medikamentösen Stärkung.

Für Willi aber besteht das Leben nur noch aus Adele. Sie treffen sich heimlich in der Rokokokirche in Bärnwald, auf der einsamen Waldwiese des gräflichen Lustschlößchens am Adlerufer bei Čihak, in den endlosen Wäldern der Suchei. Sie rasen vor Liebe, rollen Schneisen in Farngewucher, drücken Lichtungen voller Fingerhutstauden platt, zerquetschen Pfifferlingfelder und Steinpilzkolonien, Heidelbeergesträuch und Sauerkleeteppiche. In wilder Lust reißt Adele Willi ganze Bartbüschel aus, und er gräbt seine Zähne in ihre Schulter. Holzfäller und Reisigsammlerinnen hören die fernen Schreie mit Schaudern, und bald geht das Gerücht um, Buschweiblein trieben wieder einmal ihr Unwesen im Adlergebirge. Willi und Adele schwören sich ewige Treue und sind sich einig: du oder niemand.

Wilma, Adeles Mutter, ist nicht irgendwer. Ihr Vater war Tierarzt, ihr Ehemann Gutsverwalter. Als Willi um die Hand ihrer Tochter anhält, gerät sie außer sich. Sie selbst ist Mittvierzigerin und durchaus noch ansehnlich. Auch sie hatte ein Auge auf den bärtigen Lehrer geworfen und hätte durchaus Lust, noch einmal eine Ehe zu wagen. Nun ist ihr die eigene Tochter zuvorgekommen, hat ihre Pläne durchkreuzt!

Aber sie weiß sich zu helfen. Willi ist erpreßbar. Sie droht ihm, ihn wegen Verführung einer Minderjährigen anzuzeigen. Das würde ihn, den Lehrer, Ruf und Stellung kosten, würde ihn praktisch erledigen.

Aber sie bietet ihm einen Ausweg an: sich selbst. Gleichzeitig verstößt sie ihre Tochter, bezahlt ihr die Fahrkarte nach Wien, überläßt sie dort ihrem Schicksal und der Vorstellung, Willi habe sich für die Mutter entschieden. Nie wieder hat man etwas von ihr gehört.

Willi resigniert. In der Liebe zu Adele hat er sein bescheidenes Kapital an Gefühlen vollkommen verausgabt. Er heiratet die Witwe, die elf Jahre älter ist als er, und führt von da ab ein graues, verborgenes Familienleben. Adele wird nie mehr erwähnt, weder von ihm noch von ihr, und Wilma verbirgt sich, wann und wo immer sie erscheint, hinter einem teuren Fuchskragen.

So schnell wie möglich verläßt Willi die Rokitnitzer Schule und läßt sich an die Grulicher Bürgerschule versetzen. Mit dem Zwicker auf der Nase, hinter dem er Schutz sucht, dient er sich Stufe um Stufe in die Höhe, bis er, Jahre später, Direktor wird – ein strenger, der seinen Schülern oft Alpträume und Schweißausbrüche verursacht. Daheim aber, in der düsteren Wohnung auf dem Grulicher Ringplatz, herrscht Wilma.

Sein Vater schüttelt dazu nur den Kopf, und Mutter Pauline wischt sich die Augen. Armer Willi. Julian und Pauline haben schon lange nichts mehr miteinander, sie können Willis Elend aus dem Abstand ihres Alters betrachten.

Und doch hat Vater Julian schon seit Jahren seine heimlichen Liebschaften. Je mehr er sich seiner Pensionszeit nähert, umso mehr Zeit verbringt er im Bienenhaus, das er von innen verriegelt. Einen ganzen Harem hält er sich da drin, zweiunddreißig Königinnen mit ihrem Gefolge. Jede hat einen Namen, jede ein Gesicht. Diese hier ist Saba, zart, blond und noch sehr jung. Diese dort, das braune Kraftweib mit den rassigen Beinen, ist Suleika. Und die kleine Beflaumte da drüben ist Fatme, ein friedliches Mädchen. Und alle, alle sind ihm untertan.

Holte er sie aus ihren Völkern und setzte sie, alle zusammen, in ein Glas, so könnte er doch jede einzelne an ihren Bewegungen, ihrem Temperament, ihrem Summen, ihren Farben und Umrissen erkennen. In dem halbdunklen Raum, der nach Holz und Honig duftet, träumt er, der Pascha, der Herr über so viele Leben, die Erlebnisse tausendundeiner Nacht.

Von diesem sultanischen Reich weiß niemand, und schon gar nicht Mutter Pauline. Nur Laura hat vielleicht manchmal etwas geahnt, aber sich gehütet, es in Worte zu fassen, nicht einmal in Gedanken. Und Laura ist jetzt weit.

Julian würde noch viel mehr Zeit im Bienenhaus verbringen, wenn er sich nicht auch der Wirklichkeit verpflichtet fühlte: Er gibt jetzt selbst einen Heimatkalender heraus. ›Liewe Heemt‹ nennt er ihn. Liebe Heimat. So ein jährlich erscheinendes Buch macht Arbeit. Der Absatz könnte besser sein. Vater Julian hat es ganz auf die Adlergebirgler zugeschnitten, aber die haben kaum Geld für Bücher übrig. Gedrucktes kann man nicht essen. Außerdem macht dem Herausgeber die Konkurrenz zu schaffen: der ›Feuerwehrkalender‹ und der ›Katholische Familienkalender‹. Wie, um alles in der Welt, soll sich ein heimatliebender katholischer Feuerwehrmann entscheiden? Drei Kalender gleichzeitig kann er sich nicht leisten!

Noch ahnt Julian nicht, daß seine ›Liewe Heemt‹ nach sechs Folgen eingehen wird. Und noch weniger ahnt er, daß sie siebenundzwanzig Jahre später, lange nach seinem Tod, drüben im »Reich« – wie man Preußen jetzt nennt – wieder auferstehen wird wie Phönix aus der Asche. Nicht der ›Feuerwehrkalender‹, auch nicht der ›Katholische Familienkalender‹, sondern die ›Liewe Heemt‹. Noch bis zum Ende des zweiten Jahrtausends wird sie rühren, trösten, Erinnerungen wachhalten, bis schließlich die letzten deutschen Adlergebirgler, die noch im Adlergebirge ihre

Kindheit verbracht haben, begraben sind und deren Enkel den Dialekt nicht mehr verstehen und sich über die Stapel vergilbter Kalender in Omis Nachlaß köstlich amüsieren.

Und noch etwas lenkt den Oberlehrer von seinen Bienen ab: die dritte Klasse seiner Schule. Kurz vor dem Krieg wurde sie bewilligt, nach dem Krieg hat er sie für die Kinder der tschechischen Minderheit abtreten müssen. Es gibt nur fünf Tschechenkinder im Staadtla. Aber der tschechische Lehrer, jung, agil und redegewandt, wirbt dem Oberlehrer deutsche Kinder ab. Aus einem großzügigen Staatsfonds kauft er den Schülern seiner Klasse die Schulbücher und beglückt sie mit üppigen Weihnachtsbescherungen: Für jedes Kind gibt's Lebkuchen, Wollstrümpfe, Stiefel, Spielzeug. Glatte Bestechung! Dem Oberlehrer steigt das Blut in den Kopf, wenn er nur daran denkt.

Freilich, dieser Versuchung können die Frommels und die Luscheks nicht widerstehen, weil sie nicht wissen, wie sie ihr halbes Dutzend Kinder sattkriegen und kleiden sollen. Und der Eisenbahner Johann Rausch läßt sich auch weichklopfen, weil er weiß, daß er sein Leben lang Weichensteller bleiben wird, wenn er seine Kinder nicht in die tschechische Klasse gibt. Und so gewinnt der freundliche tschechische Lehrer mit dem Gigologesicht einen Schüler um den anderen dazu, während die Schülerzahl in den beiden deutschen Klassen abnimmt. Sakra, sakra! Ein zähes Tauziehen um jedes einzelne Kind ist jetzt im Gange, und der Oberlehrer muß viele Gespräche führen und viele Spenden eintreiben, damit auch den ärmeren Schülern in den deutschen Klassen die Schulbücher bezahlt und Wollstrümpfe und Lebkuchen beschert werden können.

Unterstützt von ihrem Oberlehrer tun sich auch die Eichstädtler Bauern zusammen und gründen eine Molkereigenossenschaft. Eichstädtl wird die erste Molkerei im ganzen deutschen Teil des Adlergebirges haben! Diese Kühnheit erregt Aufsehen bis weit ins Böhmische hinein.

Die Parzelle für das Gebäude stellt ein Bauer kostenlos zur Verfügung, andere Bauern bieten Spanndienste. Der Dampfkessel mit Turbine wird aus Schweden bezogen. Er reicht aus für die ungeheure Menge von dreitausend Litern Tageseinlieferung. Sechs Nachbardörfer machen mit. Bei der Einweihung ist sogar ein schwedischer Ingenieur anwesend. Die Welt richtet ihren Blick auf Eichstädtl, einen der ersten Orte des Adlergebirges, in dem nach dem Krieg wieder Glocken läuten! Um das Geld für ihre Anschaffung zusammenzubekommen, hat Vater Julian jahrelang gesammelt, und der neue Pfarrer, mit dem sich's, wenn nötig, reden läßt, vergißt ihm diesen Beistand nie.

Da ist auch noch das Furzbörnlein, das dem Oberlehrer zu denken gibt. Es heißt nicht umsonst so. Er hat es selbst öfters ausprobiert. Man müßte es einmal untersuchen lassen, aber ohne daß der Pfarrer gleich eine Mariensäule daneben aufstellen läßt. Es genügt die eine neben dem Wüsten Schloß.

Fritz ist nach Wielsdorf versetzt worden: Zwei Rotwengel an einer Schule, das ist zu deutschlastig. Aber Fritz begnügt sich nicht mit der einklassigen Schule an der Sprachgrenze. Er will weiterkommen. Das Adlergebirge kann er in den Ferien genießen. So geht er nach der Pensionierung seines Vaters, die von allerlei Feierlichkeiten umrahmt ist, nach Nordböhmen und wird dort für viele Jahre bleiben, als Fachlehrer in einer Bürgerschule.

Siegmund aber wird nie seßhaft. Nach vier Semestern in Wien hat es ihn nach Breslau getrieben, wo er auf das Diplom zustudiert. Er hält es nicht lange aus, in seiner Studentenbude zu büffeln, es treibt ihn unter Menschen. Er sucht Freunde, kreist um Frauen. Militärparaden faszinieren ihn, der Friedensvertrag von Versailles empört ihn, die Bibel findet er zu jüdisch, Sigmund Freud verurteilt er, obwohl er gar nichts von ihm gelesen hat. Er begeistert sich für die Idee, Land müsse allen gehören, also unverkäuflich sein. Und er entflammt für alles, was sich deutschvölkisch nennt. Sein Leben bewegt sich in schroffem Zickzack zwischen Gegensätzen und zwischen den Koordinaten Himmelhoch-jauchzend und Zu-Tode-betrübt.

Aber so gern er auch in Breslau ist und die Stadt wie ein junger Hund durchschnüffelt, so sehr zieht es ihn oft nach Hause. Nicht nur dann, wenn er frische Hemden braucht. Manchmal läßt er alles stehen und liegen, schwänzt Seminare und fährt heim. Er nimmt den Zug bis Mittelwalde, der letzten Station auf deutscher Seite. Wenn er von dort zu Fuß über den Steinscholzen heimläuft, umgeht er die umständliche Zoll- und Paßkontrolle an der Grenze. Er muß nur ein bißchen aufpassen, daß er keinem tschechischen Gendarmen in die Arme läuft.

Den Weg durch Deutsch-Ottersdorf abwärts nimmt er im Dauerlauf. Nur heim zu Mutter Pauline, heim zu ihren Mohnbuchteln, ihrem sanften Lächeln.

Auch eine Freundin hat Siegmund im Staadtla. Die Grete. Er schwärmt sie an, widmet ihr Gedichte, erzählt ihr stundenlang von seinen Luftschlössern, seinen Ideen, seinen Zielen. Aber sie lächelt nur hilflos und versteht nichts. Sie wird manchmal sogar unwillig, weil er nicht so ist wie die anderen. Er sieht in ihr, der blonden, blauäugigen Staadtla-Schönheit, den Idealtyp einer deutschen Frau, deren Ehre man nicht beflecken darf. Sie sieht in ihm den jungen Rotwengel, der einer der angesehensten Familien des unteren Adlergebirges angehört. Er ist ein hübscher junger Mann mit noch etwas zu kindlichen Zügen. Sie empfindet eine kleine Zärtlichkeit für ihn und weiß oft nicht, ob sie von seinen diffusen Euphorien gerührt oder peinlich berührt sein soll. Und warum küßt er sie nicht?

Ach wüßte sie doch, was es ihn für Überwindung kostet, es *nicht* zu tun! Und so gehen sie Hand in Hand durch die Glühwürmchennächte, er redend, sie schweigend, und machen einander das Leben schwer.

Einmal führt er sie zum Furzbörnlein hinauf, um sie zu prüfen. Aber sie hört den Faun nicht einmal rascheln.

Wenn er nicht mit ihr zusammen ist, schwingt er sich aufs Fahrrad und schwirrt durch das Adlergebirge, immer suchend, immer in hektischer Unruhe – mit nackter, zitternder, hornhautloser Seele. Hier gibt es Tanz, dort Kino, in Zöllnei wird ein Jubiläum gefeiert, in Wielsdorf eine Hochzeit, und in der Mittsommernacht kann er doch auch nicht daheimbleiben, da flammen die Johannisfeuer auf allen Bergen: wieder eine Gelegenheit, die Flügel der Seele weit auszuspannen!

Mutter Pauline ermahnt ihn, nicht so viel herumzustreunen – »flanieren« nennt sie das –, sondern sich hinter die Bücher zu setzen. Und vor allem gegen das Kino hat sie was. Auch so eine neumodische Erfindung, dabei nichts als Lug und Trug. Weder die Liebe ist echt noch der Tod, und die wie Engel erscheinen, sind vielleicht die schlimmsten Luder. Wenn die Türen wieder aufgehen, schwanken alle Zuschauer tränennaß ins Freie und taumeln noch ein paar Stunden gedankenabwesend und benommen herum. Ist das nicht Volksverführung? Außerdem sind die Eintrittspreise viel zu hoch für das Lichtgeflimmer. Und in der Dunkelheit des Saales kommen junge Leute nur auf dumme Gedanken.

Siegmund läßt sie reden und radelt davon. Bis Vater Julian ein Machtwort spricht: Vier Tage daheim, das genügt, um die Hemden frischgewaschen und gebügelt wieder mitnehmen zu können. Und Mutter Pauline packt ihm frische Buchteln und ein Glas Honig ein.

Mit Ach und Krach schafft er das Diplom. Er weiß, er hat zu wenig gebüffelt. Obwohl er sich so fest vorgenommen hatte, sich bei den Eltern für die Ausbildung mit glänzenden Abschlußnoten zu bedanken! Immer steckt er seine Ziele zu hoch.

Jetzt treibt er sich eine Weile im »Reich« herum: ein paar Monate im Allgäu, ein paar Wochen in der Pfalz, ein

Jahr in der Lüneburger Heide. Dort leitet er den landwirtschaftlichen Betrieb einer Heimschule und unterrichtet Biologie.

In dieser Schule, in der sich Lehrer und Schüler duzen und am gleichen Tisch den gleichen Haferflockenbrei mampfen, fühlt sich Siegmund wohl, begegnet gleichgesinnten Seelen, findet sich mit seinem gänzlich unmodernen Vollbart in bärtiger Gesellschaft. Er schreibt überglückliche Briefe an die Eltern und Brüder. Und Grete erfährt, daß er sich nun bald bereit fühle für das gemeinsame Leben auf eigener Scholle, von deren Früchten in Freiheit lebend.

Grete gerät in Panik. Erwartet er etwa von ihr, der Tochter des jetzigen Eichstädtler Oberlehrers, daß sie die Erdäpfel, die sie und Siegmund und die eventuellen gemeinsamen Kinder zu essen gedenken, auch selbst steckt und hackt und im Herbst aus der Erde scharrt? Daß sie die Raupen von den Kohlköpfen sammelt und sich durch stundenlanges Jäten die Hände ruiniert? Sie hat auf einen Akademiker gewartet, nicht auf einen Kleinbauern!

Schluß machen? Das würde Gerede aufkommen lassen. Außerdem wäre das ziemlich riskant. Wer weiß, ob sich ihr eine bessere Partie bietet. Also antwortet sie ihm erst einmal ausweichend.

Ernüchtert und enttäuscht faßt der junge Siegmund eine Straßburgerin ins Auge, eine Lehrerin an der Heimschule. Elise ist jung und gesund, wenn auch nicht blond. Und obwohl sie zwischen Dienstboten großgeworden ist, ein Mädchenlyzeum besucht und sechs Jahre Klavierstunde hinter sich hat, trägt sie nur einfache Kittelkleider und kann arbeiten, daß es nur so staubt. Und wie sie die Laute schlagen und dazu singen kann!

Als Siegmund ihr von seinem Lebenstraum erzählt, der eigenen, eigenhändig urbar gemachten Scholle, beginnen ihre Augen zu glänzen. Auch sie hat dem Wandervogel angehört, ist von den selben Ideen erfüllt, kann sich für dieses Ziel begeistern und pfeift auf gesellschaftliches

Ansehen. Das beteuert sie ihm mit großem Ernst. Sie meint es ehrlich.

Und so fragt er sie bei Vollmond unter einem Holunderbusch im Zittergras, ob sie seine Frau werden wolle, um im fernen Eichstädtl mit ihm ein gemeinsames Leben zu wagen.

Sie will. Und nicht einmal der Vollbart schreckt sie ab. Sie ist ein mutiges Persönchen, voller Energie und konsequent bis zur Schmerzgrenze. Ihren Gefühlen erlaubt sie so gut wie nie, den Verstand zu überwuchern, und wer mit ihr zu tun hat, muß achtgeben, daß sie nicht auch für ihn das Steuer übernimmt.

An einem goldenen Septembertag heiraten sie, nachdem Siegmund aus der katholischen und Elise aus der evangelischen Kirche ausgetreten ist. Konsequentsein ist alles!

Ende September steigen Siegmund und Elise auf der Eichstädtler Haltestelle aus dem Zug und werden von den Rotwengeleltern und Radi samt seiner Familie, die sich um ein kleines Mädchen vermehrt hat, herzlich willkommen geheißen.

Nun ja, diese Elise ist zwar keine Einheimische, aber Vater Julian und Mutter Pauline können sich eigentlich keine bessere Frau für ihren Jüngsten vorstellen. Denn sie ist energisch, weiß, was sie will und kann mit der rauhen Wirklichkeit umgehen. Genau das Richtige für den Jungen, der immer in Wolkenkuckucksheimen schwebt. Und sie ist auch alles andere als hochnäsig, wie man das doch schon so oft bei den Deutschen von drüben beobachten konnte. Nein, sie mokiert sich nicht über die Eichstädtler Aborthäuschen, findet die Adlergebirgler nicht hinter dem Mond daheim, begegnet Karl unbefangen und ist ganz seiner Meinung: Blau isses und grün wird's. Sie packt auch gleich mit an, hilft Mutter Pauline die Dielen scheuern und die Wäsche waschen. Das hat bisher keine der Schwiegertöchter getan. Und auch Fritzens Frau wird es nicht tun.

Ja, inzwischen hat auch Fritz eine Frau gefunden, eine junge, rundliche, lebhafte Uhrmacherstochter aus Trautenau, sechzehn Jahre jünger als er. Als er sie seinen Eltern vorstellt, zwitschert sie unbefangen, die Marta, und muß von ihm väterlich gedämpft werden. Sie ist herzensgut und ihm treu ergeben, und mit seinem Rotbart kommt sie auch irgendwie zurecht.

Alle Rotwengelsöhne tragen Vollbärte wie der Vater, und jeder einzelne Bart ist unverwechselbar. Vaters Bart ist weiß und schütter, Willis dagegen samt Schnurrbart voll und schwarz – der reinste Blaubart. Fritzens Bart ist rübezahlhafter Wildwuchs und rot, wie ein Bart nur rot sein kann. Nicht lang und zweizipflig wie der von Vater Julian, sondern breit wie ein Vorhang. Wenn Fritz mit einem Kamm über ihn fährt, hebt er sich und sprüht Funken: unerschöpflicher Quell des Vergnügens für Radis Kinder. Der Bart ihres eigenen Vaters dagegen ist reizlos. Den hat Radis modebewußte Frau in adrette Fasson gebracht. Jetzt ist er ein dunkelbrauner, kurzer Allerweltsbart geworden, der Radis tiefliegende Augen noch mehr betont. Ja, und Siegmunds junger, rotblonder Bart ist ein einziges Gewirr von winzigen Löckchen. Seine Kinder werden ihn lieben, werden ihre Köpfe in ihn hineinkuscheln.

Die Bärte sind das Markenzeichen der Rotwengelfamilie. Im ganzen Adlergebirge gibt es kaum noch solche Bärte. Seit dem Ende der Monarchien hat sich's diesseits und jenseits der Grenze ausgebartet. Im Hause Rotwengel ist nur Karl bartlos. Das heißt, er trägt einen weißen Schnurrbart und weiße Stoppeln. Julian rasiert ihn nicht mehr. Seine Hand ist nicht mehr ruhig genug. Pauline hält Karls Stoppeln mit der Schere kurz. Nur vor den Feiertagen führt sie Karl zu einem Friseur.

Siegmund und Elise kaufen die Schulwiese, die am Ottersdorfer Bach liegt, eingezwängt zwischen zwei Hängen. Hier bauen sie sich ein winziges Holzhaus hin, mit dem Giebel zum Ort. Radi ist ihr Baumeister. Überglücklich zieht das junge Paar ein. Obwohl Elise schwanger ist, beginnen sie mit Feuereifer, die Wiese umzugraben. Sie holen Karl zum Holzhacken. Er fährt auch Steine in der Schubkarre weg und hackt das Gestrüpp am Bachufer ab. Und niemand rügt ihn, wenn er zwischendurch stehenbleibt und ins Leere starrt.

Marta und Fritz bekommen einen Sohn, den sie Otto nennen. Kurz darauf ist Siegmunds und Elises erstes Kind da, ein Mädchen, das Lif heißen soll.

Lif! Die Eichstädtler schütteln die Köpfe. So einen Namen haben sie ihr Lebtag noch nicht gehört. Das arme Kind!

Es gibt noch andere Merkwürdigkeiten auf der Schulwiese zu beobachten: Siegmund geht in kurzen Hosen wie ein Junge. Und er und seine Frau, die nicht weiß, ob sie Deutsche oder Französin ist und noch nicht einmal ein R richtig aussprechen kann, sind Heiden – Jesusmaria! Sie essen kein Fleisch und lassen den Säugling nackt auf einer Decke strampeln, mitten im Gras, statt ihn zu wickeln und zu schnüren. Und angeblich soll das Kind in einem Korbwagen auf Torf schlafen!

Vater Julian kommt ab und zu und läßt sich durch den Garten führen. Siegmund ist fleißig gewesen, hat gesät und gepflanzt, Beerensträucher und Bäumchen gesetzt. Aber der Vater hätte vieles anders gemacht als der Sohn und benotet den schüchternen Anfang mit einer abwertenden Handbewegung und einem scharfen, abgehackten »A!«

Der Patriarch hat gesprochen. Siegmund ist vernichtet.

Elise erkennt, daß es so nicht geht. Die Schulwiese ist zu klein, um von ihr leben zu können. Sie ist von Häusern eingekreist, es läßt sich also kein Land dazukaufen. Sie liegt zu tief und bietet zu viel Einblick. Und der Schwiegervater ist zu nah. Aber das kann sie Siegmund nicht sagen.

Der Wind bläst dem jungen Paar ins Gesicht: Das Kind

stirbt nach neun Monaten. Brechdurchfall. Der alte Doktor Heilbronn hebt die Schultern. Die Eichstädtler geben Elise die Schuld. Wie kann man nur ein so kleines Kind der Sonne und frischer Luft aussetzen!

Der Pfarrer verweigert der Kleinen ein Grab auf dem Friedhof. Sie ist ja ungetauft, gehört also der Gemeinschaft der Christen nicht an. Er verweist sie in die Selbstmörderecke. Vater Julian muß erst sein ganzes Ansehen in die Waagschale werfen, bis er erreicht, daß Lif ein Grab zwischen anderen Kindergräbern bekommt. Die jungen Eltern begraben sie an einem frühen Sommermorgen ohne Blaskapelle und Ehrengäste. Sie wollen dabei allein sein. Hand in Hand gehen sie heim. Sie haben nur einander.

Manchmal begegnen sie Grete. Die schaut dann in eine andere Richtung. Elise versucht, mit ihr ins Gespräch zu kommen. Grete weist sie schroff zurück. Und dann heiratet sie fort, irgendwohin ins Mährische.

Wieder bebauen sie einen Frühling lang den Garten, ohne Hoffnung, von seinen Erträgen leben zu können. Sonntags streifen sie durch die Wälder. Einmal zeigt Siegmund Elise das Furzbörnlein am Waldrand hinter dem Mühlberg. Er trinkt ein paar Schlucke und will ihr beweisen, daß die Quelle ihren seltsamen Namen zu Recht trägt. Aber er wartet vergeblich. Diesmal klappt's nicht. Ob *sie* nicht mal probieren will? Sie schüttelt lachend den Kopf. Ihre gute Erziehung ist ihr im Weg. Als sich Siegmund schon wieder zum Gehen wendet, reckt sie den Kopf vor, starrt ins Gebüsch und fragt: »Was raschelt denn da?« Für ihn ist das Anlaß genug, sie voller Freude zu umarmen und im Kreis herumzuwirbeln.

Ein andermal zeigt Siegmund Elise das Wüste Schloß. Sie erklettern den Felsen und entdecken auf ihm unter dem Moos Spuren von Fundamenten. Es ist ein schwüler Juliabend, Stechmücken schwirren, der Himmel liegt wie eine Last über dem Land. Da lieben sie sich im Moos auf dem Felsen, stürzen dabei fast ab und erreichen danach das Staadtla knapp vor einem heftigen Gewitter. Kurz vor ihnen kam über den gleichen Weg eine Dichtenauerin in Eichstädtl an und verkündete angstschlotternd, auf dem Wüsten Schloß habe sie Stimmen gehört.

Und nun ist Elise wieder schwanger. Es wird ein Märzenkind, wieder ein Mädchen. Sie nennen es wieder Lif. »Dem Tod zum Trotz«, wie Siegmund sagt. Die Eichstädtler können es nicht fassen: Wie kann man das Schicksal nur so herausfordern! Wenigstens Siegmund müßte doch wissen, daß man ein Neugeborenes nie nach einem toten Geschwister nennen darf, weil es sonst selbst stirbt!

Aber das Kind bleibt am Leben. Es schert sich nicht um die Eichstädtler Regeln. Elise behandelt es wie ein rohes Ei und gerät bei jedem Schnupfen in Panik. Aber sie läßt es an warmen Tagen wieder nackt im Garten strampeln. Und wie der Wandervogel es empfahl, bettet sie es in einen Korbwagen auf Torfmull. Zurück zur Natur! Der Torf ist trocken und weich und saugt die Nässe auf. Der nasse Torf wird ausgewechselt.

Lif-die-Zweite gedeiht prächtig auf Torf und Gras. Aber Siegmund wird unruhig. Das Leben auf der Schulwiese ist ihm zu still und gleichmäßig fließend. Er muß wieder fort, muß hinaus in die Ferne, will neu beginnen, besser beginnen!

Elise versteht ihn und macht mit. Sie verkaufen Schulwiese und Haus, ziehen hinüber ins »Reich« und kaufen ein wunderschön gelegenes, kleines Jagdhaus mit Wiesen und Wald auf den Schwarzwaldhöhen gegenüber von Straßburg. Das Anwesen ist spottbillig, weil es weitab vom nächsten Ort liegt.

Die jungen Leute stört das nicht. Sie verleben dort mit ihrem Kind ein paar glückliche Monate. Elises Familie kommt auf Besuch herüber, natürlich im eigenen Wagen: die verwitwete Mutter, die Schwester, der Schwager. Nun ja, Elise ging schon immer ihren eigenen Weg. Im übrigen ist es hier oben herrlich, wenn die Sonne scheint. Daß es kein Fleisch gibt, übersteht man, und Urlaubstage ohne elektrisches Licht findet man romantisch.

Elise nimmt Ferienkinder auf. Damit verdient sie ein nettes Sümmchen, mit dem Siegmund Samen und Pflanzen und einen robusten Handwagen kaufen kann. Hier ist Platz für viele Beete, sogar für Felder. Hier können sie so leben, wie sie es sich erträumen. Und schon meckern Ziegen im Schuppen, und Elise schafft es irgendwie, Milch aus ihren Eutern zu zapfen.

Siegmund ist wieder ruhig und ausgeglichen. Stolz lädt er seine Eltern ein. Mutter Pauline bekreuzigt sich, als ihr Vater Julian den Brief vorliest. So weit, so weit! Da könnten sie ja gleich nach Amerika fahren. Außerdem – wer weiß, wie dort die Betten sind. Und kein Fleisch! Nein, sie ist nicht zu dieser Reise zu bewegen.

Den Vater aber packt auf seine alten Tage noch einmal das große Fernweh. Er macht sich auf und fährt. Siegmund holt ihn in Offenburg ab. Elise begrüßt ihn herzlich, und das Kind läuft ihm entgegen. Was er vorfindet, gibt ihm keinen Anlaß zu einem schroffen »A!«

Er verlebt glückliche, harmonische Tage, freut sich an seinem Enkelkind und lernt Elises Familie kennen. Gemeinsam machen sie Ausflüge in die Umgebung. Elises Schwager, ein Textilkaufmann, lädt Siegmund und Vater Julian zu einer Fahrt durch die Vogesen ein. Der Alte kann sich gar nicht sattsehen. Ein wunderbarer Tag – der jäh an einem Baum am Straßenrand endet. Vater Julian auf dem Beifahrersitz ist so gut wie tot.

16. Kapitel

In dem das Furzbörnlein und ausgekautes Wachs sowie ein Lindwurm eine Rolle spielen, der Knecht Basil theologische Unterweisungen gibt und ein göttlicher Punkt abhanden kommt

Aber dieser alte Rotwengel ist zäh, er beißt dem Tod in die Krallen. Über zwei Monate lang liegt er eingegipst, geschient, gedehnt, gestützt in einem Straßburger Krankenhaus. Er klagt nicht – außer über das elsässische Essen. Vor allem das viele Gemüse ist ihm verhaßt. Ist er ein Kaninchen? Elise, die mit dem Kind nach Straßburg kam, um ihn zu betreuen, bringt ihm täglich Suppe, wie er sie von daheim gewöhnt ist: Leberknödelsuppe, Ochsenschwanzsuppe, Nudelsuppe mit Rindfleisch. Sie, die Vegetarierin, springt ihm zuliebe über ihren Schatten.

Jetzt fehlt ihm seine Pauline doch sehr. Sie kennt alle seine Gelüste, die Bedeutung seiner Bewegungen, seiner Augenwinke. Aber nicht einmal jetzt kann sie sich entschließen, in dieses ferne, unbekannte Land voller Unsicherheiten zu reisen. Eine solche Unternehmung erscheint ihr ebenso selbstmörderisch wie ein Sprung aus dem Fenster. Weiter fort als bis auf den Muttergottesberg ist sie nie gewesen. Von den Kressenwiesen aus sieht man gerade noch seine Silhouette am Horizont. Das ist weit genug vom Staadtla weg. Gleich hinter dem Muttergottesberg beginnt die große weite Welt.

Die Nachricht vom Unfall des Oberlehrers hat das ganze Staadtla sehr getroffen. Man läßt sich von Mutter Pauline die Straßburger Krankenhausadresse geben, schickt Postkarten mit Ansichten der Sommerfrische Eichstädtl, auch Karten mit sinnigen Zeichnungen von Glücksklee, Hufeisen und rosigen Schweinchen. Laura sendet aus der fernen Slowakei tränenbefleckte Briefe, die erst kurz vor seiner Abreise ankommen. Sie hatte gleich zu ihm reisen wollen. Aber von Stropkov nach Straßburg ist es fast doppelt so weit wie von Eichstädtl nach Straßburg. Für ein paar tränenreiche Umarmungen sei das einfach zu teuer, meint Adolf, und Vaters Knochen würden durch Lauras Anwesenheit auch nicht schneller heilen. Elise und Siegmund seien ja bei ihm. Und sollte es aufs Ende zugehen, könne sie immer noch reisen.

Außerdem stecken Laura und Adolf mitten im Umzug. Denn er ist nach Prešov versetzt worden. Prešov ist schon fast eine Großstadt und kann sich sehen lassen. Und so wird erst einmal umgezogen, und dann fährt Laura nach Eichstädtl, um die Bienen zu betreuen. Denn um deren Wohlergehen wird sich der Vater die meisten Sorgen machen.

Die sechzehn Knochenbrüche heilen wieder, zurück bleibt ein Hinkebein. In einem Eisenbahn-Krankenabteil geleitet ihn Radi heim. Die Eichstädtler Blaskapelle spielt bei seiner Ankunft auf der Haltestelle. Und der gute alte Doktor Heilbronn, der jetzt in einem Auto zu den Kranken fährt, tut sein Bestes.

Der Gemeinderat ist froh, daß der Oberlehrer wieder daheim ist – und noch dazu, Gottlob, lebendig. Denn Großes für die Gemeinde scheint sich anzubahnen, und dazu will man auch seine Meinung hören. Nämlich in seiner Abwesenheit hat ein sachkundiger Sommerfrischler festgestellt, daß das Furzbörnlein stark radiumhaltig ist. Das heißt, daß sein Wasser heilkräftig sein muß. Der Gemeinderat hat sich diese atemberaubende Neuigkeit von drei Prager Professoren bestätigen lassen. Das sündhaft teure Zertifikat hat er bezahlt, ohne mit der Wimper zu zucken. Denn in Eichstädtl ist Begeisterung ausgebrochen. Man hat bereits Visionen von einem prächtigen Sanatorium und einem Parkgelände rund um das Furzbörnlein, ja von einem Stationsschild Bad Eichstädtl.

Das gäbe ein Aufblühen! Läden würden eröffnet, Villen würden gebaut werden, Ärzte würden sich hier niederlassen, Kurhotels würden entstehen, vielleicht sogar Kurhaus und Kurtheater samt Musikpavillon! Der Ort bekäme Zuzug von allen Seiten und würde sich bald bis auf den Galgenberg und die Kressenwiesen ausdehnen! Eine Bürgerschule müßte eröffnet werden, vielleicht sogar ein Gymnasium ...

Und nun sei man dabei, kapitalkräftige Interessenten zu finden. Vater Julian hört sich das alles an und schüttelt den Kopf. »Ihr werdet niemanden finden«, sagt er. »Es sei denn, es wäre ein Verrückter.«

Dieser ernüchternde Kommentar empört die Eichstädtler. Von ihrem alten Oberlehrer, der immer so energisch für den Fortschritt eingetreten ist, hat man etwas anderes erwartet. Man schiebt seine Skepsis auf den Unfall, auf beginnende Senilität. Fast der ganze Ort grollt ihm.

Aber er behält recht. Niemand findet sich, der Geld gibt, niemand baut ein Sanatorium, weder auf die Kressenwiesen noch sonstwohin, und nur die Eichstädtler und ihre Sommerfrischler furzen nach Genuß des Furzbörnleinwassers. Ob es sie gesünder macht, als sie schon waren – wer weiß es? Die Ernüchterung bewirkt jedenfalls Katzenjammer. Nur die Wirte freuen sich, denn der Alkoholverbrauch im Staadtla nimmt zu. Und die Leute grüßen den Oberlehrer wieder freundlich, ja ehrerbietig.

Der aber erkennt, daß der Ort jetzt ein kleines Trostpflaster braucht. Und so bringt er in einer der nächsten Gemeinderatssitzungen die Idee eines Freibades zur Sprache. Denn bisher konnten sich Badelustige nur in der Adler tummeln, und die ist eiskalt.

Er hat sich das alles auch schon genau überlegt. Und die Eichstädtler greifen seinen Plan dankbar auf. Denn ein Ort mit Freibad ist für Sommerfrischler attraktiver als ein sozusagen trockener Ort. Ein Bauer stellt eine unergiebige Waldwiese nahe dem Wüsten Schloß zur Verfügung.

Man lobt den idyllischen Blick von dort auf den Ort, spuckt in die Hände und geht ans Werk: Besser ein Spatz in der Hand als eine Taube auf dem Dach!

Und da man nun schon mal am Werk ist, werden auch gleich noch die Kressenwiesen drainiert, dieses große Sumpfgebiet an der Straße nach Dichtenau. Ein Experte kommt aus Landskron, sieht sich das Elend an, empfiehlt, einen Teich mitten in die Wiesen zu legen und Gräben zu ziehen, die alle in den Teich münden. Nur so sei der Sumpf zu entwässern.

Alle Männer packen mit an. Der Teich entsteht, Gräben durchziehen die Wiesen, der Teich füllt sich. Aber längst nicht alles Wasser läuft ab, die Wiesen bleiben sauer, das Wollgras wogt weiterhin im Wind, die Kühe schneiden Grimassen, wenn in ihren Krippen Gras von den Kressenwiesen liegt. Nur nördlich des Teichs, wo das Grasland sanft ansteigt, wächst Grünfutter für höhere Ansprüche.

Auch mit dem »Adlerbad«, das mit Blaskapelle, Clownspäßen und Damen-Wasserballett feierlich eingeweiht wird, hat Eichstädtl kein Glück. Sogar der Oberlehrer hat nicht bedacht, daß sich das kalte Adlerwasser nicht schnell genug aufheizt und das Bad bis mittags zur Hälfte im Waldschatten liegt. Nur an den allerheißesten Tagen des Jahres wird es stark besucht, und von denen gibt es nicht viel, denn das Staadtla liegt über fünfhundert Meter hoch, und die Winter sind lang. Das Adlerbad wird ein paar Jahre Verlustgeschäft bleiben, wird als Klotz am Bein mitgeschleift werden, bis man es sang- und klanglos schließen wird.

Oberlehrer Rotwengel zieht sich ganze Tage in sein Bienenhaus zurück. Aber die Vereine locken ihn wieder heraus. Der Feuerwehrball, das Turnvereinsfest ohne ihn, den Ehrenvorsitzenden? Unmöglich!

Karl dagegen, inzwischen siebzig Jahre alt, sucht immer mehr die Öffentlichkeit. Er kann Fremde und Einheimische nicht auseinanderhalten, er hält alle an, die ihm begegnen, und röhrt mit heiserer Stimme: »An drei Stellen wird's schon grün!« Und manchmal murmelt er vor sich hin: »Immer größer, Isidor, immer größer ...«

Er ißt mehr und mehr, wo immer er auch zu Tisch geladen ist, und seine Kraft nimmt eher zu als ab. Die Scheite sausen nur so durch die Luft, wenn er Holz hackt. Manchmal, wenn er die Axt schwingt, brüllt er: »Ich komme! Ich komme!«

»Wohin kommst du, Karl?« fragt dann vielleicht Mutter Pauline sanft. Und er antwortet, aus dumpfer Benommenheit auftauchend: »Heim.«

»Aber das bist du doch schon, Karl«, sagt sie und tätschelt seine Hand. Da knurrt er und hebt die Axt, und sie macht, daß sie ins Haus kommt. Man kann nie wissen ...

Solange Elise in Straßburg war, hat Siegmund das Anwesen gehütet, hat geerntet, was zu ernten war, hat die Ziegen gemolken und die Wildschweine verjagt. Aber in der Einsamkeit hat ihn wieder die Unruhe überfallen. Sobald Elise mit dem Kind zurückgekehrt ist, überläßt er ihr die Arbeit und sich selbst der Unrast, wandert stundenlang allein durch die Wälder, spricht von einer schwarzen Wand und davon, daß ihm die Zukunft abhanden gekommen sei, verliert seinen Appetit, wird apathisch und ist, wenn überhaupt, nur noch ansprechbar über das Wort »Staadtla«.

Elise begreift, daß sie ihn hier nicht halten kann. Traurig nimmt sie von diesem kleinen Paradies Abschied, wo sie so glücklich gewesen sind und alles so verheißungsvoll angefangen hat. Das Anwesen wird verkauft. Sie reisen wieder ins Staadtla. Aus der Sicht von Elises Mutter, der Straßburgerin, kehrt die Tochter, die Lilofee, ihrem wilden Wassermann zuliebe in den See zurück. Zum Abschied schenkt sie ihr ein Grammophon und ein halbes Dutzend Platten. Lieder, die gerade en vogue sind. ›Schöner Gigolo‹ zum Beispiel. Damit sie nicht ganz die Verbindung zum modernen Stadtleben verliert.

Vater Julian schlägt Siegmund vor, doch Lehrer zu werden. Das liege ja in der Familie. Elise erkennt sofort den rettenden Anker, den dieser Vorschlag enthält. Sie weiß, daß Siegmund gut mit Kindern umgehen kann. Er wäre ein idealer Dorflehrer, vielleicht sogar in Eichstädtl, und er könnte neben dem Unterricht noch immer Möhren und Zwiebeln ziehen und mit Vollbart, barfuß und in kurzen Hosen leben. Da er Akademiker ist, wären nur zwei Semester Studium nötig, um die Lehrerlaubnis an Volksschulen zu erhalten. Allerdings müßte er auch eine Prüfung in Tschechisch ablegen. Aber nach zwei Semestern intensiven Studiums dürfte das nicht schwer sein.

Siegmund willigt ein, faßt wieder Mut. Sie ziehen gemeinsam nach Prag, nehmen sich eine winzige Wohnung auf der Kleinseite mit Blick auf die Moldau und die Silhouette der Stadt. Elise sorgt dafür, daß das Kind nicht stört, tippt für Siegmund auf der Schreibmaschine, was es zu tippen gibt, hört seine Vokabeln ab, macht ihm Mut, feuert ihn an. Nur noch neun, acht, sieben Monate.

Aber er haßt die tschechische Sprache. Er fühlt sich von ihr in die Enge getrieben. Und wo, bittschön, bliebe seine Freiheit, wenn er Lehrer, also Staatsdiener würde? Er bricht das Studium ab, und Elise kehrt mit ihm ins Staadtla zurück. So ist er nun einmal, und sie kann nur dafür sorgen, daß der Kahn nicht kentert.

Daheim wird Siegmund wieder ruhig und besonnen, und nun fängt er mit Elise noch einmal an, seine Idee, Ottos Idee, zu verwirklichen. Diesmal auf den Kressenwiesen, auf dem sanften Hang hinter dem Teich. Mit dem Holzhaus müssen sie sich beeilen, denn Elise ist hochschwanger. Trotzdem arbeitet sie mit. Sie freut sich auf den neuen Anfang. Hier draußen wird ihnen niemand in die Fenster schauen!

Vater Julian schickt Karl zu ihnen hinaus, damit er ihnen und den Bauhandwerkern zur Hand geht. Einsam steht im Gelände ein hölzernes Aborthäuschen, das Siegmund aufgestellt hat, damit man – bis das Haus fertig ist – nicht in die Büsche kriechen muß. Auch Karl benutzt es. Er paßt kaum hinein, und wenn er drin ist, wackelt es.

Lif-die-Zweite steht und schaut. Sie ist nun schon vier Jahre alt, hat zwei weißblonde Rattenschwänze und läuft Karl auf Schritt und Tritt nach. Nur wenn er ins Häuschen geht, kann sie nicht mit. Er ist so groß, fast wie ein Berg. Sie kann ihre Augen nicht von ihm lassen. Und so preßt sie ihr kleines Gesicht an den breiten Spalt der Rückwand des Häuschens und versucht sich auf dieser riesigen Fläche von Karls Hinterbacken zu orientieren, die in der Dämmerung des Raumes mit ihrem Flaum, ihren blauen Äderchen, ihren Narben, Leberflecken und Flohstichen sanft schimmern.

»Kind«, ruft die Mutter streng von der Baustelle herüber, »geh dort weg, das tut man nicht!«

Aber das Kind sieht keinen Hintern, sondern eine geheimnisvolle Landschaft mit Flüssen, Hügeln und Gräsern. Und kaum ist die Mutter im Rohbau verschwunden, steht es schon wieder am Spalt. Wunderbarer Onkel Karl! Er kann diese Welt erscheinen und verschwinden lassen, wie es ihm gefällt. Ohne ihn herrscht im Häuschen nur fade Dämmerung.

Elise bringt wieder ein Mädchen zur Welt. Und Siegmund pflanzt rund um seine Kressenwiese Bäume dicht an dicht. Diese Wiese wird einmal zum Paradies, aber auch zum Ghetto werden.

Auch Fritz hat jetzt zwei Söhne. Dabei bleibt es. Und auch bei Radi ist nach zwei Kindern Schluß. Elise und Siegmund aber lassen der zweiten Tochter eine dritte folgen und geben allen dreien nordische, germanische Namen, die nichts mit Heiligen zu tun haben und die niemand im Staadtla kennt – außer den Lehrern und den Heilbronns, denen die Namen in den germanischen Götter- und Heldensagen begegnet sind. Aber nicht nur die Namen bewirken Kopfschütteln. Rotwengels Jüngster läßt seine Kinder allesamt Heiden sein und gibt ihnen kein

Fleisch zu essen, dafür aber Unmengen von Gemüse, dazu wabbeliges Zeug, das sich Pudding nennt!

Nein, dieser Siegmund: Mit den Pfunden, die ihm seine Eltern mit auf den Lebensweg gaben, weiß er nicht zu wuchern. Mit seinem abgeschlossenen Studium könnte er eine ansehnliche Stellung in einer landwirtschaftlichen Behörde bekleiden! Statt dessen spannt er sich vor den Handpflug oder kriecht auf allen vieren auf der Erde herum und sät Buchweizen oder Sojabohnen: Teufelszeug, das im Adlergebirge nichts zu suchen hat! Man hat ihn sogar schon Pferdemist auf der Dichtenauer Straße sammeln sehen. Gehört sich das für einen Rotwengel? Der alte Oberlehrer ist zu bemitleiden. Daß er so einen Sonderling zum Sohn hat!

Aber Vater Julian nimmt's gelassen. Der eine starrt halt in die Sterne, der andere ins Grünzeug. Und Siegmund hat ja Elise, die wird ihn schon halten, wenn er stolpert.

Ja, Elise. Die wird von den Eichstädtlern geschätzt. Nicht nur, daß sie wie eine Tagelöhnerin arbeiten kann. Sie kann Klavier und Laute spielen, versteht sich aufs Englisch- und Französischsprechen, bringt den Dorfkindern bei, dreistimmig zu singen und Volkstänze zu tanzen, holt sich Sommergäste aus dem »Reich« und bezahlt mit dem, was sie einbringen, das Darlehen für den Hausbau ab, schafft es, aus zwei alten Pullovern einen neuen zu stricken, und bastelt ihren Kindern zu Weihnachten die schönsten Spielsachen, ohne auch nur einen Heller dafür auszugeben. Daß sie ihre Zimmerwände weiß hält, weder Hut noch Kopftuch trägt, ihr Haar nicht ondulieren läßt und wohl lieber stürbe, als Stöckelschuhe zu tragen – ja, daß sie sich weigert, die altösterreichische Mode des Wangenküssens zur Begrüßung mitzumachen und den noch weit älteren Brauch des Hahnschlagens laut als Tierquälerei anprangert, muß man ihr nachsehen. Sie ist ja eine von anderswo. Dort ist alles anders. Den Eichstädtler Dialekt wird sie nie lernen!

Sie versucht es erst gar nicht.

Siegmunds Älteste ist ein merkwürdiges Kind: verträumt wie er, die graugrünen Augen immer in irgendwelche Fernen gerichtet. Es gibt kaum einen Stein auf ihrem Weg, über den sie nicht stolpern würde. Mal bleibt sie stehen und spricht mit sich selber, mal bückt sie sich und betrachtet tiefsinnig einen Käfer, mal schaut sie lange den ziehenden Wolken nach. Ihre Stirn ist übergroß und herausgewölbt. Ist sie überhaupt normal? Immerhin gibt es den Karl in ihrer Familie.

Aber in der Schule ist sie unter den Besten, außer in Rechnen. Sie hört schon im ersten Schuljahr zu, was der Oberlehrer Kuchl denen vom dritten Schuljahr erzählt. Ja, sie wagt es sogar, manchmal den Finger zu heben, wenn er eine Frage stellt und keiner der Drittkläßler zu antworten weiß.

Und immer lauter tönen die Lieder aus der Tschechenklasse herüber. Im ganzen Adlergebirge versuchen Tschechen Fuß zu fassen mit mehr oder weniger Druck. Da heißt es für die Deutschen: »Brust raus, Kinn hoch, Rückgrat durchdrücken!« Ein zähes Tauziehen beginnt. Auf beiden Seiten bläht sich viel Pathos: »Sich zum Deutschtum bekennen!« ist die Parole der Deutschen. Und die Tschechen singen mit Inbrunst ihre Hymne, die mit »... doch der Stürme Wehen wird bald vergehen – Brüder, wir erwachen!« endet. Viele deutsch-tschechische Freundschaften zerbrechen.

Auch Siegmunds Ehe macht eine Zerreißprobe durch. Denn wieder packt ihn, nach ein paar ruhigen Jahren auf der Kressenwiese, die Unrast, und da er nicht fort kann, überkommen ihn »die Zustände«, wie Mutter Pauline das nennt. Elise, inzwischen vor allem Mutter, reagiert unwirsch auf Siegmunds Unruhe und Schwermut: »Du als Akademiker wirst doch mit ein bißchen Willen über die schwarze Wand hinwegsehen können! Keine Zukunft? Dann *mach* dir eine! *Tu* was!«

Ja, er tut etwas: Da er als Vater von drei Kindern nicht mehr auf- und davonschwirren kann, stellt er seine Rastlosigkeit in den Dienst einer neuen Idee: der deutschen. Fast tagtäglich radelt er auf seinem klapprigen Fahrrad hinauf ins Adlergebirge. In den verräucherten Gasthaussälen, wo abends die Deutschen zusammenkommen, um sich Mut und Rat zu holen, hält er Reden, obwohl er gar nicht reden kann, und schwärmt vom deutschen Vaterland jenseits der Grenze, vom deutschen Wesen, an dem die Welt genesen werde, und von der Überlegenheit des nordischen Menschen. Mit seinem Bart in einer bartlosen Zeit wirkt er zwar komisch. Aber er ist ein Rotwengel, da muß an dem, was er sagt, schon was dran sein.

Die Tschechen beginnen ein wachsames Auge auf ihn zu werfen. Das Zuchthaus für Politische in Pankrac ist bereits voll von Deutschen. Auch ein Rotwengel käme dort noch unter.

Lif-die-Zweite schwirrt auch gern aus, besonders gern ins Dorf zu den Großeltern Rotwengel. In der Honigschleuderzeit weiß sie, daß immer ein Teller voller honigtriefender Wabendeckel auf dem Tisch steht, mit einem Löffel. Wie könnte der sparsame Großvater das Deckelwachs wegwerfen, solange noch so viel Honig an ihm klebt? Und so sind alle Familienmitglieder und Bekannten eingeladen, Wachs auszukauen: Wer Lust hat, löffelt sich eine Portion in den Mund, kaut den Honig heraus und befördert das ausgekaute Wachs sodann auf den zweiten Teller, der neben dem ersten bereitsteht.

Das Kind braucht nur einen Blick auf den Teller mit dem ausgekauten Wachs zu werfen, um zu wissen, wer während der letzten Stunden hier zugange war. Großvaters Absonderungen sind lange, an den Enden spitze Rollen. Großmutter formt Knödel, Vater Tropfen. Ist Tante Laura auf Besuch, erscheinen Hörnchen auf dem Teller. Onkel Adolf macht flache Platten mit Zahnabdrücken. Das Kind selbst spuckt lauter kleine Ziegenkötter aus.

Und Karls Gewölle? Es gibt keins. Karl schluckt alles hinunter, Honig wie Wachs. Und weil er so sabbert, bekommt er eigene Teller. Nicht am Tisch, sondern auf der Ausziehplatte der Kredenz.

Siegmunds Älteste und Großvater Julian mögen sich sehr. Er hat ihr ein Schaukelpferd geschreinert und ein Stühlchen, in dessen Lehne er ihren Namen geschnitzt hat. Sie läßt sich von ihm Geschichten erzählen: wahre aus seinem Leben; halbwahre – Sagen aus der Umgebung; und solche, die er oder andere erfunden haben. Die mag sie am liebsten. Und wenn er nicht weiter weiß, hilft sie eifrig. Es spielt für beide nicht die geringste Rolle, ob es den Wolkenschlabberer oder die Tränengabunze gibt oder nicht gibt. Sie lassen das Dorf schmelzen und das Wüste Schloß brennen, lassen Flottls Urenkel die ganze Adler aussaufen und die Großmutter hoch oben im Haferbirnbaum Hemden bügeln ...

»Jetzt wirst du kindisch«, sagt die Großmutter mit gerunzelter Stirn zum Großvater, während sie neben dem Kachelofen Hemden bügelt.

Da kommt der Vater dazu. Sein Fahrrad hat er draußen neben den Holzklotz gelehnt. Er grinst verschmitzt und macht mit und tut so, als sähe er die vorwurfsvollen Blicke seiner Mutter nicht. Über seinen Vater wundert er sich. Der hat mit ihm, dem kleinen Siegmund, nie so in Phantasie geschwelgt. Hat er geglaubt, sie in seiner Eigenschaft als Lehrer wegstecken zu müssen? Er, Siegmund, leistet sie sich mit Wonne. Aber er hat ja weder Stellung noch Ruf zu riskieren. Er genießt die Freiheit der Kressenwiese.

Im Bienenhaus lernt das Kind vom Großvater, nicht nach den Bienen zu schlagen, sondern ihnen behutsam und geduldig zu begegnen. Er zeigt ihm die Königinnen und fragt es nach neuen Namen. Die Königinnen folgen einander so schnell, daß ihm allmählich die Namen ausgehen. Sie müssen süß und sehr weiblich klingen. Das Kind hilft ihm Namen suchen. SAMIRA zum Beispiel, oder MIMILITTE, AULAULI oder HAMALANE. Dem Großvater hebt sich der Bart vor Vergnügen. Er läßt sie sich ein paarmal vorsagen, um sie nicht zu vergessen.

Öfter als nötig geht das Kind, wenn es bei den Großeltern ist, auf den Abort. Dann hebt es jedesmal mit einer ungeheuren Neugier den schweren Deckel, schiebt ihn zur Seite und starrt in den unheimlichen Schlund hinab, dessen Wände von Kot und trägen Larven verkrustet sind und dessen Tiefe sich in Dunkelheit verliert. Dort unten, das weiß das Kind mit absoluter Gewißheit, dort unten in der Senkgrube haust ein Lindwurm. Und es könnte passieren, daß es sich ihm eines Tages, wenn es den Deckel vom Loch hebt, Auge in Auge gegenübersieht.

Aber es weiß ebenso sicher, daß der Körper des Lindwurms nicht durch den engen Schacht heraufkommen kann. Nur der Kopf mit dem Hals. Einer der sieben Köpfe mit einem der sieben Hälse.

Wenn es muß, setzt es sich in großen Ängsten auf das Loch und macht, so schnell es nur kann. Dabei lauscht es angestrengt, ob unter ihm etwas faucht. Es weiß, wie der Lindwurm aussieht. In Vaters Sagenbuch hat es ein Bild von ihm gesehen und hat gelesen, daß Lindwürmer fauchen. Es hat sich schon quer durch den Bücherschrank seiner Eltern gelesen und weiß Bescheid. Dem Großvater verrät es nichts vom Lindwurm. Er könnte sich ja ängstigen.

Auch zu Basil, dem Knecht des Feldnachbarn, zieht es das Kind hin. Er heißt Hutera, ist noch keine fünfzehn Jahre alt und hat einen tschechischen Vater. Seine Mutter ist tot, er kann sich nicht an sie erinnern. Ihre unverheiratete Schwester hat ihn großgezogen. Sie ist Waschfrau und fast taub. Die Heilbronns, in deren Nachbarschaft seine Tante ihre kleine Wohnung hat, haben sich ein bißchen um den Jungen gekümmert.

Er ist lang, mager und blond und muß sich von seinem vierschrötigen Bauern viel gefallen lassen. Weil er noch ein halbes Kind, ja noch nicht einmal durch den Stimmbruch ist, arbeitet er für nicht mehr als Kost und Logis und die abgelegte Kleidung des Bauern, die ihn umschlottert.

Nein, ein guter Knecht ist er nicht, weil er noch keine Muskeln und seine Gedanken nicht bei der Arbeit hat.

Lif-die-Zweite läuft hinter ihm her, wenn er auf den Kressenwiesen auftaucht, und bettelt: »Erzähl, Basil!«

Es tut ihm wohl, daß sie ihn bewundert. Er hat niemand anderen, der seine Gedanken ernstnähme. Gewiß, die Tante liebt ihn, aber sie ist halb taub. Und so läßt er das Kind teilhaben an dem, was ihn umtreibt. Er bringt ihm bei, was der Erdapfel sagt: »Steckst du mich im April, komm ich, wann ich will. Steckst du mich im Mai, komm ich glei.« Das Kind hat ein sehr gutes Gedächtnis, es wird diese Bauernregel noch als alte Frau im Kopf haben.

Während er das Heu recht und schobert, erzählt er ihm aus den Büchern, die ihm Kurt Heilbronn geborgt hat. Der ist jetzt Student in Prag. Der hat einen ganzen Schrank voller Bücher. Basil hat auch schon Bücher vom alten Doktor gelesen. Aber am liebsten macht er sich seine eigenen Gedanken. Er erzählt dem Kind, daß der Mensch nicht vom Affen, sondern vom Hai abstamme und daß Jesus nicht Gottes Sohn, sondern der Sohn von Herodes sei. Der habe die Gepflogenheit gehabt, Geheimagenten im Land herumzuschicken, die ihm schöne Mädchen zuführen sollten. Wollten die nicht, wurden sie mit Räucherstäbchen gefügig gemacht. So ging es auch Maria. Als es passiert war, hat man dann einen alten Josef für sie aufgetrieben, der für sie den Dackel gemacht hat. Und die Kirche hat ihr von Tauben und Engeln allerlei einflüstern lassen.

Das Kind nickt. Aber es hat nicht viel von dieser Mariengeschichte verstanden. Vor allem nicht, was Maria passiert ist. Nur daß Jesus' Vater Herodes heißt.

Basil weiß noch viel mehr. Daß die Sonnen aus Spiralnebeln geboren werden. Daß da ein riesiger Ball am Himmel kreist, der Saturn heißt, Ringe um sich hat und zehn Monde um sich tanzen läßt. Und daß die Erde als glühender Ball aus der Sonne herausgeschleudert wurde und weit hinaus ins Weltall flog, bis ihre Kraft erlahmte und sie einen Kreis um die Sonne zu ziehen begann.

»Das war die Geburt der Erde.« So beschließt Basil seinen Vortrag und beginnt hastiger zu rechen, denn vom

Dorf her nähert sich der Bauer. Das Kind weiß: Jetzt wird Basil nicht weitererzählen können. Schwindlig von diesen riesigen Himmelsräumen taumelt es heim, wo die Mutter schon ärgerlich wartet: Es gibt so viel zu tun, und Lif-die-Zweite ist doch die Älteste, von der man Hilfe erwarten kann! Und schon kriegt sie ein Messer in die Hand gedrückt und muß Erdäpfel schälen.

Ihre Schwestern sind noch so klein, und die Mutter hat den Kopf voller Sorgen. Wenn der Vater fort ist, fühlt sich seine Älteste daheim sehr allein. Manchmal darf sie ihn begleiten. Das ist wunderbar! Dann reden sie miteinander, und niemand stört sie. Er erklärt alles so, daß sie's richtig sehen und verstehen kann, sogar die schwarze Wand. Einmal hat er sie, als sie noch kleiner war, zum Furzbörnlein geführt. Da hat sie den lustigen Zottelkerl hüpfen sehen. Und einmal, auf der Lonsdorfer Brücke, hat der Vater mit ihr den Wassermännern zugeschaut. Die haben zwischen den Pestwurz- und Schierlingsblättern Fangen gespielt. Ein andermal ist ihnen eine Kreuzotter mit einem Krönchen auf dem Kopf begegnet – auf dem Hang des Galgenbergs.

Aber noch faszinierender als das Wandern mit dem Vater ist das Beisammensein mit Karl. Er kommt noch immer auf die Kressenwiesen zum Holzhacken. Dann bleibt er den ganzen Tag, und die Mutter läßt ihn in der Kochecke am Küchentisch essen, abseits von den anderen. Denn er sabbert wirklich arg. Und in seinem schneeweißen Schnauzbart hängen die Essensreste der drei letzten Tage. Einmal hat sich in seinem Kopfhaar sogar eine Raupe verpuppt, und an einem blauen Frühlingstag entschlüpfte dem Kokon ein wunderschöner, bunter Schmetterling!

Lif-die-Zweite weiß von Karls Geheimnis. Er hat ihr davon erzählt. Immer, wenn die beiden allein sind, sprechen sie darüber.

»Sie ist schon sehr groß«, sagt er. »Sie deckt immer mehr zu, was da sonst noch so herumwimmelt.«

Man muß schon genau zuhören, wenn man ihn verstehen will. Er ist ja schon dreiundsiebzig Jahre alt, fünfundsechzig Jahre älter als das Kind. Und der Schnauzbart, der ihm über dem Mund hängt, dämpft den Schall.

»Und sie wird immer rauher«, fügt er hinzu.

»Rauher?« flüstert es überrascht. Die Mutter nähert sich, das Kind verstummt, Karl hackt weiter.

»Stör den Onkel Karl nicht«, mahnt die Mutter.

Aber kaum ist sie wieder im Haus, fragt das Kind atemlos: »Richtig so mit Bergen?«

Karl läßt die Axt sinken und nickt. »Sie werfen Schatten.«

»Und was für eine Farbe haben sie?«

Karl schaut ins Leere. Es dauert eine Weile, bis er antwortet. »Die meisten sind braun und grau.«

Das Kind wirft einen Blick auf den Galgenberg, den Mühlberg, den Grenzberg. »Berge sind doch grün«, sagt es.

»Ja«, antwortet er und holt mit dem Beil weit aus, »sie müßten grün sein.«

Die Mutter reißt das Fenster auf und schreit herüber: »Geh weg, sonst kriegst du ein Scheit an den Kopf!« Sie ruft das Kind ins Haus und läßt es Mohnkapseln auspellen. Wenn die Mutter etwas befiehlt, kann man sich nicht taub stellen.

Als Karl einmal krank ist und fiebert, besucht das Kind ihn ganz allein in seinem Kämmerchen. Die Mutter weiß nichts davon, sie hat es mit Rucksäckchen und Einkaufsliste ins Dorf geschickt. Sie weiß gar nicht, daß Karl krank ist. Das Kind hat es von der Großmutter erfahren. Und schon ist es hingelaufen.

Karls Augen sind rot umrändert. Lif-die-Zweite hält ihm ein Wasserglas an den Mund und fragt gleichzeitig: »Siehst du endlich Menschen, Karl?«

Er schüttelt den Kopf, und das Wasser läuft ihm über den Hals ins Laken. Aber er merkt es nicht.

Das Kind erschrickt. »Aber es *sind* doch welche drauf!« ruft es. »Zum Beispiel ich!«

»Ich bin ja jetzt später als du«, antwortet Karl mühsam, aber das Kind begreift nicht, was er meint.

Am nächsten Tag kommt es wieder zu ihm. Es geht ihm schlecht, das Fieber ist gestiegen, sein Gesicht ist ganz rot. Er erkennt das Kind nicht und murmelt wirres Zeug. Das Kind klettert auf sein Bett und horcht ganz nah an seinem Mund. Jetzt kann es doch hin und wieder etwas verstehen. »Schau dort«, murmelt er, »da ziehen wir fort, aus dem Staadtla fort ...«

»Wer wir?« fragt das Kind atemlos.

»Alle«, keucht er.

»Und wohin?«

Darauf gibt er keine Antwort. Er spricht nur noch unzusammenhängend von Spiralnebeln und Schwarzen Löchern.

Lif-die-Zweite bricht in Tränen aus. Sie läuft hinüber zu den Großeltern und schluchzt: »Ich glaub, er stirbt!«

Aber Karl stirbt nicht. Statt dessen stirbt Tante Lina von der Post. Und eines Tages kommt Karl wieder auf die Kressenwiese Holz hacken. Als das Kind ihn hinter den Birken auftauchen sieht, lacht es übers ganze Gesicht und läuft ihm entgegen. Es tätschelt seine große Pfote, umarmt seinen Arm und fragt, was es ihn schon wiederholt während seiner Genesung gefragt hat: »Weißt du jetzt, wo wir hinziehen werden?«

Aber Karl weiß nicht, wovon es spricht. Er kann sich an nichts erinnern. Dabei wird es wohl auch bleiben. Schade. Das Kind hätte zu gern das Ziel gewußt, um davon träumen zu können. Alle. Fort vom Staadtla. Vielleicht auf den Muttergottesberg? Vielleicht noch viel weiter, auf eine grüne Insel im Meer? Vielleicht noch viel viel weiter, nämlich in die Spiralnebel hinein, mitten im All, geführt von Karl, der sich dort auskennt?

Den Leuten im Adlergebirge geht's nicht gut. Es gibt viele Arbeitslose. Die Bauern haben kein Geld mehr, um Tagelöhner zu bezahlen. Die Krippenschnitzer werden ihre Figuren nicht los. Und sogar die vielen, vielen Frauen, die in Heimarbeit über Zwirnknöpfen, Filetdeckchen, Kreuzstichstickereien und Klöppelspitzen ihre Augen verdorben haben, sehen ein, daß es sich für diese Elendslöhne nicht mehr zu arbeiten lohnt.

Auch Elise weiß kaum mehr ein noch aus. Sie läßt schon die Kinder den ganzen Sommer über barfuß laufen, weil Schuhe so teuer sind. Nun ist ein viertes Kind da, ein Junge, und sie weiß nicht, wie sie die Hebamme bezahlen soll. Es bleibt Siegmund nichts anderes übrig: Er muß seinen Vater um Geld bitten. Und der gibt.

Lif-die-Zweite hat andere Sorgen. Sie ist nun neun Jahre alt und begreift schon, daß sie Heidin ist. Der Knecht Basil hat bewirkt, daß sie sich Gedanken um Jesus macht. Im elterlichen Bücherschrank hat sie eine Biblische Geschichte mit vielen Bildern gefunden und verschlungen. Aber Basil stellt vieles ganz anders dar: »Vom zwölften bis zum dreißigsten Lebensjahr soll er bei seinem Vater getischlert haben? Unsinn! Die Möbel, die er getischlert hätte, wären später als Reliquien verehrt worden. Es gibt keine solchen Reliquien. In dieser Zeit war Jesus nämlich in Indien und hat dort Unterricht bei Gurus, Fakiren und Hypnotiseuren genommen. Danach kam er zurück und hat Wunder vollbracht.«

Auch an seine Auferstehung glaubt Basil nicht. Die Leiche sei aus der Grabkammer gestohlen worden. Weiß der Himmel, was die Frauen dann gesehen haben!

Aber die anderen Kinder in der Schule haben alle einen Gott. Lif-die-Zweite möchte auch einen haben. Sie hat nicht nur die Biblische Geschichte gelesen, sondern auch die Germanischen Göttersagen. Und so stellt sie sich Wotan wie den Großvater vor, natürlich mit Feuerwehrhelm, und ihren Vater als Baldur, Onkel Fritz als Donar. Aber diese Götter sind ihr nicht allmächtig genug. So malt sie einen alten, bärtigen Mann auf ein großes Papier – klein in die Mitte – und fragt die Mutter, ob Gott ungefähr so aussehe. Die verneint. Gott sei nicht sichtbar, hörbar, faßbar, tastbar, er sei einfach nicht vorstellbar.

Da malt ihn das Kind als Punkt und zeigt ihn dem Vater. Der radiert ihn weg und sagt: »Du brauchst so einen Punkt nicht. Du bist stark genug, ohne ihn auszukommen.«

Aber es hätte ihn doch so gern liebgehabt, den Punkt!

Es fragt Basil. Der hat gerade eine Ohrfeige von seinem Bauern erwischt und ist voller Wut.

»Du kannst in deinen Gedanken so viele Punkte verstecken und heimlich anbeten, wie du willst!« knurrt er.

Aber das Kind will keinen heimlichen Gott haben. So nimmt es beim nächsten Gang ins Dorf das Papier mit und zeigt dem Großvater den Punkt. Was er dazu meine, wenn sie zu ihm bete.

Der Großvater betrachtet den Punkt lange, dann sagt er: »Gott *ist* ein Punkt. Der Mittelpunkt. Bete ruhig zu ihm.«

Zufrieden wandert das Kind heim. Als Karl das nächste Mal zum Holzhacken kommt, zeigt es ihm den Punkt. Noch bevor er seine Meinung dazu äußern kann, ruft die Mutter. Das Kind läuft ins Haus und läßt das Papier mit dem Punkt vor der Tür liegen. Der Wind wirbelt es hoch und trägt es bis vor das Aborthäuschen. Karl, der gerade mal muß, steuert auf das Häuschen zu, hebt das Papier auf und nimmt es mit hinein in die Dämmerung.

Das Kind sucht seinen Gott lange und kann sich nicht erklären, wo er hingeraten sein könnte. Karl zeigt auf das Häuschen, aber es versteht nicht, was er meint. Erst Tage später, als es selbst das Häuschen benutzt und einen Blick ins Loch wirft, entdeckt es dort ein Stück des leuchtendweißen Papiers, ein kleingerissenes Stück, voller Scheiße.

Es begreift: Das war Karl. Aber es verzeiht ihm. Es liebt ihn ja. Gleichzeitig wird ihm klar, daß man Gott nicht auf einem Stück Papier herumschleppen kann. Und so bettet es den Punkt in seine Gedanken. Dort ist er sicher.

17. Kapitel

In dem Spanische Reiter vor Eichstädtl erscheinen, Großvater Julians Jüngster Spion wird, ein Kind an der polnischen Grenze in seine Schürze weint und ein Heiliger aus dem Bienenhaus winkt

Während Lif-die-Zweite von Karl und Basil, Vater und Großvater in die Geheimnisse Gottes und der Welt eingeführt wird, gerät das ganze Adlergebirge in helle Aufregung: Die Tschechen beginnen entlang der Grenze eine Befestigungsanlage zu bauen. Schwere Lastwagen dröhnen Tag und Nacht über die viel zu schmalen Landstraßen, schaffen Eisenträger, Zement, Schotter heran, rollen rücksichtslos über die Felder. Der Adamsberg wird ausgenommen wie ein Suppenhuhn. Eine Straße und zwei Feldbahngleise führen in ihn hinein. In ihm, so heißt es, entstünden mehrere Stockwerke mit unzähligen Räumen, und alles ausgestattet mit Luftschächten, Ventilatoren, Wasser- und Stromleitungen. Im Adamsberg gebe es einfach alles: Munitions- und Verpflegungsmagazine, Mannschafts- und Offiziersquartiere, Küchen und Duschbäder, ja eine ganze Klinik. Aus der Bergkuppe rage nichts als ein drehbarer Artillerieturm. Und solche derart gefüllten Berge gebe es bis nach Grulich hinüber und bis hinauf nach Gießhübel, wo das Adlergebirge zu Ende ist.

Eine Panzersperre wird quer durch die Landschaft gebaut, die reinste chinesische Mauer, alle fünfhundert Meter unterbrochen von einem Betonbunker. Die Faltussen will aus dem Kaffeesatz gelesen haben, daß die Bunkerreihe unterirdisch miteinander verbunden ist durch einen erleuchteten Gang.

Im Hinterland der Panzersperre, die zwischen dem Staadtla und den Kressenwiesen verläuft, entstehen viele kleine Maschinengewehrnester aus Beton. Unzählige Stacheldrahtrollen werden abgeladen, dazu Tausende von stählernen Dreibeinern, die die feindlichen Panzer aufhalten sollen. Eines ihrer Beine ragt immer senkrecht auf, wie sie auch liegen mögen. Spanische Reiter nennt man sie.

Die Hasen und Rehe flüchten, die Sommerfrischler bleiben weg. Was wollte man auch zwischen niedergewalzten Feldern und Wäldern und aufgerissenen Wiesen? Überall wimmelt es von tschechischen Arbeitern. Deutsche werden für den Bau der Befestigungsanlagen nicht angeheuert. Man fürchtet Sabotage. Den Arbeitern zeigen die Adlergebirgler die kalte Schulter. Nur in den Gastwirtschaften begegnen sie ihnen, zahlen ihnen ein Bier und versuchen sie auszuhorchen. Nachts überqueren sie dann die Grenze und erzählen den »Reichsdeutschen« drüben, was sie erfahren haben. Sie finden aufmerksame Zuhörer.

Auch Siegmund ist unter den Grenzgängern. Vor lauter Angst um ihn magert Elise ab. Wo doch ein Deutscher, der sabotiert, zu vielen Jahren in Pankrac verurteilt wird – und wo die Tschechen die Zahl ihrer Grenzgendarmen verdoppelt haben!

Siegmund zuckt nur mit den Schultern. Es wird schon alles gutgehen. Drüben im »Reich« hat sich auch viel geändert. Einer mit Stirnlocke und Lippenbärtchen, den das Volk »Führer« nennt, hat dort das Sagen. Der Hitler Adolf. Die Leute begeistern sich für ihn, weil er mit den Arbeitslosen aufgeräumt hat. Wer jetzt im »Reich« noch arbeitslos ist, so heißt es, kann nur ein Arbeitsscheuer sein. Und wer aus dem Adlergebirge hinübergeht und drüben bleiben will, findet sofort Arbeit.

Aber es ist doch komisch, wie die Preußen einander mit »Heil Hitler!« grüßen und dabei stramm den Arm heben, so, daß sie schon gut über die Schulter des Gegenüberstehenden zielen müssen, wenn sie nicht riskieren wollen, ihm mit den ausgestreckten Fingern ins Nasenloch zu fahren, ein Ohr zu beschädigen oder ihm den Hut abzudeckeln. Während der nächtlichen Heimkehr über die Grenze übt Siegmund. Er ist euphorisch gestimmt: Wenn man doch auch im Adlergebirge so grüßen dürfte!

Und dann ist da noch die Sache mit den Juden. Gewiß, Siegmund hat sie bisher aus seinen Reden in den rauchigen Sälen ausgeklammert, weil unter den Zuhörern auch Juden sitzen, die sich für das Deutschtum stark machen, deutsche Kultur pflegen, deutsche Vereine fördern, an deutschen Stammtischen sitzen, Weihnachtsbescherungen für deutsche Schulkinder finanzieren und im letzten Krieg ihr Leben fürs Vaterland eingesetzt haben. Solche Juden, zu denen auch die Heilbronns gehören, sind natürlich Ausnahmen. Aber insgesamt, als Rasse – davon hat der Hitler Adolf den Rotwengel Siegmund überzeugt –, sind die Semiten minderwertig, sind Parasiten, vernichten das hochwertige deutsche Volk von innen und müssen deshalb ausgemerzt werden. Nur wie? Was wird sich Hitler für Maßnahmen einfallen lassen?

Als Siegmund wieder einmal drüben in Mittelwalde ist und sich in der ihm bereits vertrauten Parteikanzlei einfindet, um dort seine hochwillkommenen Informationen abzuliefern, gerät er an einen ihm unbekannten, stämmigen, senfbraun Uniformierten, der aus Berlin kommt und hier erst den dritten Tag im Einsatz ist. Er fällt den Mittelwäldern auf die Nerven, weil er alles besser weiß als sie. Siegmund Rotwengel ist ihm kein Begriff. Als er den Namen hört, stutzt er, wirft einen Raubvogelblick auf Siegmunds Vollbart und schnarrt mit der Hand auf der Hüfte: »Nanu – ein Jude. Hast du dich nicht in der Tür geirrt, Schmulchen?«

Der Irrtum wird von den Einheimischen, die die Rotwengelfamilie kennen, sofort aufgeklärt. Und der Arrogante aus Berlin gibt Siegmund, ohne sich entschuldigt zu haben, den Rat: »Bart ab! Sonst garantiere ich für nichts …«

Siegmund ist der Schreck in die Glieder gefahren. Er befolgt den Rat schleunigst. Die Front der Rotwengelbärte hat sowieso schon Lücken. Radi und Fritz haben sich bereits scheren lassen.

Als Siegmund bartlos heimkommt, erschrecken seine Kinder vor ihm. Von Stirn bis Nase braungebrannt, Wangen und Kinn bläulichweiß – das ist nicht der Vater! Lifdie-Zweite weint herzzerbrechend. Der Vater und sein Bart, die gehören zusammen. Jetzt ist der Vater nicht mehr ganz. Und er muß sich sehr um sie bemühen, bis sie ihn so verstümmelt, wie er nun ist, wieder annimmt.

Elise aber hat nichts gegen das kahle Kinn. Sie, die Praktische, erinnert ihn daran, daß er sich von jetzt an rasieren muß. Was er dazu braucht, besorgt sie ihm billigst aus einem Nachlaß. Er muß das Rasieren erst lernen. Seine Kinder schauen ihm fasziniert zu und schreien immer wieder auf, wenn Blut fließt. Seine politischen Reden muß er aufschieben, bis er nicht mehr so viele Pflaster an Wangen und Kinn kleben hat.

An der Befestigungsanlage wird fieberhaft gearbeitet. Das Kind lauscht dem Brummen, das Tag und Nacht, sonntags und werktags, nicht abreißt. Sobald es finster wird, ist die ganze Landschaft von Lichterketten überzogen. Wie ein Sternenhimmel, der herabgestürzt ist. Die Panzersperre mit den Spanischen Reitern trennt die Kressenwiesen vom Dorf. Noch ist die Straße, ist der Feldweg bei den Birken offen. Jeden Tag können diese Schlupflöcher geschlossen werden. Das Kind bleibt stehen und schaut: Im Stacheldrahtgewirr hat sich ein Schmetterling gefangen. Seine Flügel stoßen gegen die scharfen Metallspitzen. Farbe bleibt hängen. Armer Falter!

Das Kind versteht die Welt nicht mehr. Was geht hier vor? Der Vater ist nur noch selten zu Hause, die Mutter weint viel. Einmal kommen nachts mehrere Deutsche vom Grenzwald herüber ins Haus geschlichen, bringen Pakete voller Flugblätter mit Hitlerbildern, übernachten auf dem Heuboden und verschwinden gegen Morgen. Ehe sie gehen, beugen sie sich mit dem Vater über eine große Landkarte. Das Kind ist aufgewacht und kann sie durch den Türspalt sehen.

Am nächsten Tag hört es zum ersten Mal, wie die Mutter den Vater anschreit. Er antwortet ruhig: »Das Vaterland ruft. Da kann ich mich nicht taub stellen.« Dann radelt er davon, und die Mutter muß sehen, wie sie das Heu allein einbringt, bevor der Platzregen herunterkommt.

Noch am selben Tag muß Siegmund über die Grenze ins »Reich« flüchten, wenn er nicht verhaftet werden will. Ein Freund von ihm kommt, als es schon dunkel ist, auf die Kressenwiese und sagt der Mutter Bescheid. Mit vielen Grüßen vom Vater. Aber jetzt weint sie nicht. Jetzt steckt sie sich nur den Nackenknoten fester. Sie wird es auch ohne den Vater schaffen. Hauptsache, er ist in Sicherheit.

Großmutter Pauline dagegen ist ganz durcheinander von all den Ereignissen, die sich überschlagen. »Man meint, die Menschheit ist verrückt geworden!« klagt sie. »Daß sie sich nicht schämt!«

Siegmund arbeitet drüben im »Reich« und schickt mit Grenzgängern Geld herüber an die Mutter. Und Briefe über Briefe. Sie sind feucht vor Heimweh. In seinen Gedanken scheint Siegmund dort in der Ferne die Heimat auszukauen wie Bienenwachs. Ab und zu kommt er bis an die Grenze und schaut sehnsüchtig auf Deutsch-Ottersdorf und Eichstädtl herunter. Aber es wäre viel zu riskant für ihn, die Grenze zu überschreiten, egal, ob bei Tag oder bei Nacht.

Noch wippen Schwalben auf den Spanischen Reitern, bauen sich Amseln Nester ins Stacheldrahtgewirr. Und während überall die Angst wabert, spielt Lif-die-Zweite zusammen mit ihren Schwestern und einem kleinen Judenmädchen aus Brünn, das mit seiner Mutter auf der Kressenwiese die Sommerferien verbringt, im Sandkasten. Einmal, als die Kinder an der Panzersperre entlangwandern, weit, weit bis fast zum Waldrand oberhalb des

Wüsten Schlosses, entdecken sie ein Wesen, das tot im Stacheldraht hängt. Die Sonne hat es schon ausgedörrt, Krähen haben schon an ihm herumgehackt. Ist es eine Ziege? Aber es hat Menschenfinger. Und der Kopf? Der hat sich schon halb aufgelöst. Nur die spitzen Ohren sind unversehrt. Betroffen starren die Kinder zu dem Kadaver hinüber. Viel Draht ist zwischen ihm und ihnen. Und Lif-die-Zweite bricht in Tränen aus.

Dann kommt der Tag, an dem auch Elise mit ihren Kindern flüchten muß. Hals über Kopf. Von tschechischer Seite wird vermutet, daß sie ihrem Mann in die Hand arbeitet. So findet sich das Kind an einem kalten, regnerischen Dezembertag vor dem Breslauer Hauptbahnhof wieder. Der Vater hat auf dem Bahnsteig gestanden und hat die Mutter, außer sich vor Freude, an sich gedrückt, samt dem kleinen Jungen in ihren Armen, der zu schreien anfing. Und jetzt muß Lif-die-Zweite ganz allein hier auf das Gepäck aufpassen, während die anderen auf der Bahnhofstoilette sind.

Ganz allein, noch keine zehn Jahre alt, in einer großen deutschen Stadt. Das Kind schaut sich um und sieht den Leuten zu, wie sie mit erhobenem Arm »Heil Hitler!« grüßen. Daheim war das verboten. Hier darf man's. Und es hebt seinen Arm, dreht sich um sich selbst und ruft laut in die Runde, immer und immer wieder: »Heilhitlerheilhitlerheilhitler!«

Später dann, in der Wohnung, die der Vater für sie alle angemietet und notdürftig eingerichtet hat, überkommt das Kind eine große Traurigkeit. Es hat durch alle Fenster hinausgeschaut. Nach hinten hat es nur in einen engen Hinterhof sehen können, nach vorn auf die Straße hinunter und dahinter auf einen Friedhof. Als es nach diesem aufregenden Tag endlich, viel zu spät, im Bett liegt, muß es an den Großvater und die Großmutter und an Basil denken, am meisten aber an Karl. Man hatte Lif nicht einmal Zeit gelassen, in seine Kammer zu laufen und sich von ihm zu verabschieden! Sicher wird er sich wundern, daß sie auf einmal fort ist, wird traurig sein, weil er nun niemanden mehr hat, mit dem er über das, was er sieht, sprechen kann. Er ist ja so allein dort im All!

Wie oft hat sie neben ihm gesessen oder ist neben ihm hergegangen und hat ihm zugehört. Sie hat sich dann vorgestellt, daß sie mit ihm dort in der Ferne, zwischen den Sternen ist. Freischwebend im Universum. Einmal – daran erinnert sie sich noch gut – hat er gesagt: »Und was, wenn wir das alles, was wir sehen, nur träumen?« Über diese Frage hat sie lange nachgedacht und hat dann zurückgefragt: »Aber was wären dann *wir*?« Karl hat ihre Frage nicht beantwortet. Er hat nur stumm ins Leere gestarrt. Nur ihre Hand hat er zwischen seine Hände genommen, vielleicht weil sie so warm war.

Sie weint in ihr Kopfkissen.

Der Vater ist so glücklich. Mit der Familie ist die halbe Heimat zu ihm gekommen. Er führt sie durch Breslau, zeigt ihr die Stadt. Das Kind gähnt, wenn es sich alte Kirchen und Museen anschauen soll. Aber wenn es an Bahndämmen und verwahrlosten Baugrundstücken vorüberkommt, auf denen trockenes, hohes Gras raschelt, wird es wach. So raschelt auch trockenes Gras daheim.

Noch ehe das Frühjahr beginnt, packt den Vater wieder die Unruhe. Eines Tages kommt er von der Arbeit nicht nach Hause. Die Mutter braucht keine Vermißtenanzeige aufzugeben. Sie weiß, daß er an der Grenze steht, beim Steinscholzen, und auf die andere Hälfte der Heimat hinunterstarrt. Nach ein paar Tagen ist er wieder da, und alle Probleme lösen sich in Nichts auf, weil Hitler nach Freiwilligen ruft, die bereit sind, in Österreich einzumarschieren. Er ist dabei. Wenn er schon nicht die Heimat befreien kann, dann wenigstens Österreich. Das Kind hört die Mutter in der Küche, die immer nach Gas riecht, einmal zornig stöhnen: »Ich kann das Wort HEIMAT nicht mehr hören!«

Das Kind kann mit dem Wort HEIMAT nicht viel anfangen. Aber es bewundert den Vater. Obwohl er einen Furunkel am Fuß hat, ist er nach dem Einmarsch am »Führer« vorbeimarschiert. Es hat den Furunkel selber gesehen. Und er hat heimgeschrieben, daß er beim Stechschritt aufgeplatzt ist. Der Vater ist ein Held!

Kaum ist er wieder in Breslau, steht ein neuer Umzug bevor. Denn Siegmund wurde in ein niederschlesisches Städtchen an der polnischen Grenze versetzt. Das empfängt die Rotwengels frühlingsgrün. Sie wohnen in einem Bauernhaus, und der Postbote winkt mit der Post, wenn er den Garten durchquert. Meistens ist es ein Brief aus dem Staadtla, und meistens vom Großvater an die ganze Familie.

Lif-die-Zweite möchte auch gern einen Brief bekommen, einen, der nicht an die Eltern, sondern an sie adressiert ist. Immerhin ist sie schon zehn Jahre alt. Wer ihr schreiben sollte? Das weiß sie selber nicht. Irgend jemand halt. Aber der Postbote schwenkt immer nur Briefe, die nicht *sie* meinen.

Da geschieht ihr etwas, was noch viel besser ist als ein Brief. Und zwar an einem Sonntag im Mai. Sie ist allein daheim, weil sie gerade eine fiebrige Mandelentzündung hinter sich hat und noch schwach auf den Beinen ist. Die Eltern sind mit dem Handwagen, voll mit den übrigen Kindern, unterwegs durch die Wälder.

Eigentlich soll das Kind noch das Bett hüten. Aber es ist der Meinung, daß es sich ebensogut auch unter den großen Fliederbusch in der Gartenecke kauern kann. Von dort aus sieht es, was auf der Straße passiert. Und vielleicht, vielleicht kommt heute ein Sonntagspostbote extra für sie mit einem dicken Brief, adressiert an Lif Rotwengel …

Es kommt wirklich jemand, aber kein Postbote, sondern ein langer, schlaksiger Junge in verschwitztem Hemd. Unschlüssig bleibt er vor dem Gartentor stehen, schaut über den Zaun herüber, entdeckt aber nicht das Kind unter dem Fliederbusch.

Lif-die-Zweite hat Augen wie ein Sperber. Diesen Jungen kennt sie doch! Das ist doch –

»Basil!« ruft sie und stürzt auf ihn zu, reißt das Gartentor auf und zerrt ihn herein. »Basil – du!«

Nun sitzen sie zu zweit unter dem Fliederbusch. Basil hat sich von der Frau Oberlehrer Rotwengel die Adresse ihres Sohnes Siegmund geben lassen. Dann ist er nachts einfach über die Grenze, von Mittelwalde bis Breslau mit dem Zug, von dort zu Fuß hierher.

Und der Bauer?

Basil zuckt mit den Schultern. Der habe am Morgen vergeblich auf ihn gewartet. Aber der habe es nicht anders verdient, bei den vielen Ohrfeigen. Doch, Lohn habe er jetzt schon bekommen, aber viel zu wenig. Hoffentlich sei kein anderer so dumm, bei diesem Kerl in Dienst zu gehen. Es geschähe ihm recht, wenn er seine Arbeit selber machen müßte. Und jetzt habe er, Basil, erst einmal Hunger. Einen drei Tage alten. Denn der Lohn sei für die Fahrkarte draufgegangen.

Das Kind läuft ins Haus und holt Brot und Milch. Während Basil kaut und schluckt, kommt er gleich auf das Wesentliche zu sprechen: auf die Vorgänge im Kosmos, wie er das nennt. Ja, er habe ihr viel zu erzählen, denn er habe seit ihrer Abreise genug Zeit zum Grübeln gehabt.

»Die Erde«, schildert er mit vollem Mund und richtet seinen Blick ins Leere, »flog also von der Sonne weg, raste durch eisige Räume mit wasserhaltigen Nebeln. Da bildete sich eine Wasserhülle um sie –«

»Ist denn das Wasser nicht von ihr abgetropft?« fragt das Kind verwundert. Aber Basil erklärt ihm, daß im Weltraum alles anders sei, und dann fährt er mit heftigen Gesten fort: »Damals haben Explosionen in der glühenden Erdkugel große Brocken in den Weltraum geschleudert. Das waren Monde –«

Das Kind staunt. Monde? Gibt es denn mehr als einen?

Basil zeigt sich geduldig: »Wir kennen nur den einen Mond. Aber in ihren jungen Jahren hatte die Erde vier

Monde um sich herumfliegen, und zwar verschieden weit entfernt und verschieden groß. Der kleinste Mond ist am schnellsten ausgekühlt und darum auch als erster abgestürzt –«

Das Kind erschrickt. Abgestürzt? Auf die Erde etwa?

Basil nickt düster. Die Erde sei damals etwa so weich wie Butter gewesen, der Mond aber schon kalt und hart. Deshalb habe er ein doppelt so großes Loch in die Erde gedrückt, wie er selber war. Das Loch habe sich mit Wasser gefüllt und sei jetzt das Schwarze Meer. Die weiche Erdkruste, die sich daneben aufgetürmt habe, sei der Kaukasus.

Dem Kind verschlägt es die Sprache, auch wenn es nicht weiß, wo das Schwarze Meer liegt und was der Kaukasus ist. Aber schon ist Basil dabei zu erklären, daß sich durch diesen Zusammenprall die Erde schneller abkühlte. Dadurch habe sich der Nebel rund um sie in Wasser verwandeln können. Basil breitet die Arme weit aus: »Es muß etwas Gigantisches gewesen sein, dieser Kampf des Regens mit der brodelnden, dampfenden Erde! Tausende von Jahren muß es geregnet haben!« Ja, das Kind sieht es auch regnen. Es ist ein so heftiger Platzregen, daß man die übrigen drei Monde nicht sehen kann. Der ganze Garten dampft. Unter dem Fliederbaum brodelt's.

»Nach dieser Zeit«, fährt Basil fort, »wurden die Verhältnisse etwas normaler. Das, was vorher glühte, verkrustete sich, wurde zu Gebirgen. Jetzt war schon Atmosphäre vorhanden. Im warmen Wasser bildeten sich winzige Lebewesen –«

Das Kind weiß zwar mit dem Wort ATMOSPHÄRE nichts anzufangen, aber es sieht nackte Menschen, nicht größer als Kaulquappen, sich in dampfendem Wasser tummeln.

»– die sich in dem heißen Klima schnell vergrößerten und vermehrten.«

Wie sie wimmeln, die Winzlinge, und immer größer werden – wie Frösche, wie Ferkel, wie – ja eben wie Menschen!

Basil läßt ihm keine Zeit, sich in dieses Bild zu vertiefen. Er befaßt sich jetzt mit dem zweiten Mond, der fünfmal so groß ist wie der erste. »Stell dir die Erde als Mittelpunkt einer Grammophonplatte vor«, sagt er. »In der äußersten Rille befindet sich der Mond. Durch die dauernde Umdrehung kommt der Mond der Erde immer näher. Nach der letzten Runde ist es dann soweit.«

Ja, das kann sich das Kind gut vorstellen. Es hat ja oft vor dem Straßburger Grammophon gesessen und der wandernden Nadel zugeschaut. Aber da ist noch eine Frage offen: »Und wie lange hat's gedauert, bis es geknallt hat? Einen Tag oder weniger?«

Eine Million Jahre.

Das ist zu viel. Das kann sich das Kind nicht vorstellen. Basil ist ihm behilflich: Eine Million Jahre gehe im Leben der Erde so vorbei wie ein Tag.

Wo dieser zweite Mond auf die Erde gefallen sei? Da, wo jetzt das Himalaja-Gebirge sich befinde. Das sei nichts anderes als der zerschellte zweite Mond. In tausend spitze Stücke sei er zerfallen. Die ungeheure Wucht des Aufpralls habe zur Folge gehabt, daß sich auf der entgegengesetzten Seite der Erde eine große Kluft auftat und die ganze Erde zu zerbrechen drohte. Diese Kluft sei jetzt voll Wasser und heiße Atlantischer Ozean.

»Halt, halt«, ruft das Kind. Es kommt nicht so schnell mit. Aber es will nichts versäumen. Basil zeigt für diesen Wunsch Verständnis, er macht eine Pause, stopft sich den Mund voll Brot und spült es mit Milch hinunter. »Morgen fahr' ich wieder heim«, mampft er. »Heute nacht kann ich ja hier unter dem Busch schlafen, wenn deine Eltern keinen Platz für mich haben.« Er schaut prüfend in den Himmel: »Es wird nicht regnen.«

Das Kind hört ihm nicht zu. Es sieht die Erde fast auseinanderbrechen, sieht eine Kluft sich auftun, in der tausend solche Gärten wie der, in dem sie jetzt sitzen, Platz hätten, und sieht Wasser hineinströmen.

»Kann ich weitermachen?« fragt Basil. Das Kind nickt.

Da schildert er, wie sich die Erdoberfläche durch diese Katastrophe abkühlte, wie sie sich mit Eis überzog. Fast alles, was damals schon lebte, erfror. Deshalb habe man diese Zeit Eiszeit genannt.

Lif-die-Zweite ist ganz verstört: erst heiß, dann kalt, erst ein munteres Kaulquappengewimmel, dann Erstarrung und Grabesstille. Hat Gott nicht gewußt, was er wollte?

Diese Frage bringt Basil in Verlegenheit. Darüber hat er noch nicht nachgedacht. Im übrigen gehe es im Leben immer auf und ab, und irgendwie sei es noch immer weitergegangen. Nach der Eiszeit habe sich die Erde wieder erwärmt, weiß der Himmel wieso. Pflanzen und Tiere, die überlebt hatten, konnten sich wieder erholen und vermehren. Und dann ist das Brot alle, ist die Milchflasche leer, und Basil fragt verlegen, ob Lif nicht *noch* etwas zu essen auftreiben könne. Sie läuft und sucht und kommt mit einem Glas saurer Gurken zurück. An die anderen Sachen in der Speisekammer traut sie sich nicht ohne Mutters Erlaubnis.

Basil macht sich also über die Gurken her. Sie knacken zwischen seinen Zähnen, während er erklärt: »Die tausend Millionen Jahre zwischen dem Niedergang des zweiten und dem Niedergang des dritten Mondes waren die beste Zeit, die es je auf der Erde gegeben hat. Da stand das Gras baumhoch, die Kürbisse waren so groß wie Fässer, und bei uns im Staadtla wuchsen Bananen. Deshalb konnten damals so große Tiere entstehen wie Nilpferde, Giraffen und Elefanten.«

»Und was«, ruft das Kind, »hat der *dritte* Mond angerichtet?«

»Die Sintflut«, antwortet Basil düster. Er holt Atem, um dieses Ereignis erschöpfend beschreiben zu können. Aber im selben Augenblick kommen die übrigen Rotwengels heim. An ein Weitererzählen ist nicht zu denken, außerdem ist Basil mit seinen Grübeleien über die Sintflut noch nicht hinausgekommen. Es bliebe also nicht mehr viel zu erzählen. Ein andermal.

Es wird gestaunt und gefragt. Nein, sowas, der Hutera Basil aus dem Staadtla. Und das Gurkenglas ist auch schon leer.

Einen Tag darf er noch bleiben und sich ausschlafen auf der Chaiselongue in der Wohnstube. Elise gelingt es, ihn sattzumachen. Nein, Lif-die-Zweite darf an diesem Montag nicht zu Hause bleiben. Die Schule kommt vor Basil. Aber sie hat ihre Gedanken nicht beim Unterricht, und alles um sie herum – die Kinder und Lehrer, das Schulgebäude, die ganze kleine Stadt – erscheint ihr so winzig, so winzig. Als ob's auf Kaulquappenformat geschrumpft wäre.

Erst nach ein paar Tagen wird das, was sie umgibt, in seiner Größe wieder zur Selbstverständlichkeit. Aber da ist Basil schon längst wieder fort. Siegmund hat ihm eine Fahrkarte bis nach Mittelwalde gekauft. Der Junge ist zwar schon siebzehn und hätte nicht ohne Rückfahrkarte herreisen dürfen. Aber als einen aus dem Staadtla kann man ihn nicht hängenlassen. Wenn er nur wohlbehalten über die grüne Grenze kommt! Nun, er hat ja einen tschechischen Vater, da kann ihm nicht viel passieren. Der Tante schickt Elise einen Tortenheber mit. Sie hat ihn von ihrer Mutter zum letzten Geburtstag geschenkt bekommen. Aber sie hat schon einen.

Gewiß, sie hätten dem Jungen auch hier im »Reich« eine Stellung verschaffen können. In der Landwirtschaft sucht man Kräfte, denn so viele ehemalige Knechte haben es vorgezogen, an der Autobahn zu arbeiten. Da gibt es gute Löhne und feste Arbeitszeiten. Und da muß man nicht noch nachts aus dem Bett, wenn die Bleß kalbt. Aber der Basil hat ja nicht einmal einen Paß. Er kann sich nicht ausweisen, ist also vor den Behörden ein Niemand.

Das Kind holt sich die Biblische Geschichte aus dem Bücherschrank und blättert, bis es auf die Sintflut stößt. Dort liest es sich fest und begreift auf einmal die großen Zusammenhänge. Kein Wunder, daß das Wasser so hoch stieg. Aber warum, um alles in der Welt, wird in der Biblischen Geschichte der dritte Mond nicht erwähnt?

Es fragt die Mutter, fragt den Vater. Aber die wissen beide nichts von einem dritten Mond. Da steigt seine Achtung vor Basil ins Unermeßliche. Er weiß mehr als die Eltern!

Noch Monate nach Basils Besuch sieht das Kind in seinen Träumen Monde kreisen und stürzen, Wasser schäumen, ganze Landschaften brodeln und dampfen, butterweiche Masse sich auftürmen zu gewaltigen Bergen. Wenn die Mutter es am Morgen besorgt fragt, warum es in der Nacht so gestöhnt habe, hebt es nur die Schultern. Was im Weltall vor Millionen Millionen Millionen Jahren geschah, soll sein und Basils Geheimnis bleiben. Und auch, was Karl ihr vom All erzählt hat, wird sie niemandem verraten. Sie hat viel über seinen Satz »Ich bin ja jetzt später als du« nachgedacht und begreift ihn nun: Karls All liegt in der entgegengesetzten Richtung der Zeit.

Es kommen neue Briefe von daheim, aber alle an die Eltern. Von Mal zu Mal werden sie trauriger, denn der Großvater ist krank und ohne Hoffnung, wieder gesund zu werden. Tante Laura ist aus Prešov gekommen, um ihn zu pflegen.

Siegmund und Elise wären so gern glücklich nach all dem Hin und Her. Aber die Briefe!

Mitten im heißesten August, als die tschechischen Militärlastwagen die letzten Stahlkuppelteile für die Bunker aus dem Inneren der Tschechoslowakei herantransportieren und tschechische Militäreinheiten in die Bunker einzurücken beginnen, stirbt Julian Rotwengel. Er stirbt in Lauras Armen. Laura hat die Großmutter nur selten an sein Bett gelassen. Und nicht seine Frau, sondern seine Bienen hat er Laura anempfohlen, bevor er die Augen schloß.

Er bekommt ein noch größeres Begräbnis als sein Vater, der Gemeindeschreiber. Aber die vielen, vielen Menschen, die rund um sein Grab versammelt sind, ja sogar seine Tochter und seine Söhne Willi, Fritz und Radi mit ihren Familien, sind seltsam unaufmerksam, als lauschten sie, ob sich schon der Marschtritt des reichsdeutschen Heeres nähere. Dem alten Mann in seiner Feuerwehruniform da unten im Sarg ist alles unwichtig geworden. Aber die auf seinen Sarg hinunterstarren, sie leben noch, und wie! Sie möchten heim ins Reich, wo Milch und Honig fließen.

Pauline, die Witwe, von Willi und Fritz gestützt, weint still in ihr Sacktuch. Ihr Leben ist mit Julian zu Ende gegangen. Was jetzt noch kommt, ist belanglos, was es auch sei. Und Laura stimmt mit brechender Stimme Vaters Staadtlalied an. Eine von Linas Töchtern führt Karl, der immer wieder mit ausgestrecktem Arm schräg in den Himmel zeigt und heisere Rufe ausstößt. Er verursacht einen kleinen Wirbel, weil ein junger, übereifriger tschechischer Gendarm glaubt, Karl provoziere die tschechische Obrigkeit mit dem Hitlergruß. Er stürzt auf Karl zu, um ihn festzunehmen. Aber der zweite Gendarm, der schon lange im Staadtla Dienst tut und alle Einwohner kennt, zieht ihn aus dem Verkehr: Dorftrottel genießen Narrenfreiheit.

Die Nachricht von Großvaters Tod stürzt Siegmund und seine Familie in tiefe Trauer. Siegmund wandert hinaus in die Kiefernwälder und umrundet einen See, und Lif-die-Zweite verkriecht sich hinter dem großen Fliederstrauch im Garten und weint in ihre Schürze. Zum ersten Mal in ihrem kurzen Leben begreift sie, was Tod heißt: Für den Großvater hat die Zeit aufgehört.

Dieser Herbst hat es in sich: Aus allen Volksempfängern im »Reich« schmettert der Egerländer Marsch, in München treffen sich Staatsmänner in Fräcken, und dann marschieren deutsche Stiefel über die Grenze und besetzen das ganze deutschsprachige Randgebiet der Tschechoslowakei. Die tschechische Armee zieht sich zurück, die Befestigungsanlagen werden den Deutschen kampflos überlassen, ein Krieg findet nicht statt. Noch nicht. Dank einiger besonnener Köpfe in Prag, die Leben für das höchste Gut halten. Auch das Leben der unbedarftesten Zeitgenossen.

Aber das Leben der Heilbronns und Levys ist nichts mehr wert. Die Levys sind rechtzeitig geflüchtet. Sie werden von Prag nach New York fliegen zu Aaron Levy, dem Bruder. Aber die Heilbronns lassen alles laufen, wie es läuft. Sie sind eben schon alt und müde, und seit der neue Arzt im Ort ist, hat sich der Doktor zur Ruhe gesetzt. Alle Warnungen hat er in den Wind geschlagen. Und wenn Kurt, der Sohn, der in Prag lebt, die Eltern zu einem Umzug nach Prag gedrängt hat, haben sie nur abgewinkt. Was soll ihnen schon passieren? Sie sind doch beliebt im Staadtla. Und sie haben niemandem etwas Böses angetan, außer daß er, der Doktor, in seinen ersten Berufsjahren vielleicht aus Mangel an Erfahrung dann und wann eine falsche Diagnose gestellt hat.

Aber als die Deutschen schon über den Steinscholzen heruntermarschieren und wundersamerweise im Staadtla immer mehr Hakenkreuzfahnen aus Dachluken und Fenstern flattern, hupt es vor der Heilbronnschen Villa. So hupt nur Kurt, der Sohn. Und tatsächlich, in aller Eile hat er sich ein Auto ausgeborgt und ist über Königgrätz und Senftenberg hergebraust, um die Eltern im letzten Augenblick zu retten. Zwei Koffer und eine Aktenmappe, dazu die Viola d'Amore, mehr Zeit bleibt nicht zum Packen, und die Mutter schluchzt hysterisch. Mit Gewalt muß Kurt sie in den Wagen zerren. Aber einen Clou gönnt sich der alte Doktor doch noch in letzter Minute: Er hebt das Skelett aus dem Schrank und stellt es so auf, daß einer, der die Haustür öffnet, fast daraufprallt. Einen Herzschlag allen Plünderern!

Als von Norden her die ersten deutschen Soldaten das Staadtla erreichen, braust Kurt südwärts aus dem Ort. Die Leute gaffen ihm erstaunt nach. Wo will die Doktorsfamilie nur in dieser frohen Stunde hin?

Nun wird es braun im Adlergebirge. Senfbraun. Braun wie Dünnscheiße. Die Schneider suchen verzweifelt nach Lehrlingen und Gesellen. Jeden Tag tauchen mehr braune Uniformen auf, mehr schräge Stirnlocken, mehr Oberlippenbärtchen. Jeder will ein kleiner Hitler sein. Auch die Frauen üben sich im deutschen Gruß. Nur die ganz Alten, die nicht mehr richtig mitkriegen, was sich geändert hat, bleiben weiter bei ihrem »Grüß Gott« und »Habe die Ehre«. Und der Pfarrer antwortet auf das »Heil Hitler!« mit »In Ewigkeit, Amen«.

Schon kennen sich die jungen Leute in all den vielen Abkürzungen aus und wissen, was sie bedeuten: Es-Es, Es-A, En-Es-De-A-Pee, En-Es-Ka-Ka, Ha-Jott, Ka-De-Eff, En-Es-Vau und was sonst noch für Fremdwörter von drüben herüberkommen. Eigentlich klingt das Gestammel ja lächerlich, aber lachen darf man nicht darüber. Da werden die »Reichsdeutschen«, die jetzt hier in Uniform herumwieseln, richtig wild. Das En-Es-Gestotter ist ihnen, wie's scheint, heilig. Überhaupt – mit Gelächter gerät man bei ihnen leicht ans Empfindliche. Aber sie sind die Befreier, ihnen hat man zu verdanken, daß man wieder aus voller Brust deutsch sein und ungestraft ›Deutschland, Deutschland über alles‹ schmettern darf.

Ja, es herrscht Hochstimmung im Adlergebirge. Man ist geneigt, wildfremde Leute auf der Straße, ja die ganze Welt – außer den Tschechen – zu umarmen. Denn jetzt wird alles, alles gut.

Nicht für die Tschechen. Die sitzen nun am kürzeren Hebel. Was von der Tschechoslowakei übriggeblieben ist, wird von Deutschland umklammert. Mit der tschechischen Freiheit ist es nicht mehr weit her. Nun ja. Immerhin stehen Tschechen in der Hitlerschen Wertliste noch höher als Juden. Die sind ganz unten. In allen Zeitungen kann man lesen, daß sie Abschaum sind.

Aber die Langer Trude aus dem Staadtla ist in Znaim mit einem Tschechen verheiratet, und der Lechner Pepp in

Dichtenau mit der Hedi, und die ist – Jesusmaria – eine Jüdin!

Auch Siegmund ist mit einmarschiert, als Mitglied des Freikorps. Noch vor Weihnachten holt er seine Familie heim ins Staadtla. Als Lif-die-Zweite, nun schon bald elf Jahre alt, zum ersten Mal wieder ins Dorf geht, findet sie keinen Stacheldraht mehr. Der ist längst aufgerollt und für künftige Kriege zurückgelegt worden. Sie begegnet dem Oberlehrer Kuchl, grüßt und knickst artig und beantwortet seine Fragen. Ja, sie werde wieder hier in die Schule gehen. Nein, man habe im »Reich« nicht gewußt, wo Eichstädtl liegt. Man kenne dort nicht einmal das Adlergebirge. Und die Mutter erwarte schon wieder ein Kind. Soso. Also dann.

Sie schaut ihm nach. Aus diesem Jahr, das sie fort war, hat sie viel Erfahrung mit Lehrern heimgebracht. Der Oberlehrer Kuchl ist ihr von allen immer noch der liebste. Dann legt sie einen Schritt zu und fragt bei dem Bauern nach Basil. Aber der ist nicht mehr bei ihm im Dienst. Er sei drüben im »Altreich«. So heißt das neuerdings. Denn im »Reich« ist man ja jetzt auch hier.

Enttäuscht wandert sie durch den Ort und huscht an dem Haus vorbei, in dem Basils halbtaube Tante wohnt. Sie traut sich nicht, hineinzugehen. Was sollte sie sagen? In ihrem Alter hat man noch keinen Freund. Das weiß sie schon.

Zu Doktor Heilbronns Haus führen viele kleine Spuren durch den Schnee, und ein Kleinkinderchor tönt durch die geschlossenen Fenster bis auf die Straße. Aber sie gönnt sich keine Zeit zum Wundern. Sie stapft zu dem Haus, in dem Karl seine Kammer hat. Leute rufen hinter ihr her, haben sie erkannt und wollen sie begrüßen: »Seid ihr wieder da? Jessesnee!« Und wollen sie ausfragen.

Aber sie hat keine Zeit und stürmt in Karls Kammer. Er liegt im Bett mit noch weißerem, noch struppigerem Haar als vor ihrer Abreise, ein Mensch wie ein Berg, und schnarcht. Sie zupft ihn am Schnauzbart, rüttelt ihn und zieht ihm das eine Augenlid hoch. Seine Pupille bewegt sich nicht, sie starrt ins Leere.

Jemand sagt hinter Lifs Rücken: »Bemüh dich nicht. Um diese Jahreszeit kriegt man ihn kaum wach. Das ist der Winterschlaf. Er kommt nur aus der Kammer, wenn er Hunger hat – oder wenn er muß.«

Lois. Er muß es wissen. Jetzt bleibt für sie nur noch der Weg ins Haus der Großeltern. Aber davor hat sie Angst. Dort ist eine Lücke, die weh tut. Sie weiß, daß Onkel Adolf pensioniert worden ist. Und daß er mit Tante Laura aus Prešov ins Staadtla heimgekehrt und ins Großelternhaus gezogen ist. Der Großvater hat seiner Tochter das Haus vermacht. Aber nun doch samt der Verpflichtung, Großmutter Pauline bis zu ihrem Tod zu pflegen. Das alles hat Lif von ihren Eltern erfahren.

Nicht aber erfahren hat sie, daß Tante Lauras Haus jetzt bevölkert ist von Heiligen. Gleich im Vorhaus stößt sie auf den heiligen Josef, der an Großvaters Hobelbank werkelt, in langen Gewändern und mit Heiligenschein, genau so wie in der Biblischen Geschichte. An Tante Lauras Klavier sitzt die heilige Cäcilie, greift in die Tasten und singt mit zurückgebogenem Nacken. Als das Kind, verstört von den fremden Gesichtern, schüchtern an die Küchentür klopft, öffnet Tante Laura und umarmt es. Auch Onkel Adolf erscheint. Sein Schnurrbart ist gestutzt. Zwirbelbärte sind nicht mehr in Mode. Außerdem kosten sie viel Zeit. Onkel Adolf braucht die Zeit, denn er hat doch jetzt, wie das Kind erfährt, im Staadtla die En-Es-Vau übernommen. Da muß er jeden Monat von Haus zu Haus sammeln gehen, und zwar mit einer Hakenkreuzbinde am Arm, damit auch alle erkennen, daß er nicht für sich, sondern für das deutsche Volk sammelt, für die nationalsozialistische Volkswohlfahrt. Er zeigt dem Kind stolz seine Sammelbüchsen.

In Großvaters Korbsessel entdeckt es die Großmutter. Sie ist noch viel kleiner, als es sie in Erinnerung hat. Zwischen den Kissen verschwindet sie fast. Dafür sind die drei

Haare länger geworden, die aus ihrem Kinn wachsen. Und sie hat schon die Übersicht über ihre Familie verloren, denn sie hält Fritz für Lifs Vater und Siegmund für Lifs Bruder. Aber sie lächelt noch immer ihr schiefes, schüchternes, rührendes Mädchenlächeln.

Wie Tante Laura knistert! Sie beugt sich über Onkel Adolf, der zwischen Bájazzen auf dem Kanapee sitzt, seine Sammelbüchsen auf den Tisch leert und das Geld zählt. Das Kind löst sich sanft aus Großmutters Umarmung und schleicht zur Schlafzimmertür. Es ist Adventszeit – Zeit, um die große Krippe mit ihren dreihundertneunundneunzig Figuren aufzubauen. Das Kind hat dem Großvater immer dabei helfen dürfen. Vielleicht, vielleicht ist der Großvater doch nicht tot? Vielleicht baut er dort im Schlafzimmer über seinem und Großmutters Bett gerade die Krippe auf?

Es öffnet leise die Tür einen Spalt breit und späht hinein. Ein Schwall von Weihrauchgeruch quillt ihm entgegen. Der Raum ist voll von Heiligen, Männern und Frauen, die dabei sind, aus Großvaters Kisten die hölzernen Schafe und Hirten, die Heilige Familie, die Häuser und gedrechselten Bäume auszupacken. Das Kind wirft einen Blick auf die grüne Treppe, die bereits über den Betten an der Wand hängt. Der Berg Golgatha ist schon fertig, Jesus hängt schon am Kreuz. Auch der Einzug nach Jerusalem steht schon. Genau wie beim Großvater.

Da entdeckt das Kind den zerbrochenen Verkündigungsengel auf dem Fußboden. »Wer war das?« ruft es zornig.

Die Heiligen wenden ihm ihre Gesichter zu, alle gleichzeitig. Mit schuldbewußt gesenkten Blicken antworten sie leise im Chor: »Ich nicht.« Aber da zieht Tante Laura das Kind hastig in die Küche zurück.

Als Lif-die-Zweite das Haus durch die Waschküchentür verläßt, reich bedacht mit Weihnachtsplätzchen für die ganze Familie und kleinen, knallroten Äpfeln, erspäht sie in der offenen Tür des Bienenhauses einen mageren Heiligen, barfuß, mit Heuschrecken im Bart, der bis zu den Knien reicht. Mit seinem überlangen Zeigefinger nascht er Honig aus der Schleuder. Er zwinkert ihr zu, leckt den Finger ab und winkt ihr mit ihm. Komm, heißt das. Aber sie folgt seinem gekrümmten Finger nicht. Die Mutter hat gesagt, wenn Männer, die allein sind, Kinder zu sich winken, führen sie meistens nichts Gutes im Schilde.

Sie dreht ihm den Rücken zu und läuft heim. Sie weiß selber nicht, warum sie so traurig ist. Weil sie Basil nicht antraf? Weil Karl nicht zu wecken war? Weil sich die Heiligen in Großvaters Haus breitgemacht haben? Weil die Heilbronns – wie sie von Onkel Adolf erfuhr – flüchten mußten? Weil jemand Angst vor den anderen haben muß, nur weil er Jude oder Tscheche ist?

Vielleicht, weil Eichstädtl nicht mehr das Eichstädtl ist, das sie vor einem Jahr verlassen hat. In einem Kinderleben ist ein Jahr eine Unendlichkeit. Daß die Zeit eines Menschenlebens nach dem Gesetz der Fallbeschleunigung abläuft, wird sie erst viel später begreifen.

18. Kapitel

In dem das Adlergebirge noch einmal in greller Sonne liegt, Siegmund und Elise sich weiter heftig vermehren, einem Alleinunterhalter der Angstschweiß ausbricht und Liebes- und Todesbriefe ankommen

Kaum sind die Adlergebirgler Reichsdeutsche geworden, hat ihre Not ein Ende: Ganze Züge voll von mageren, blassen Dorfkindern werden hinüber in die großen Städte des »Altreichs« geschickt, wo sie in freundlichen Familien rund- und gesundgefüttert und eingekleidet werden und lernen, wie man ein Wasserklosett benutzt, was es mit einem Gasherd auf sich hat und wie man telefoniert. Aber nicht nur ihnen geht es besser. Arbeitslose bekommen Arbeit, kinderreiche Familien erhalten Kleiderspenden, alle sind auf einmal krankenversichert, für Schwangere stehen kostenlos Mütterberatungsstellen bereit, Oberlehrer Kuchl hat noch nie über so einen hohen Schuletat verfügt, die Straßen werden asphaltiert – und sogar die Kirche kann sich einen frischen Anstrich leisten. Fleisch? Das gab's früher, wenn überhaupt, nur sonntags. Jetzt läßt es sich auch ab und zu werktags in den Töpfen sehen. Und die Mütter kriegen Orden fürs Gebären: ab vier Kindern einen kleinen, ab sieben einen großen.

Das alles – das weiß schon ein Schulkind – hat man dem Führer zu verdanken, der kleine Kinder und Schäferhunde liebt und Vegetarier ist. Als er einmal nach Grulich kommt, strömt dort die Bevölkerung des Adlergebirges zusammen. Ganze Dörfer leeren sich. Alle wollen den Mann, den göttergleichen, sehen, alle jubeln ihm zu. Männer recken die Arme und brüllen sich heiser, Frauen schluchzen hysterisch. Die Mutter des Kleinkindes, das er auf den Arm zu nehmen geruht, fällt vor Glückseligkeit ob dieser Gnade in Ohnmacht. O Führer, dein Zeitgenosse sein zu dürfen!

Aber der Höhepunkt der hitlerischen Wohltaten ist für die neuen Reichsbürger erst erreicht, als die deutschen Soldaten noch einmal marschieren. Diesmal nehmen sie nicht im Staadtla Quartier, sondern ziehen ins Tschechische hinein – in das, was von ihm noch übriggeblieben ist – und besetzen es. Eins, zwei, drei ist die Tschechoslowakei verschwunden. Was sie einmal war, wird jetzt Protektorat genannt. Von nun an hat in Prag ein Deutscher das Sagen. Einer, der nach oben buckelt, nach unten tritt. Über ihm ist nur Hitler, unter ihm sind die Tschechen, die sich, bittschön, zu fügen haben. Ihnen bleibt nur die Möglichkeit, bei geschlossenem Mund mit den Zähnen zu knirschen. Wer hörbar knirscht, wird abgeholt und kommt nicht wieder. Und die Heilbronns sitzen in der Falle.

Auch im Adlergebirge und anderswo in den deutschen Gebieten, die sich befreit fühlen, wird leise geknurrt. Denn alle wichtigen Partei- und Kommunalämter werden mit Reichsdeutschen besetzt, die mit den Eingeborenen so umgehen wie die Kolonialoffiziere mit den Kaffern. Aber man klopft sie sich nach und nach zurecht, und schließlich nähert man sich ihnen auch etwas an. Man wird ja immer nationalsozialistischer.

Für das Staadtla fand sich kein Reichsdeutscher. Wer will sich schon in ein unbekanntes Gebirge verbannen lassen? Deshalb haben die Eichstädtler einen Eichstädtler als Ortsgruppenleiter. Er ist zwar klein, dunkelhaarig und hinkt, macht also nichts Nordisches her, dafür läßt er mit sich reden, der Matuschek Hannes, und führt sich nicht so stramm und hektisch auf wie die Goldfasanen von drüben.

In dieser braunen Zeit finden bei jeder Gelegenheit Parteifeiern mit vielen Uniformen, markigen Reden, Schmettergesängen und Fahnendekorationen statt. Das versteht sich von selbst. Am Schluß jeder dieser Veranstaltungen werden das Deutschlandlied und das Horst-Wessel-Lied abgesungen, stehend, mit erhobenem Arm.

Und nun haben sich die Eichstädtler vorgenommen, dem Führer eine Geburtstagsfeier zu veranstalten. Natürlich kann er nicht selbst kommen. Dazu hat er keine Zeit. Aber vielleicht bekommt er davon zu hören. Da soll er sich freuen.

Der Meixner Ton wird mit der Gestaltung der Feier beauftragt. Er ist ein schon bejahrter, aber überaus erfolgreicher und beliebter Alleinunterhalter im Adlergebirge, den alle Gastwirte schätzen und zur Gestaltung von Hochzeiten, Jubiläen und Faschingsbällen einladen. Er spielt Ziehharmonika, zaubert Pferdeäpfel in Hüte, zieht bunte Tücher aus Damennasen, hält – wenn nötig – Reden ernsten und heiteren Inhalts, verfügt über ein großes Repertoire an Witzen und kann auch singen. Seine größte Stärke aber liegt darin, unentdeckte Talente unter dem gerade vorhandenen Publikum zu ermutigen, ihr Können zum besten zu geben. Solche nicht vorausgeplanten Spontanauftritte bieten natürlich oft große Überraschungen, zumal es sich bei den Künstlern nicht nur um Kinder, sondern nicht selten um gestandene Mannsbilder handelt.

Da wird solo und im Duett gesungen, werden Gedichte – selbstverfaßte und fremde – aufgesagt, kann ein alter Tagelöhner tatsächlich bauchreden, spielt eine junge Bäuerin Kasperltheater. Aber es gibt auch ungewöhnliche Nummern: Der Schuljunge Ernstl ist fähig, eine Minute lang seinen Kopf in einen vollen Wassereimer zu stecken, ohne nach Luft zu schnappen. Der Vorturner vom Turnverein schlägt einen Salto in der Luft, die Gastwirtin Gustl kann so schnell rohe Erdäpfel schälen, daß man dem Vorgang nicht mit den Augen zu folgen vermag, und ihr Mann, der auch Gustl heißt, balanciert eine Schnapsflasche auf seiner Nase.

Der Meixner Ton also bekommt vom Ortsgruppenleiter persönlich den Auftrag, die Feier zum Geburtstag des

Führers zu organisieren. Nur die Rede brauche er nicht zu halten. Die halte er, der Hannes, selber.

Der Meixner Ton hat ein sicheres Gespür für das, was jeweils gewünscht wird. Er bezieht die Schule mit ein. Von dort kann er vaterländische Lieder und Gedichte erwarten. Gedichtaufsagende Kinder kommen immer gut an. Die Blaskapelle wird ein paar Märsche aufspielen, der Be-De-Em hat einen Volkstanz angekündigt. Und dann kann man ja noch sehen, was spontan aus dem Publikum kommt.

Gustls großer Saal, dekoriert mit Hakenkreuzfahnen, Blumen und einem großen Hitlerbild, ist gerammelt voll. Das Staadtla feiert diesen Geburtstag ja zum ersten Mal, da muß man doch dabei sein. Auch Laura, Adolf und Großmutter Pauline sind da. Auch Siegmund mit seinen drei ältesten Kindern – und sogar Karl. Er starrt auf die viele rote Farbe und schüttelt den Kopf.

Nach Märschen, Hannes' Rede, Schulchorgesängen und Gedichten wendet sich Meixner Ton an das Publikum: ob jemand dem Führer einen kurzen, würdigen Auftritt schenken wolle. Ein kleines Mädchen von vier oder fünf Jahren meldet sich, klettert auf die Bühne und piepst: »Ich bin klein, mein Herz ist rein, soll niemand drin wohnen als Hitler allein.« Nun ja. Der Applaus gilt dem Kind. Aber daß in seinem Herzen neben Hitler kein Platz mehr für Jesus sein soll, wo Hitler doch noch nicht einmal heiliggesprochen wurde, das finden vor allem die alten Leute nicht ganz in Ordnung.

»Noch jemand?« fragt Meixner Ton.

Der Kalber Franz meldet sich, ein junger vierschrötiger Bauernsohn, der demnächst zum Militärdienst muß. Er ist Ministrant gewesen. Der Pfarrer, der auch im Saal sitzt, lächelt ihm wohlwollend zu. Ein braver Bursche, der Franz. Eine Braut hat er schon, und am Pflug und mit der Sense ist er unschlagbar. Er will das Horst-Wessel-Lied zum besten geben. Meixner Ton winkt ihn auf die Bühne vor das Hitlerbild. Erwartungsvoll verstummt das Publikum.

Was der Franz bietet, schlägt in seiner einzigartigen Virtuosität alles, was dem Meixner Ton bisher in seiner beruflichen Laufbahn an Talenten begegnet ist: Musikalisch sauber und deutlich vernehmbar furzt Franz den Auftakt und die ersten drei Takte der Horst-Wessel-Melodie. Den Text dazu kennt jeder: »Die Fah-ne hoooch, die Rei-hen fest ge-schlos-sen …«

Sprachlosigkeit im Saal. Dann tosender Applaus. »Weiter, weiter!« brüllen alle. Aber Franz antwortet bescheiden, sowas verlange ein hartes Training. Die zweite Zeile sitze noch nicht richtig, und er wolle nur Vollkommenes bieten, keine Stümperei.

Dafür hat man Verständnis. »Aber beim nächsten Führergeburtstag, Franz!«

Erst beim übernächsten. Er muß ja zu den Soldaten. Aber er verrät, daß er zur Zeit einen Freund anlernt. Vielleicht könne man in zwei Jahren das ganze Lied zweistimmig bieten.

Begeisterter Applaus. Und noch ehe sich Meixner Ton von seinem Schrecken erholt hat, tappt Karl auf die Bühne, fuchtelt mit den Händen herum und stößt heiser heraus: »So groß ist sie, so groß!«

Schallendes Gelächter. »Er, Karl, er!« und mitleidige Kommentare: »Der Arme. Er kann nicht einmal mehr Mann und Frau unterscheiden.« Mit verkniffenem Gesicht holt ihn Adolf von der Bühne.

Jetzt reicht's. Meixner Ton gibt der Blaskapelle ein Zeichen. Die hat aber schon gespielt, was sie spielen sollte. Was nun? Was paßt? In aller Eile entscheidet sie sich für ›Wer will mit nach Italien ziehn? Radetzky kommandiert‹. Dieser Marsch ist doch krisensicher – oder? Danach läßt Meixner Ton das Deutschlandlied absingen und, natürlich, das Horst-Wessel-Lied. So, die Feier ist beendet. Geht heim.

Ihm steht der Schweiß auf der Stirn. Er winkt sich den Franz heran und faucht ihm ins Ohr: »Bist du wahnsinnig, Junge? Das kann uns beide an den Galgen bringen, und den Hannes noch dazu! Das ist doch glatte Verhöhnung des Führers!«

Franz sieht das anders, nämlich als künstlerische Betätigung, keinesfalls als Respektlosigkeit. Gott habe auch den Hintern erschaffen samt dem Darm, der zu tönen imstande sei, wenn es Gott gefalle.

Hannes, der Ortsgruppenleiter, spielt die ganze Geschichte herunter. Zur Not könne man, sollten alle Stricke reißen, den Franz zum Geisteskranken erklären, der für sein Tun nicht verantwortlich gemacht werden kann. Nur: Das Publikum hat wie wild geklatscht! Ein ganzes Dorf kann man doch nicht zu Deppen machen!

Er zieht Siegmund ins Vertrauen. Der war beim Einmarsch dabei, ist auch schon in Österreich vor dem Führer vorbeimarschiert. Er ist politisch zuverlässig. Siegmund gesteht ihm, er habe sich auch köstlich amüsiert und habe applaudiert. Nun, man könnte sagen, das Publikum habe die Melodie nicht erkannt, habe geglaubt, man habe es mit dem Lied ›Zehntausend Mann, die zogen ins Manöver‹ zu tun.

Lif-die-Zweite ist jetzt oft bei Karl. Sie kennt jeden seiner Gesichtsausdrücke, kennt alle seine Gesten und weiß sie zu deuten. Er ist nicht sehr gesprächig, aber sie fragt aus ihm heraus, was sie wissen will. Sie weiß, wie es dort ist, wo er sich aufhält. Sie hat ja noch ihre Kinderphantasie. Das spürt er. Wenn sie auf seiner Bettkante sitzt oder auf den Kressenwiesen neben seinem Hauklotz steht, fühlt sie sich fern im Universum, in einer Welt, wo das Staadtla winziger als ein Staubkorn ist. Wenn die Mutter ruft, hat das Kind Mühe, aus der Unermeßlichkeit heimzukehren. Und einmal sagt ihre jüngere Schwester: »Du machst genau solche Augen wie Karl.«

Wenn das Kind sich über seine Geschwister geärgert hat, wenn es eine weniger gute Note, als erhofft, bekommt oder wenn es – erfolglos – gegen die Mutter trotzt, flüchtet es sich zu Karl ins Universum. Dann ist es so weit weg von seinem Schmerz, daß es ihn nicht mehr spürt. Und wenn es aus der Ferne zurückkommt, ist er geschrumpft und läßt sich ertragen.

Aber von dort, zwischen den Sternen, erzählt es nie. Nicht einmal seinem Vater.

Natürlich geht es jetzt auch Siegmund und Elise besser als in den tschechischen Zeiten. Siegmunds Fachkenntnisse werden in der Landwirtschaft benötigt und gut bezahlt. Außerdem gibt es hohe Kindergelder und Stipendien. Eine höhere Schule für die Älteste ist jetzt erschwinglich. Elise, die schon das Fünfte strampeln spürt, kann sich, dank dem Führer, eine Haushaltshilfe leisten. Wirklich, es sind herrliche Zeiten angebrochen. Siegmund errichtet einen Fahnenmast, der höher ist als sein Holzhaus.

Mitten in dieser Hochstimmung machen wieder einmal düstere Prophezeiungen die Runde. In Brüx habe ein neugeborenes Kind angefangen zu weissagen, als es noch halb im Mutterleib steckte: Ein Wahnsinniger werde die halbe Welt durcheinanderbringen und Millionen von Menschen in Öfen verbrennen. Die Menschheit werde Ziegen mit Schafen kreuzen. Unter den Menschen werde mit lebendigen Herzen und Nieren gehandelt werden, und zukünftige Kriege werden nur noch eine halbe Stunde dauern. Dabei werde es so heiß werden, daß das Kind im Mutterleib gekocht wird und die Äcker sich entzünden.

Siegmunds Älteste ist zufällig dabei, als Tante Laura das alles Onkel Adolf erzählt. Da muß sie an das denken, was Karl damals in seinem hohen Fieber geflüstert hat. Sie erzählt es Onkel und Tante: »Wir werden aus dem Staadtla fortziehen. Alle!« Sie hat ein gutes Gedächtnis.

»Kind«, schreit Tante Laura und schüttelt sie. Erschrocken starrt das Kind die Tante an. Ihre Röcke knistern und sprühen Funken. »Wer hat dir das eingegeben?« keucht die Tante.

Das Kind berichtet. Der Karl. Und schon eilt die Tante, süchtig nach Zukünftigem, quer durch den Ort zu Karls

Kammer, um ihn auszufragen. Vergeblich. Er schnarcht. Onkel Adolf wird geholt. Der wuchtet Karl, den Berg, auf Tante Lauras Geheiß aus dem Bett und schafft ihn ins Großelternhaus. Dort bemüht sich Tante Laura eine Stunde lang, ihn zum Prophezeien zu bringen. Sie badet ihn heiß, läßt ihn schwitzen, reibt ihn mit Franzbranntwein ein, gießt Wermut-Tee in ihn, bis er aus den Ohren dampft. »Was wird geschehen, Karl?« fragt sie immer und immer wieder.

»Gesteh's!« donnert Onkel Adolf.

Das Kind lacht in sich hinein. Es weiß, warum er nichts sagt. Er tut's nur bei hohem Fieber. Es hält seine Hand und streichelt seine große haarige Brust – eine Waldlandschaft.

Onkel Adolf hebt Karls eines Augenlid und funzelt mit der Taschenlampe in die Pupille.

»Ihr werdet ihn noch umbringen«, klagt die Großmutter. »Wenn er's nicht rauslassen will, soll er's drinbehalten. Dann schreckt es niemanden. Das Unglück kommt früh genug.«

Aber Tante Laura gibt nicht auf, während sich ihre Heiligen – anfangs noch durchsichtig, allmählich leibhaftig – um Karl scharen und neugierig zuschauen. Auch die heilige Kümmernis mit dem Bart ist dabei. Als es auch nichts hilft, daß Laura Karl an einem Fliegenpilzsud riechen läßt, bittet sie die Heiligen, die Prophezeiungen aus ihm herauszubeten. Ein Gesumm hebt an, das Karl ein Stück weit in die Gegenwart holt. Aber alles, was er nach langem Warten schließlich mürrisch äußert, ist: »So viele Fliegen, und kein Fliegenfänger …«

Im Frühsommer erhält das Kind, nun schon elf Jahre alt, einen dicken Brief von Basil. Es erfährt, daß er jetzt, gut bezahlt, an der Autobahn arbeitet. Nach Feierabend habe er Zeit für seine Gedanken, so daß er schon wieder ein ganzes Stück vorangekommen sei. Davon könne er ihr in diesem Brief aber nur einen Bruchteil schildern. Das Schreiben sei so mühsam. Das Denken sei dagegen ein Klacks.

Das Kind liest weiter und sieht vor einem Nachthimmel zwei Monde mit unterschiedlicher Richtung und Geschwindigkeit kreisen. Jedesmal, wenn sie einander begegnen, steigt das Wasser unter ihnen um zehn bis zwanzig Meter! Das Kind sieht ertrunkene Menschen und Tiere im Wasser treiben. Zu seinem Entsetzen erkennt es, daß sich die Umlaufbahn des kleineren Mondes immer mehr der Erde nähert. Und je näher der Mond kommt, umso höher türmen sich die Wogen der Meere!

Das Kind erlebt die Angst der Menschen vor der unmittelbar bevorstehenden Katastrophe mit. Es sieht sie die Berghänge hinaufflüchten, sieht sie Flöße bauen, um die zu erwartende große Flut zu überleben –

Gerade, als der Bericht besonders spannend wird, bricht er ab. Aber der Brief enthält noch einen Zusatz. Der lautet:

Meine Tante schreibt mir ab und zu. Aber von Dir weiß ich nichts. Nur, daß Du wieder zurück bist. Du bist sicher gewachsen. Schaust Du jetzt schon mit dem Kopf aus dem Gras, wenn es noch nicht gemäht ist? Beim Militär haben sie mich nicht genommen, weil ich so mager bin. Inzwischen habe ich schon zugenommen. Laß Dir Deine Zöpfe nicht abschneiden. Werde schnell groß. Und schreib mir. Ich denke viel an zwei Dinge. An die Vorgänge im All und an Du weißt schon wen. Dein Dich liebender Basil.

Lif-die-Zweite verzieht sich noch am selben Nachmittag ins Gebüsch am Teich und schreibt bäuchlings. Nein, sie werde sich nie, nie die Zöpfe abschneiden lassen. Ja, aus dem hohen Gras bei der Scheune schaue sie schon lange heraus, sie sei jetzt einen Meter zweiundvierzig groß. Von seinen Gedanken habe sie viel verstanden, fast alles, und sie könne sich gut vorstellen, wie der Mond riesengroß auf die Erde zukomme, als wolle er sie unter sich begraben. Der Karl komme auch aus dem Weltall und nähere sich der Erde. Für ihn müsse bald die Erde so groß am Himmel hängen wie für die Menschen damals der kleinere Mond. Aber das mit Karl sei ein Geheimnis, darüber dürfe er mit niemanden sprechen.

Der Brief endet so:

Immer, wenn ich an der Scheune vorbeigehe, Du weißt schon wo, denke ich an Du weißt schon wen. Ich hab Dich lieb, egal, ob Du mager bist oder fett. Die Heilbronns tun mir so leid, die haben nichts mitnehmen können. Und ich bin jetzt ein Jungmädchen und hab schon Tuch und Knoten. Viele Grüße von Lif.

Aus ihrer Sparbüchse holt sie mit dem Messer so viele Münzen, daß sie die Marke bezahlen kann. Es ist ein heimlicher Brief. Nicht wegen Basil. Darüber würde die Mutter nur schmunzeln, so, wie Erwachsene immer über Liebe schmunzeln, sofern es sich nicht um ihre eigene handelt. Sondern weil das über Karl drinsteht. Die Mutter ist immer mißtrauisch, wenn sie, Lif, mit Karl zusammen ist.

Und dann überstürzen sich die Ereignisse, im Kleinen wie im Großen. Auf dem Strom der Zeit treibt das Staadtla auf einen tiefen Katarakt zu. Manche hören ihn schon rauschen. Und – wie gesagt – was da kommen soll, ist schon vollendet.

Während Hitler mit Stalin einen Nichtangriffspakt schließt und bereits die Teilung Polens mit ihm aushandelt, kommt Elise nieder. Es ist wieder ein Junge. Als er noch keine drei Wochen alt ist, beginnt der Krieg. Alle jungen Leute werden eingezogen, Lebensmittelkarten werden ausgegeben, aus den Volksempfängern schallt Martialisches.

So viele Männer müssen fort. Das Staadtla schrumpft. Und Siegesmeldungen über Siegesmeldungen dröhnen aus dem Radio. In vielen Häusern hängen große Landkarten an der Wand, mit Fähnchen darin, die jeden Tag umgesteckt werden. Auch Siegmund und Adolf stecken Fähnchen. Welche Lust, einer Nation anzugehören, die immer siegt!

Aber das Fähnchenstecken genügt Siegmund nicht. Er möchte mitsiegen. Die Unruhe hat ihn wieder gepackt. Ein Jahr lang war er daheim. Das genügt. Und nachdem er Elise in Respekt und innigster Liebe noch einmal geschwängert hat, läßt er sich auch nicht durch ihre zornigen Tränen davon zurückhalten, als Freiwilliger in den Krieg zu ziehen. Er weiß: Sie und die Kinder werden keine Not leiden müssen. Das Vaterland sorgt für sie. Und Arbeitskräfte gibt es jetzt genug: Kriegsgefangene und Ostarbeiter. Mit gutem Gewissen kann er dem Ruf des Führers folgen.

Nein, um Elise und die Kinder braucht er sich keine Sorgen zu machen. Was auch geschehen möge – diese kleine, energische Straßburgerin braucht ihn nicht, um mit dem Leben klarzukommen. Er ist ihr vielleicht sogar im Weg mit all seiner Rastlosigkeit. Und doch, und doch – sie lieben einander, mehr denn je. Es ist eine schmerzhafte Liebe, und beide sind Opfer und Täter zugleich.

Sie verabschieden sich auf eine heroische Weise voneinander: kerzengerade, tränenlos, mit Handschlag. Ein Abschied unter Kameraden. Aber als Siegmund seiner Mutter, der kleinen Pauline, Lebewohl sagt, umarmt er sie und weint ihr auf die Schulter. Sie ist noch ein bißchen vergeßlicher geworden, als sie schon war, nennt ihn Otto und bittet ihn, ihr auf dem Rückweg einen Würfel Hefe mitzubringen. Sie wolle Streuselkuchen backen.

Er sieht sie erst wieder, als Deutschland auch in Rußland einmarschiert ist und er eine Woche Urlaub bekommt, um seinen neugeborenen jüngsten Sohn zu sehen. Und er bringt ihr aus Jux wirklich ein Päckchen Hefe mit. Aber da ist sie schon nicht mehr imstande, Kuchen zu backen. Und sie hält Siegmund für Karl. Der stolpert währenddessen durch den Ort und krächzt: »Es kommt! Ich komm!« und fuchtelt mit den Händen.

Polen, Holland, Frankreich, Dänemark, Norwegen, Rußland. Siegmund ahnt bereits, daß seine Einheit an die Ostfront verlegt wird. Seine Älteste fährt während seines Urlaubs aus einem Alptraum schreiend hoch: Sie hat eine Tür lautlos sich öffnen sehen, und durch den Türspalt schob sich, auf dem Fußboden, Vaters Kopf herein. Nur der Kopf. Und er lächelte herauf zu ihr.

Noch tönen die Fanfaren der Sondermeldungen, noch rücken die Fähnchen auf den Landkarten voran – auch in dem langen Korridor des Gymnasiums in Mährisch-Schönberg, in das Lif-die-Zweite, inzwischen vierzehn Jahre alt, jetzt geht. Während der Woche wohnt sie bei einer Familie in Kost und Logis. Dort hat sie auch Basils Brief. Manchmal, wenn sie allein zu Hause ist, holt sie ihn aus dem Versteck und liest ihn. Sie ist schon so gespannt auf den Niedergang des dritten Mondes, aber Basil schreibt nicht. Kein Wunder, er ist ja heuer doch noch Soldat geworden, wie sie im Staadtla hat erzählen hören. Inzwischen sind auch Magere und Muskelschwache für den Krieg gut genug. In Norwegen soll er sein. Bei der Flak. Da wird er genug zu tun haben. Wie kann einer feindliche Flieger abschießen und gleichzeitig über das All nachdenken? Kriegszeiten sind nicht günstig für Grübler.

Sie erhält trotzdem Feldpostbriefe: Der Vater schreibt ihr ab und zu. Aber vor seinen Briefen fürchtet sie sich fast. Sie tun so weh, denn von Mal zu Mal werden sie trauriger. Und sie stecken an. Wirklich! Schon bevor sie sie überhaupt geöffnet hat, spürt sie einen Kloß im Hals.

Sie ist viel allein. Nachmittags treffen sich ihre Schulkameradinnen oft im Café Rohner gegenüber der Schule. Sie ist selten dabei. Aber auch sie kennt den jungen blonden Kellner, der dort arbeitet. Alle finden ihn unwiderstehlich, aber das dürfen sie nur flüstern, weil er Tscheche ist. Eines Tages erfährt sie, daß er verhaftet wurde. Ein paar Tage später spricht sich herum, daß er als Spion für den tschechischen Untergrund gearbeitet hat und von den Deutschen erschossen wurde.

Ganz heimlich – eigentlich dürfte sie das nicht einmal denken! – findet sie, daß er ein Held war. Und daß eine Gruppe Uniformierter das alte jüdische Ehepaar eines frühen Morgens aus ihrer Villa abgeholt hat, an der sie auf ihrem Schulweg vorbeikommt, beschäftigt sie wochenlang. Sie sind nicht zurückgekommen. Wo hat man sie hingebracht? Und wo sind jetzt die Heilbronns?

Noch immer stolpert sie verträumt dahin mit gewölbter Stirn und nach innen gerichtetem Blick. Meistens hängt ihr eine Strähne in die Stirn. Was sie zu erzählen hat, interessiert andere Mädchen nicht, und was andere Mädchen ihr erzählen – wenn sie das überhaupt tun –, vergißt sie sofort. Noch selten hat sich ein Junge nach ihr umgedreht. Sie weiß: Sie ist anders.

Jeden Samstag fährt sie mit dem Zug heim, krank vor Sehnsucht nach der Mutter und den Geschwistern, der Kressenwiese, dem Staadtla, dem Haus voller Heiligen mit der Großmutter auf Großvaters Korbsessel – und Karl. Sie haßt den Wartesaal des Dichtenauer Bahnhofs, in dem sie jeden Sonntagabend gezwungen ist, den Zug zu erwarten, der sie fortbringen wird. Sie kennt den Wartesaal ganz genau: die zerkratzten Bänke an den Wänden entlang, die angepinnten Fahrpläne, den Spucknapf in der Ecke, den Tabakgeruch und das Inventarverzeichnis neben der Tür mit den amtlichen Angaben:

> TISCH, 1, HÖLZERN,
> TISCH, 1, EISERN,
> BÄNKE, 3, HÖLZERN,
> SPUCKNAPF, 1, BLECHERN.

Irgend jemand hat mit Tintenstift daruntergeschrieben:

> SCHIMMEL, 1, AMTS –,
> TROTTEL, 1, MORDS –.

Eine Glühlampe hängt von der Decke herab und wirft fahles Licht an die Wände. Die Wartenden auf den Bänken sehen wie Tote aus.

Es gibt viele Tote in dieser Zeit. Junge Tote. Männer im besten Alter. Immer öfter, wenn Lif-die-Zweite samstags heimkommt, nennt ihr die Mutter wieder Namen von Gefallenen. Immer mehr Frauen im Staadtla tragen Schwarz. Auch der Kalber Franz, der so melodisch furzen konnte, lebt nicht mehr. Statt dessen sind den Bauernhöfen kriegsgefangene Franzosen zugeteilt worden – und Polinnen und Ukrainerinnen. Auch Elise wird eine Ostarbeiterin bewilligt, ein blutjunges Ding, das man vom väterlichen Feld weggeholt hat, ohne ihm zu erlauben, daheim noch schnell seine nötigsten Sachen zu packen und sich von seinen Eltern und Geschwistern zu verabschieden.

Noch einmal kommt Siegmund heim, notdürftig genesen nach einer schweren Verwundung. Er ist sehr schweigsam, starrt viel ins Leere, schickt die Kinder weg, wenn sie mit ihm spielen wollen. Nachts hört Elise, wie er sich schlaflos wälzt. Sieht er wieder die schwarze Wand? Sie versucht, aus ihm herauszufragen, was ihn bedrückt. Quält ihn, daß er nicht fliehen kann, wenn ihn seine Unruhe überkommt? Er weicht ihr aus, verstummt, sucht aber ihre Hand und hält sich an ihr fest. Seine Hand ist kalt – und so knochig, daß sie nicht weiß, ob sie vor Mitleid weinen oder ob ihr grauen soll.

Manchmal steht ihm Schweiß auf der Stirn, manchmal streift er einsam durch die Schneelandschaft und glaubt Kanonendonner zu hören. Seine Augen sind eingefallen, die Backenknochen treten hervor. Elise vermutet, daß das, was er gesehen und erlebt hat, zu viel war für ihn, dessen Seele doch so empfindsam ist. Sie beobachtet, wie er sich unter den Stalingrad-Meldungen duckt wie unter Hieben. Weiß Gott, bei solchen Nachrichten kann einem schon die Zukunft abhanden kommen!

Ohne jedes Pathos reist er ab, als der Urlaub zu Ende ist. Elise umklammert ihn und weint hilflos über sein Elend. Sie hat jetzt begriffen: Ihm sind die Ideale verblaßt. Er hat keine Hoffnung mehr. Sein ganzes Weltbild ist zusammengestürzt wie ein Kartenhaus. In diesem Zustand kann er doch nicht an die Front zurück! Er ist krank!

Aber das Räderwerk des »Tausendjährigen Reiches« läßt ihn nicht mehr los.

Der Postbote des Staadtlas kennt sie schon, diese gefürchteten Briefe. Sie sehen alle gleich aus und tragen den gleichen Stempel. Er sträubt sich gegen den Auftrag, solche Briefe auszutragen. Bei Tag und Nacht hat er das Weinen im Ohr, das meistens ausbricht, noch bevor er auf und davon und außer Hörweite ist. Aber was soll er machen? Er ist nun einmal Postbote und kann sich die Inhalte der Sendungen nicht aussuchen. Und auch nicht die Zeit, in der er lebt. Was tut man als Postbote, wenn die Hölzel-Witwe, seine Nachbarin, aufschreit, weil sie eben die Nachricht vom angeblich heldischen Tod ihres einzigen Sohnes erfahren hat? Steht man ihr bei oder flieht man? Und schließlich hat auch er selber zwei Söhne an der Front!

Die Rotwengel Elise braucht er nicht weinen zu hören, Gott sei Dank. Die holt sich ihre Briefe immer selbst am Schalter ab, weil sie so weit draußen wohnt, oder sie schickt eines ihrer Kinder.

An einem Mittwoch fährt Siegmunds Älteste aus Mährisch-Schönberg heim, mitten aus dem Unterricht. Die Mutter kommt ihr auf der Straße entgegen. Eng umschlungen taumeln sie heim. Am nächsten Tag tragen sie Schwarz.

19. Kapitel

In dem die Großmutter nach einem Toten ruft, auf den Kressenwiesen Kanonendonner zu hören ist, Karl zum vierten Mal flieht und es Elise nicht gelingt, ihre und Siegmunds Hakenkreuze verschwinden zu lassen

Das Staadtla, jetzt nicht nur deutsch, sondern hitlerbraun, fühlt sich verpflichtet, für seinen toten Sohn Siegmund Rotwengel vor dem Kriegerdenkmal eine Gedenkfeier zu veranstalten. Er hat ja so viel für das Deutschtum getan, hat sich auf seinem klapprigen Fahrrad bis weit hinauf ins Adlergebirge gequält, um Reden zu halten, hat Freiheit und Leben für die deutsche Sache riskiert, hat deutsches Moor urbar gemacht. Daß er nicht katholisch war, paßt jetzt ins braune Konzept. Dazu kommt, daß er der Enkel des Gemeindesekretärs Wilhelm Rotwengel und Sohn des Oberlehrers, Feuerwehrhauptmanns und Heimatdichters Julian Rotwengel war. Also nicht irgendwer. Ein Eichstädtler, der an seiner Heimat hing und immer wieder zu ihr zurückkehrte. Er hat ein Recht auf feierlichen Dank und Abschied.

Seine Witwe, seine Kinder, auch seine Mutter und Geschwister sind eingeladen. Es ist ein diesiger Frühlingstag mit Regenpfützen auf den Straßen. Siegmunds Älteste holt die Großmutter von daheim ab und führt sie zusammen mit Tante Laura durch das Staadtla hinauf. Dort am Waldrand ragt der schwarze Stein mit dem eisernen Kreuz und dem Lorbeerkranz. Sechsundzwanzig Namen stehen darauf: Eichstädtls Gefallene des Ersten Weltkriegs. Auch ein Otto Rotwengel. Im jetzigen Krieg, der der Zweite Weltkrieg genannt werden wird, haben bisher schon mehr als sechsundzwanzig Eichstädtler ihr Leben gelassen. Und es ist noch kein Ende abzusehen.

Die Blaskapelle wogt in senfbraunen Reithosen heran. Die Stiefel sind schmutzbespritzt. Und immer mehr Eichstädtler scharen sich um das Denkmal. Flottl aus der fünften Generation kläfft die Posaune an.

»Was wird denn hier gefeiert?« fragt die Großmutter leise.

Es ist ein Kreuz mit ihr. Sie haben es ihr schon so oft gesagt, daß Siegmund, ihr Jüngster, tot ist. Jedesmal weint sie dann herzzerbrechend, aber nach einer halben Stunde hat sie's schon wieder vergessen. »Dein Siegmund, Mutterla, dein Siegmund«, flüstert ihr Laura zu und tätschelt ihr die Hand. Jeder soll sehen, wie gut sie's mit ihrer Stiefmutter meint.

»Wo ist er denn?« fragt die kleine Pauline. »Warum ist er noch nicht da? Er kann doch die Leute nicht warten lassen!«

»Ach Großmutter«, sagt Lif-die-Zweite traurig, »er ist doch tot.«

Da bricht die alte Frau in Tränen aus und schluchzt: »Mein Siegmund? Tot? Aber wie denn? Warum denn?«

Erst als die Blaskapelle zu spielen beginnt, beruhigt sie sich und vergißt. Jetzt hat sie die Pflicht, der Musik zuzuhören. ›Ich hatt' einen Kameraden‹ spielen sie. Dann spricht Hannes, der Ortsgruppenleiter, der mit Siegmund zur Schule ging. Er würdigt den Freund, daß die Tränen der Zuhörer nur so fließen. Ach ja, er war ein edler Mensch, den die schnöde Welt gar nicht verdient hat. Ein Ha-Jott-Chor singt: »Nun laßt die Fahnen fliegen in das große Morgenrot, das uns zu neuen Siegen leuchtet oder brennt zu Tod.«

Mitten im Allerfeierlichsten muß der Bürgermeister niesen, aber das tut der Trauerstimmung keinen Abbruch, man klammert dieses unpassende Geräusch einfach aus. Man hat ja auch genug zu begaffen. Die Witwe zum Beispiel, Elise Rotwengel, in stolzer Trauer. Sie weint nicht. Kerzengerade steht sie da, das Jüngste auf dem Arm, die übrigen Kinder, außer der Ältesten, um sich geschart. Wie ein Denkmal sieht das aus. Sie hat dafür gesorgt, daß Karl diesmal nicht anwesend ist. Diese Feier will sie nicht gestört haben. Die hat Siegmund verdient.

Sie wird doch gestört – von Pauline. Die ist so kindisch geworden, daß sie nach dem Ha-Jott-Lied laut zu rufen beginnt: »Siegmund, Siegmund, ja wo bist du denn?« Weil sie schon wieder vergessen hat, wo er ist, nämlich unter dem Rasen eines Stadtparks von Osipenko an der Schwarzmeerküste. Als Laura sie daran erinnert, fängt sie von neuem an, bitterlich zu weinen. Ihr Jüngster – tot? »Aber das kann doch gar nicht sein, er ist doch noch ein Kind!«

Nachdem die Hymnen abgesungen wurden, das Deutschlandlied und das Staadtlalied, und die Leute sich um Siegmunds Mutter drängen, um ihr die Hände zu drücken und ihr etwas Tröstliches zu sagen, weiß sie schon wieder nicht mehr, worum es geht.

Noch ein Jahr wird sie's machen, wird immer kleiner und kleiner werden, bis sie leise und ohne Aufsehen über Nacht wegsterben wird – rechtzeitig, wie man später erkennen kann. Sie wird keine Lücke hinterlassen. Nach ihr werden sich in Großvaters Korbsessel Lauras Bájazzen und Heilige räkeln.

Gleichsam über Nacht verschwinden die Landkarten und Fähnchen aus den Schaufenstern. Der totale Krieg wütet, Eichstädtler sterben weiter an den Fronten, die großen Städte im »Altreich« brennen und verwandeln sich in Ruinenfelder. Den Gemeinden im Adlergebirge werden Ausgebombte zugewiesen, überwiegend Frauen, Kinder und Alte. Das Staadtla, das nach dem Ersten Weltkrieg zusammenschrumpfte, schwillt jetzt wieder an. Die Schule kann die Kinder kaum mehr fassen. Als der zweite Lehrer einrücken muß, wird ein alter Ostpreuße nach Eichstädtl geschickt. Er war schon ein paar Jahre pensioniert, aber der totale Krieg holt die alten Lehrer aus ihrem Ruhestand zurück in die Schulen. Dem Oberlehrer a. D. Eschbach gefällt's im Adlergebirge. Er bringt sogar seine Frau mit. Zusammen bewohnen sie ein niedriges Holzgiebelstübchen. Eschbach war Offizier im Ersten Weltkrieg und hat ein steifes Bein zurückbehalten. Aber die Dachbodentreppe kommt er noch rauf und runter. Er nimmt's mit Humor, das alles, und die Kinder lieben ihn.

Man rückt zusammen im Dorf. Es gibt kaum mehr ein Haus, in dem nur eine einzige Familie wohnt. Zwei oder drei Familien kochen nacheinander auf dem Herd des Hauses. Man arrangiert sich. Es ist ja nur für kurze Zeit, bis der Krieg zu Ende ist.

Auch ehemalige Eichstädtler kehren für die Dauer des Krieges heim zu ihren Verwandten, ohne daß ein Heimatfest angesagt wäre. Im Adlergebirge fallen keine Bomben, keine Schüsse, und alles Senfbraune wird inzwischen nur halb so heiß gegessen, wie es gekocht wurde. Wenn's nur nicht so schwierig wäre, einander zu verstehen! Alle sprechen deutsch: die aus dem Staadtla, die aus dem Ruhrgebiet, die aus Berlin. Aber alle ein bißchen anders als die anderen. Man lernt. Man gewöhnt sich aneinander. Man fühlt sich geborgen. Und die Pietsch-Bäuerin schält für den französischen Kriegsgefangenen, der verschwitzt von ihren Feldern kommt, die Pellkartoffeln aus demselben Topf, aus dem sie auch die Pellkartoffeln für ihre eigene Familie schält. Als der Wachsoldat erscheint, um den Gefangenen ins Lager zu führen, lädt sie ihn mit größter Selbstverständlichkeit ein, bittschön, mitzuessen. Friedlich sitzt er neben dem Franzosen und läßt es sich schmecken: Pellkartoffeln, Butter und Quark. Und die Bäuerin schält und schält und legt – gerechter geht's nicht mehr! – mal dem Gefangenen, mal seinem Wächter einen Erdapfel auf den Teller, bis sie beide satt sind.

Aber nach dem Massaker von Lidice hören manche Adlergebirgler in schlaflosen Nächten fernes, klägliches Kinderweinen. Und die Asche aus den Schornsteinen von Auschwitz und Sobibor regnet auch hier herab, Asche der Rokitnitzer Juden zum Beispiel.

Doktor Heilbronns Asche und die seiner Frau? Nein, die ist nicht dabei. Die Heilbronns gingen in Theresienstadt zugrunde. Nur der Sohn konnte sich retten.

Ein Gerücht, so ungeheuer, daß man's kaum glauben kann, geht um: Eine Frau aus Lonsdorf hat es aus Sternberg mitgebracht. Dorthin war sie gefahren, um ihren geisteskranken Sohn aus dem Irrenhaus heimzuholen. Irr oder nicht – in solchen finsteren Zeiten hat man seine Kinder, auch wenn sie schon gestandene Mannsbilder sind, am liebsten bei sich.

Aber die Frau hatte ihren Sohn nicht mehr angetroffen. Er sei vor ein paar Tagen verstorben, wurde ihr mitgeteilt. Traurig. So etwas kann passieren: Nur: Die Frau begegnete in den Korridoren des Irrenhauses anderen Leuten, die auch ihre Angehörigen heimholen wollten und ebenfalls von deren plötzlichem Tod erfuhren. Diese Leute waren beunruhigt nach Sternberg gefahren, weil in ihrer Gegend erzählt worden war, man bringe jetzt alle unheilbaren Irren um, da sie bei der gegenwärtigen Lebensmittelknappheit unnütze Esser seien und für ein gesundes Volk wie das deutsche nur eine Last darstellten.

Die Frau, die an ihrem Sohn gehangen hatte, trotz seiner Mongolenaugen und seines Fischmundes, ging zur Polizei. Dort gab man ihr zu verstehen, sie täte gut daran, die Sache nicht an die große Glocke zu hängen, sonst könne ihr selbst allerlei Unangenehmes zustoßen.

Da ist die Frau weinend heimgefahren. Sie hat die Sache doch an die große Glocke gehängt, denn sie geht jetzt in den Dörfern herum und erzählt, was sie gesehen hat: daß die Säle im Irrenhaus bloß noch halb voll sind und in ein paar Wochen vielleicht ganz leer sein werden. Und sie bestellt beim Pfarrer eine Totenmesse für ihren Sohn und erzählt ihm und vielen anderen, was die auf der Polizeistation in Sternberg ihr geraten haben. Hannes, der Ortsgruppenleiter, nickt bekümmert, als ihm das Gerücht zu Ohren kommt. Er weiß mehr darüber, aber er schweigt. Und

Laura und die Verwandten von der Post sind froh, daß Karl damals nicht dort geblieben ist. Sonst wäre er jetzt auch –

Aber das kann man gar nicht zu Ende denken. Nicht einmal Elise denkt es zu Ende, obwohl sie sich die unerhörte Freiheit geleistet hat, das Mutterkreuz zurückzuweisen. Auch diese Auflehnung gegen das Regime hat Hannes heruntergespielt, so, daß sie für Elise ohne Folgen blieb.

Aber Lif-die-Zweite denkt es zu Ende, das mit den Irren und den Juden. Sie hat einmal zugesehen, wie junge Katzen in einem Sack ersäuft wurden. Ab und zu träumt sie noch immer davon. Nur sind jetzt Irre im Sack. Oder Juden. Nach solchen Träumen hat sie morgens Ränder unter den Augen.

Man mag kaum mehr Radio hören. Es ertönt so gar nichts Stolzmachendes mehr. Die Meldungen vom Tage handeln fast immer nur von siegreichen Rückzügen. Und der tägliche Gang des Postboten von Haus zu Haus gleicht immer mehr einer Flucht. Das Kriegerdenkmal wird nicht genug Platz haben für so viele Namen! Immer Ältere und immer Jüngere werden eingezogen, und jetzt haben die Russen schon Ostpreußen erreicht!

Ostpreußen ist fern vom Staadtla. Aber am Atlantikwall sind die Amerikaner gelandet. Man hat sie nicht ins Meer zurücktreiben können, und nun werden die Deutschen in die Zange genommen, Jesusmaria. Gott sei Dank liegt das Adlergebirge so ziemlich in der Mitte von beiden Fronten, also noch ganz im Geborgenen. Und die Leute hier haben ja noch den Muttergottesberg, auf den sie wallfahrten und die Jungfrau Maria um alles Nötige bitten können. Vor allem, daß Hitlers Wunderwaffen, von denen jetzt so viel geredet wird, bald eingesetzt werden, noch bevor mehr Eichstädtler Männer umkommen. Und noch bevor die Tschechen frech werden. Schon jetzt grinsen sie einen höhnisch an, wenn man sich in Jamnej oder Gabel sehen läßt!

Wie aber soll man sich zu solchen Witzen stellen, die jetzt überall hinter vorgehaltener Hand erzählt werden? Zum Beispiel dieser: Hitler, Göring und Goebbels sitzen in einem Boot. Das Boot geht unter. Wer wird gerettet? – Antwort: Deutschland.

Da sollen doch tatsächlich auch im Staadtla ein paar Leute dazu genickt haben! Auch Pachel Adolf. Er ist und bleibt halt ein Militärmensch und erkennt das Aussichtslose früher als Zivilisten. Laura, die ihm den Witz zugetragen hat, bekreuzigt sich und schaut sich erschrocken um. Aber da sind nur die Heiligen, und die nicken auch. Und niemand von ihnen hilft Adolf bei seinen En-Es-Vau-Rechnereien. Von dieser Art von Arbeit haben sie sich seit je distanziert.

Als Lif-die-Zweite im letzten Kriegssommer von einem Ernteeinsatz in Nordböhmen ins Staadtla zurückkehrt und, glücklich, wieder daheim zu sein, mit noch grünen Hopfenpflückerhänden am Teichufer sitzt, sich im Wasser spiegelt und versonnen den Wasserflöhen zuschaut, fällt ein Schatten über sie. Es ist Basil. Basil in Uniform.

Lif muß sich an diesen Anblick erst gewöhnen. Er hat keine Zivilkleidung, die er während seines Urlaubs tragen könnte. Er ist aus allem herausgewachsen, dort bei seiner Flak. Im Alter von zweiundzwanzig Jahren hat ihn ein verspäteter, aber heftiger Wachstumsschub bis auf einen Meter achtundneunzig Zentimeter in die Höhe getrieben. Jetzt ist er dreiundzwanzig.

Lif-die-Zweite muß sich zurücklehnen, wenn sie nicht nur seine Beine, sondern auch noch seinen Kopf unter der viel zu weiten Schirmmütze in ihren Blickwinkel bekommen will. Sein Gesicht verrät, daß sich an seiner Magerkeit nichts geändert hat. Seine Uniform schlägt tiefe Falten. Man könnte echte Zweifel bekommen, ob überhaupt ein Körper darunter ist.

Lif ist so überrascht, daß ihr nichts anderes zu sagen einfällt als »Heil Hitler!«

»Jesses«, antwortet Basil. »Hab ich dich so erschreckt?«

Er klappt seine langen Glieder zusammen und setzt sich neben sie. »Ich war so froh, daß mein Urlaub in die Schulferien fiel«, sagt er. »Aber als ich heimkam, hab ich erfahren müssen, daß du zum Hopfenpflücken in Nordböhmen bist. Jeden Tag bin ich hergekommen und hab nach dir Ausschau gehalten. Deine Mutter hat mir zwar gesagt, daß du heute kommst, aber du hättest auch schon früher zurückkehren können. Morgen ist mein Urlaub zu Ende.«

Lif-der-Zweiten zieht es das Herz zusammen. Da hat er drei kostbare Urlaubswochen auf sie gewartet, und jetzt muß er wieder fort! Was läßt sich da sagen? Sie sucht verzweifelt nach passenden Worten. Schließlich preßt sie mit zitternden Lippen heraus: »Und wie war der Niedergang des dritten Mondes?«

»Ach ja«, seufzt er, »der Niedergang des dritten Mondes.« Sie sieht, wie seine Uniform neue, tiefe Falten schlägt. Er lehnt sich zurück auf die Uferböschung, starrt in den Sommerhimmel und sagt: »Der Mond war also schon ganz nahe. Riesengroß hing er am Himmel und verbreitete Eiseskälte. Da hob sich das Meer wie eine Säule empor, umgab ihn und riß ihn mit sich nieder. Du kannst dir nicht vorstellen, wie das geplatscht hat. Nach allen Seiten sind die Wassermassen derart hoch in den Himmel gespritzt, daß sie vierzig Tage und Nächte brauchten, um wieder herabzuregnen.«

»Mein Cousin ist gefallen«, wirft Lif ein. »Vom Onkel Fritz der Ältere …«

Darauf weiß wiederum Basil nichts zu antworten, und so fährt er fort: »Es entstand eine riesig hohe Flutwelle nach allen Seiten. Der Wasserspiegel hob sich auf der ganzen Erde um etwa dreißig bis vierzig Meter an. Viele Inseln versanken, so auch die Insel Atlantis. Die ganze Erde geriet ins Schwanken, und sie schwankt noch bis auf den heutigen Tag wie ein Pendel!«

Lifs Herz schlägt zwar noch heftig, aber der Niedergang des dritten Mondes beginnt sie wieder in seinen Bann zu ziehen. »Und wo ist der Mond hingefallen?« will sie wissen.

»Dorthin, wo jetzt Australien ist«, antwortet Basil. »Australien ist der dritte Mond, allerdings breitgequetscht wie ein Kuhfladen. Beim Aufprall sind die Brocken nur so geflogen. Das sind die Inseln drumherum.«

Lif-die-Zweite schweigt nachdenklich.

»Natürlich«, schiebt Basil nach, »hat das wieder seine Wirkungen auf der anderen Erdseite gehabt. Die Erdteile Europa und Afrika wurden noch weiter von Amerika getrennt, und durch dieses Auseinanderklaffen entstand der Golfstrom. Leider kühlte dieser kalte, tote Mond die ganze Erde ab. Das kriegen wir noch heute zu spüren. Die Elefanten, Giraffen und Nilpferde haben sich dorthin zurückgezogen, wo's noch schön warm ist. Aber Bananen im Staadtla – das war einmal ...«

Lif-die-Zweite braucht nicht nach dem Schicksal der Menschen zu fragen, die Zeitgenossen des Niedergangs des dritten Mondes gewesen sind. In der Biblischen Geschichte, Vaters Buch aus seiner Kindheit, gibt es schreckliche Bilder zu betrachten, auf denen sich Menschen vor der Sintflut zu retten versuchen, sich an Ufergebüsch klammern, auf Floßresten dahintreiben, sich auf immer kleiner werdenden Inseln zusammendrängen. Unzählige Ertrunkene, Menschen und Tiere, driften in den Strömen, Wälder und Weiden versinken im Meer ...

Lif hört Basil wie in weiter Ferne sagen: »Wenn wir den Krieg verlieren würden – was unvorstellbar ist und gewiß auch nie geschieht, denn Hitler ist ja da, und ihm kann sowas nie zustoßen! –, dann wäre diese Katastrophe nur eine Lächerlichkeit, kaum erwähnenswert, verglichen mit den Schrecken der Sintflut!«

»Karl hat gesagt«, antwortet sie, »er sieht uns alle aus dem Staadtla fortwandern.«

Eine lange Pause entsteht. Dann versucht er sie zu küssen, aber sie weicht erschrocken zurück, und seine Uniformmütze rollt ins Wasser. Gemeinsam fischen sie sie wieder heraus und stoßen dabei mit den Köpfen zusammen. Dann ruft die Mutter von drüben aus dem Fenster. Lif muß gehen. Er begleitet sie bis zum Haus. Unterwegs sprechen sie fast nichts. Nur einmal sagt er: »Schade, daß du noch so ein Kind bist« und bindet ihr den Schnürsenkel, den sie nachschleift. Sie zeigt ihm ein Nest mit halbflüggen Amseln im Holunderstrauch am Teichdamm.

»Und wenn du fällst?« fragt sie plötzlich und starrt ihn mit erschrockenen Augen an. Er zuckt die Achseln.

Als sie bereits ganz nahe am Haus sind und Lifs kleine Geschwister neugierig herüberschauen, flüstert Basil Lif hastig zu: »Wenn es so kommen sollte, wie Karl gesagt hat, und wir uns aus den Augen verlieren, treffen wir uns nach dem Krieg bei den Birken am Feldweg, du weißt schon wo. Hörst du?«

»Und wenn die Birken dann nicht mehr da sind?« fragt sie bang.

»Dann wird es dort sehr kahl sein. Da sieht man sich noch viel besser.«

»Aber wenn es dort so kahl ist, daß man gar nicht mehr erkennen kann, wo die Birken gestanden haben?«

»Ersatztreffpunkt Teich«, sagt Basil, jetzt ganz Soldat. »Auch wenn der ausgetrocknet sein sollte, sieht man doch noch die Dämme.«

»Und wenn der letzte Mond bis dahin aufs Adlergebirge niedergeht?« fragt Lif in Panik.

»Dann«, sagt Basil, »sind wir auch nicht mehr da.« Er schneuzt sich, küßt Lif rasch auf den Scheitel, den ihr die Mutter begradigt hat, und wendet sich zum Gehen.

»Aber wenn wir noch leben – an welchem Tag treffen wir uns und um wieviel Uhr?« fragt sie hastig.

»Auf Uhren ist kein Verlaß in solchen Zeiten«, antwortet er ruhig. »Vielleicht haben wir auch keine Uhren mehr.« Und er flüstert: »Jeden Sonntag, wenn die Sonne untergeht.«

Lif-die-Zweite schaut ihm nach, wie er den Feldweg

lang und dünn entlangwandert, an der Birkengruppe vorbei, und immer dünner wird. Aber jetzt ruft die Mutter schon ziemlich energisch aus dem Haus. Lif läuft und tritt in Flottls Hundehaufen. Sie wischt ihren bloßen Fuß im Gras ab. Als sie ein letztes Mal zu den Birken hinüberschaut, ist von Basil schon nichts mehr zu sehen.

Am nächsten Morgen geht sie mit dem Rucksack ins Staadtla einkaufen, klopft bei Basils Tante. Vielleicht ist Basil noch da? Die Tante hört nichts, Lif muß die Klinke niederdrücken und unaufgefordert hineingehen. Sie wundert sich: Wie kann sich Basil bei seiner Länge in diesen niedrigen Räumen bewegen?

Basil ist schon weg. Die Tante sitzt einsam in der Wohnstube und stopft Männersocken. Sie erschrickt, als sie aufschaut und Lif-die-Zweite erkennt. Und schon beginnt sie zu jammern: »Er hat die Socken vergessen! Was wird das jetzt geben! Die Füße wird er sich erfrieren, wo er doch wieder an die Front muß! Nur *ein* Paar Socken hat er mit – nichts zum Wechseln! Und wenn's ihn trifft – die können ihn doch nicht mit schmutzigen Socken begraben, Heilige Maria, Mutter Gottes!«

Lif erfährt nur so viel, daß Basils Einheit aus Norwegen in die Normandie verlegt wurde. Dort geht es jetzt heiß her. »Ach, der Junge«, heult die Tante, »er wird nicht wiederkommen, er ist zu groß für den Krieg, man sieht ihn doch schon von weitem! Sie hätten ihn in Norwegen nachts nicht Wache schieben lassen dürfen, wo der Mond dort doch angeblich näher an der Erde ist als hier. Er ist so mondsüchtig! Wenn er den Mond sieht, zieht's ihn richtig zu ihm hin. Da vergißt er alles und starrt nur hinauf. Sicher ist es *davon* gekommen. Nein, sooo groß! Der zieht die Kugeln an. Aber das sag' ich dir, Mädel: Wenn die Generäle ihre Soldaten selber großziehen müßten, wenn sie sie windeln, füttern, schneuzen müßten, würden sie sparsamer mit ihnen umgehen!«

Lif rät der alten Frau, dem Basil die Socken nachzuschicken. Aber die schüttelt den Kopf: Die Fronten würden jetzt so schnell wandern, daß die dortigen Briefträger bald gar nicht mehr wüßten, welche Päckchen hüben und welche drüben hingehörten. Da könnt's ja noch passieren, daß Basils Socken an den Füßen eines Feindes landen!

Lif gibt es auf, die alte Frau zu beruhigen. Sie läßt sich nur noch von ihr Basils Adresse geben und trabt dann weiter zu Karls Kammer.

Und dann fängt das neue Schuljahr wieder an, vor dem ihr graut. Auf den abgeernteten Feldern riecht es nach Erdäpfelkrautfeuern, die Ebereschen leuchten rot aus dem Laub, aber sie muß auf den Dichtenauer Bahnhof, es hilft alles nichts. Wäre sie ein Junge, könnte sie jetzt schon an die Front. Immerhin ist sie sechzehneinhalb. Sechzehnjährige werden jetzt schon genommen. Dann bekäme sie die große weite Welt zu sehen. Norwegen. Rußland. Die Normandie.

Als sie in der nächsten Geographiestunde, die sich mit dem Erdteil Australien beschäftigt, Basils Theorie über die Entstehung dieses Kontinents darlegt, löst sie einen Heiterkeitssturm aus. Der alte Lehrer kann sich gar nicht wieder beruhigen. So, der dritte Mond ist dort eingeschlagen und, flach wie ein Kuhfladen, als Australien liegengeblieben? Und er habe die Sintflut ausgelöst? Erzählt man sich das dort oben bei euch in den Dörfern so? Er nennt Lif »unser lieber dritter Mond«. Die Klasse wiehert. Den Spitznamen wird Lif behalten.

Sie weint vor Scham und Wut, stürmt aus der Schule in ihr Zimmer und steckt Basils Brief in das Herdfeuer ihrer Gasteltern. Dann schreibt sie an Basil, aber ihr Brief enthält nur einen einzigen Satz: *Basil, es ist alles ganz anders!*

Diesen Brief erhält sie nach einem knappen Monat zurück. Aus einem Vermerk auf dem Umschlag entnimmt sie, daß Basil in Gefangenschaft geraten ist.

Im Staadtla wird es noch voller: Baltendeutsche, Ostpreußen, Pommern werden zwangseinquartiert. Bei ihnen daheim ist jetzt schon der Russe. Eine Stadt nach der anderen geht verloren. Die Nachrichten melden Greueltaten der russischen »Soldateska«. Aber solange sie anderswo stattfinden – nicht im Adlergebirge, nicht im Staadtla – ist die Welt wenigstens noch einigermaßen in Ordnung. Und hat nicht auf einer Séance in Leitomischl eine verstorbene Gräfin über ein Medium laut und deutlich prophezeit, Hitler werde im letzten Augenblick eine Waffe zum Einsatz bringen, die innerhalb einer Stunde alle Feindesländer in Aschenwüsten und Friedhöfe verwandelt?

Im Protektorat, so munkelt man, machen jetzt tschechische Partisanen den deutschen Besatzern ganz schön zu schaffen. Und in einem Güterzug, der aus dem Tschechischen kommt, entdeckt man einen englischen Spion, der unter einer Schicht Kohle halb erstarrt ist. In Eichstädtl soll er verhört werden. Aber der Kerl spricht kein Deutsch. Da muß der Gastwirt Malzinger her, der ein paar Jahre in den Staaten gelebt und dort Schnaps gebrannt hat. In der Prohibitionszeit. Er ist ein honoriger Bürger, der nicht nur mit seinen Englischkenntnissen aushilft, sondern auch dem armen Teufel, den sie sicher erschießen werden, einen Teller mit Geselchtem und Sauerkraut hinstellt. Das gehört sich so, findet er. Man soll den Eichstädtlern nicht nachsagen können, sie hätten jemanden hungern lassen. Nicht einmal Feinde. Nicht einmal Spione.

Und schon rücken die Russen in Schlesien ein. Breslau wird eingeschlossen, Oppeln brennt, bei Windstille hört man auf den Kressenwiesen schon fernen Geschützdonner. Lif-die-Zweite kommt aus Mährisch-Schönberg heim – mitten in der Woche. Die Schulen wurden geschlossen, die Schüler heimgeschickt. Flüchtlingstrecks ziehen durch. An den Dorfausgängen legen Volkssturmleute – halbwüchsige Jungen und alte Männer – auf Befehl der Grulicher Kreisleitung Panzersperren an. Alte Frontkämpfer aus dem Ersten Weltkrieg schütteln nur die Köpfe. Längst haben die Bauern ihre Kriegsgefangenen wieder hergeben müssen. Elises ukrainische Magd wird zusehends fröhlicher. Es scheint, als ob sie heimlich die Tage zählt.

Es gibt tatsächlich Leute, die schon damit anfangen, ihre silbernen Schöpfkellen, ihre Nippesfiguren und ihr Bargeld zu vergraben. Laura und Adolf verstecken einen riesengroßen Tontopf voll Honig im Heu auf dem Dachboden, und Lifs Mutter, Elise, läßt einen Krug voll Butterschmalz, insektendicht zugedeckt, im Komposthaufen verschwinden.

Eines späten Nachmittags erreicht ein langer, müder Zug von Häftlingen den Ort, Männer und Frauen, alle in gestreiften Kleidern mit großen Nummern auf den Rücken, alle halbverhungert – und streng bewacht. Die Eichstädtler erfahren nichts Genaues: Sind es Insassen eines Gefängnisses? Sind es Häftlinge aus einem der Judenlager im Osten? Jedenfalls wurden sie fortgetrieben, als die Front näher rückte. Den Russen will man sie nicht überlassen, das auf keinen Fall, denn das käme ja einer Befreiung gleich. Der Bürgermeister läßt zwei Scheunen mit Stroh für die Übernachtung auslegen. Frauen tragen volle Suppentöpfe und Schüsseln, gefüllt mit gekochten Erdäpfeln, in die Scheunen. Als sie wieder herauskommen, schütteln sie sich. Was für ein Elend. Da hat eine Gefangene, die sich Rachel nannte, einer Eichstädtler Bäuerin ein Stück Papier zugesteckt, auf dem ein paar mit stumpfem Bleistift geschriebene Zeilen stehen. Die Bäuerin möge doch bitte diesen Brief ihrer Tochter zukommen lassen. Die sei erst zwölf Jahre alt. Bitte, bitte! Aber die Zeilen sind in einer fremden Sprache geschrieben, und es steht auch keine Adresse darauf. Als die Bäuerin am nächsten Morgen noch einmal in die Scheune geht, um nachzufragen, sind sie schon weitergezogen. Drei Tote haben sie im Stroh zurückgelassen. Einen vierten Toten finden die Ottersdorfer Schulkinder im Straßengraben. Er ist barfuß, obwohl es schneit.

Die Gestreiften werden die Serpentinen zur Grenze hinaufgeprügelt. Langsam schleppen sie sich dahin, angetrieben von ihren Bewachern. Die stärksten unter ihnen stützen andere, die sich nicht mehr allein auf den Beinen halten können.

Seit sie aus den Eichstädtler Scheunen aufgebrochen sind, ist einer unter ihnen, der keine gestreifte Kleidung trägt, ein Großer mit weißem Haar und buschigem Schnauzbart. Er ist der einzige im Zug, der gut genährt aussieht. Aber er kommt nicht schneller vorwärts als die anderen, weil er schon so alt ist. Er ist sicher schon achtzig, wenn nicht mehr. Durch den Flockenwirbel schlurft er dahin, schiebt sich von Häftling zu Häftling und fragt unaufhörlich: »Isidor? Bist du da, Isidor?« Aber niemand gibt ihm Antwort. Ein Isidor scheint nicht dabeizusein.

Es ist ein langer Weg bis zur ehemaligen Grenze hinauf, wenn man die Serpentinen ausgeht. Vor allem für einen so alten Mann. Die Schulkinder bleiben stehen und gaffen. Sie zucken zusammen, als ein Bewacher seinen Gewehrkolben einem jungen Mann, dessen Gesicht dem eines Totenkopfes ähnelt, über den Rücken schlägt. Und sie wundern sich über den einen Nichtgestreiften unter den Gestreiften. Sieht der nicht ein bißchen aus wie der Rotwengel Karl aus dem Staadtla? Aber in diesem dichten Flockentreiben kann man sich irren. Was sollte denn auch der Karl zwischen den Häftlingen?

Er ist es. Die Kleidung der Häftlinge hat ihn an die Insassen des Irrenhauses erinnert, in das er vor langer, langer Zeit auf seiner dritten Flucht hineingeriet und in ihm Isidor wiederfand. Da hat ihn noch einmal die große Sehnsucht nach Isidor gepackt. Er ist fest entschlossen, ihn zu finden. Deshalb fragt er sich durch vom Ende des

Zuges bis ganz nach vorn, und von vorn wieder bis hinten. Isidor *muß* dabei sein! Wo sonst als in diesem Zug könnte er sich aufhalten?

Auf der vorletzten Serpentine wendet sich Karl an den Bewacher, der mit hochgeschlagenem Uniformkragen hinter dem Zug herstapft und den Langsamsten Beine macht. Dem ist alles egal. Er hat das Pack zu bewachen und dafür zu sorgen, daß es nordwärts über diesen Berg kommt. Auf der anderen Seite im Tal soll eine Stadt namens Mittelwalde liegen. Dort soll der ganze Zug in Viehwaggons verladen werden – oder besser gesagt, was davon noch übrig ist. Mitleid? Das hat er sich längst abgewöhnt. Wo käme man mit seinen Nerven hin, wenn man diese Gestalten als Menschen betrachten wollte? Abschaum ist das, sonst nichts.

Da schlurft der Karl an seine Seite und fragt: »Isidor?«

Der Bewacher haut ihm mit seinem Gewehrkolben über den Kopf, daß ihm das Blut aus einer Platzwunde über das Gesicht sickert. Er taumelt aus der Reihe heraus, aber der Bewacher stößt ihn wieder in die Herde hinein und tritt ihm in die Kniekehlen, daß Karl stolpert und hinschlägt. Die anderen Häftlinge zerren ihn mühsam hoch. Denn wer liegenbleibt, ist verloren. Sie kennen ihn zwar nicht, diesen neuen Alten. Aber da er mit im Zug geht, ist er einer der Ihren.

Als sie oben am Steinscholzen ankommen, bricht die Sonne durch. Es hört auf zu schneien, und der frischgefallene Schnee schmilzt dahin. Es ist ja auch schon bald Ostern. Vorfrühlingszeit.

Der Wirt des Steinscholzen steht vor seiner Haustür und sieht den Zug kommen, sieht ihn an sich vorbeiziehen. So würde er nicht einmal Vieh zum Abdecker treiben. Von den Letzten werden einige nicht im Tal ankommen, darauf würde er wetten.

Da streift sein Blick den Weißhaarigen, dem das Blut übers Gesicht rinnt. Das ist doch der Rotwengel Karl aus dem Staadtla, der Trottel! Was hat der in diesem Zug zu suchen? Er macht dem nächsten Bewacher Zeichen, zeigt auf Karl. Der Zug hält an.

Es kostet ihn große Mühe, dem Transportleiter den Karl abzuschwatzen. Aber es hört sich überzeugend an, daß dies ein Dorftrottel ist, der nur durch seine Blödheit in den Zug geriet und mitlatschte. Und so alt und angeschlagen, wie der ist – der krepiert ihnen auf dem Weg ins Tal sowieso. Also brüllt man die entsprechenden Befehle. Karl wird aus den Reihen gezerrt und auf den Steinscholzenwirt zugeschubst. Dann setzt sich der Zug wieder in Bewegung und stolpert hangabwärts, verschwindet im Nebel, der aus den Tälern heraufsteigt. Der hinterste Bewacher teilt Schläge aus. Eine Gestalt bricht zusammen, kriegt noch mit dem Kolben eins über, daß man den Schädelknochen krachen hört, und bleibt liegen. Wenn sich der Nebel wieder hebt, am Nachmittag, werden Leute aus Steinbach die tote Frau finden und auf dem Friedhof neben der Kirche begraben.

Der Wirt hat die größte Mühe, Karl festzuhalten, denn der strebt dem Zug nach. »Ich will mit, Isidor, ich will mit!« greint er. Der Wirt packt ihn an den Schultern und schiebt ihn vor sich her auf das Haus zu. Er ist auch nicht mehr der Jüngste und einen Kopf kleiner als Karl. Es gibt ein Gerangel. Aber schließlich hat er ihn doch in der Küche.

»Heilige Maria!« schreit die Wirtin, die gerade in dampfender Wurstsuppe vom schwarz geschlachteten Schwein rührt. Und sie drückt Karl, der hier in Duft und Dampf vergißt, was er vorhatte, auf einen Stuhl, wischt ihm das Blut ab, verbindet ihm den Kopf und setzt ihm einen Teller Wurstsuppe vor. Da schlürft Karl und grunzt und wird wieder warm. Am Nachmittag bringt ihn der Wirt hinunter zu Laura und erhält zum Dank ein großes Glas Honig.

»Es ist ein Kreuz mit ihm«, jammert Laura.

Dann kommt Ostern. Der letzte Schnee schmilzt, die Sonne legt sich auf die Hänge, die Kreuzottern kriechen aus ihren Winterverstecken und wärmen sich auf Steinhaufen an den Feldrainen und Waldrändern. Die Kinder, die Ostereier suchen, erschrecken vor ihnen. Wie jedes Jahr um diese Zeit, fliegen die Glocken nach Rom und läuten erst wieder am Ostersonntag die Eichstädtler zusammen.

Eigentlich ist alles so wie immer, wenn man nicht an den Frontverlauf und die vielen toten Soldaten denkt. Nur ist die Kirche gerammelt voll, so voll wie nie. Auch Evangelische sind mit drin, und es wird so heftig gebetet, daß ein richtiger Luftzug zwischen Staadtla und Himmel entsteht, der den Tauben auf dem Kirchensims die Schenkeldaunen aufplustert.

Lauras Röcke knistern. Funken stieben. Laura hat den Höhepunkt ihrer Frömmigkeit erreicht, frommer geht's nicht. Während der ganzen Karwoche hat sie mit gefalteten Füßen geschlafen.

Die Eichstädtlerinnen haben aus lange gesparten Zutaten Biskuit-Osterlämmer gebacken – für die eigenen Familien wie auch für die, die der Krieg unter ihr Dach geweht hat. Es wird schon alles irgendwie gut ausgehen, man hat ja bereut, gebeichtet, drei Rosenkränze als Buße gebetet. Und im Sommer war man auf dem Muttergottesberg. So viel guter Wille kann doch nicht ins Nichts verpuffen! Für so viel edlen Eifer ist Gott uns, bittschön, einen glimpflichen Kriegsausgang schuldig, wenn's denn schon kein glorioser Sieg sein darf!

Kurz gesagt, es wird noch einmal ein Osterfest, das sich so gibt wie früher. Friede und Hoffnung, Christ ist erstanden, halleluja. Aber unter dem heiter-geselligen Schein, unter Sonne und Glockengeläut wabert die nackte Angst.

Die einzige im Ort, die nüchtern ins Auge faßt, was demnächst wahrscheinlich passieren wird, ist die Witwe Elise Rotwengel. Sie läßt auf alle Fälle den kleinen Handwagen beim Wagner überholen und gut schmieren und packt ihre nötigsten Papiere und das Familien-Fotoalbum in einen kleinen Koffer. Sie sortiert auch die Kinderkleider in Allernötigstes und Nichtallernötigstes. Aber davon erzählt sie noch niemandem, nicht einmal ihrer ältesten Tochter Lif, die gerade siebzehn Jahre alt geworden ist. Die trägt noch Zöpfe. Aber daß sie kein Kind mehr ist, das sieht man. Das würde auch ein Russe sehen. Elise geht durchs Haus und überlegt sich Verstecke.

In diesen Tagen tauchen zwei junge Eichstädtler im Ort auf, die man an der Front glaubte. Sie begrüßen ihre Mutter, eine Witwe, stürmisch und ziehen ihre Uniformen aus. Haben sie Urlaub? Aber es herrscht absolute Urlaubssperre! Und dann sind sie wie vom Erdboden verschluckt, die Brüder. Wenn man die Mutter fragt, wo ihre Söhne seien, zuckt sie mit den Schultern: Sie haben wieder zu ihren Einheiten gehen müssen, mitten in der Nacht. Aber sie bettelt bei allen Bauern um Erdäpfel, schlachtet alle paar Tage einen ihrer Stallhasen und wird doch von Tag zu Tag magerer. Wie ist das zu erklären?

Die Flüchtlingsströme reißen nicht mehr ab. Der Kanonendonner wird lauter und lauter, die Russen sind schon tief in Schlesien. Sie haben Wien besetzt, in Berlin wird um jedes Haus gekämpft, die Amerikaner haben den Rhein überschritten und sind dabei, Bayern zu erobern. Alte Männer und Fünfzehnjährige sollen die Feinde aufhalten. Goebbels hält so flammende Ansprachen, daß sein Speichel aus den Volksempfängern sprüht.

An einem der ersten Maitage tönt tragische Musik aus den Radios, um die Hörer einzustimmen auf den Weltuntergang: Hitler ist tot.

Elise durchdenkt nüchtern die Konsequenzen dieser Nachricht, während Lif-die-Zweite herzzerbrechend weint. Sie kann sich Deutschland, sie kann sich die Welt ohne den »Führer« nicht vorstellen. Für sie ist sein Tod der Weltuntergang.

Aber sie kann sich ihrem Schmerz nicht ungestört hingeben, denn die Mutter schickt sie hinauf auf den Dachboden, um die vielen Zeitungen, Zeitschriften und Flugblätter herunterzuräumen, die sich im Lauf der Hitlerzeit dort oben, sauber gestapelt, angesammelt haben. All das ist bedruckt mit Hakenkreuzen. Vor allem auf den Titelseiten prangen sie fett.

Gleich neben dem Aborthäuschen wirft Elise alles auf einen Haufen, auch Hitlers ›Mein Kampf‹, auch verfängliche Fotos mit Armbinden und Uniformen, und zündet ihn an. Er brennt lichterloh. Der Rauch zieht über die Kressenwiese, der Wind dreht sich, die Asche regnet über dem ganzen großen Garten nieder. In der Nacht fegt ein Sturm über das Adlergebirge. Bis zum nächsten Morgen ist alle Asche fortgewirbelt. Nur die Hakenkreuze, unzählige kleine und große, sind liegengeblieben. Sie waren zu schwer.

Elise läßt alle sechs Kinder sammeln. Hakenkreuze aufsammeln kann auch schon der jüngste Rotwengel, vier Jahre alt. Sein Körbchen ist bald voll. Stolz zeigt er es der Mutter. Die läßt alle Körbe in den Teich leeren. Die Hakenkreuze sind schwer, also werden sie untergehen und tief in den Schlamm hinabsinken. Die Kinder sammeln den ganzen Tag. Dann ist der Zwei-Hektar-Garten enthakenkreuzt.

Am Morgen danach kommen die Kinder zur Mutter gelaufen und melden Schlimmes: Alle Hakenkreuze sind aus dem Schlamm wieder hochgekommen und treiben jetzt, deutlich sichtbar, auf dem Teich! Elise versucht, mit dem Rechen ans Ufer zu ziehen, was sich erreichen läßt. Viel ist es nicht. Und der Wind hilft ihr nicht, treibt die Wellen nicht gegen die Dämme. Es herrscht Windstille.

Die Ruhe vor dem Sturm.

20. Kapitel

In dem man Zucker auf den Wiesen findet, die Wälder voller Mädchen sind, Lauras Heilige zu Pfingsten die Flucht ergreifen und die Eichstädtler ihnen nachwandern müssen

An einem strahlendschönen Maitag ist der Krieg zu Ende. Man kann's kaum glauben: Schluß mit dem Morden! Wer bis jetzt noch nicht getötet wurde, darf also weiterleben, halleluja! Keine Bomben werden mehr fallen, keine Geschütze mehr Eisen speien, die Männer, Söhne, Väter werden heimkehren, es wird wieder genug zu essen geben, die senfbraune Farbe samt den Hakenkreuzfahnen wird verschwinden – und alles, alles wird wieder so wie früher werden. Wie in der guten alten Zeit.

Bis dahin sind nur noch einige kleinere Schwierigkeiten zu bewältigen: die flüchtende deutsche Armee, die ausgerechnet vor dem Staadtla ihren Kriegsmüll abwerfen wird; die russischen Sieger, von denen sich das Staadtla notgedrungen besetzen lassen muß; und die Tschechen, die jetzt, nach allem, sicher den großen Zámpano spielen und ihr Mütchen an den Deutschen kühlen werden. Aber die Adlergebirgler – und mit ihnen die Eichstädtler – sehen keinen Anlaß, sich schuldig zu fühlen. Wenn jemand die Tschechen – wenn überhaupt – kujoniert hat, sind's die »Altreicher« gewesen, die »Reichsdeutschen«, die Zugereisten, die Hundertfünfzigprozentigen von jenseits der Grenze. Mit denen möchte man jetzt nichts mehr zu tun gehabt haben.

Im übrigen haben die Adlergebirgler bis jetzt Sintflut, Schweden und Cholera überstanden. Sie werden auch die gegenwärtigen Plagen überstehen.

Es gibt viel zu sehen in diesen Tagen. Man muß nur

achtgeben, daß man nicht unversehens in den Strudel hineingerät. Mit Geschützen und Lastwagen, Pferdefuhrwerken und Motorrädern fluten die deutschen Soldaten von Grulich her nach Westen. Die Landstraßen sind zu eng für solch regen Verkehr, denn da ziehen ja auch noch Flüchtlingstrecks westwärts, endlose Planwagenreihen, und immer wieder tauchen dazwischen Personenautos auf, gesteuert von Männern in Zivilkleidung, die noch bis zum Vortag senfbraun uniformiert gingen: Ortsgruppenleiter, SA-Führer, Parteibonzen, die sich jetzt unsichtbar zu machen versuchen. Die die ratlosen Einwohner ihrer Städte und Dörfer im Stich gelassen haben und mit ihren Familien das Weite suchen.

Die Flut ergießt sich über die Felder, brandet hinauf ins Adlergebirge, wo die Russen noch nicht so schnell hinkommen werden. Denn diese Höhen zwischen Böhmen und Deutschland haben keine strategische Bedeutung. Dort gibt es auch nichts zu holen, denn dort sind nur endlose Wälder wie die Suchei und armselige Dörfer mit ein paar Erdäpfel-, Roggen- und Flachsfeldern.

Nur nicht in russische Gefangenschaft geraten! Die deutschen Landser werfen ihre Waffen weg, lassen ihre Geschütze am Straßenrand stehen, spannen die Pferde aus, schwingen sich auf sie, galoppieren davon. Ganze Schreibstuben kippen sie in die Straßengräben, hocken sich auf die leeren Wagen, hoffen so, schneller fortzukommen. Sie lenken Proviantwagen querfeldein, um Strecken abzukürzen, bleiben in den sumpfigen Kressenwiesen stecken, werfen Reis- und Zuckertüten, Mehl- und Linsensäcke, Speckseiten, Geselchtes, Brote und Speiseölkanister ab. Unnötiger Ballast. Sie lassen die Wagen stehen, fliehen zu Fuß, versuchen, in den Dörfern Fahrräder zu ergattern. Auch Siegmunds klappriges Rad ist plötzlich verschwunden. Eben lehnte es noch an der Schuppenwand!

Die ganze Landschaft zwischen Dichtenau und Eichstädtl ist übersät von begehrenswerten Dingen, die man nach sechs Kriegsjahren so dringend brauchen könnte. Da liegen Koffer, gefüllt mit Flüchtlingshabe, das Notwendigste vom Notwendigen, zusammengerafft in aller Eile vor der Flucht. Aber auch Koffer voll Raubgut aus Rußland, Skandinavien, Frankreich sind darunter, Flaschen edelsten Champagners, Käselaibe, Kaviardosen, feinste Wollstoffe, Damenhandtaschen, Reitstiefel. Hier liegt eine Puppe, dort ein Teddybär, drüben ein Kinderwagen, dem ein Rad fehlt. Und mitten in diesem Chaos schnuppert ein winselnder Hund einer Spur nach.

Dieser Spuk dauert nur einen reichlichen halben Tag. Dann herrscht erneut Ruhe. Aber man traut ihr nicht. Sie kann jederzeit zu Ende sein. Man wagt nicht, auf die Kressenwiesen und die Hänge des Adamsberges hinauszulaufen und heimzuschleppen, was das Füllhorn des Krieges dort so verschwenderisch ausgestreut hat. Denn jederzeit kann der erste Russe auftauchen. Rauchschwaden am östlichen Himmel lassen die Nähe der Sieger ahnen. Vor lauter Qualm kann man den Muttergottesberg nicht mehr sehen, Jesusmaria!

Ein junger deutscher Soldat, ein halbes Kind noch, sitzt auf der Wiese und weint. Die Wiese ist naß, sie durchnäßt seinen Hosenboden. Der Junge versteht die Welt nicht mehr. Zwei mal zwei ist nicht mehr vier, und die schützende Herde, seine Kompanie, ist ihm irgendwie abhanden gekommen. Überhaupt nichts Feldgraues ist mehr zu sehen. Das ganze deutsche Heer – wie weggeblasen! Nach Westen, nach Westen, haben alle gerufen. Aber jetzt steht die Sonne hoch am Himmel, es ist Mittag. Wo ist da Westen? Und dieser Bub hat noch den Stahlhelm auf dem Kopf, noch das Gewehr auf dem Schoß. Er hat nicht mitgekriegt, daß ihn nur noch Zivilkleider retten könnten vor dem, was ihm droht. Ein Königreich für eine Männerhose, ein noch so altes Männerhemd! Er läßt die kostbare Zeit verstreichen, betet ein Kindergebet, sehnt sich nach seiner Mutter und leckt Zucker, der aus einem geplatzten Sack in breiter Spur über die Wiese gerieselt ist. Süßes beruhigt die Nerven.

Nein, die halbwüchsigen Jungen und alten Männer schließen die Panzersperren an den Dorfeingängen nicht. Die Jungen täten es gern, sie wissen, was Helden zu tun haben. Aber die Alten verbieten es ihnen. Jetzt ist Heldentum nicht mehr gefragt, jetzt geht's ums pure Überleben. Sie weisen die Frauen an, Bettlaken aus den Fenstern zu hängen. Bettlaken sind weiß. Das ist die Farbe, die Verlierern ansteht. Und die Mütter im Staadtla schicken ihre Töchter in die Wälder des Mühlbergs und Galgenbergs, wohl versehen mit Wolldecken, Krautbuchteln und Butterbroten.

Warum aber verläßt der alte ostpreußische Lehrer ausgerechnet jetzt mit seiner Frau das Stübchen, in dem sie bisher gelebt haben, und geht mit ihr Hand in Hand hinaus in die Felder? Ist so ein Tag etwa geeignet für Spaziergänge ins Grüne? Merkwürdig: Er trägt einen Revolver in seiner Jackentasche, und sie weiß das. Außer diesem Revolver haben sie nichts bei sich, nicht einmal einen Schirm, falls sie in einen plötzlichen Guß geraten sollten.

Als die Russen dann ins Dorf einziehen, ist man erstaunt. Ihre Gesichter könnten genausogut auch Deutschen gehören. Nur ihre Uniform und ihre Sprache sind anders. Sie lachen und lärmen und stürmen in die Häuser, ohne anzuklopfen, wie das Eroberer eben so an sich haben. Aber sie lassen sich nicht mit einer Schüssel voll eingemachter Erdbeeren – das Beste vom Besten aus dem Vorratsregal – handzahm machen. Sie fordern Uhren und Frauen. Manche von ihnen tragen Herren- und Damenarmbanduhren dutzendweise ums Handgelenk. Siegerwährung.

Auch Karls Kammertür wird aufgerissen. Ein junger Georgier herrscht Karl an: »Uri, Uri!« Aber Karl hat keine Uhr. Er hat noch nie eine Uhr besessen. Der Russe erkennt, daß hier nichts zu holen ist, er stürzt wieder hinaus und woanders hinein. Wenn ihm seine Kameraden nur nicht zuvorkommen!

Die Russen machen sich nicht die Mühe, sich darüber zu wundern, daß dieser Ort keine weiblichen Einwohner zwischen fünfzehn und fünfunddreißig Jahren zu haben scheint. Sie sind auch mit älteren Frauen zufrieden. Aber Frauen brauchen sie, der Krieg war lang und hart, und jetzt ist endlich Gelegenheit, sich zu holen, was der Mann braucht, aber so lange entbehrt hat. Warum so ein Geschrei? Der Mensch ist auch Tier, der Deutsche wie der Russe, der Mann wie die Frau. Und als dieses Bedürfnis abgehakt ist, bekommen sie Hunger und lassen sich Eier in die Pfanne schlagen. Natürlich, alle sollen mitessen, auch die Deutschen. Und einer läßt einen kleinen Eichstädtler auf den Knien reiten.

Auch in Lauras und Adolfs Haus tummeln sich Russen. Laura hat eine Schüssel voll Honig auf den Küchentisch gestellt. Ja, auch für Russen ist Honig unwiderstehlich, er schmeckt nach daheim und nach Frieden. Tief tunken sie ihre Finger in die Schüssel. Trotzdem nehmen sie alle Uhren mit, auch Großvater Julians silberne Taschenuhr. Heilige Muttergottes! Laura tränt. Adolf, dem alten Soldaten, sträubt sich in ohnmächtiger Wut der Schnurrbart. Und ein Gefreiter aus Leningrad rafft einen Arm voll Bájazzen vom Kanapee.

Laura kann Slowakisch, das ist dem Russischen ähnlich. Ob er die Bájazzen für seine Kinder haben will? fragt sie ihn, um Menschliches anzusprechen. Er nickt und grinst, und sie erfährt, daß er nur noch ein einziges hat. Die drei anderen und seine Frau seien während der deutschen Belagerung verhungert. Laura schluckt. Die schönsten Bájazzen. Aber sie werden wenigstens ein Kind erfreuen.

Und der junge Deutsche mit dem nassen Hosenboden auf den Kressenwiesen? Der liegt mit ausgebreiteten Armen auf dem Rücken und schaut mit weit offenen Augen in den Himmel. Einer der ersten Russen, die durch die hohle Gasse des Kriegsmülls zum Staadtla vorstießen, hat ihn mit einer Maschinengewehrgarbe erschossen, ehrlich überzeugt, daß dieser Mann unterm Stahlhelm den Waffenstillstand nicht einzuhalten gedachte.

Auch Lif-die-Zweite kauert im Wald, während sich eine Schar von italienischen Kommunisten, die auf russischer Seite kämpften und nun auf dem Heimweg sind, im einsamen Holzhaus auf der Kressenwiese ihre Makkaroni kochen, Arien schmettern und Elise galant die Hand küssen.

Und wie geht es dem alten ostpreußischen Lehrer und seiner Frau auf dem Spaziergang ins junge Maigrün? Sie liegen aneinandergeschmiegt hinter einer Feldscheune, beide mit Schußlöchern in den Schläfen. Den Revolver hat er noch in der Hand, und schon nähern sich die Ameisen.

Der Postbote versucht auch noch an diesem Tag, die Post auszutragen, denn mit den letzten Deutschen kam aus Grulich auch die letzte großdeutsche Post. Aber ein Russe nimmt ihm die schöne, große, staatseigene Ledertasche ab. Die kann er gut brauchen. Die Briefe kippt er einfach aus – und schon ist er weg. Bekümmert kriecht der Postbote auf dem Boden herum, sammelt auf und schiebt sich das Postgut – viel ist es nicht mehr – ins Hemd.

Ein dicker Brief von Basil ist dabei. Basil hat in der Gefangenschaft Zeit gehabt, um nachzudenken und die vierte und zugleich letzte Abhandlung niederzuschreiben. Und er hat sie einem Kameraden mitgegeben, der die Flucht aus dem Lager gewagt hat. Ein Wunder, daß dieser Brief in solchen turbulenten Zeiten den Weg aus der Normandie bis ins Staadtla gefunden hat.

Lif Rotwengel ist die Adressatin. Aber die ist im Wald. Die wird sich heute nicht sehen lassen. Niemand von den Rotwengels wird heute die Post abholen. Und das Postgebäude ist in den gegenwärtig herrschenden Verhältnissen kein sicherer Aufbewahrungsort. Also bringt der Postbote den Brief zu Laura, der Tante der Adressatin. Er trifft sie dabei an, wie sie mit zitternden Händen die Bájazzen einsammelt, die ihr geblieben sind. Er sieht Adolf seine En-Es-Vau-Sammelbüchsen auf den Abort tragen und mit leeren Händen von dort zurückkommen. Er sieht Karl mit verbundenem Kopf, der seine Suppe löffelt und heiser ausstößt: »Sie ist schon sehr nah. Bald bin ich daheim ...« Geronnenes Ei hängt ihm im Schnauzbart.

Laura dankt dem Postboten zerstreut. Er soll den Brief nur auf die Spiegelkommode legen. Und Gott bewahre ihn und seine Familie vor den Russen. Wenn das ihr Vaterla noch erlebt hätte! Die Russen im Staadtla!

Der Postbote legt den Brief hin und geht. Laura und Adolf steigen hastig auf den Dachboden, um die Bájazzen zu verstecken.

Jetzt werden Lauras Heilige munter. Von allen Seiten nähern sie sich dem Brief. Die heilige Cäcilie reißt ihn an sich und öffnet ihn. Die anderen schauen ihr über die Schultern, während sie zu lesen versucht. Aber sie ist mit der Sütterlinschrift nicht vertraut und kann nicht mithalten. Erst aus dem lebhaften Gespräch, das sich an die Lektüre anschließt, erfährt sie den Inhalt des Briefes.

Es geht um den vierten, den letzten Mond. Noch sei er am Himmel, aber es werde die Zeit kommen, da auch *sein* Niedergang fällig ist. Der drohe schlimmer zu werden als alles andere zuvor.

Karl fuchtelt mit den Armen und will etwas sagen, aber die Heiligen rufen ihm »pst, pst!« zu. Er verschluckt sich an der Suppe, die er an seinem Katzentisch löffelt, und spuckt ein paar Nudeln auf Cäciliens flachen Busen.

Der heilige Jakobus führt jetzt das Wort. »Basil hat recht«, ruft er. »Die Menschheit muß sich zu gegebener Zeit mit dieser drohenden Weltkatastrophe auseinandersetzen, muß sie sozusagen in Portionen einteilen, damit sie leichter zu bewältigen ist –«

Karl gurgelt mit vollem Mund und fuchtelt mit seinem Löffel.

»Schon gut, schon gut«, flüstert ihm die heilige Teresa von Avila mit spanischem Akzent zu und streichelt sein wirres, weißes Haar.

»Basils Idee, den Mond anzubohren und eine gewaltige

Sprengladung in ihm anzubringen, ist genial«, meint der heilige Martinus. »Voraussetzung dafür ist aber, daß der Mensch die Erde verlassen und sich ins All begeben kann.«

»Ich bin schon da!« ruft Karl.

»Wissen wir, wissen wir«, flüstert die heilige Kümmernis und schmiegt ihren Bart an seine Wange. Die anderen überhören Karls Zwischenruf.

Den heiligen Sebastian interessiert die technische Seite dieses Projekts. »Auf den Mond zu gelangen dürfte für die Menschen kein unüberwindliches Problem darstellen. Vielleicht schaffen sie das schneller, als wir glauben. Allerdings wird es schwierig sein, so viel Sprengstoff hinaufzutransportieren. Da muß schon ein Raumschiff her, das sich in der Summe seiner Bruttoregistertonnen messen kann mit –«

Der heilige Nepomuk unterbricht ihn und winkt ab. Er ist Skeptiker: »Der Mond wird nicht so schnell in Stücke fallen ...«

»Bei den ersten Versuchen gewiß nicht«, ereifert sich der junge heilige Johannes, »man wird das Experiment so lange wiederholen müssen, bis es klappt. Bis sich jedes einzelne Stück selbständig macht. Je mehr Stücke, umso glimpflicher geht das Ganze für die Menschheit ab.«

Karl hebt den Löffel und ruft etwas. Aber niemand versteht es.

Die heilige Kümmernis nickt bedeutsam: »Brocken für Brocken, dazwischen Pause.«

»Was verstehst denn *du* davon, als Frau«, knurrt der heilige Hieronymus giftig. »Überall müßt ihr euren Senf beisteuern!«

»Ach halt doch die Klappe, du verklemmte Heuschrecke«, sagt die heilige Barbara und schneidet ihm eine Grimasse.

»Jedenfalls«, ruft die heilige Cäcilie mit ihrer sanften Altstimme und breitet die Arme aus, »werden die Menschen danach ohne Furcht vor neuen Katastrophen in Frieden und Liebe miteinander leben können.«

»Dann sind längst schon keine mehr da!« mampft Karl und grinst. »Menschen gibt's nicht ewig, genau so wenig wie Mammuts ...«

Aber das will niemand gehört haben. Die Diskussionsrunde macht sich jetzt Sorgen um den künftigen Menschen: Wie wird er es schaffen, ohne Mond zu leben? Also ohne Gezeiten, ohne die Einflüsse dieses Erdtrabanten auf das irdische Wetter? Und wie werden die Dichter klarkommen? Ist Poesie ohne Mond überhaupt möglich?

Die heilige Barbara interessiert sich nicht für dieses Thema. Sie hat entdeckt, daß unter Basils Mondzertrümmerungstheorien noch drei Zeilen stehen, die speziell an die Adressatin gerichtet zu sein scheinen. Diese Schriftzüge sind weicher, runder, sogar ein bißchen zitterig, also von Gefühlen diktiert, nicht vom Verstand. Solche Sätze pflegen rührend oder amüsant zu sein. Die heilige Barbara ist neugierig, aber leider kurzsichtig. Sie muß sich den Brief näher vor die Augen halten. Über den aber beugt sich gerade die heilige Anna, die alte Schachtel. Sie zieht ihn ihr mit einem spitzen »Ist's erlaubt?« aus den Fingern. Aber der heilige Nepomuk ist auch hinter dem Brief her. Gekreisch hebt an, ein Wirbel entsteht, der Brief flattert durch die Küche, Flottl schnappt nach ihm, alle Heiligen haschen nach ihm und reißen Fetzen von ihm ab, bis sein kümmerlicher Rest in die Honigschüssel trudelt.

Die Heiligen sind enthemmt. Sie greifen in den Honig, rühren ihn auf, rühren ihn um. Basils Brief, mühevoll mit einem gegen Brot eingetauschten Bleistift geschrieben, verschwindet in dem zähen Brei. Die Heiligen lecken sich die Finger ab. Karl schaut jetzt gleichgültig an ihnen vorbei ins Leere.

Als Laura und Adolf in die Küche zurückkehren, erstarren die Heiligen blitzschnell in Beterposen und schneiden fromme Gesichter, als könnten sie kein Wässerchen trüben. Nur wundert sich Laura, daß der Honig in der Schüssel weniger geworden ist. Zornig fällt sie über Karl her, der doch so gern Honig ißt, und zaust ihm den

Schnurrbart: »Hast du denn gar keine Scham im Leib? Die Russen sind da, und du naschst!«

Da poltern auch schon die nächsten Russen in die Küche, die Heiligen verblassen, es knallt, eine Kugel fährt ins Sofakissen. Und dann leeren die Russen – zwei Kosaken, ein Krimtatar und einer aus dem fernen Wladiwostok – die Schüssel, schlucken mit dem Honig auch den Brief. Laura findet später nur noch den leeren Umschlag.

An diesem Abend liegt das Adlergebirge im Feuerschein. Die große Kirche in Bärnwald brennt. Es heißt, marodierende Ostarbeiter haben sie angezündet. In ihr schlief Karl einmal unter dem Altar. Noch am nächsten Morgen liegen Rauchschwaden über den Bergen.

Es gibt im Staadtla also doch ein paar Tote zu begraben. Auch ein kleines Kind ist dabei, das sich, weil sich der Arzt nicht aus dem Haus traute, mit einer Lungenentzündung leise davonstahl. Und eine alte Frau traf der Schlag, als sich die Russen nicht mit einem Glas Kompott begnügten, sondern über ihr gesamtes Eingemachtes herfielen und es eins-zwei-drei auffraßen.

Und ein paar Mädchen kamen zu früh aus dem Wald zurück.

Dann rücken die Russen wieder ab. Es lohnt sich nicht, ein so kleines Dorf besetzt zu halten. Man läßt sich in größeren Städten nieder und überläßt das Staadtla den Tschechen.

Die kommen und ergreifen vom Ort Besitz. Die tschechische Fahne, altbekannt, flattert vor der Gemeindekanzlei. Auf der Anschlagtafel erscheinen endlose Verordnungen für die deutsche Bevölkerung. Hannes, der ehemalige Ortsgruppenleiter, wird abgeholt und ins Böhmische geschafft, zusammen mit Adolf, dem man offensichtlich übelnimmt, daß er als ehemaliger Berufssoldat der tschechischen Armee ein Hitleramt übernommen hat – und wenn es auch nur die En-Es-Vau war. Laura schluchzt ihm nach und ringt die Hände und bittet alle ihre Heiligen, für ihn zu beten und ihm zur Seite zu stehen.

Aber noch vor Pfingsten backt der Bäcker wieder und verkauft Brot für deutsches Geld, weil es kein anderes gibt. Und die Bauern bestellen die Felder, und die Kinder spielen wieder auf der Straße. Die Mädchen, aus den Wäldern heimgekehrt, trauen sich wieder, die Häuser zu verlassen. Gottlob, es scheint sich alles zu normalisieren. Sogar die beiden Brüder lassen sich plötzlich sehen, die kurz vor Kriegsende zu ihrer Mutter ins Staadtla heimkehrten. Natürlich hatten sie sich bei Muttern versteckt und prahlen jetzt mit ihrer Schlauheit.

Der tschechische Ortsverwalter läßt alle Eichstädtler zwischen fünfzehn und fünfzig, Männer und Frauen, den Kriegsmüll aus den Straßengräben und den abgeworfenen Flüchtlingsballast, der nicht schon bei Nacht und Nebel verschwand, von den Wiesen räumen. Diese Maßnahme ist verständlich, und die beiden Brüder spucken in die Hände und arbeiten mit.

Man hat auch Verständnis dafür, daß jetzt alle Nichteichstädtler wieder fortmüssen. Nur hätten ihnen die Tschechen mehr Zeit lassen können als vierundzwanzig Stunden. Ein Tag und eine Nacht – was ist das schon? Aber es ist ein Schritt zur Normalisierung. Tränen fließen beim Abschied, man hat sich in diesen finsteren Zeiten so aneinander gewöhnt und aufeinander eingestellt, und die Bombengeschädigten aus Berlin und dem Ruhrgebiet werden das Staadtla nie, nie vergessen! Liebevoll beschenkt mit Brot, Käse und Geselchtem, stapeln sie ihr Gepäck auf die Bauernwagen, von denen sie hinüber ins ehemalige »Altreich« begleitet werden. Und die Kinder dürfen auch aufsitzen.

Wieviel Platz die Eichstädtler auf einmal in ihren Häusern haben! Es wird gekehrt, gescheuert, gewaschen. Und schon huschen die Frauen wieder in die Nachbarhäuser und tauschen Neuigkeiten und Meinungen aus. Nun ja, die tschechischen Verordnungen für Deutsche sind hart: keine Radios, keine Versammlungen, kein Besuch kultureller Veranstaltungen und dergleichen. Aber man war eigentlich auf Schlimmeres gefaßt gewesen. Soll das alles gewesen sein? Wenn ja, ist der Machtwechsel noch glimpflich abgegangen.

Die Pfingstfeiertage fließen ruhig dahin, abgesehen von Plündereien heimziehender Ostarbeiter. Aber die sind nur auf Eßbares aus, auf Proviant für die lange Reise auf den Pferdewagen, die sie ihren Bauern abgenommen haben. Und Elises Ukrainerin schließt sich ihnen an, sitzt mit baumelnden Beinen hinten auf dem Leiterwagen und winkt Elise und den Kindern zu, bis ihr Wagen hinter dem Horizont verschwindet.

Ja, zu Pfingsten herrscht Frieden. Elise schmückt ihre Wohnstube mit Birkengrün, Lauras jüngste Cousine in der alten Post kämmt Karl die Essensreste aus dem Schnauzbart, und rings um das Dorf leuchten alle Wiesen in Löwenzahngelb unter himmlischer Bläue.

Aber was die meisten Eichstädtler nicht sehen können, ist der Exodus aller Heiligen am Pfingstmontag. In einer langen Prozession ziehen sie aus Eichstädtl hinauf nach Deutsch-Ottersdorf, vorneweg Sankt Christophorus, ganz am Schluß Johannes der Täufer im Fellkittel.

Die weiblichen Heiligen sind in der Überzahl. Das liegt wohl an den vielen Marien. Auch die kleine von der Quelle beim Wüsten Schloß ist dabei. Die Farben ihrer Kleider sind fahl, verwaschen und braunstichig, und alle werfen immer wieder ergeben-demütige Blicke gen Himmel. Für Erwachsene sind sie unsichtbar, aber es gibt Ausnahmen – zum Beispiel Karl und Laura. Und die Kinder laufen neben dem Zug her bis weit hinauf in die Ottersdorfer Serpentinen, wo er sich in der Abenddämmerung auflöst.

Es ist *nicht* alles gewesen. Am Dienstag nach Pfingsten rollen Lastwagen mit tschechischen Uniformierten in den

Ort. Es sind keine Armeeangehörigen, sondern angeblich ehemalige Partisanen. Keiner weiß es so genau, keiner hat Zeit, darüber nachzudenken, denn diese Uniformierten treiben alle Männer des Ortes auf den Platz vor der Kirche. Karl ist auch dabei. Aber er führt sich auf, als ginge ihn das alles nichts an, während die anderen vor Angst schwitzen. Ein Tscheche, der das Sagen hat, scheucht ihn fort. Dies hier ist eine ernste Angelegenheit, eine Abrechnung nämlich! Die läßt man sich von einem senilen Dorftrottel nicht ins Lächerliche ziehen. Und so trollt sich Karl davon, nicht ohne vorher vor den Augen aller, Tschechen und Deutschen, noch sein Wasser an einem Baum abgeschlagen zu haben, daß es nur so spritzt.

Es ist ein stürmischer Tag, deshalb hört man die Schreie nicht bis hinauf auf die Kressenwiesen. Als Lif-die-Zweite ins Dorf stolpert, um Brot einzukaufen, ist schon alles geschehen: Die Wand der Kirche, neben dem Eingang, ist blutbespritzt. Sechs Männer liegen erschlagen am Boden, vier hängen ohne Ohren, ohne Nasen an den Ästen der Linde, und einer von ihnen ist der Oberlehrer Kuchl.

Lif ahnt nichts davon. Sie wundert sich. Warum begegnet sie niemandem? Alle Türen sind zu. Aber noch bevor sie den Kirchplatz erreicht, flüstern ihr Stimmen aus spaltbreit geöffneten Fenstern zu, machen ihr Hände hinter Vorhängen beschwörende Zeichen: »Geh heim – hier ist die Hölle los!«

Ja, im ganzen Adlergebirge ist die Hölle los. In fast allen Orten wird gemordet und geplündert. Daß die Eichstädtler Kindergärtnerin ihre Hakenkreuzfahne nicht gründlich genug versteckt hat, kostet sie ihr Leben. Die Männer, die nicht umgebracht wurden, hat man auf Lastwagen ins Tschechische geschafft. Nach und nach kommen die meisten von ihnen zu Fuß wieder zurück. Aber einige hat man eingesperrt. Die zwei Brüder werden den Russen übergeben. Erst nach ein paar Jahren werden sie aus Sibirien heimkehren. Und ein dritter Junge aus dem Staadtla, der einen deutschen Vater und eine tschechische

Mutter hat, deutscher Soldat war und ein paar Tage nach Kriegsende heimkam, muß auch in russische Gefangenschaft und wird dort elend zugrundegehen.

Das Staadtla schwimmt in Tränen. Ein paar alte Männer, darunter Karl, müssen die Toten außerhalb des Dorfes verscharren. Später wird man nicht mehr wissen, wo sie liegen.

Dieser Karl! Während er schaufelt, redet er Unsinn – neben den Toten! Aber er sieht sie nicht. Sie sind ihm zu nah. Er sieht etwas, das immer größer wird und schon den halben Himmel bedeckt. Was sind dagegen schon ein paar Tote. »Erde«, ruft er, »mei liewe Heemt!« Meine liebe Heimat.

Auch das ist noch nicht alles gewesen. Zwölf Tage später wird den Eichstädtlern vier Stunden Zeit gegeben zum Packen ihrer Habseligkeiten. Soviel, wie sie tragen können. Jesusmaria, man ist so durcheinander, daß man die Mausefalle einpackt, aber die Windeln für das Jüngste vergißt! Pferdewagen sind nicht erlaubt. Zu Fuß soll man sich schleppen. Und die drei kleinen Kinder? In den Handwagen. Und die kranke Tante? Heilige Dreifaltigkeit, wir haben nur einen alten Kinderwagen. Und der alte Großvater? Auf die Schubkarre!

Der Karl ist noch einigermaßen gut zu Fuß, trotz seiner dreiundachtzig Jahre. Ist er nicht erst vor kurzem mit den Häftlingen bis zum Steinscholzen mitgetrabt? Aber seinen Mantel soll er anziehen, trotz der Juniwärme. Der nächste Winter kommt bestimmt. Laura nimmt Karl an der Hand und zieht ihn hinter sich her, während Flottl ihre Füße umkläfft und sich über den Spaziergang freut. Sie aber denkt an die Bienen. Wer wird sie versorgen? Sie denkt an die vielen schönen Bájazzen auf dem Dachboden. Nur den schönsten hat sie mitgenommen. Sein Kopf schaut aus dem Rucksack. Es treibt ihr die Tränen in die Augen, wenn sie daran denkt, daß sie Adolfs besten Anzug hängenlassen mußte. Nur seine Orden hat sie eingepackt. Sie dreht sich um, solange sie das Haus noch sehen kann. Urgroßvater Siegmunds Posaune, Großvater Wilhelms Tagebuch und sein zwölfbändiges Lexikon, Vater Julians teures Kreuzfahrt-Fotoalbum, seine Kisten voller Krippenfiguren, seine Bienen, die uralte Familienchronik, das Gebiß mit den Goldzähnen und das geliebte Klavier – alles, alles bleibt zurück. Aber den emaillierten Nachttopf hat sie mitgenommen. Der gibt ihr eine Art Sicherheit. Sie wird sich unterwegs nicht ihren Rocksaum und ihre Schuhe bepissen müssen.

Die Tschechen treiben die Eichstädtler den selben Weg hinauf, den die Heiligen genommen haben. Aus den Serpentinen können sie noch den Kirchturm vom Staadtla sehen, den häßlichen. Dann verschwindet auch er hinter Bäumen. Noch bevor sie den Steinscholzen erreicht haben, sind ein paar alte Leute zusammengebrochen und müssen gezerrt und geschleppt werden. Und wie wird man die Männer wiederfinden, die in den Gefängnissen zurückbleiben? Man weiß ja nicht, wohin es einen jetzt verweht. Daheim werden im Stall die Kühe mit vollen Eutern muhen. Und man hat keine Zeit mehr gehabt, die silbernen Schöpfkellen wieder auszugraben. Wer wird sie einmal finden?

Dann kommen sie nach und nach beim Steinscholzen an, ein langer Elendszug, außer Atem. Kinder plärren, Hunde kläffen, Alte jammern. Hier war einmal die Grenze, und hier ist sie wieder.

»So«, sagen die Tschechen lachend, »geht heim ins Reich!« Sie jagen die Leute talwärts davon und brüllen ihnen nach: »Kommt ja nicht auf den Gedanken, umzukehren – sonst ergeht's euch schlecht!«

Heim ins Reich. Die Eichstädtler quälen sich die steilen Hänge durch das Dörfchen Steinbach ins Tal hinunter. Am Wegrand stehen die Steinbacher und können nicht fassen, was da vor ihren Augen geschieht: Die Eichstädtler wurden vertrieben! Ein ganzes Dorf – einfach fortgejagt!

Sie wissen noch nicht, daß andere Dörfer folgen werden, daß tagelang weinende Adlergebirgler hier herunterströmen werden, daß monatelang Viehwaggons voller Deutscher die neue Tschechoslowakei verlassen werden, bis es dort keine Deutschen mehr gibt. Und auch hier im preußischen Schlesien wird es sich bald ausgedeutscht haben. Polen werden hier ansässig werden, die in Ostpolen ihre Dörfer verlassen mußten.

Unvorstellbar? Einmalig? Aber nein. In der Menschheitsgeschichte wurden schon unzählige Male die Bewohner ganzer Ortschaften vertrieben, waren ganze Völker unterwegs. Nichts Besonderes. Nur schmerzhaft für die, die's trifft. Von fern betrachtet, nichts als Ameisengekrabbel. Den Eichstädtlern werden auf ihrem Fußmarsch westwärts alte Leute und Kinder wegsterben, die Schwächsten ihres Zuges. Einige werden verhungern, andere an Typhus krepieren. Aber es gibt ja so viele Menschen auf diesem Planeten, mehr als ihm guttut. Und sollten auch alle Deutschen aussterben – was tut's?

Noch trottet Karl an Lauras Hand dahin. Aber die beiden sind schon ans Ende des Zuges zurückgefallen. Laura ist zweiundsechzig, die hat auch schon Mühe, sich selbst voranzuschleppen. Die Cousine von der Post löst sie eine Weile ab. Aber die hat noch andere Verpflichtungen. Es gibt ja so viele Alte im Zug.

Und wo sind die Rotwengels von der Kressenwiese? Die Witwe mit den vielen Kindern?

Die ist nicht mehr im Holzhaus. Das steht leer. Elise, die Praktische, ist schon nach dem Massaker mit den Ihren geflüchtet. Freiwillig. Einem solchen Leben wollte sie ihre Kinder nicht aussetzen. Ein Haus, ein Garten ist ersetzbar. Die Freiheit nicht. Und nun ist sie den Eichstädtlern eine reichliche Woche voraus, auch westwärts, mit dem kleinen Handwagen. Ihre Kinder leben noch alle.

21. Kapitel

In dem Karl endlich heimkehrt

Es läßt sich nicht ändern, trotz vieler Achs und Wehs und obwohl das Gewissen drückt: Die Eichstädtler müssen die ältesten Alten im Altenasyl des Städtchens Mittelwalde zurücklassen. Denn ein Greis ist ihnen schon auf dem Weg über die Berge gestorben, und zwei alten Frauen geht es sehr schlecht. Sie weiter mitzunehmen auf diesem Marsch ins Ungewisse hieße, sie am Wegrand liegenzulassen oder sich von den anderen Eichstädtlern zu trennen. Nur das nicht! Man hat ja jetzt keine andere Heimat mehr als das wandernde Dorf. Was am Ufer der Stillen Adler zurückbleibt, ist nur noch ein Gehäuse, das ohne seine Menschen keine Geborgenheit mehr bietet, bestenfalls Erinnerungen wachruft. Die Jentschkes, Knölls, Nitsches und Matuscheks, die neben einem herwandern, an die klammert man sich. Nur die nicht auch noch verlieren!

So wird auch Karl den Frauen übergeben, die das Asyl leiten. Die sind ratlos. Was tun? Sie schwanken, ob sie die Eichstädtler dabehalten sollen. Man bedenke – diese Zeiten! Man wisse ja nicht, wie man die eigenen Alten sattkriegen solle. Und jetzt noch mit einem Schlag fünf Neue dazu! Dabei gehöre Eichstädtl gar nicht zum Einzugsbereich der Mittelwälder. Und die Wäsche? Und das Schuhwerk?

Schließlich lassen sie sich doch erweichen. Denn würden sie ablehnen, käme das einem Todesurteil gleich. Und so umarmen Laura und die Cousine ihren Onkel Karl, das letzte lebende von Großvater Wilhelms Kindern, weinen in seine Joppe, versichern ihm, daß es ihm hier im Asyl sehr, sehr gut gefallen und an nichts fehlen werde, versprechen ihm immer wieder, für ihn zu beten, und stellen ihm in Aussicht, ihn später, wenn sich alles beruhigt hat, wohin auch immer nachzuholen.

Karl läßt sich drücken und küssen und mit Tränen betröpfeln. Er starrt an den Frauen vorbei ins Leere und murmelt: »Jetzt dauert's nicht mehr lang.«

»Was dauert nicht mehr lang, Karl?« schluchzt Laura.

»Bis ich da bin.«

»Bis du wo bist, Karl?«

»Auf der Erde. Ich bin schon nah.« Karl schnaubt und spuckt aus.

Auf der Erde! Die Cousine tätschelt ihm voller Mitleid die Wange, Laura bekreuzigt sich. Und dann huschen sie beide davon, zurück zu den Eichstädtlern, die inzwischen auf dem Ringplatz lagern und noch immer darauf warten, daß sie aus diesem Alptraum erwachen.

Ihnen wird eine leere Scheune zugewiesen. Dort verbringen sie die Nacht weinend und betend und reichen Lauras Nachttopf herum. Er wird zum unentbehrlichsten Requisit der Vertriebenen, und dementsprechend versucht man sich mit Laura gutzustellen. Die aber berichtet immer wieder mit tränenunterlegter Stimme allen, die es hören oder auch nicht hören wollen, daß Karl das alles schon lange vor dem »Anschluß« gewußt und ihr, nur ihr prophezeit habe. Aber sie habe – »Verzeih mir Gott!« – nichts darauf gegeben.

Am nächsten Vormittag ziehen die Eichstädtler weiter. Ihre Hunde halten ihnen die Treue und laufen mit. Sie werden nichts zu fressen haben, denn ihre Leute hungern selber. Und Flottl wird am vierten Tag der Reise verschwunden sein und trotz Lauras kläglicher Lockrufe nie wieder auftauchen. In der Not ißt der Mensch alles mögliche, auch Hundefleisch.

Nach einem langen Elendsmarsch mit Geburten und Tod werden die Eichstädtler sich zerstreuen und dort ansässig werden, wo man sie bleiben läßt, von Mecklenburg bis Oberbayern, also in dem Rest, der vom »Reich« noch übrig ist. Dort werden die Männer ihre Frauen wiederfinden. Gemeinsam werden sie um die Heimat weinen, während sie schon dabei sind, neue Heimaten zu schaffen, werden an Wochenenden mit Verwandten und ehemaligen Nachbarn zusammenkommen und wehmütig das Staadtlalied singen.

Aus den Gefängnissen werden manche Eichstädtler nicht mehr zurückkehren. So auch Hannes nicht, der Ortsgruppenleiter, der einmal Krippenfigurenschnitzer gewesen war. Aber Laura, die erst bei ihrem Bruder Radi in Hannover unterkommt, sich aber mit der Schwägerin nicht vertragen wird, dann Fritzens Angebot, zu ihm ins Westfälische zu kommen, ausschlagen wird, weil sie sich mit ihm noch nie verstanden hat, und schließlich zu Willi ziehen wird, den es mit seiner Wilma nach Hammelburg in Mainfranken verschlagen hat, sie wird nach ein paar Jahren doch noch ihren Adolf in die Arme schließen können. Freilich, er wird ein bißchen seltsam geworden sein. Sie haben ihn dort in Pankrac zu oft auf den Kopf geschlagen.

Von den vier Hammelburger Eichstädtlern wird er zuerst sterben. Als nächster wird ihm Willi folgen, steif bis in den Tod. Er wird nie darüber wegkommen, daß er unter den Tschechen gezwungen wurde, das Kopfsteinpflaster auf dem Grulicher Ringplatz zu kehren und zu jäten – er, der Bürgerschuldirektor, vor den Augen seiner ehemaligen Schüler! Seine Wilma wird Laura – sie können einander nicht ausstehen! – überleben. Und endlich werden alle vier auf dem Hammelburger Friedhof liegen, einsame Tote in der Fremde, während Brennesseln den Eichstädtler Friedhof zu überwuchern beginnen.

Elise wird ihre Kinderschar heil in den Westen bringen und in einer Ruine zwischen Ruinen einen Kinderhort einrichten. Er wird keine Goldgrube sein, aber er wird ihren Töchtern und Söhnen ermöglichen, das zu werden, was sie möchten. Diese kleine, energische Elsässerin, praktisch und nüchtern, eine Bombe an Willen, die ihre Gefühle stets unter dem Deckel gehalten hat, pflichtbewußt bis zum Gehtnichtmehr, ausgestattet mit einer Prise

Skepsis, wird erst in hohem Alter, nach einem Schlaganfall, unter Schmerzen lernen, was eine »schwarze Wand«, was Schwermut ist. Dann werden sich ihre Gefühle nicht mehr zurückstauen lassen, und sie wird die restlichen Jahre ihres Lebens all die geschluckten Tränen herausweinen.

Und Karl? Die vier Alten, die mit ihm zusammen an der Pforte des Asyls abgegeben wurden, machen es dort nicht mehr lange. Sie gehen zugrunde an der Fremde. Karl aber war seit seinem zehnten Lebensjahr fort von daheim. Er nimmt den Schlafsaal, in dem es nach Urin stinkt, den tristen Speisesaal mit dem öligen Bretterboden, den Putz, der von der Decke fällt, nicht wahr. Man sorgt dafür, daß er nicht verhungert und daß ab und zu seine Leib- und Bettwäsche gewechselt und gewaschen wird. Man badet und rasiert ihn jeden Samstag. Kurz: Man läßt ihn nicht verkommen.

Manchmal redet ihn jemand an. Zum Beispiel der Uralte aus dem Riesengebirge. Ein hünenhafter Deutscher mit rotem Rauschebart und wirrem, schulterlangem Haupthaar. Er soll schon über hundert Jahre alt sein, aber niemand weiß es genau. Er kann ziemlich jähzornig werden, der Alte. Und verkalkt ist er auch schon. Er hat den Drang, alles zu zählen, was ihm begegnet: die Betten im Schlafsaal, die Erdäpfel in der Schüssel, die Pflegerinnen im Haus. Einmal hat ihn ein junger Elektriker, der einen Kurzschluß im Haus reparieren sollte, heimlich geneckt. Da hat der Alte einen Gummibaum, neben dem er zufällig stand, aus dem Kübel gerissen und hat den Elektriker damit verprügelt. Aber wenn man ihn in Ruhe zählen läßt, was er zählen will, bleibt er ganz friedlich.

Karl gibt ihm meistens keine Antwort, weil er ihn gar nicht hört. Aber oft spricht Karl jetzt mit sich selber. Dann sagt er so etwas wie »Jetzt ist sie doch noch grün geworden« oder einfach nur »Ich komm, ich komm ja schon …«

Auch das deutsche Personal des Asyls muß fort – die Frau Fischer und die dicke Anna, die schöne Marie und die Hofern. An ihre Stelle rücken Polinnen, die kein bißchen Deutsch können, und mit ihnen kommen polnische Alte ins Asyl. Aber dieser Wechsel bewirkt keinen großen Unterschied. Statt der Frau Fischer leitet jetzt die Frau Petczynski das Asyl, statt der dicken Anna ist es die dicke Olga, für die schöne Marie haben sie eine schöne Stefania bekommen, und zum Putzen gibt es jetzt die Ostrowska. Nein, sie behandeln die wenigen Deutschen, die noch da sind, nicht schlechter als die Polen. Alt ist alt, und sie sind keine Unmenschen. Nur gibt es jetzt so viel Polnisches zu essen, das unaussprechlich ist. Keine Krautbuchteln mehr, keine Powidltatschkerln, keinen Striezel.

Dem Karl ist auch das egal. Er muß essen, damit er nicht verhungert. Was er ißt, interessiert ihn nicht. Nur Honig liebt er. Den gibt es hier nicht. Der ist für so ein Asyl viel zu teuer. Angehörige der polnischen Altchen bringen manchmal ein Glas Honig für ihr Väterchen, ihr Mütterchen. Karl bekommt keinen Besuch, also auch keinen Honig.

Karel nennen sie ihn. Seinen Nachnamen können sie nicht aussprechen. Von morgens bis abends sitzt er auf einem Stuhl, wenn sie ihn nicht hinaus in den Garten scheuchen, und starrt ins Leere. Sieben Jahre lang. Er verändert sich kaum. Aber im Herbst des siebten Jahres – er ist jetzt neunzig Jahre alt – wird er auf einmal wunderlich: Er hält sich immer wieder die Hände vor die Augen, als erschrecke er vor etwas. Er hat keinen Appetit, zieht seinen Kopf ein, hebt die Schultern. Ein paar Tage lang geht das so, und in den Nächten schreckt er auf und schreit. »Es ist soweit, es ist soweit!« keucht er.

Dann bekommt er hohes Fieber. Es klettert bis auf über vierzig Grad, und er redet und redet wie ein Wasserfall. Es sind Prophezeiungen, aber auf deutsch, und niemand versteht sie. Als er plötzlich die Augen aufreißt, verstummt, dann seine Lider zufallen läßt und so liegenbleibt, ohne sich zu rühren, nimmt man an, daß es jetzt aus ist mit diesem großen, tapsigen Deutschen von dort drüben, jenseits der südlichen Berge. Er ist ja auch schon längst überfällig.

Die dicke Olga sucht nach seinem Puls. Sie findet ihn nicht mehr. Frau Petczynski schiebt seine Lider auf und starrt in starre Pupillen. Die schöne Stefania hält ihm eine Flaumfeder vor den offenen Mund. Sie bewegt sich nicht. Wozu soll man da noch einen Arzt holen? Es ist doch alles sonnenklar, Karel hat ausgelitten.

Die Ostrowska betet verstohlen ein Vaterunser für ihn, denn wenn er auch Deutscher war, so war er doch Katholik. Zwar ist das Katholischsein gegenwärtig nicht gern gesehen. Aber wie soll man anders mit Gott klarkommen als katholisch?

Sie deckt ein Tuch über den Toten. Es ist zu kurz. Sie zupft am Kopfende, zupft am Fußende. Und alle Leute im Asyl, die ihre fünf Sinne noch beisammen haben, dämpfen ihre Stimmen und trauern um den stillen Hausgenossen, der immer mit seinen Gedanken ganz woanders war.

Er wird eingesargt und aufgebahrt. Die anderen Asylinsassen defilieren, soweit sie das noch können, an dem toten Gefährten vorbei und bespritzen ihn, obwohl sie doch jetzt alle Sozialisten sein sollten, mit Weihwasser. Nun, man muß ein Auge zudrücken bei ihnen, sie haben ja längst den Anschluß an die Gegenwart verloren.

Der Sarg wird zugenagelt, auf einen Handkarren geladen und zum Friedhof gefahren. Nur ein knappes Dutzend seiner Gefährten gibt ihm Geleit. Nur die, die noch leidlich gut zu Fuß sind. Die anderen schauen dem Sarg traurig nach. Wer wird der nächste sein?

Herbstlaub leuchtet. Auf dem Friedhof blühen Dahlien und Sonnenblumen, Astern und Ringelblumen. Eine bunte Pracht. Ein Priester ist nicht zur Stelle. Priester sind rar geworden. Zum Begräbnis dieses Alten, der nicht einmal Angehörige aufweisen kann, läßt sich keiner bitten. Und so wird sein Sarg ohne große Umstände in das offene Grab hinabgelassen.

Aber da klopft etwas. Die Geräusche kommen aus dem Sarg! Erschrocken beugen sich die Trauergäste über den Rand des Grabes, ziehen die Sargträger den Sarg wieder hoch, stellen ihn neben dem Loch ab. Der Sarg bebt, ja hüpft unter den Schlägen aus seinem Inneren! Der Totengräber kommt mit einer Pickelhacke gerannt und stemmt den Sargdeckel auf. Alle Anwesenden beugen sich atemlos vor – und da erscheint Karl. Lebendig. Nur sein Schnurrbart, den ihm die dicke Olga zur Aufbahrung liebevoll gekämmt hatte, ist etwas in Unordnung geraten.

Karl setzt sich verblüfft auf und starrt mit runden Augen die Leute an, die ihn anstarren. »Ist was?« fragt er. Und dann fügt er hinzu: »Hunger hab ich.«

Nein, dieser Karel – neunzig Jahre alt und hat noch nicht genug vom Leben!

Noch ist er wacklig auf den Beinen. Sie setzen ihn in den Handkarren und fahren ihn heim. Den leeren Sarg schultert der alte Rotbart, der Hüne. Als sie das Asyl erreichen, lösen sie helle Aufregung aus. Die Ostrowska, die auch nicht mehr die Jüngste ist, trifft der Schlag. Sie wird einen schiefen Mund behalten.

Nein, gibt's denn sowas? Karel ist von den Toten auferstanden! Oder war er nur scheintot? Er wird umarmt und auf beide Backen geküßt, und zwischendurch schälen ihn Stefania und Olga aus dem Sterbehemd, das ja nur aus Papier ist, und kriegen ihn wieder in seine Hosen, die noch bis eben an der Wäscheleine flatterten. Aber Frau Petczynski ordnet für ihn sofortige Bettruhe an. Er ist ja sicher noch angegriffen, nach solcher Aufregung!

Schon am nächsten Morgen hält es ihn nicht mehr im Bett. Noch etwas benommen torkelt er ans Fenster, öffnet es, beugt sich weit hinaus in den goldenen Herbstgarten, schaut sich um und fragt erstaunt: »Wo bin ich überhaupt?«

Ein Saalgenosse versteht ein paar Brocken Deutsch. »Miedzylesie«, antwortet er.

Aber dieses Wort hat Karl noch nie in seinem Leben

gehört. Erst als sie ihm den früheren Namen des Städtchens nennen, nickt er. Wie, um alles in der Welt, kam er hierher nach Mittelwalde? Daheim werden sie sich Sorgen um ihn machen.

Er begreift so vieles nicht. Warum sind ihm alle Gesichter fremd? Und warum versteht er nicht, was sie sprechen? Nicht einmal Tschechisch ist das!

Er schwankt durch den Korridor zur Haustür hinaus und taumelt bis auf den Ringplatz. Als kleiner Junge war er einmal mit seinem Vater hier gewesen. Aber alles sieht anders aus, und vor den Autos erschrickt er. Die schöne Stefania holt ihn zurück in den sicheren Hafen des Asyls und droht ihm lachend mit dem Finger. Es ist Essenszeit, und er ißt wie ein Scheunendrescher.

Drei Tage später gelingt es ihm doch, zu entwischen, ohne daß sie ihn im Städtchen wiederfinden und zurückführen. Er muß am Bahnhof vorbei und den breiten Waldweg nach Süden nehmen. Der geht immer bergauf, durch Hochwald und an einem einsamen Bauernhof vorüber. Karl wundert sich: Lebt hier niemand mehr? Die Tür des Wohnhauses hängt schief in den Angeln, die Fensterscheiben sind eingeschlagen. Kein Hund bellt, keine Hühner gackern. Aber im herbstbunten Obstgarten zwitschern Vögel.

Der Weg wird immer steiler. Karl keucht. Ein Pferdefuhrwerk holt ihn ein. Der Kutscher winkt ihm, läßt ihn mit aufsitzen. Aber sie können sich nicht unterhalten, keiner versteht die Sprache des anderen. Der Pole gibt dem Deutschen Brot und Wurst ab – und Bier aus der Flasche. Sie trinken abwechselnd. Dazu braucht man nicht zu reden. Das Pferd furzt, die Sonne läßt die Sträucher goldfarben glühen, die Holzkirche von Steinbach taucht hoch über ihnen auf – und dann kommen sie im Dorf an, der Pole hilft Karl vom Wagen, Karl dankt und hastet, ausgeruht und gestärkt, dem Steinscholzen zu. Dort will er einkehren, auch wenn er kein Geld bei sich hat. Mit den Steinscholzenleuten ist er ja um ein paar Ecken herum verwandt.

Er geht und geht. Aber als er oben auf dem Kamm ankommt, erkennt er, daß es keinen Steinscholzen mehr gibt. Wo das Wirtshaus stand, ragen nur noch ein paar Fundamente aus dem Gras, umwuchert von Gebüsch.

Einfach nicht mehr da. Er kann's nicht fassen. Er läßt sich auf den Ruinen nieder und riecht an einem Zweig. Der verrät nichts. Der ist nur gelb und duftet ein bißchen nach – nun, eben nach Zweig.

Dort drüben, talabwärts an den Serpentinen entlang, liegt Deutsch-Ottersdorf, und darunter muß das Staadtla sein. Dort ist er zu Hause, dort warten die Eltern und Geschwister auf ihn, dort hat er seinen Platz in dem Haus hinter der Kirche!

Ein Grenzposten ruft ihm etwas zu, aber er hört jetzt nichts. Er hat nur sein liebes Staadtla im Sinn, und im Staadtla das Haus hinter der Kirche. Der Grenzposten kommt näher. Als er sieht, daß es sich um einen uralten Mann handelt, der nicht das geringste Gepäck bei sich hat, kehrt er wieder um. Diese Grenze ist ja eine Grenze unter Brüdern, nicht unter Feinden. Da wird's nicht so genau genommen. Der Alte wird wieder zurückkommen, er will sicher nur Verwandte besuchen.

Karl tappt die Serpentinen hinunter. Mühsam hebt er einen Stock auf und stützt sich beim Gehen darauf. Manche Häuser stehen leer, andere sind bewohnt, und wo manche Häuser sein müßten, sind sie nicht mehr, wuchern nur noch Sträucher und Brennesseln. Die Leute, die ihm begegnen, sind ihm fremd. Sie starren ihm neugierig ins Gesicht. In einem Bauerngarten wuchern hellviolette Herbstastern, blühen Sonnenblumen. Die Ahornbäume, die die Straße säumen, schimmern gelb und orangefarben. Wie weit man ins Land hinaussehen kann. Es riecht nach faulendem Laub und nach Pilzen, nach Schwefel und Pestwurz. Der Ottersdorfer Bach ist ganz zugewuchert von hohem Schierlingsgewächs! Nur nach Weihrauch riecht das Adlergebirge nicht mehr.

Zwischen all dem goldenen Laub taucht Staadtlas häßlicher Kirchturm auf. Da werden dem Karl die Knie weich, er muß sich auf einen Straßenstein setzen. So weit ist er schon gewandert. Aber jetzt ist er bald zu Hause.

Wo war er nur so lange Zeit? Von wo kehrt er heim?

Ein Mann streicht dicht am Straßenrand sein Haus mit Karbolineum. Karl kennt ihn nicht. Kinder spielen am Bach und bespritzen einander. Sie sprechen nicht deutsch. Eine Ringelnatter schlängelt sich über die Straße und strebt dem Bach zu. Der lose Schotter macht ihr zu schaffen. Dort unten liegt die Schulwiese. Ein Holzhaus steht darauf, das er nicht kennt. Auf dem Ortsschild steht nicht EICHSTÄDTL, sondern DUBICE.

Hat er sich vielleicht geirrt? Aber der Kirchturm ist es, und den gibt es nur ein einziges Mal im Adlergebirge, ja auf der ganzen Welt. Vorbei an der Schule, die nicht mehr aus Holz ist, sondern aus Stein, geht er auf die Kirche zu, erkennt die Linde, wundert sich über die dunklen Flecke an der Kirchenwand neben dem Portal, stolpert an der Sakristei vorbei auf das Haus am Hang zu, das sich auch etwas verändert hat, wie es ihm scheint. Aber der Geruch weckt Erinnerungen. Seine Schritte werden kürzer und hastiger. Wenn nur die Knochen nicht so steif wären! Mit dem Stock poltert er gegen die Tür. »Mutterla! Vaterla!«

Die Tür öffnet sich. Eine ältere Frau erscheint, schaut Karl erschrocken an, beginnt zu schimpfen. Karl ist ebenso erschrocken. Was macht hier eine Frau, die er noch nie gesehen hat? Er will ins Haus, sie läßt ihn nicht durch und schreit die Nachbarn zusammen – in einer Sprache, die er nicht versteht, die aber seinem Ohr vertraut klingt. Tschechisch. Leute kommen gelaufen, scharen sich um ihn. Jemand findet sich, der versteht, was Karl sagt. So ist das: Ein Deutscher, der hier einmal gelebt hat und heim will. So ein alter Mensch, da kann man schon Mitleid haben. Er findet sich halt in der Fremde nicht zurecht, der Arme.

Nein, die Frau in dem Haus am Hang will ihn nicht hereinlassen. Er hat mit dem Stock gegen ihre Tür geschlagen, hat sie erschreckt. Wer weiß, wozu er noch fähig ist.

Sie lebt ja allein. Dieses Haus gehört jetzt ihr, und was vorher war, ist ihr egal.

Da steht er nun und weint und versteht die Welt nicht mehr. Von so weit her ist er gekommen und kann doch nicht heimkehren. Eine alte Frau, die im Nachbarhaus wohnt, nimmt ihn mit zu sich hinüber, denn es ist schon spät am Nachmittag, und man sieht ihm an, daß er müde ist. Es wäre eine Sünde, ihn jetzt fortzujagen, auch wenn's ein Deutscher ist.

Sie zieht sich ihr Kopftuch über und geht mit ihm auf den Friedhof. Sie hat sowieso vorgehabt, heute ihre Gräber in Ordnung zu bringen. Vielleicht findet der Alte dort noch irgend jemanden, der ihm lieb und teuer ist? Es ist immer noch besser, einen Toten zu finden, als gar niemanden.

Sie trägt Spaten und Rechen, ein Körbchen mit Chrysanthemenpflanzen und eine Gießkanne. Wie ein Hund trabt Karl neben ihr her, trottet durch das Friedhofstor und schaut sich um: der Friedhof seiner Kindheit! Der Holunderstrauch in der Ecke, die bemooste Mauer, dahinter der Galgenberg. Das alles ist ihm so vertraut, daß er selig lächelt. Aber wie soll er begreifen, daß die, die er sucht, längst tot sind? Vater Wilhelms und Mutter Theresias Grabsteine gibt es nicht mehr. Auch Theklas, Linas und Theodors Namen sind nicht mehr da. Und Julians, Ottiliens und Paulines gemeinsamer Grabstein liegt umgestürzt und zerbrochen in den Brennesseln. Er hat tschechischen Grabsteinen Platz machen müssen. Eichstädtl ist ja jetzt wieder bewohnt, ist ein tschechisches Dorf geworden mit einer tschechischen Schule. Und die Kinder, die diese Schule besuchen, sind in DUBICE geboren. Für sie ist dieses Dorf der Nabel der Welt, ihre Heimat.

Armer alter Mann. Er wird seine Toten nicht finden. Aber da bleibt er vor einem winzigen Kindergrab stehen, dessen Platz wohl noch niemand beansprucht hat, und starrt den Namen auf dem Stein an: Lif Rotwengel. Seine Erinnerung müht sich um das Bild eines kleinen Mädchens mit strohblonden, steifen Zöpfen. Das Bild ist undeutlich und verzerrt, es zittert wie ein Spiegelbild im Wasser. Wer ist dieses Kind?

Gott sei Dank, denkt die Frau im Kopftuch, jetzt ist er doch noch jemandem von seinen Leuten begegnet. Seinem Enkelchen oder Urenkelchen vielleicht.

Ihre Gräber sind fertig. Eine Pflanze ist ihr übriggeblieben. Sie pflanzt sie auf das Kindergrab. Der Alte hat ja nichts bei sich, womit er es schmücken könnte. Dann geht sie wieder mit ihm heim. Sie gibt ihm einen Teller voll Grießkasch und tröstet ihn mit einem Honigbrot, das genau so schmeckt wie Honigbrote in seiner Kindheit. Wieder streifen ihn verschwommene Erinnerungen: Hat er nicht sein Leben lang Honig gegessen? Aber wo?

Sie läßt ihn in einem Kämmerchen schlafen. Es ist das Kämmerchen, in dem einmal Lauras Klavier stand. Karl schläft die ganze Nacht wie ein Stein und ist am nächsten Morgen wie zerschlagen. Die gute Alte kocht ihm noch einen Malzkaffee und brockt ihm Brot hinein. Und weil sie nach Kraliky muß, aber nicht weiß, was sie mit ihm machen soll, nimmt sie ihn mit. In Kraliky sind viele Ämter, da wird sich wohl auch ein Amt für diesen Fall finden.

Karl weiß nicht, wie ihm geschieht. Noch ehe er Zeit hat, sich umzuschauen, den Gasthof »Zum weißen Lamm« wiederzuerkennen und ins Judengäßchen zu pissen, sitzt er schon neben der Alten, die zwanzig Jahre jünger ist als er, in einem Gefährt, das von ganz allein dahinrollt und dabei summt und brummt. Wird die Alte ihn heimbringen – dorthin, wo das Elternhaus steht, das sich ihm öffnet?

Die Morgenschatten der Straßenbäume fallen lang über die Kressenwiesen. Zwischen den hohen Bäumen sieht man das Holzhaus kaum. Im Teich zittert das Spiegelbild des kleinen, blondzopfigen Mädchens, das der Alte für tot hält. Aber niemand steht am Ufer. Das Mädchen lebt am anderen Ende der Welt und ist schon eine junge Frau, die oft in Zärtlichkeit an Karl denkt und ihn auch längst unter den Toten vermutet. Wenn sie sich an Eichstädtl erinnert, sieht sie das Dorf besonnt vor einer Gewitterwand liegen. Und wenn sie an die Nächte ihrer Kindheit denkt, spürt sie den winzigen Planeten Erde unter ihren Füßen und ragt in ein Universum von Monden und Sternen. Dort, wo sie jetzt ist, hat sie die Gegenwart entdeckt. In ein paar Jahren wird sie an einem Sonntag bei den Kressenwiesen auftauchen und bei Sonnenuntergang vom Straßenrand hinüberschauen, dorthin, wo einmal die Birken standen. An deren Platz wachsen Erdäpfel. Ein einziges großes Erdäpfelfeld, jetzt schon abgeerntet und umgepflügt, zieht sich über die Kressenwiesen hin, bedeckt die ganze Landschaft und läßt nur eine Insel frei für Haus und Garten. Kolchosen geben sich nicht mit kleinen Feldern ab.

Den Knecht Basil wird Lif erst wiedersehen, wenn sie eine alte Frau ist.

Als der Bus das nächste Dorf durchquert, das jetzt Dichkov heißt, klammert sich Karl plötzlich an die Lehne, reckt den Kopf und starrt wie gebannt durch die Frontscheibe hinaus. Was dort am östlichen Horizont in den Morgenhimmel ragt, ist der Muttergottesberg! Und schon ruft er und fuchtelt mit den Händen und will hinaus. Aber er darf erst an der nächsten Haltestelle aussteigen. Die Leute haben Mühe, ihn daran zu hindern, bei voller Fahrt aus dem Bus zu springen. Und die Alte, die ihn mitgenommen hat, gerät in Verlegenheit: Sie weiß nicht einmal, wie er heißt. Ein Deutscher. Offenbar verwirrt. Wie können seine Angehörigen ihn in seinem hohen Alter so weit allein reisen lassen?

Dann endlich steht er am Straßenrand, und der Bus fährt davon. Er fährt genau in die Stadt zu Füßen des Muttergottesberges, nach Grulich, jetzt Kraliky genannt. Aber das weiß Karl nicht. Ihm kommt es nur darauf an, den Muttergottesberg nicht wieder aus den Augen zu verlieren. Und nun wandert er auf ihn zu. Dort, auf dem Muttergottesberg, wird er endlich heimkommen.

Er muß oft rasten. Militärlastwagen donnern vorüber und stauben ihn ein. Immer wieder erschrickt er, taumelt zur Seite, wischt sich die Augen, in die immer wieder etwas hineinfliegt. Trotz der strahlenden Sonne ist der Morgen kühl. Manchmal watet er durch buntes Laub. Ein toter Igel liegt mitten auf der Fahrbahn. Drüben auf dem Damm fährt ein Zug vorbei. Es gibt auf diesem Planeten so vieles zum Sich-Wundern. Aber schön ist er, traumhaft schön jetzt im Herbst: gelbrotviolett unter grellblauem Himmel, und rings auf den Bergen dunkelgrüner Fichtenwald. Im bunten Gesträuch an den Feldrainen und Wegrändern glühen Hagebutten. Es riecht nach Kartoffelfeuern und Erde. Wespen summen.

Zehn Kilometer. Er schafft sie nicht an diesem Tag. Der vergangene Tag über die Höhe beim Steinscholzen hat ihn zuviel Kraft gekostet. Gegen Abend, als die Sonne über dem Adlergebirge steht und die Fensterscheiben des Klosters, nun schon zum Greifen nahe, erglühen läßt, erreicht Karl die ersten Häuser von Grulich. Da setzt er sich einfach ins Gras am Straßenrand, starrt hinauf und vergißt die Zeit.

Als es dunkel wird, hilft ihm ein Mann, der von der Arbeit heimkommt, auf die Füße und nimmt ihn mit heim. Er wohnt gleich in der Nähe. Karl zeigt auf den Muttergottesberg. Der Mann grinst: Dieser Greis ist noch einer von vorgestern, der sein Puppentheater noch mit den Himmel-Hölle-Fegefeuer-Kulissen ausgestattet hat und alles, was er denkt und tut, mit dem bärtigen Alten dort oben und seinen Heiligen abspricht. In seiner Küche, bei einem Teller Suppe, versucht er dem Greis klarzumachen, daß auf dem Berg nichts mehr ist: keine Nonne, keine Gottesdienste, keine Wallfahrten. Aber er spricht nur tschechisch. Karl versteht nichts. Da zuckt der Mann die Schultern, borgt Karl eine Decke und läßt ihn in seinem Holzschuppen auf den Sägespänen schlafen. Seine Frau bringt ihm, als es schon finster ist, noch einen Becher voll heißer Milch mit Honig.

Am nächsten Morgen hustet Karl und hat leichtes Fieber. Er klopft die Decke aus, legt sie zusammen, nimmt den Stock und geht. Er trottet quer durch das Städtchen bis zum großen Tor, wo die steile Kreuzwegallee mit den vierzehn Stationen beginnt. Ihn friert. Seine Hände zittern, seine Knie geben nach. Hoch über ihm liegt das Kloster mit seinen Zwiebeltürmen und seiner breiten Freitreppe vor dem Hauptportal.

Er beginnt zu steigen. Der Schotterweg von früher ist grasüberwuchert, die Allee hat Lücken bekommen, die Bäume sind nicht mehr beschnitten. Von den Kreuzwegkapellen blättert der Putz ab. Hier ist schon lange niemand mehr gegangen. Karl ist ganz allein in der Allee. Unter ihm liegt das Städtchen. Es ist still. Um diese Zeit sind die Leute von Kraliky in der Arbeit, ihre Kinder sind in der Schule. Nur ab und zu tönt eine Hupe bis herauf.

Karl keucht. Die vierte, die fünfte Kapelle. Im Halbdunkel der kleinen Innenräume sind keine Bilder mehr, keine Figuren, keine Votivtafeln, keine Altärchen und Blumensträuße aus Stoff und Wachs. Die Dächer sind schadhaft, an den Wänden erkennt Karl Regenspuren. Kinder haben Strichmännchen auf den Putz gekritzelt, Liebespaare haben sich in schiefen Herzen verewigt, auch ein paar obszöne Zeichnungen und Sprüche finden sich, dazwischen prangen Hammer und Sichel, gefärbt mit bunter Kreide, noch frisch. Aber Karl kann nichts von alledem lesen und weiß auch nicht, welchen Sinn die Hammer- und Sichelzeichnung hat. Er wendet sich ab und stapft weiter den Hang hinauf, der immer steiler zu werden scheint. Er keucht und müht sich. Nein, er will nicht stehenbleiben, sonst fällt das Weitergehen zu schwer. Die sechste, die siebente Kapelle. Auch umdrehen will er sich nicht, denn der Blick über das Land würde ihn aufhalten. Er will nichts als heimkommen. Es wird Zeit.

Die achte, die neunte Kapelle. Er kriecht den Hang hinauf wie eine Schnecke. Die Sonne steht jetzt schon steil über dem Kloster. Es muß Mittagszeit sein. Er hat Durst. Auf den Wallfahrten hatten die Frauen Flaschen voll Wasser bei sich. Daraus bekamen die Kinder dann und wann einen Schluck zu trinken. Jetzt ist niemand da, der ihn auffordert: »Trink, Karl.« Der Mund ist trocken, das Schlucken tut weh.

Die zehnte, die elfte Kapelle. Jetzt muß Karl doch eine Weile stehenbleiben. Er starrt in die Kapelle hinein. Schutt liegt auf dem Boden, Teile von Säulchen, Teile von Figuren aus Stein, aus Gips: Arme, Beine, ein Ohr, ein Kopf ohne Nase.

Karl schleppt sich weiter. Er beginnt zu schwitzen. Ein streunender Hund kläfft ihn an und beschnuppert seine Hosenbeine. Dann pinkelt er an die Wand der zwölften Kapelle und trollt sich über die Wiesen davon. Der Hang steht voller Herbstzeitlosen. Ein blaßviolettes Feld.

Es ist nicht mehr weit bis zur Klostertreppe. Nur noch drei Kreuzwegstationen. Unendlich langsam schlurft Karl an der zwölften Kapelle vorbei. Sie ist zu weit entfernt, als daß er einen Blick hineinwerfen könnte. Und die Augen brennen ihm. An der dreizehnten Kapelle lehnt ein knotiger Stock. Jemand scheint ihn sich zum Wandern zurechtgeschnitzt zu haben und hat ihn wohl unterwegs hier vergessen. Karl strebt auf ihn zu. Mit einem zweiten Stock wird es besser gehen. Der Körper macht sich halt so schwer. Die verdammte Schwerkraft! Erst im Tod ist man sie los.

Endlich hat er ihn erreicht. Es ist ein schöner Stock, sogar verziert mit spiraligen Mustern in der Rinde. Aber auch er hat Gewicht. Karl muß sich eine Weile an die Kapelle lehnen. Sie ist voller Müll und Schutt. Früher haben die Wallfahrer, Ströme von Schweiß vergießend, weil der Berg so steil und die Allee so schnurgerade war, vor diesen Kapellen gebetet und geweint, und ihre Seelen waren bis ins Tiefste aufgewühlt. Während sie höher und höher aus den Niederungen heraufstiegen, nahmen sie sich vor, bessere Menschen zu werden, als sie bisher gewesen waren.

Aber nachdem sie dann oben angekommen waren, ihre Andachtsgebete gesprochen, Buße getan und ihre Wünsche und Anliegen zum Muttergottesbild hinaufgefleht hatten, schwärmten sie hinüber zu den Buden voller Tand und Kitsch, zu den Bierzelten und in die Büsche, vergaßen alle guten Vorsätze und blieben so, wie sie bisher gewesen waren: Geschöpfe voller Makel.

Karls Kopf glüht, aber seine Hände sind eiskalt. Sein Puls fliegt. Er wankt bis zu der vierzehnten Kapelle und bricht vor ihr in die Knie. Kleine Sonnen tanzen vor seinen Augen. Verschwommen erkennt er ein paar vertrocknete Scheißhaufen im Inneren der Kapelle. Und dort ist die Treppe, die Freitreppe zum Portal! Auf allen vieren kriecht er auf sie zu, läßt die Stöcke zurück und zieht sich unendlich langsam und immer langsamer von Stufe zu Stufe hinauf. Auf der dritthöchsten bleibt er erschöpft liegen, eine ganze Stunde lang. Nur sein Schnauzbart bewegt sich in kurzen, heftigen Stößen. Eine grüne Eidechse sonnt sich eine Weile auf ihm. Flatterndes Laub bleibt auf ihm liegen.

Gegen Abend stemmt er seinen Körper wieder hoch und überwindet die letzten Stufen. Als er oben ankommt, gelingt es ihm sogar – langsam und unsicher wie einem Kleinkind, das den aufrechten Gang anstrebt –, sich noch einmal in seiner ganzen Größe aufzurichten. Aber jetzt steht er andersherum, als er möchte, nämlich mit dem Gesicht zur Landschaft.

Breit liegt sie vor ihm: das Grulicher Ländchen, dahinter das Adlergebirge, in dessen Tälern sich das Staadtla verbirgt. Ein buntes, heiteres Herbstbild, schimmernd in der Spätnachmittagssonne.

Aber Karl sieht mit seinen Fieberaugen eine andere Landschaft. Wohl erkennt er die Deschneier Koppe und die weiten, dunklen Schatten der Suchei. Und er entdeckt auch eine große schwarze Kirchenruine. Aber gar nicht so weit dahinter sieht er, wie die Felder von einem Augenblick zum anderen verdorren und die Wälder sich entlauben und entnadeln, wie die toten Baumgerippe übereinanderstürzen. Er sieht, wie die Rehe verenden und die Hasenkadaver – hier einer mit fünf Läufen, dort einer mit zwei Köpfen – in der Sonne vertrocknen. Rauchpilze quellen empor und verdunkeln den schwefelgelben Himmel.

Hinter den verkarsteten Bergen erspäht Karl ausgetrocknete Flußbetten und Wüsten bis hin zum Horizont. Armes Land, das einmal so grün und so feucht war. Wie hieß es doch noch? Er kann sich nicht erinnern. Ihm fällt nicht einmal sein eigener Name ein.

Jetzt wird der Himmel an mehreren Stellen mürbe. Karl hört das schrille Geräusch wie von reißendem Gewebe und sieht schwarze Löcher wachsen. Scharen von Raffael-Putten, pausbäckig und glänzend wie auf den Klebebildchen fürs Poesiealbum, räkeln sich, das Kinn in die Hand gestützt, auf weißen Wölkchen mit Silberrand, bevor sie von den schwarzen Löchern eingesogen werden.

Karl bedeckt sein Gesicht mit den alten, runzligen Händen und dreht sich um. Als er die Hände sinken läßt, sieht er vor sich das übergroße Portal des Klosters. Er läßt sich dagegenfallen, hält sich an der Klinke fest, zieht sich an ihr hoch und stößt die Flügeltür auf.

Aber da ist nichts als ein ganz und gar leerer Raum. Karl taumelt hinein, bricht in die Knie, läßt sich seitwärts sinken, zieht die Knie bis ans Kinn, krümmt den Rücken und preßt die Fäuste gegen die Wangen.

Dann entfernt sich der Raum mit ihm, krümmt sich um ihn, bläht sich zu einem weltallgroßen Ei auf, und Karl in ihm schrumpft zu einem Punkt.

Marlen Haushofer im dtv

Begegnung mit dem Fremden
Erzählungen
dtv 11205

Die Frau mit den interessanten Träumen
Erzählungen
dtv 11206

Bartls Abenteuer
Kater Bartl, Held der Katzenwelt und unumstrittener Liebling von Eltern und Kindern.
dtv 11235

Wir töten Stella und andere Erzählungen
»Marlen Haushofer schreibt über die abgeschatteten Seiten unseres Ichs, aber sie tut es ohne Anklage, Schadenfreude und Moralisierung.« (Hessische Allgemeine)
dtv 11293

Schreckliche Treue
Erzählungen
»... Sie beschreibt nicht nur Frauenschicksale im Sinne des heutigen Feminismus, sie nimmt sich auch der oft übersehenen Emanzipation der Männer an...« (Geno Hartlaub)
dtv 11294

Die Tapetentür
Eine berufstätige junge Frau lebt allein in der Großstadt. Die Distanz zur Umwelt wächst, begleitet von einem Gefühl der

Foto: Peter J. Kahrl Etscheid

Leere und Verlorenheit. Als sie sich verliebt, scheint die Flucht in ein »normales« Leben gelungen...
dtv 11361

Die Wand
Eines Morgens wacht eine Frau in einer Hütte in den Bergen auf und findet sich, allein mit ein paar Tieren, in einem Stück Natur eingeschlossen von einer unüberwindlichen gläsernen Wand, hinter der offenbar kein Leben mehr existiert.
dtv 11403

Eine Handvoll Leben
Eine Frau stellt sich ihrer Vergangenheit.
dtv 11474

Müssen Tiere draußen bleiben?
Wie es vier Jungen gelingt, einen Bernhardiner zum Internatshund und eine strenge Heimleiterin zur Tierfreundin zu machen und trotzdem das Klassenziel zu erreichen.
dtv großdruck 25082

Peter Härtling im dtv

Nachgetragene Liebe
dtv 11827

Die Geschichte einer Kindheit – und die Geschichte eines Vaters.

Hölderlin
Ein Roman
dtv 11828

Härtling folgt den Lebensspuren des deutschen Dichters Friedrich Hölderlin.

Niembsch oder Der Stillstand
Eine Suite
dtv 11835

Ein erotischer Roman um den Dichter Nikolaus Lenau.

Ein Abend, eine Nacht, ein Morgen
Eine Geschichte
dtv 11837

Eine Liebesgeschichte als Grundlage einer Geschichte.

Eine Frau
Roman · dtv 11933

Die Geschichte einer Frau – ein Roman über das deutsche Bürgertum.

Der spanische Soldat
Frankfurter Poetik-Vorlesungen
dtv 11993

Härtlings Poetik-Vorlesungen aus dem Jahr 1984.

Felix Guttmann
Roman · dtv 11995

Der Lebensroman eines jüdischen Rechtsanwalts.

Schubert
Roman · dtv 12000

Ein empfindsamer Schubert-Roman von großer Musikalität der Sprache.

Zwei Briefe an meine Kinder
dtv 12067

Zwei Briefe von einem Vater, der seinen Kindern Rede und Antwort steht.

Herzwand
Mein Roman
dtv 12090

Ein autobiographisches Buch, dessen Anlaß eine Herzuntersuchung ist.

Irmgard Keun im dtv

Foto: Isolde Ohlbaum

Das kunstseidene Mädchen
Doris will weg aus der Provinz, die große Welt erobern. In Berlin stürzt sie sich in das Leben der Tanzhallen, Bars und Literatencafés – und bleibt doch allein.
dtv 11033

Das Mädchen, mit dem die Kinder nicht verkehren durften
Von den Streichen und Abenteuern eines Mädchens, das nicht bereit ist, die Welt einfach so zu akzeptieren, wie sie angeblich ist.
dtv 11034 / dtv großdruck 25050

Gilgi – eine von uns
Gilgi ist einundzwanzig und hat einiges satt: die Bevormundung durch ihre (Pflege-)Eltern, die »sich ehrbar bis zur silbernen Hochzeit durchgelangweilt« haben, die »barock-merkantile« Zudringlichkeit ihres Chefs und den Büroalltag sowieso. Da trifft es sich gut, daß sie sich in Martin verliebt. Doch als sie bei ihm eingezogen ist, kommen ihr Zweifel...
dtv 11050

Nach Mitternacht
Deutschland in den dreißiger Jahren. Ein Konkurrent hat Susannes Freund denunziert. Als er aus der »Schutzhaft« entlassen wird, rächt er sich bitter, und Susanne muß sich entscheiden...
dtv 11118

D-Zug dritter Klasse
In der Zeit des Nationalsozialismus treffen in einem Zug von Berlin nach Paris zufällig sieben Menschen aus unterschiedlichsten Gesellschaftsschichten und mit unterschiedlichsten Reisemotiven zusammen...
dtv 11176

Ich lebe in einem wilden Wirbel
Briefe an Arnold Strauss
1933 bis 1947
dtv 11229

Herbert Rosendorfer im dtv

Foto: Isolde Ohlbaum

Das Zwergenschloß und sieben andere Erzählungen
dtv 10310

Vorstadt-Miniaturen
dtv 10354

Briefe in die chinesische Vergangenheit
dtv 10541 / dtv großdruck 25044

Stephanie und das vorige Leben
dtv 10895

Königlich bayerisches Sportbrevier
dtv 10954

Die Frau seines Lebens und andere Geschichten
dtv 10987

Ball bei Thod
dtv 11077

Vier Jahreszeiten im Yrwental
dtv 11145

Eichkatzelried
dtv 11247

Das Messingherz oder Die kurzen Beine der Wahrheit
dtv 11292

Bayreuth für Anfänger
dtv 11386

Der Ruinenbaumeister
dtv 11391

Der Prinz von Homburg
dtv 11448

Ballmanns Leiden oder Lehrbuch für Konkursrecht
dtv 11486

Die Nacht der Amazonen
dtv 11544

Herkulesbad Skaumo
dtv 11616

Über das Küssen der Erde
dtv 11649

Mitteilungen aus dem poetischen Chaos
dtv 11689

Die Erfindung des SommerWinters
dtv 11782

... ich geh zu Fuß nach Bozen und andere persönliche Geschichten
dtv 11800

Die Goldenen Heiligen oder Columbus entdeckt Europa
dtv 11967

Der Traum des Intendanten
dtv 12055

Marie Luise Kaschnitz im dtv

Foto: Rosemarie Clausen

»Ich habe in meinem Werk versucht, den Blick des Lesers auf das Bedeutsame zu lenken, auf die wunderbaren Möglichkeiten und die tödlichen Gefahren für den Menschen und auf die bestürzende Fülle der Welt.« (Marie Luise Kaschnitz in ihrer Dankesrede zur Verleihung des Georg-Büchner-Preises 1955 in Darmstadt)

Der alte Garten
dtv 11216 / dtv großdruck 25075

Mitten in einer großen Stadt liegt ein verwilderter Garten, den zwei Kinder voll Neugier und Abenteuerlust für ihre Spiele erobern. Aber die Natur wehrt sich gegen die ungestümen Eindringlinge... Ein literarisches Gleichnis für den sorglosen Umgang mit unserer Welt.

Griechische Mythen
dtv 11758

Bekannte und weniger bekannte Mythen hat Marie Luise Kaschnitz in diesen frühen, sehr persönlich gefärbten Nacherzählungen dargestellt.

Lange Schatten
dtv 11941

Einundzwanzig Geschichten, die in Frankfurt am Main und London, in Rom und am Meer und in den Albaner Bergen spielen. Erzählungen von Alltäglichem, das nicht selten eine unerklärliche Wendung nimmt...

Wohin denn ich
dtv 11947

Ein literarisches und menschliches Dokument aus einem »Zwischenreich« des Lebens: Nach Jahren der Trauer über den Verlust des Mannes findet Marie Luise Kaschnitz auf Vortragsreisen zu einem neuen Selbst- und Weltverständnis.

»Was immer sie schrieb – ob Lyrik oder Prosa, ob Erinnerungen oder Tagebücher –, es zeichnet sich durch kammermusikalische Intimität aus. Sie war eine leise Autorin. Gleichwohl ging von ihren besten Büchern eine geradezu alarmierende Wirkung aus.« (Marcel Reich-Ranicki)